큐새의 일일

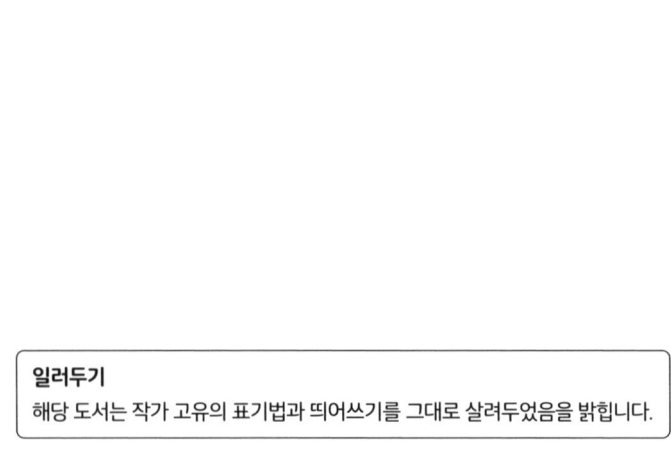

일러두기
해당 도서는 작가 고유의 표기법과 띄어쓰기를 그대로 살려두었음을 밝힙니다.

이 망할 게으름이 나를 구원할 거야

큐새의 일일

큐새 지음

비에이블

큐새의 하루를 만나보세요

무언가를 늘 미루는 사람에게도 시간은 흘러갑니다.

해야 할 일은 회피하고, 하지 않아도 되는 일에 열중하다 보면 하루가 어영부영 지나 있습니다. 그렇게 보내버린 날들을 모아보니 생각보다 이상하고, 웃기고, 조금은 서글펐던 순간들이 담기더라고요.

《큐새의 일일》은 만성적 회피형 인간인 제가 어떻게든 넘기고 있는 하루들을 기록한 첫 번째 그림 에세이입니다. 늘 미루기 바빴던 제가 책을 내다니 저로서도 참 신기합니다. 당시에는 숨기고 싶던 일들도 시간이 흐르니 정이 붙더라고요. 웃음도 나고요. 익명에 기대어 SNS에 털어놓은 이야기들을 웃으며 봐주신 분들 덕분에 망신스러운 일들도 이야기의 재료가 될 수 있다는 걸 깨달았습니다.

머리도, 마음도 복잡할 때 가볍게 읽을 수 있으면서 잠깐이라도 웃게 되고, 공감이 가는 책이 되었으면 좋겠어요.

저의 매일을 지켜봐주신 독자분들 덕분에 느슨한 일상을 엮어서 한 권의 책으로 만들어낼 수 있었습니다.

정말 고마워요!

앞으로도 잘 부탁드립니다.

큐새 드림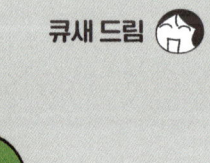

큐새네 사람들

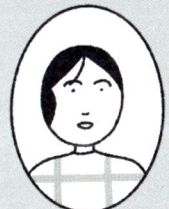

큐새
미루기가 바탕에 깔린 사람.
어영부영 하루를 흘려보내다 보면 어느새 다음 날...
돌려막기 인생이지만, 어쨌든 굴러는 간다.

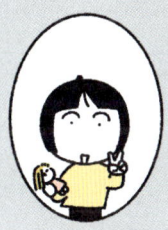

딸_수림
큐새를 무척 사랑한다 고백하면서도
큐새가 방귀를 뀔 때면 꼭 '그 부분은 빼고'라고
첨언하는 어린이.

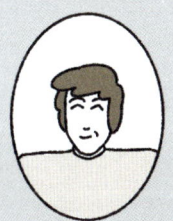

엄마
들을 땐 어리둥절한데 시간이 지나면 뜬금없이
웃음이 터지는 이야기를 자주 들려준다.

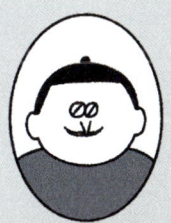

남편_진
가끔 진짜 웃긴 만화 소재가 있다며 들려주지만,
아직 단 한 컷도 채택된 적은 없다.

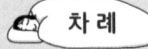

차 례

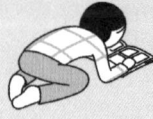

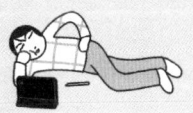

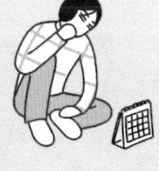

권태기 만화

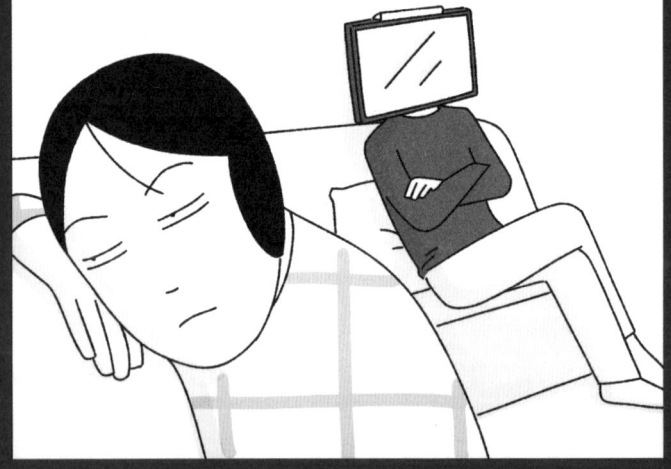

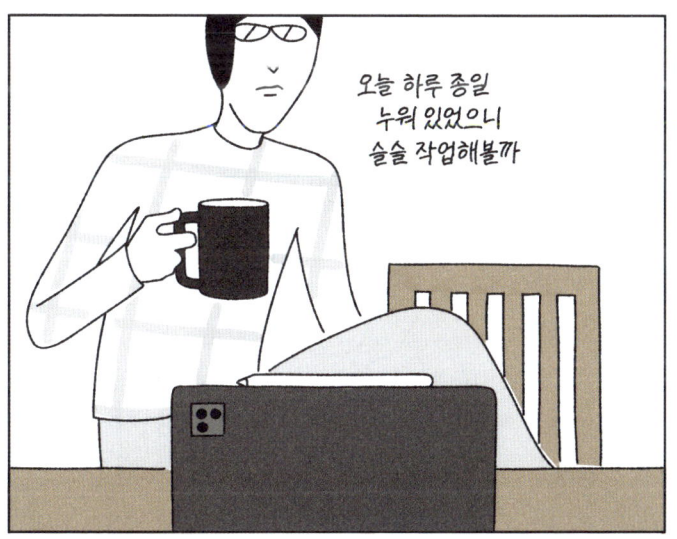

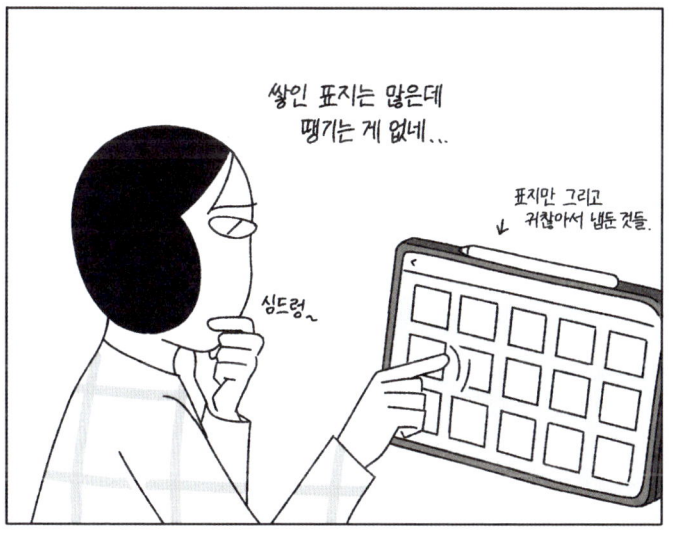

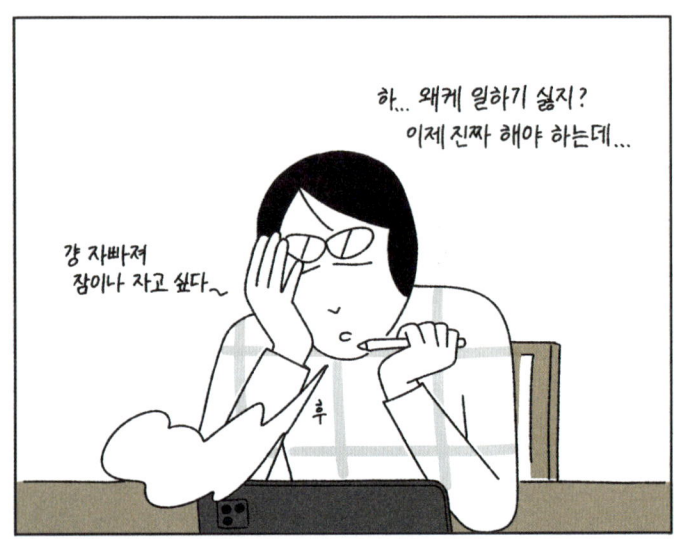

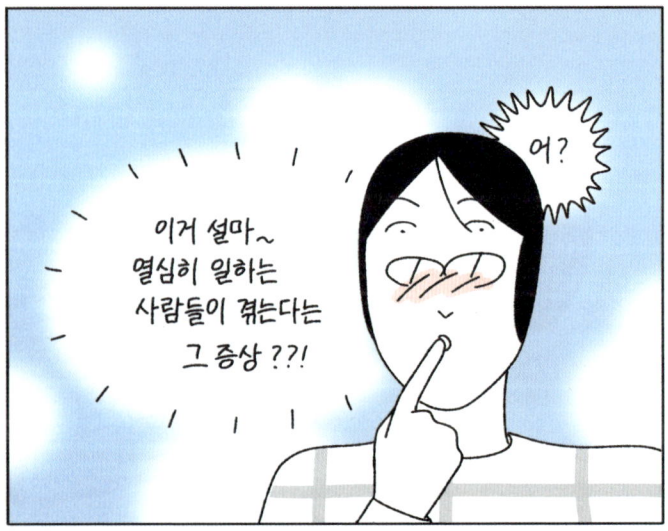

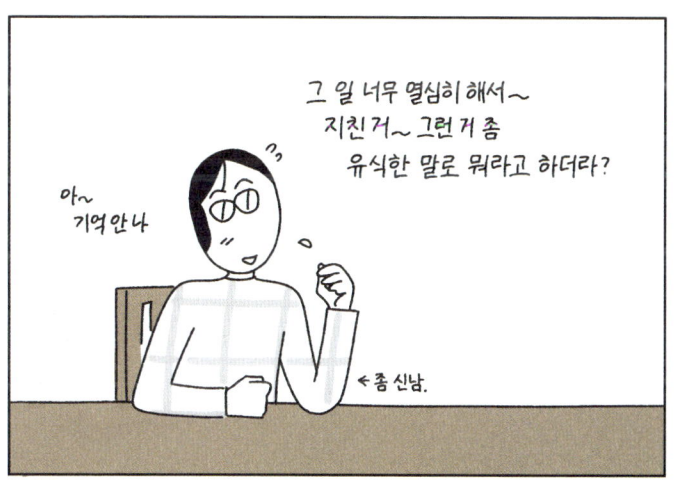

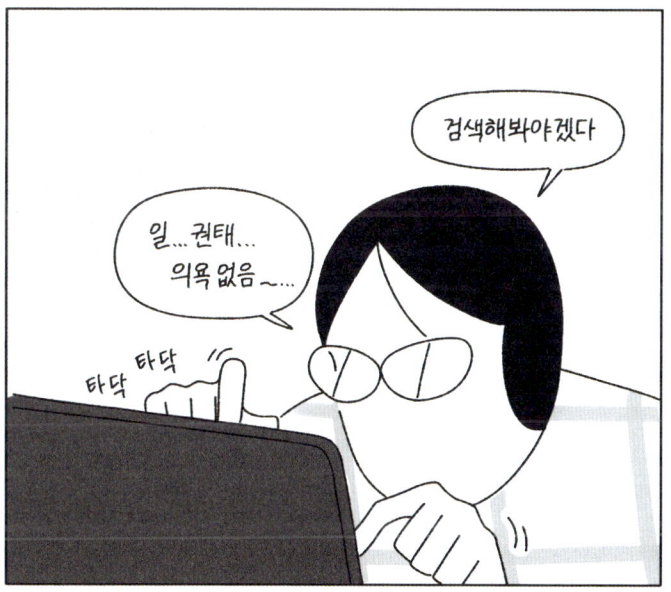

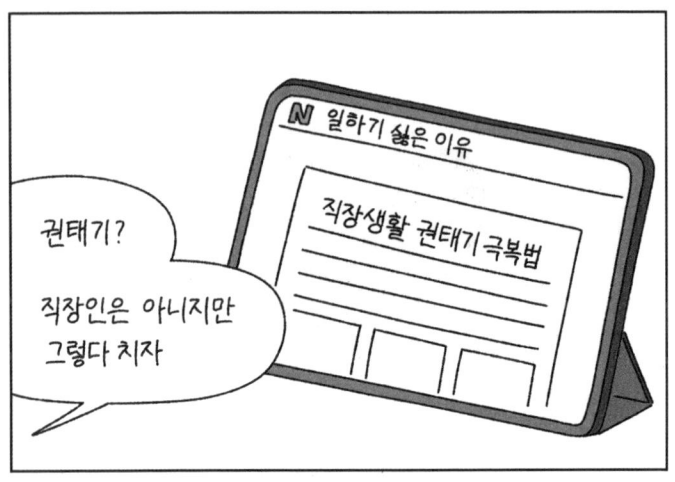

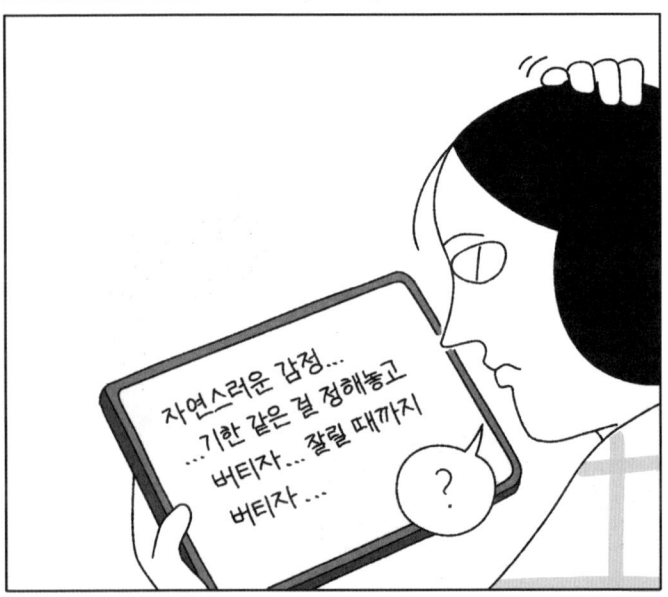

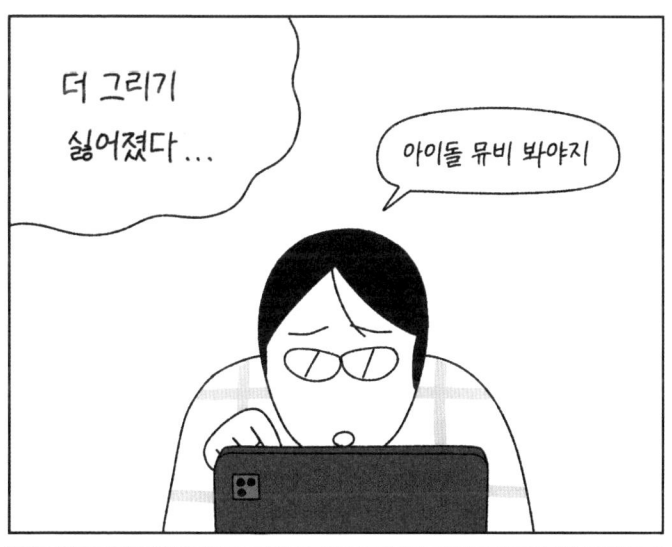

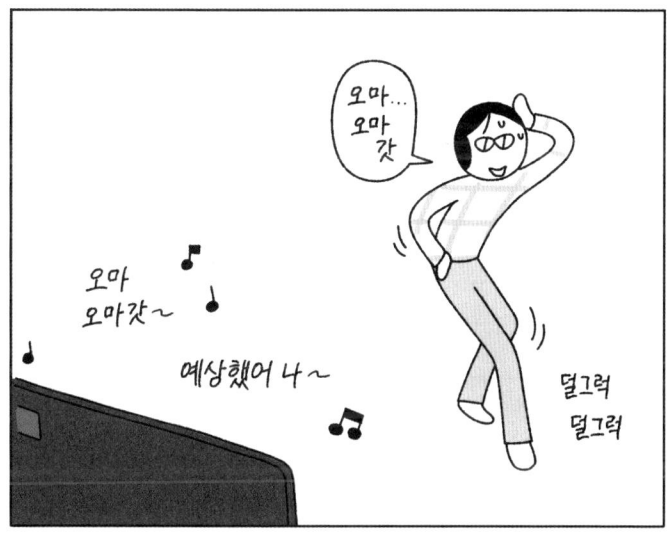

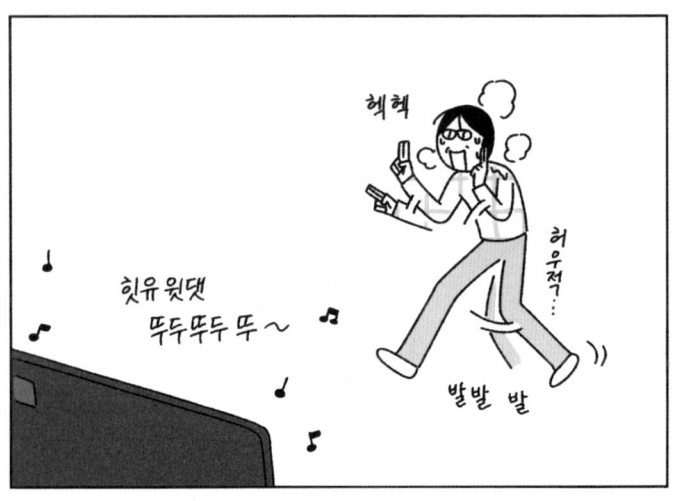

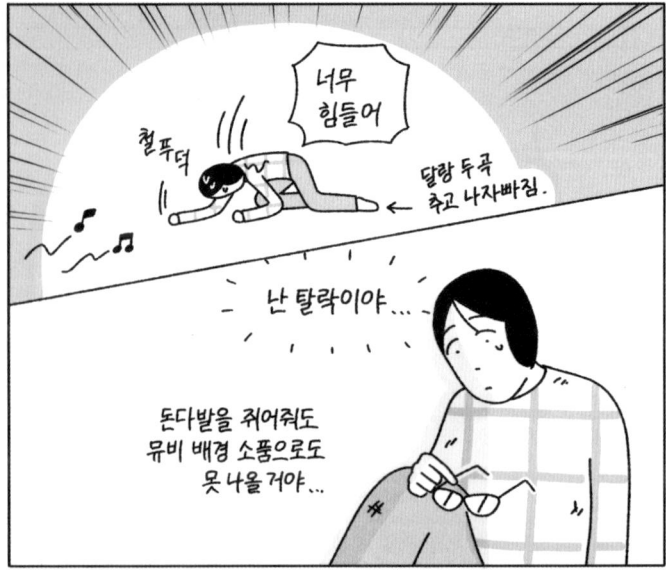

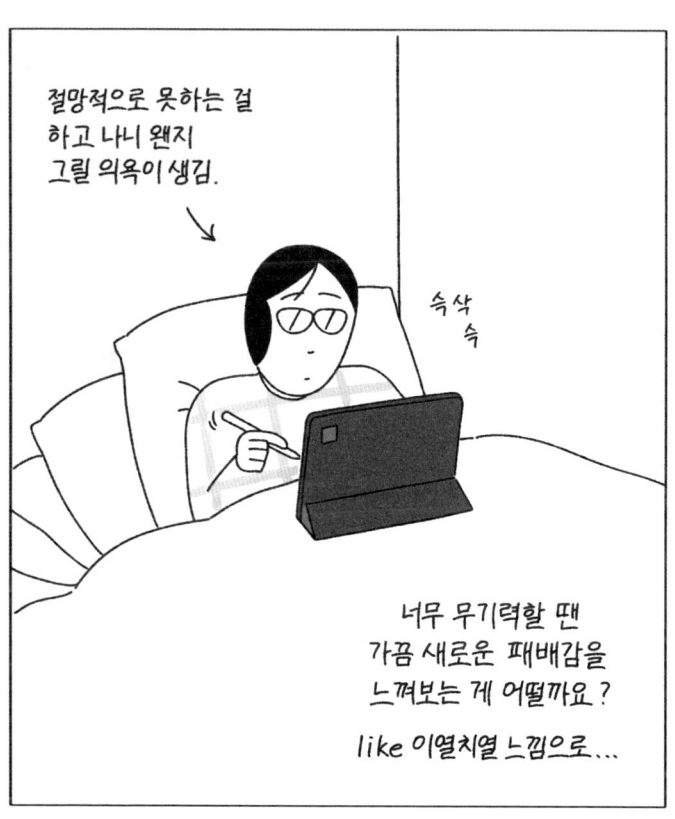

오늘의 자존감 1

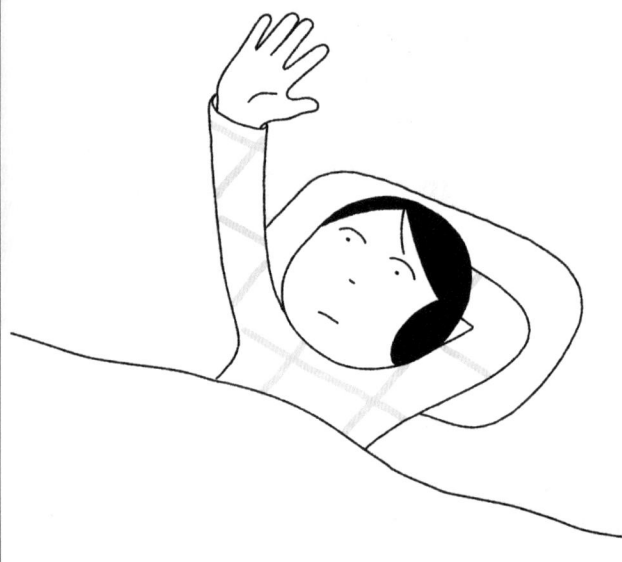

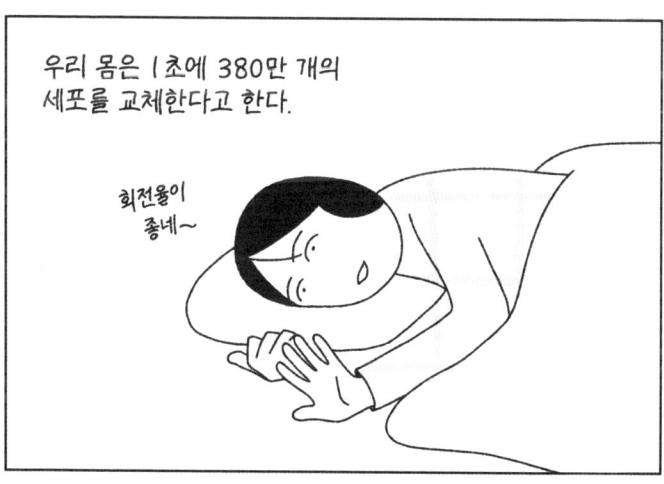

우리 몸은 1초에 380만 개의
세포를 교체한다고 한다.

회전율이
좋네~

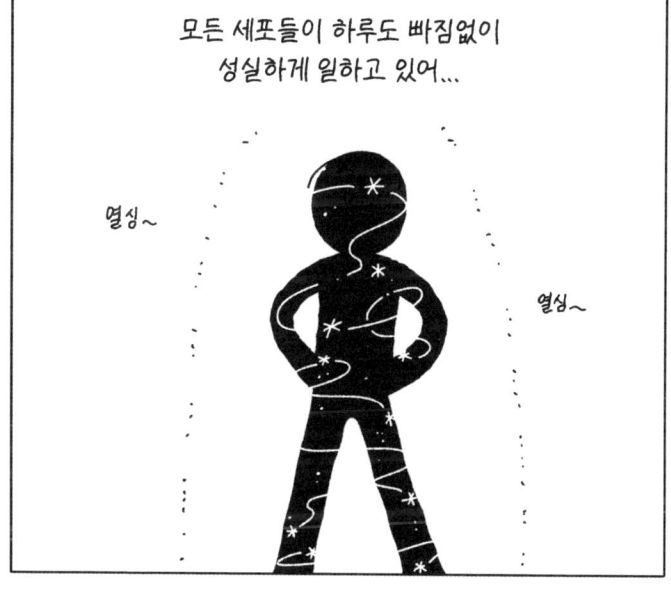

모든 세포들이 하루도 빠짐없이
성실하게 일하고 있어...

열심~

열심~

나는 하루 종일 누워 있었지만

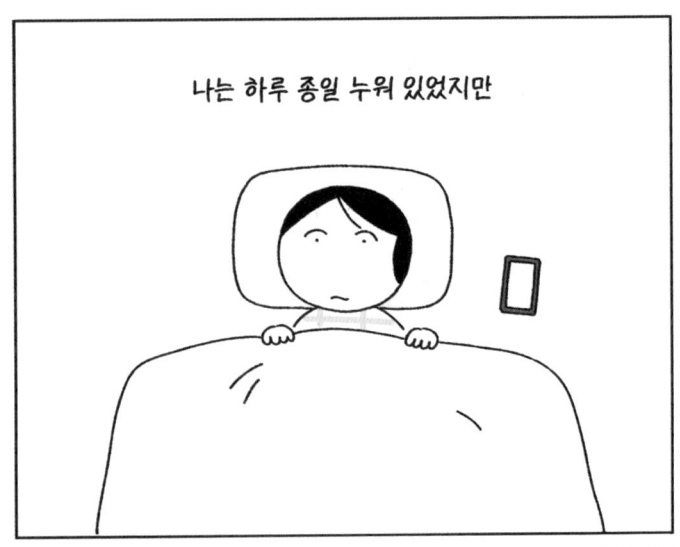

내 몸은 성실했으니까.

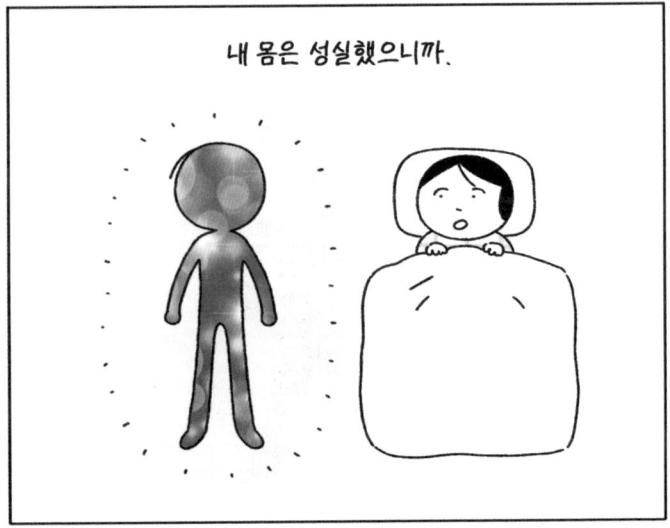

큐새의 일일

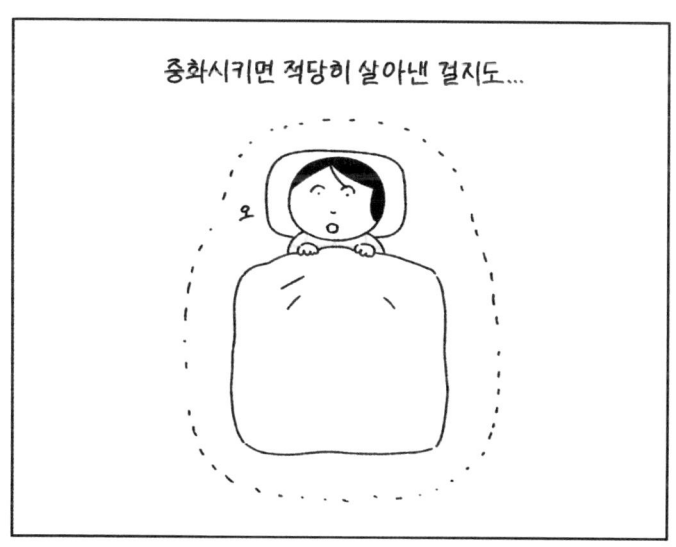

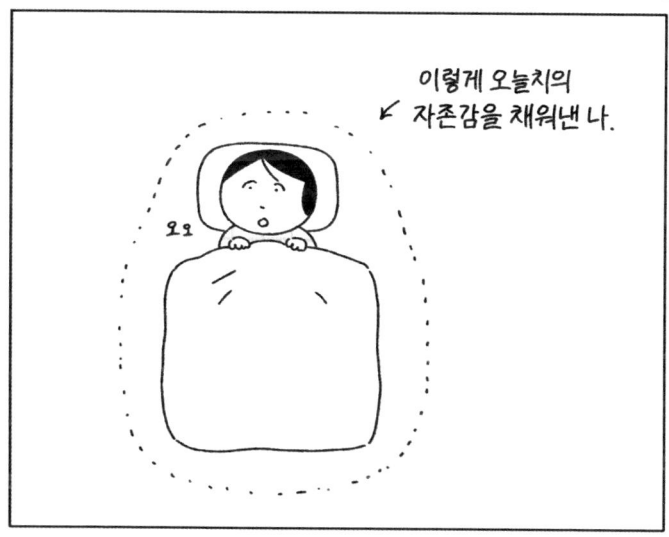

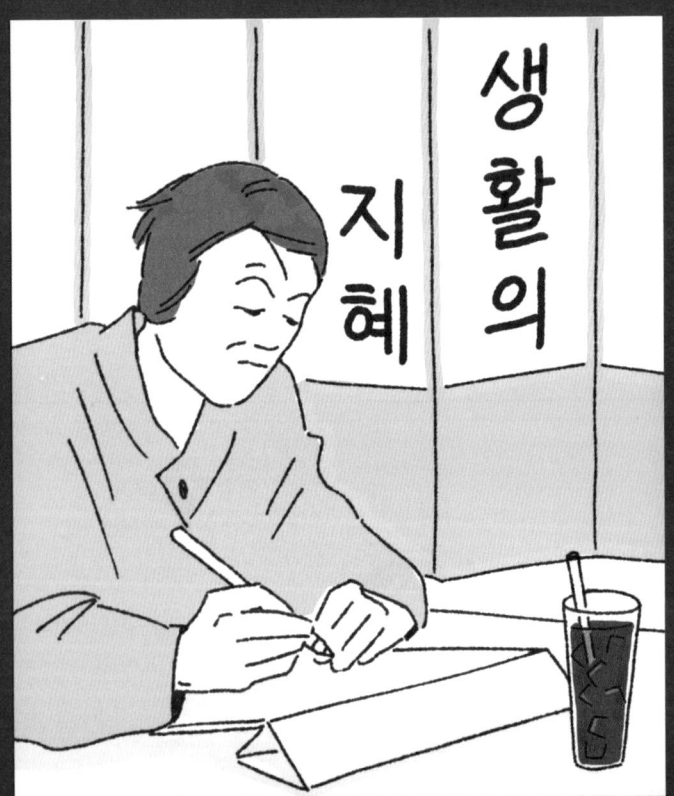

생활의 지혜

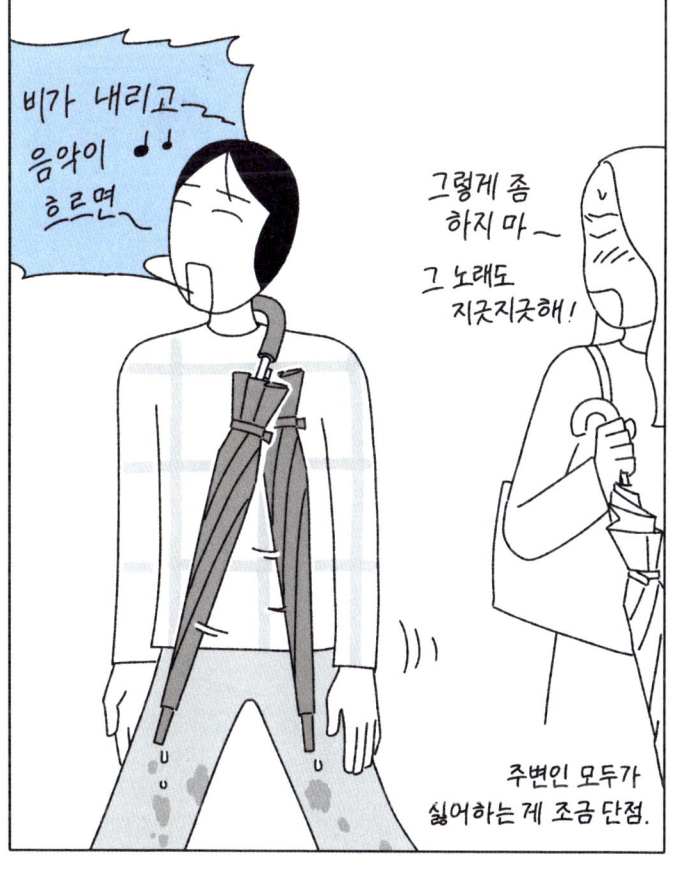

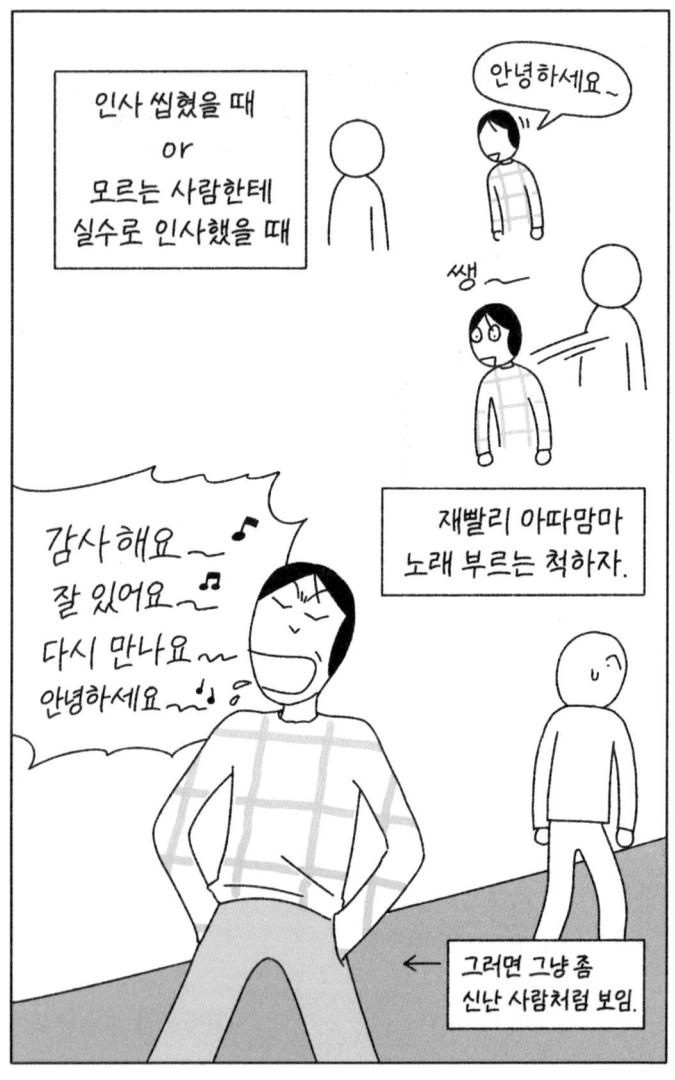

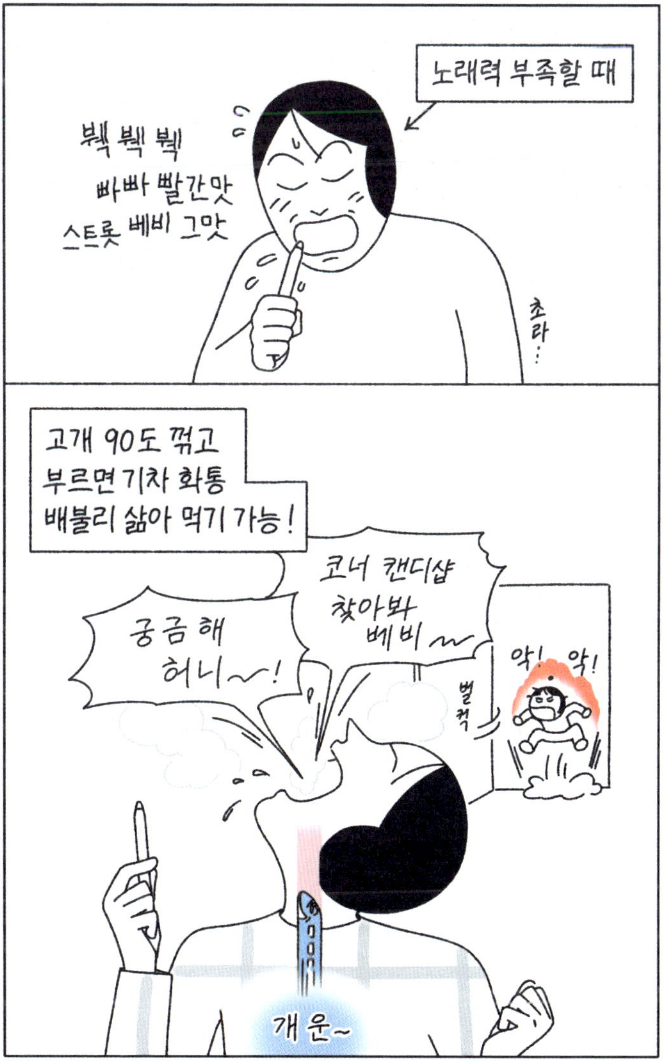

울고 싶어진 밤과
어떤 위로

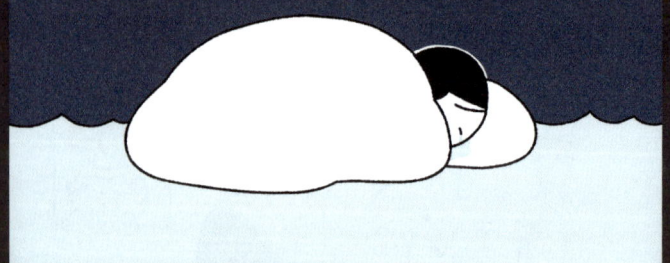

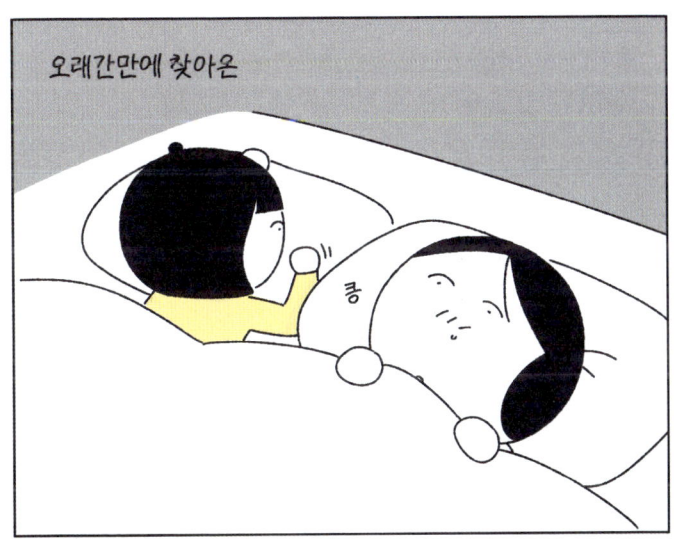

오래간만에 찾아온

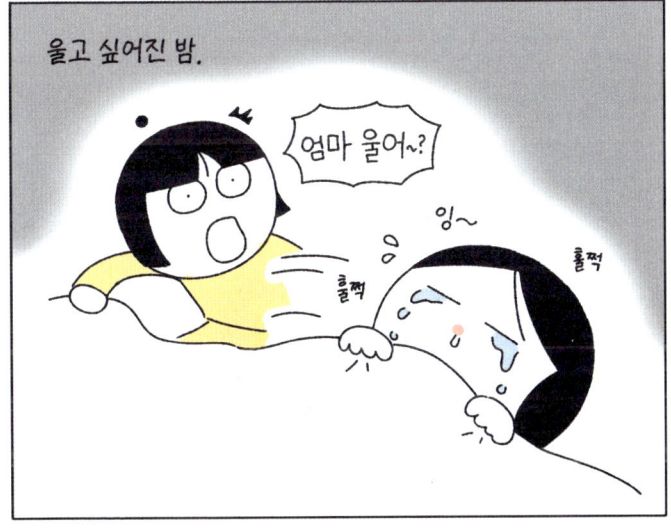

울고 싶어진 밤.

냉혈인이라 불릴 정도로 (주로 남편 진의 의견)
남 앞에서 눈물 흘리는 걸 부끄러워하던 나였는데

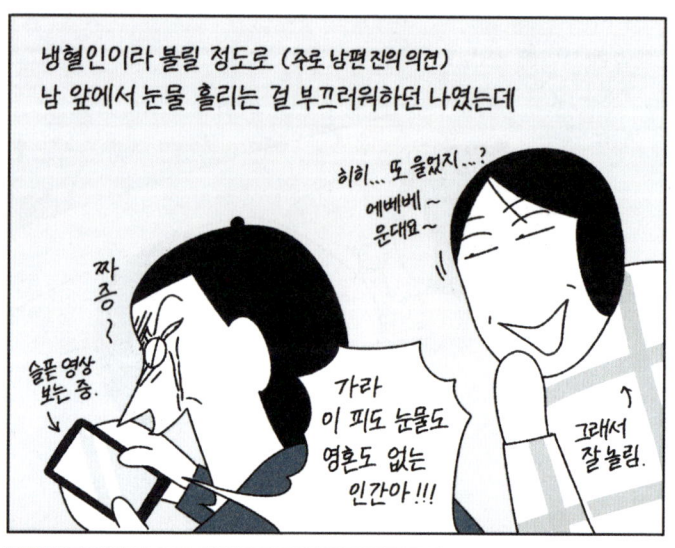

이날만큼은 수림 앞에서 눈물을 감출 수 없었다.

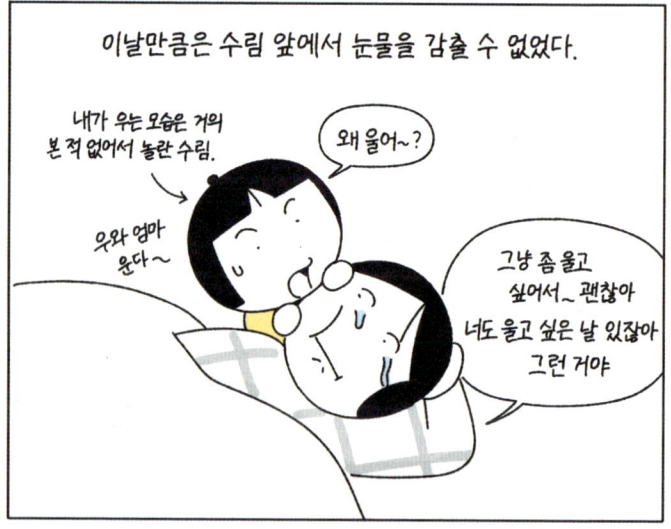

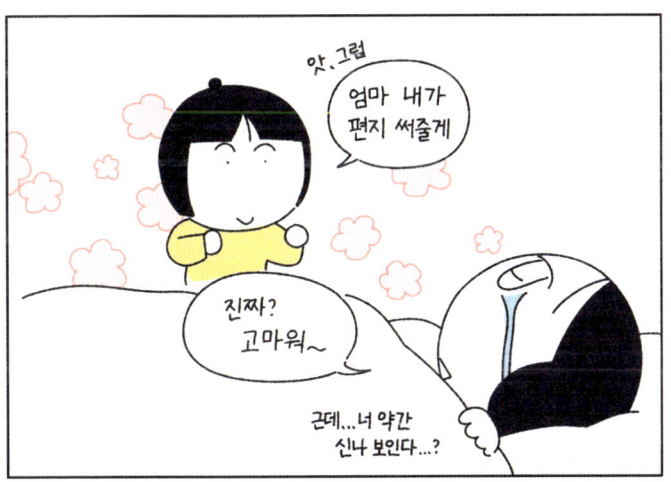

수림이 힘들어하는 일이 있을 때면 편지를 써서
위로해주곤 했는데 이번에는 내가 그 편지를 받게 됐다.

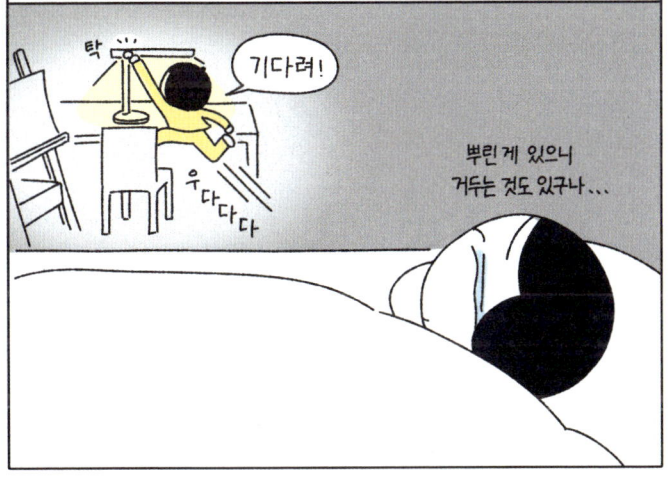

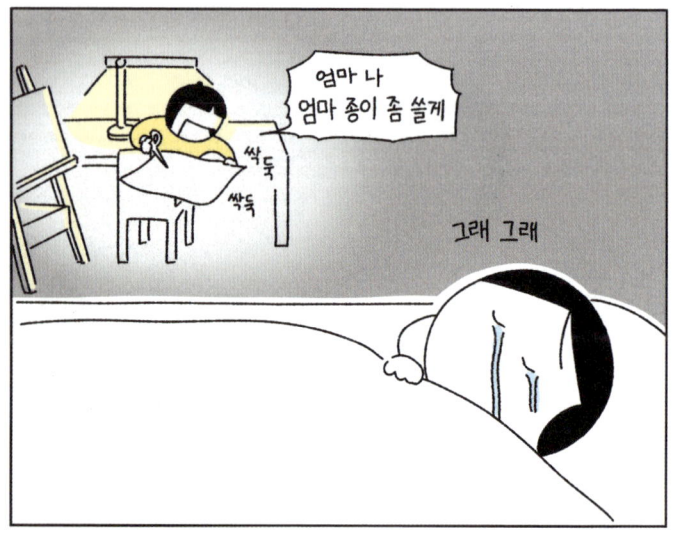

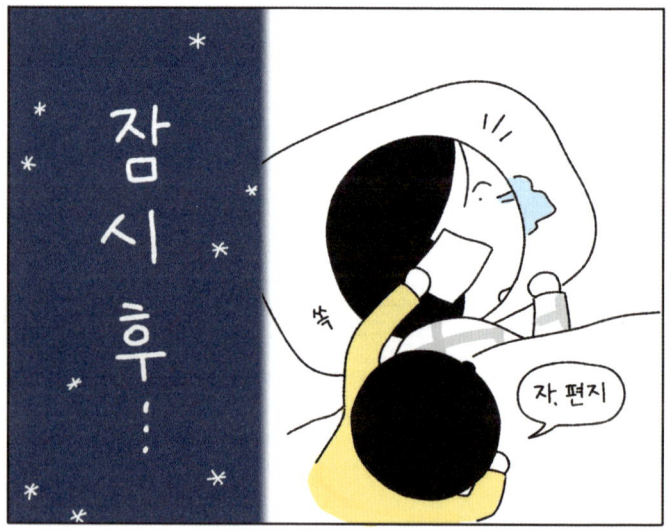

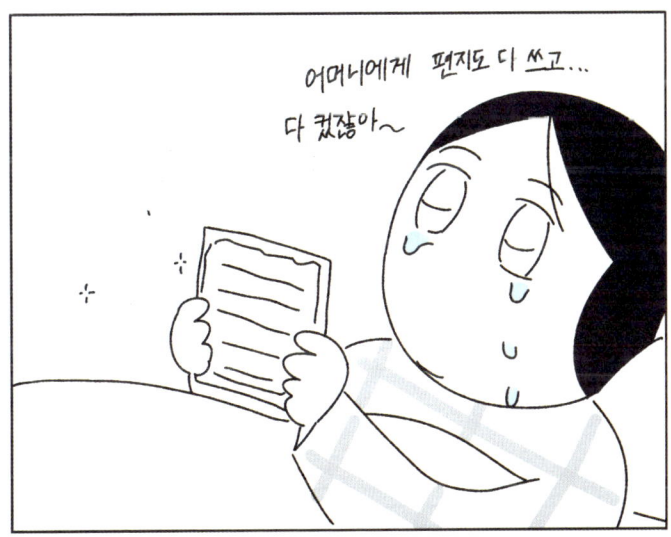

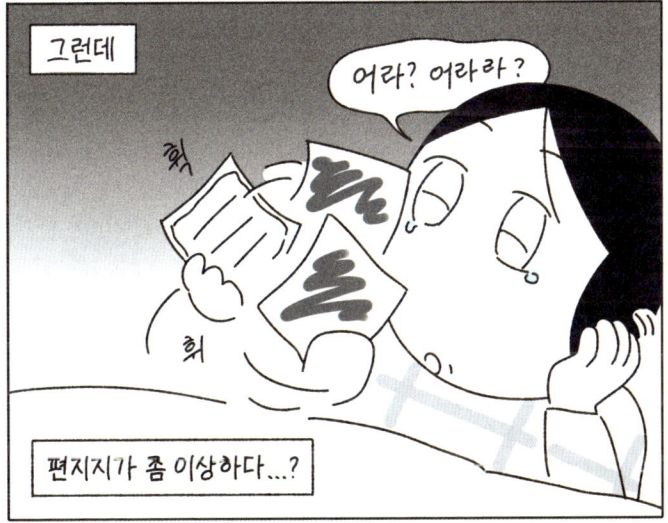

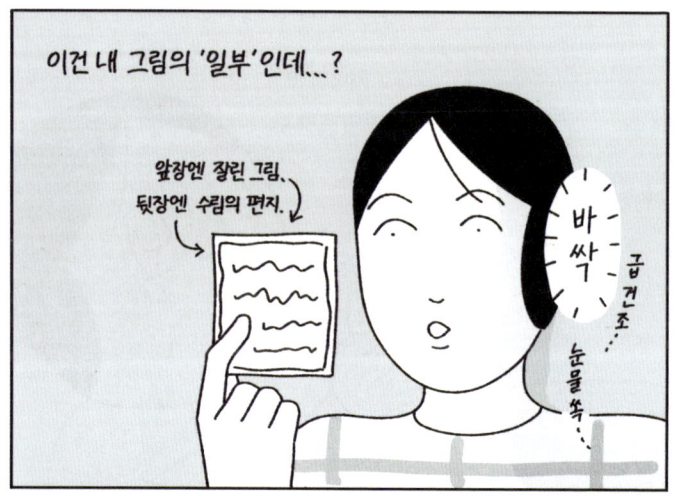

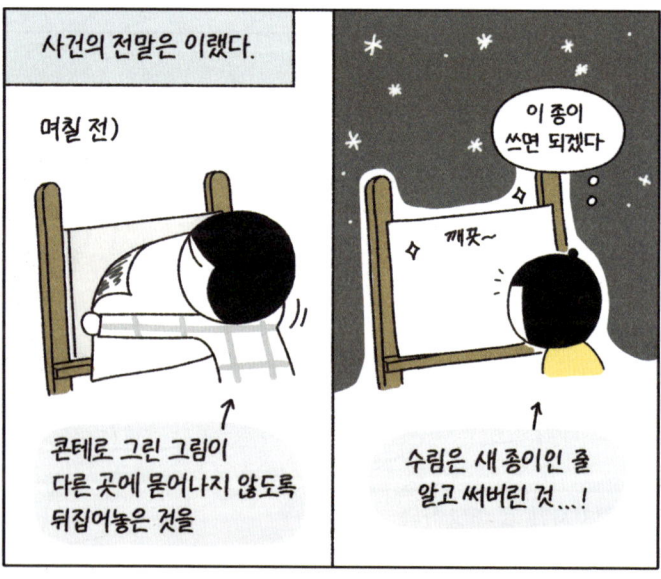

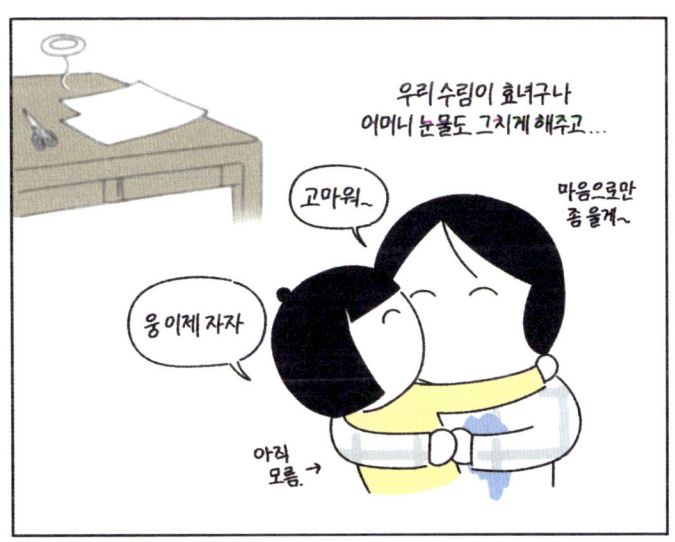

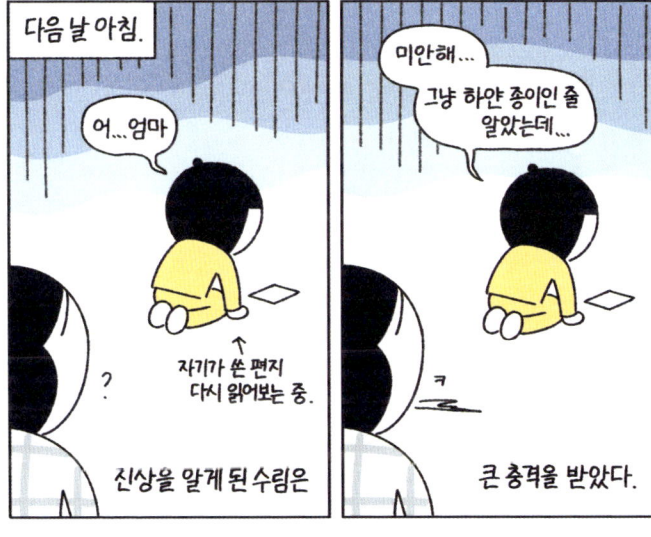

그저 위로해주고 싶었을 뿐인데,

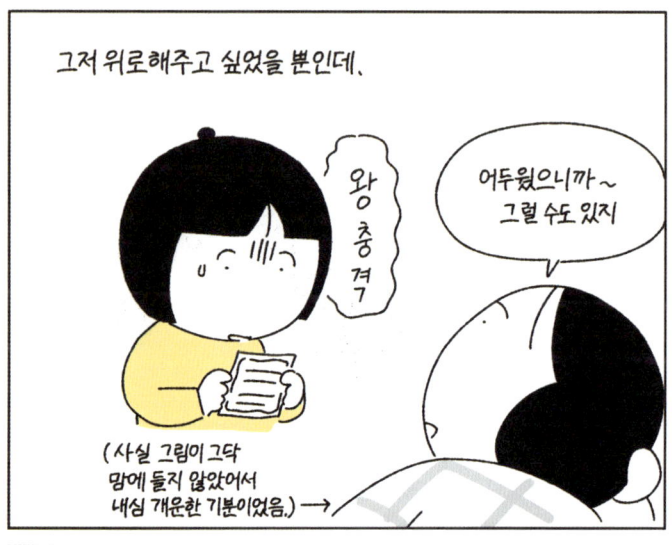

왕 충 격

어두웠으니까~
그럴 수도 있지

(사실 그림이 그닥
맘에 들지 않았어서
내심 개운한 기분이었음.) →

내가 그린 그림을 소중히 여겨
단 한 번도 손대지 않았던 수림이라

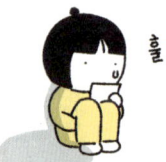

훌쩍

충격이 이만저만
아니었나 보다.

오히려 그 모습이 너무 고마와
전날의 슬픔은 싹 날아갔고

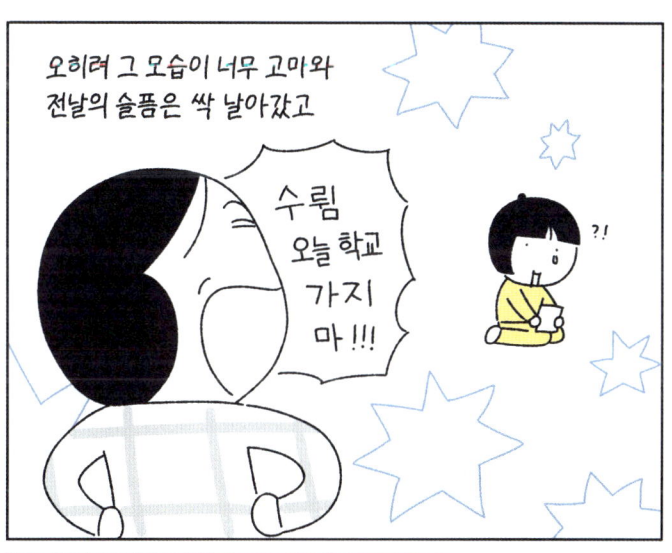

이번엔 내가 수림의 슬픔을 위로해주고 싶어
학교를 빼먹고 놀러 갔다는 행복한 엔딩~

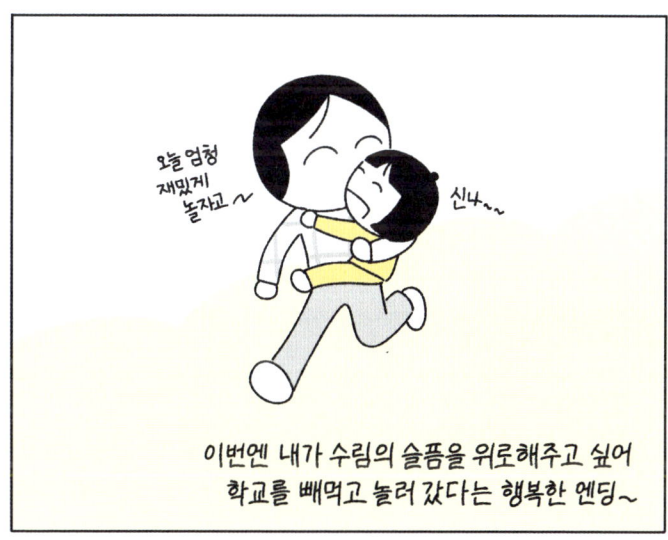

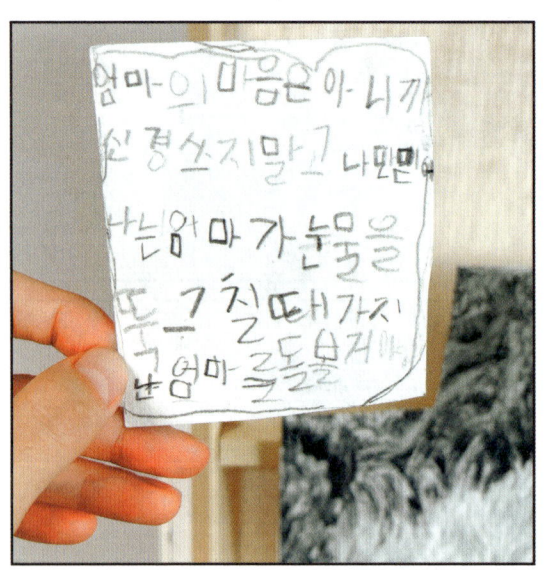

자식 다 키운 만화

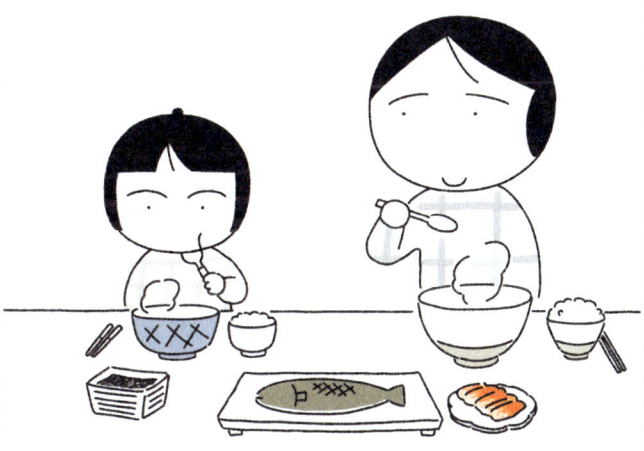

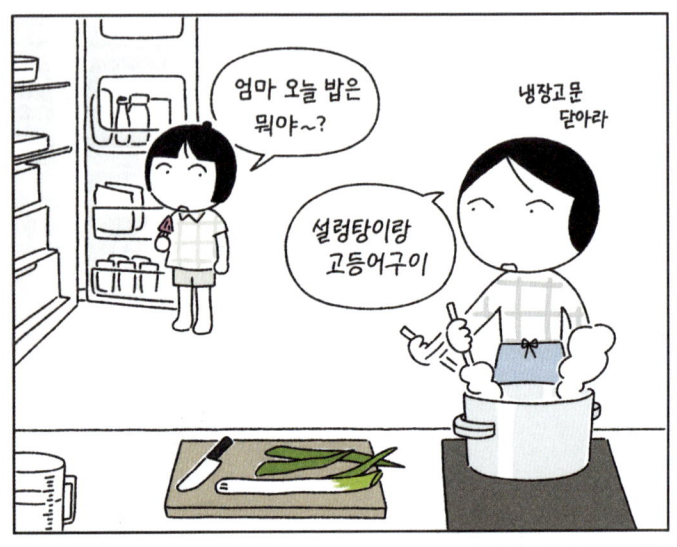

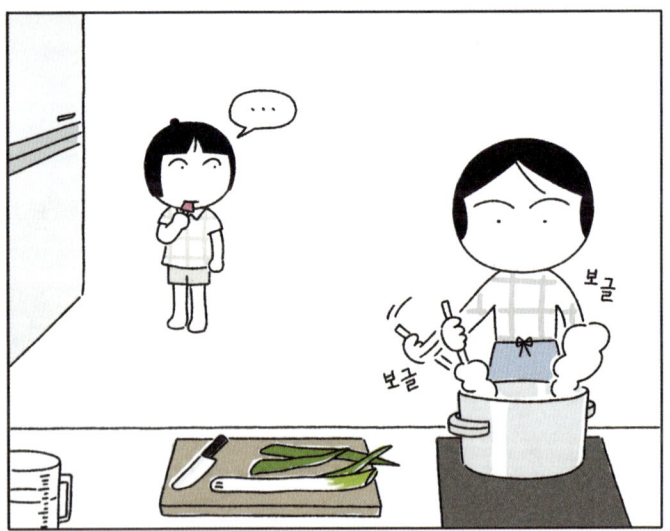

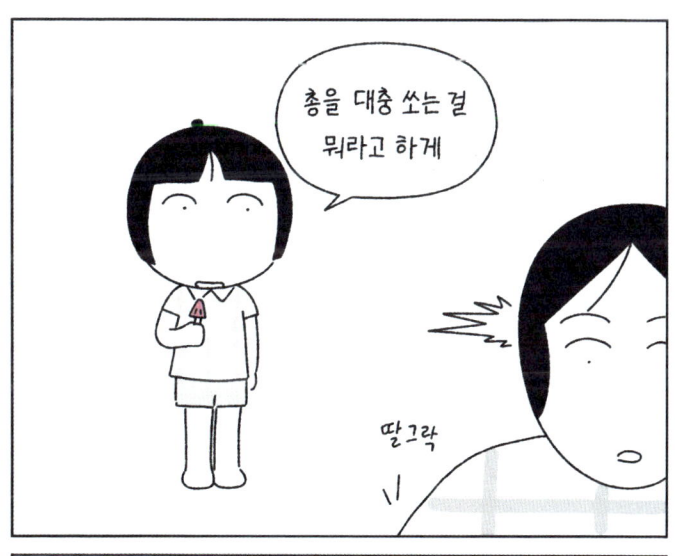
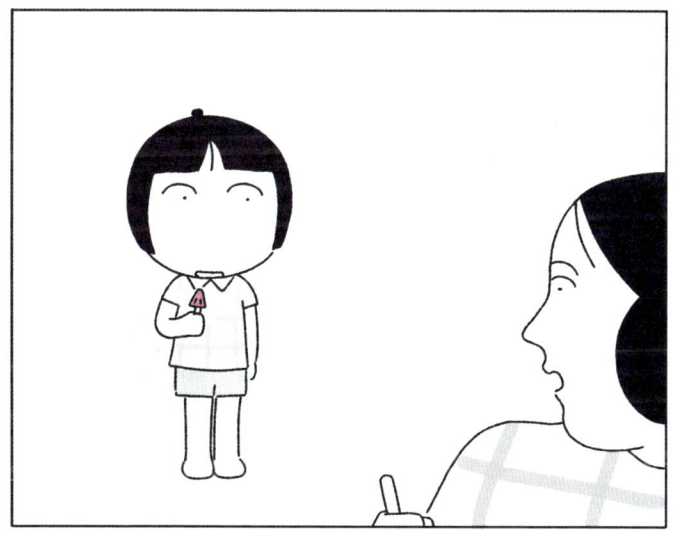

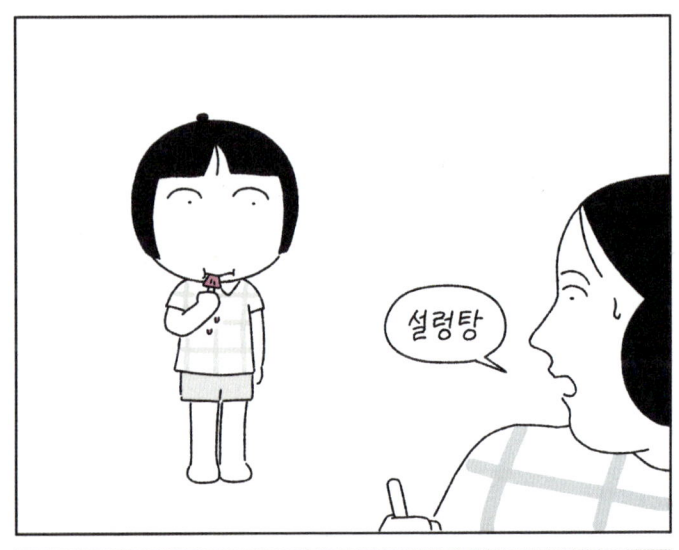

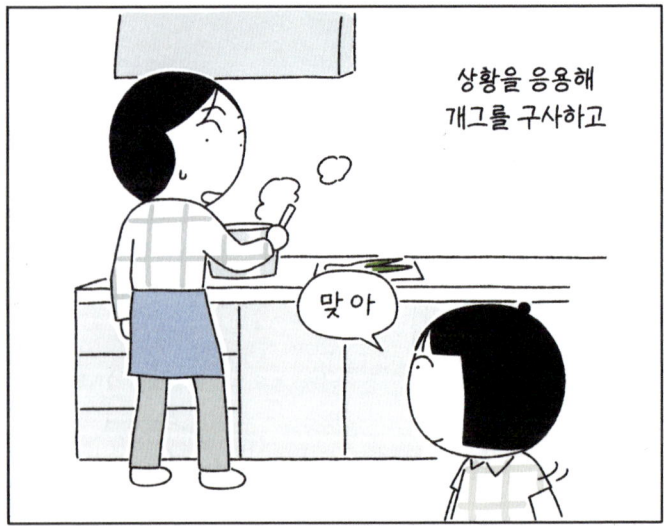

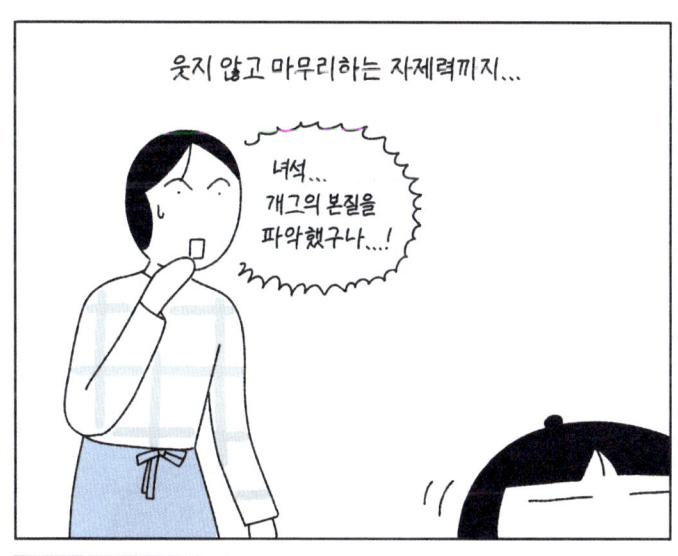

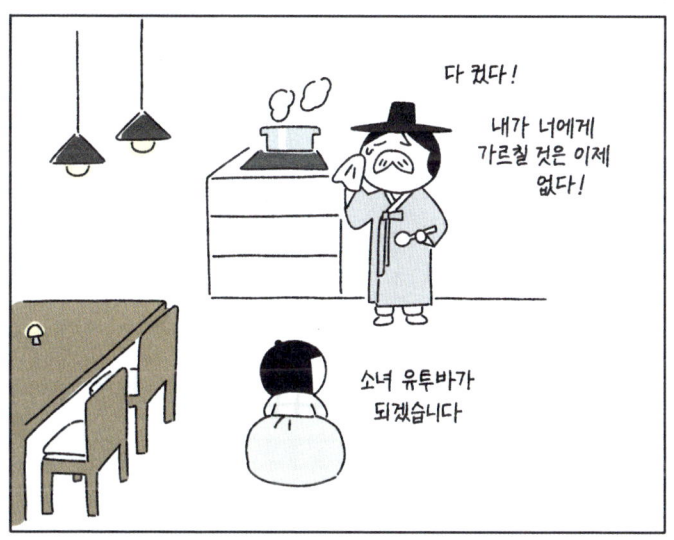

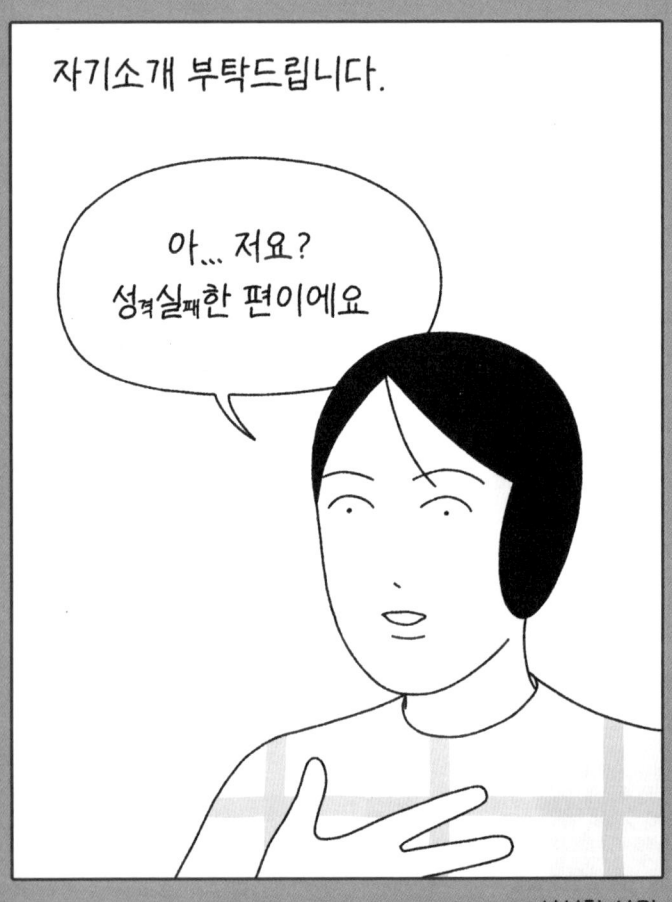

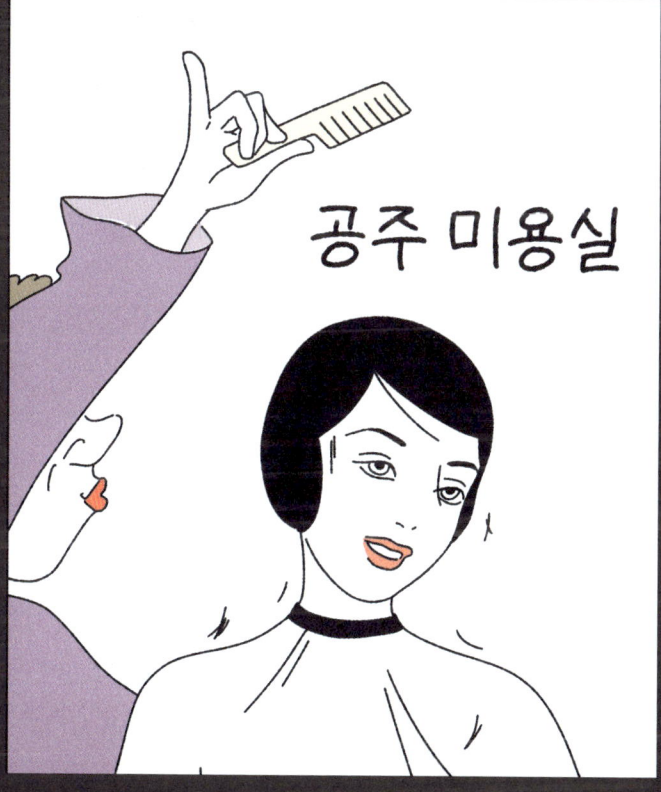

공주 미용실

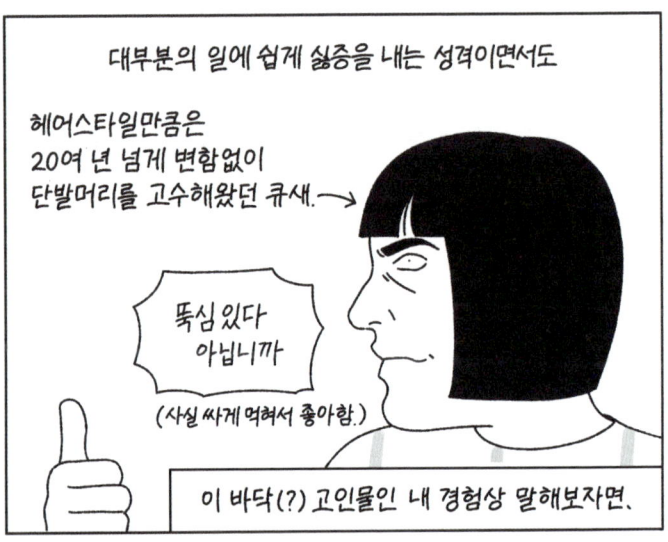

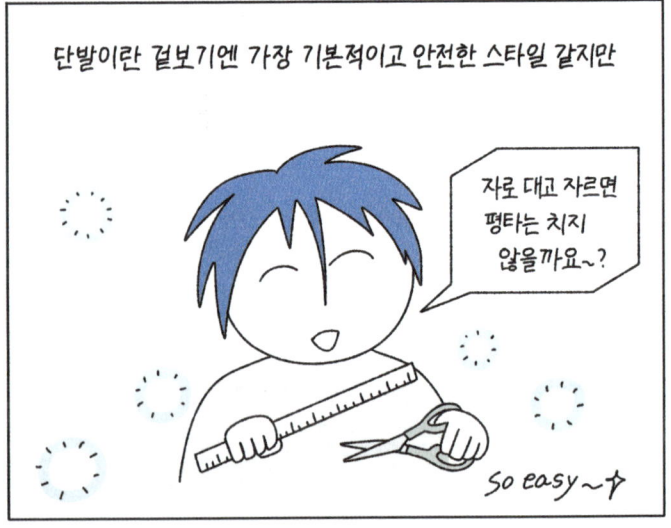

사실 의외로 호락호락하지 않다.

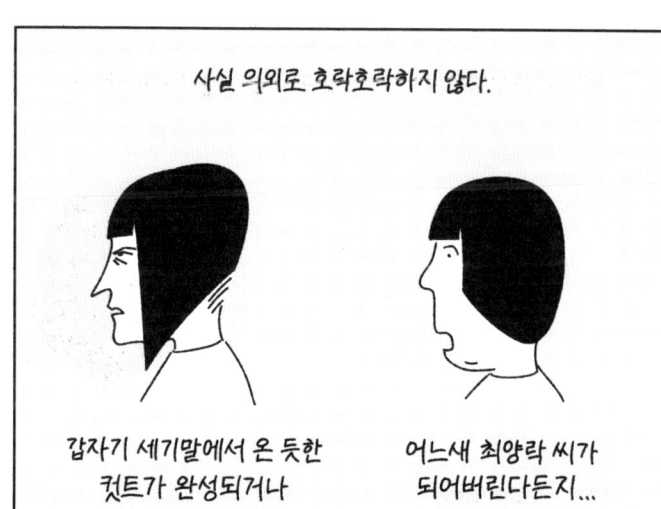

갑자기 세기말에서 온 듯한
컷트가 완성되거나

어느새 최양락 씨가
되어버린다든지...

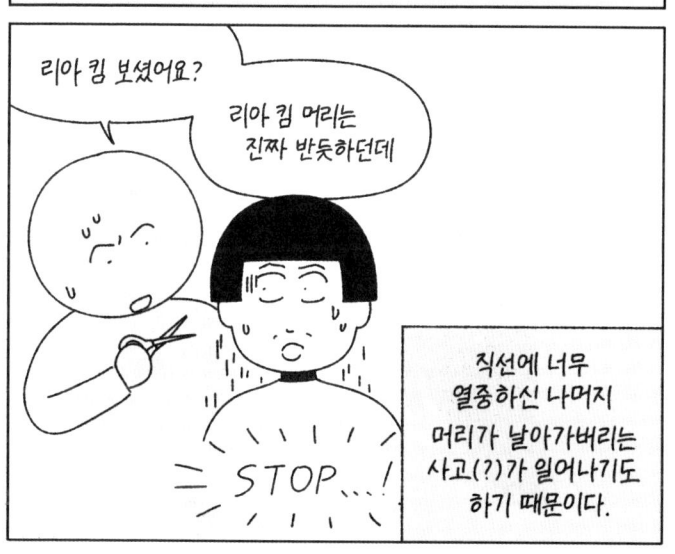

리아 킴 보셨어요?

리아 킴 머리는
진짜 반듯하던데

STOP....!

직선에 너무
열중하신 나머지
머리가 날아가버리는
사고(?)가 일어나기도
하기 때문이다.

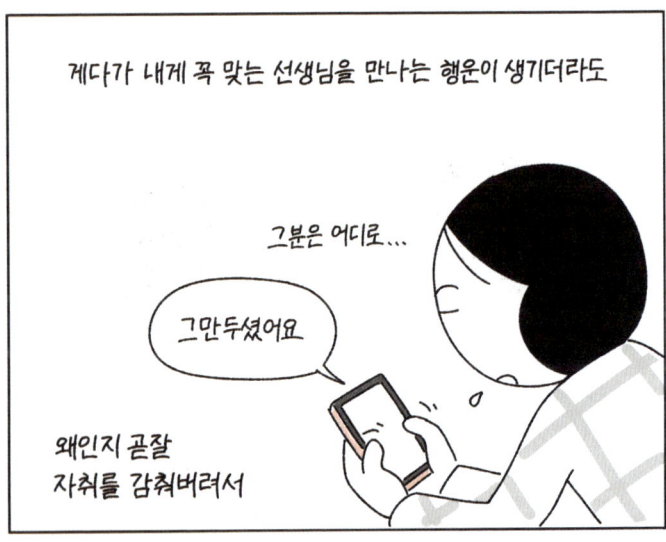

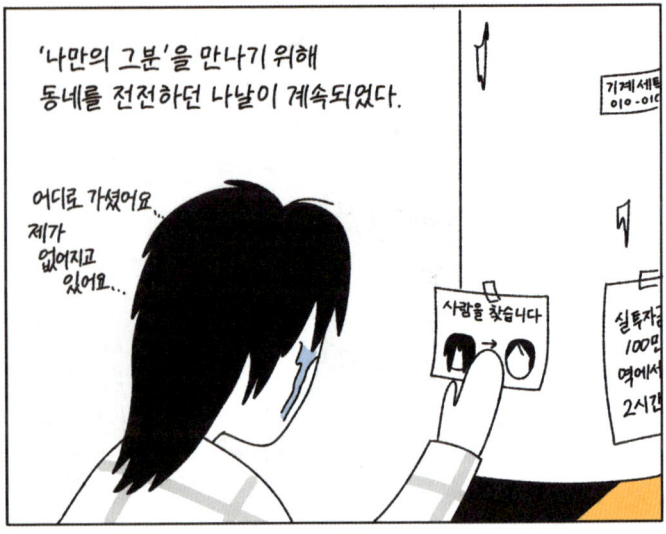

그러던 어느 날,
집 근처에 아담하고 이쁘장한 미용실 하나가 생긴 걸 보고

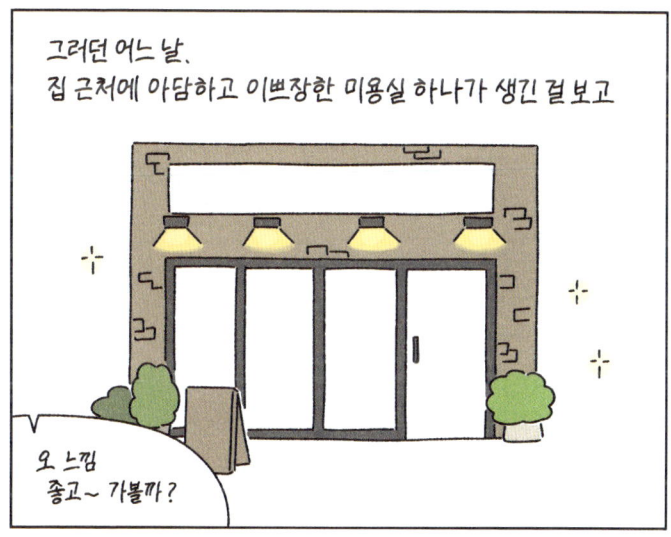

오 느낌
좋고~ 가볼까?

호기심에 충동적으로
들어갔는데...

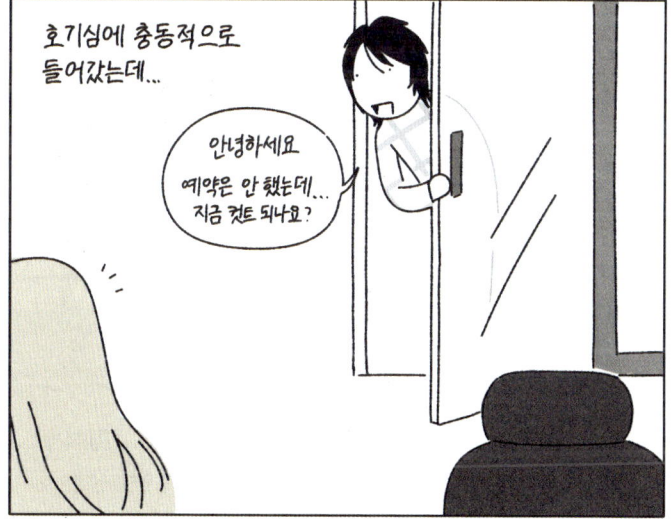

안녕하세요
예약은 안 했는데...
지금 컷트 되나요?

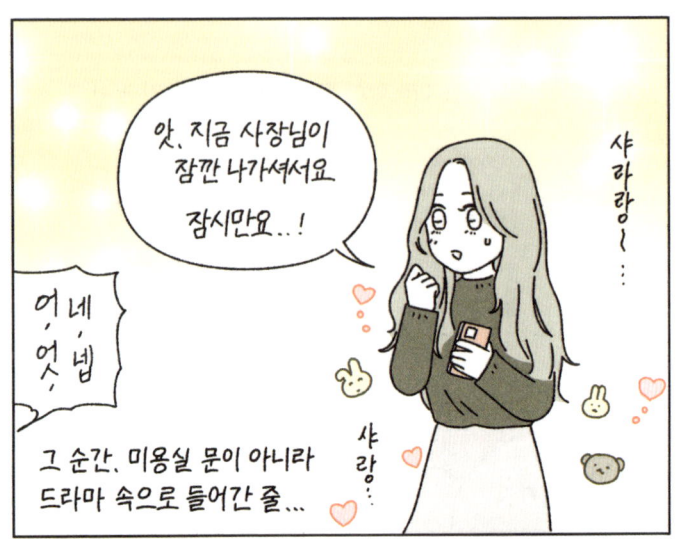

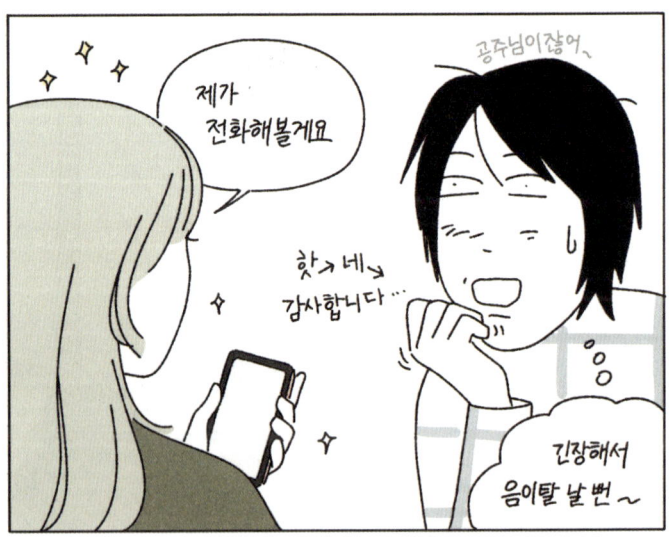

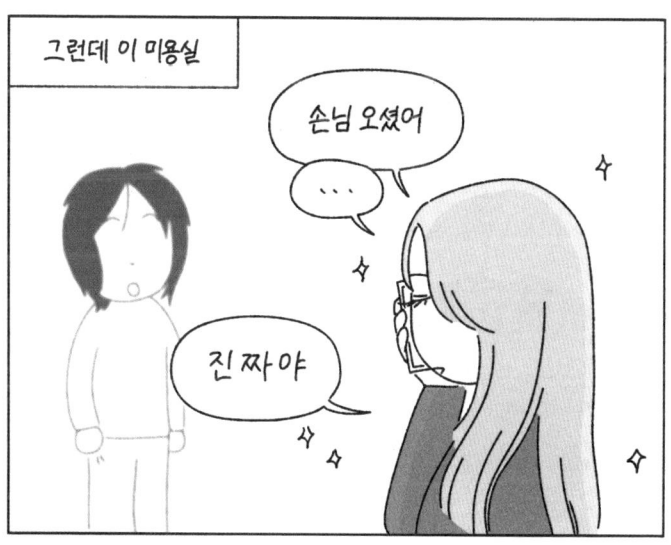

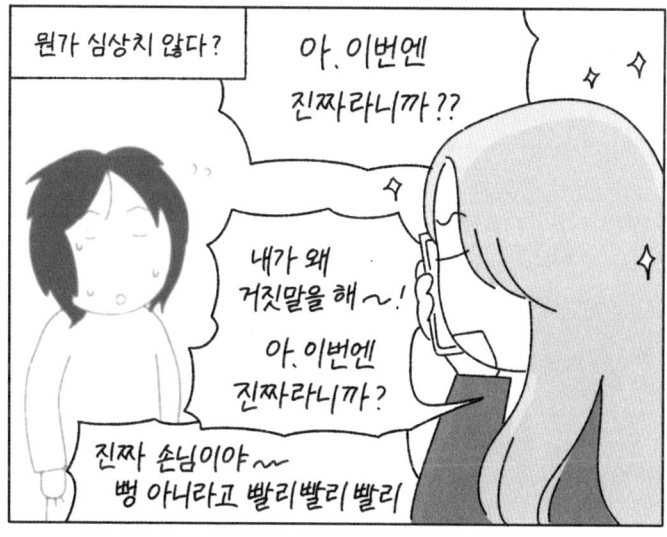

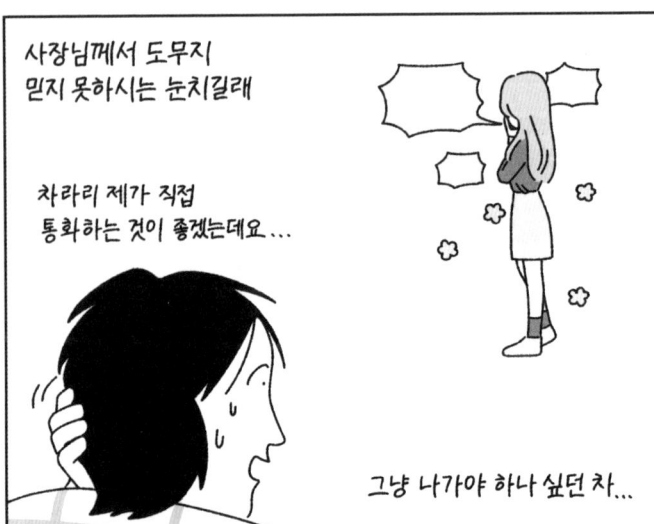

사장님께서 도무지
믿지 못하시는 눈치길래

차라리 제가 직접
통화하는 것이 좋겠는데요...

그냥 나가야 하나 싶던 차...

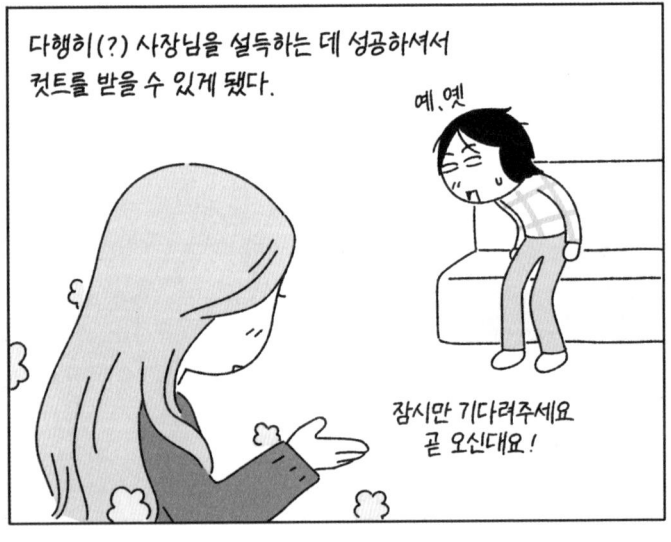

다행히(?) 사장님을 설득하는 데 성공하셔서
컨트를 받을 수 있게 됐다.

예.옛

잠시만 기다려주세요
곧 오신대요!

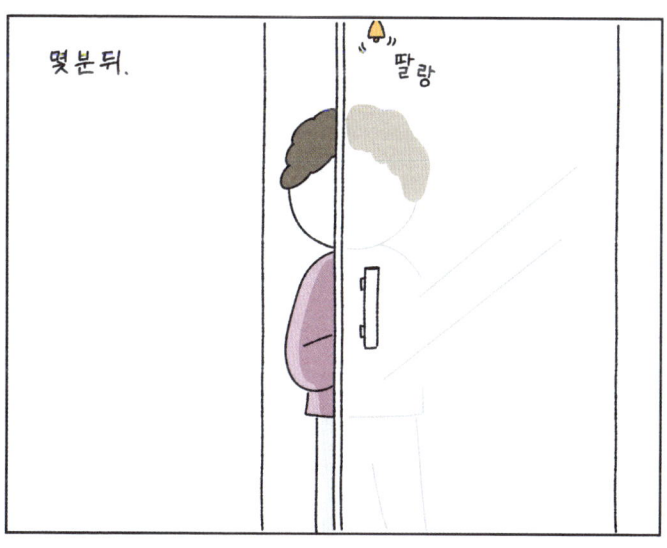

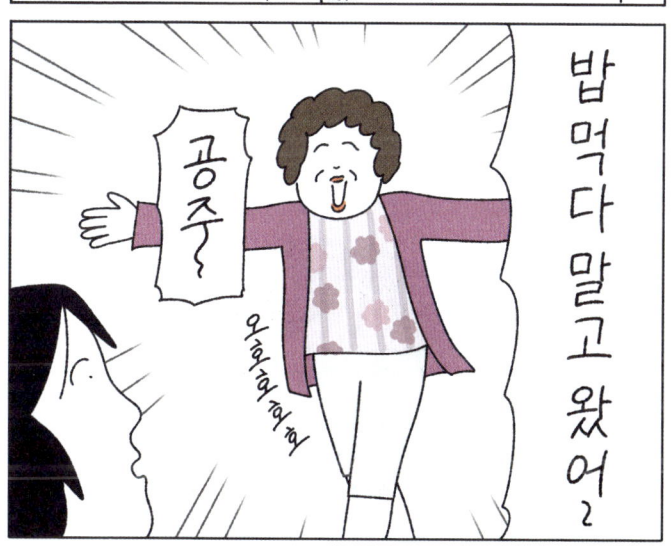

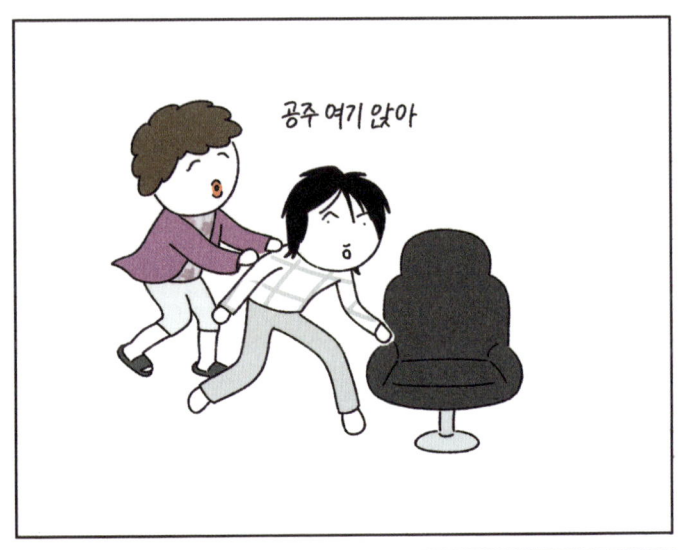

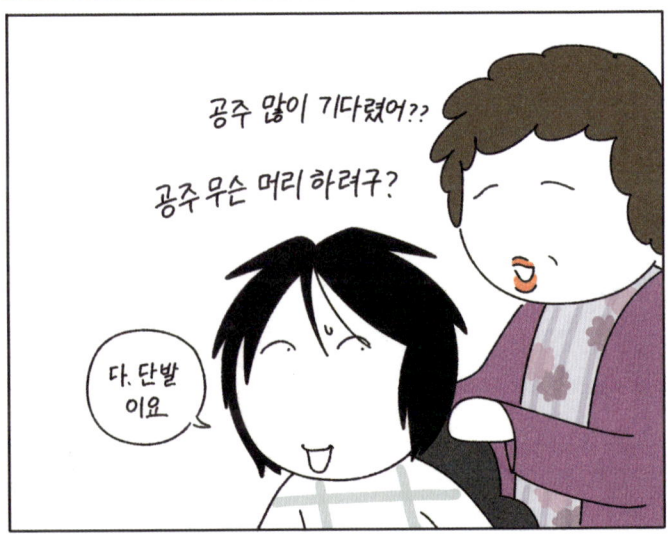

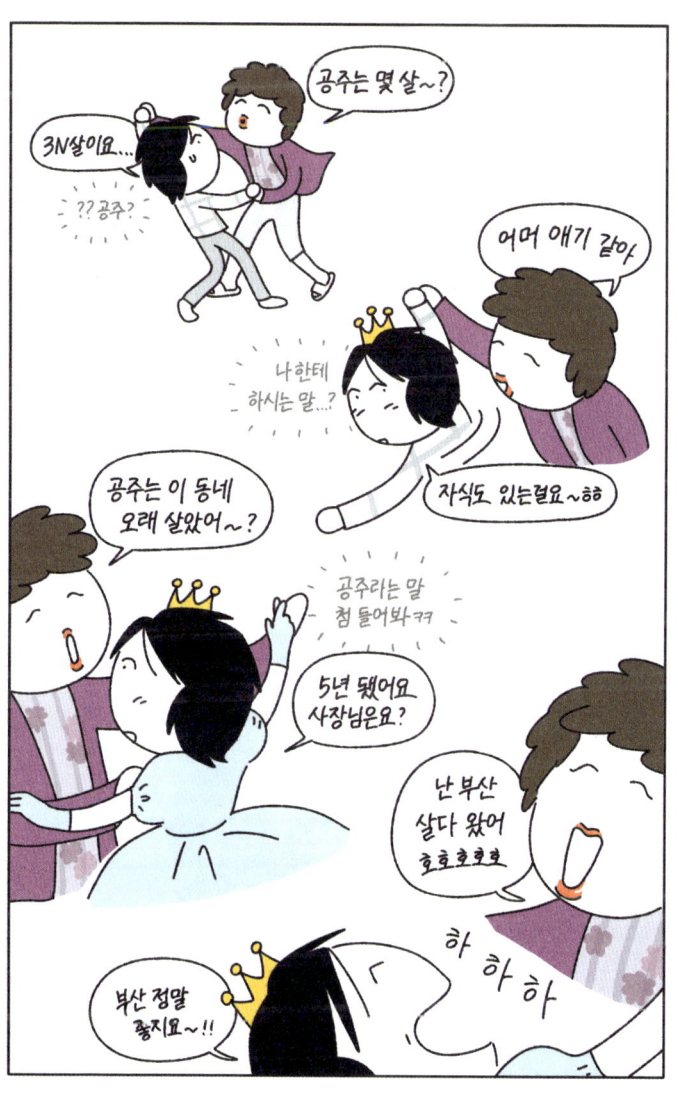

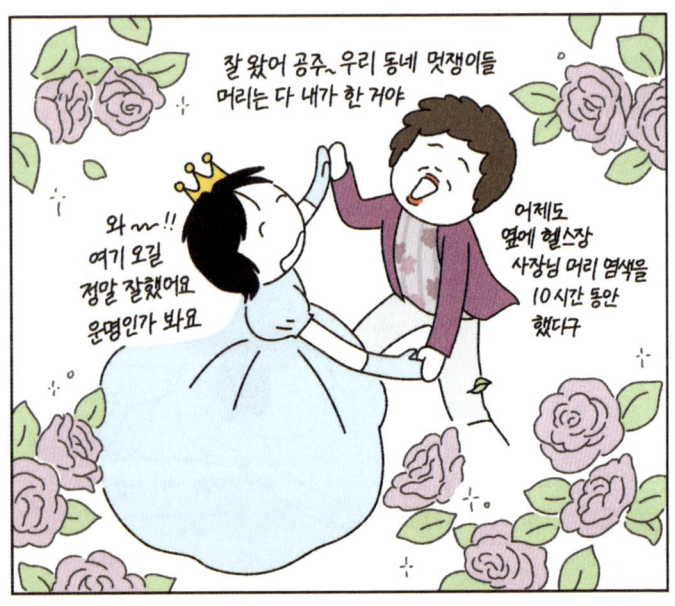

불과 몇 컷 만에 나는 아주머니에게 폭 홀려버렸다.

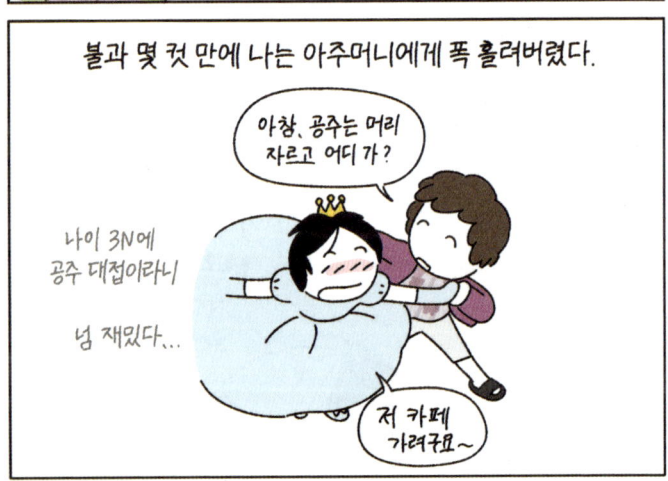

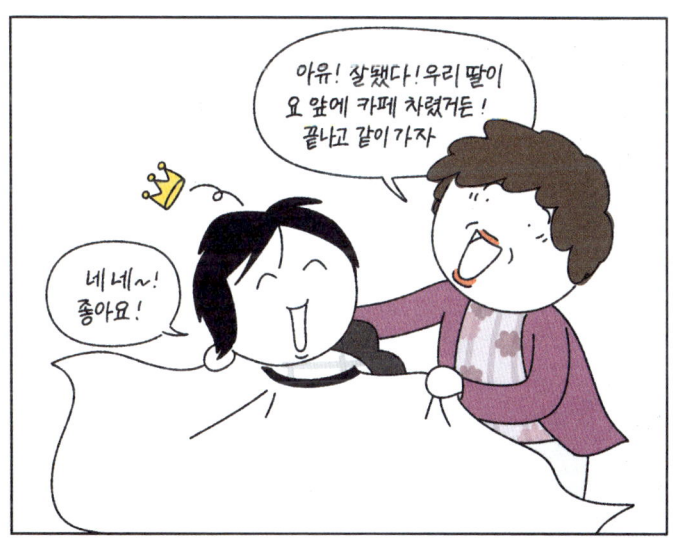

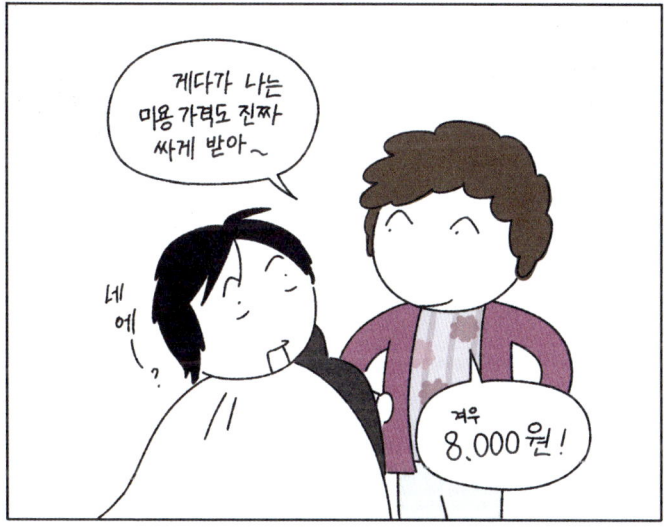

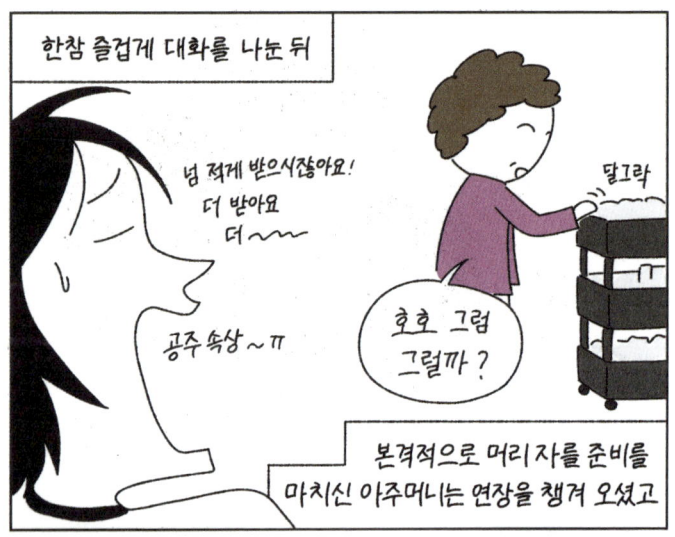

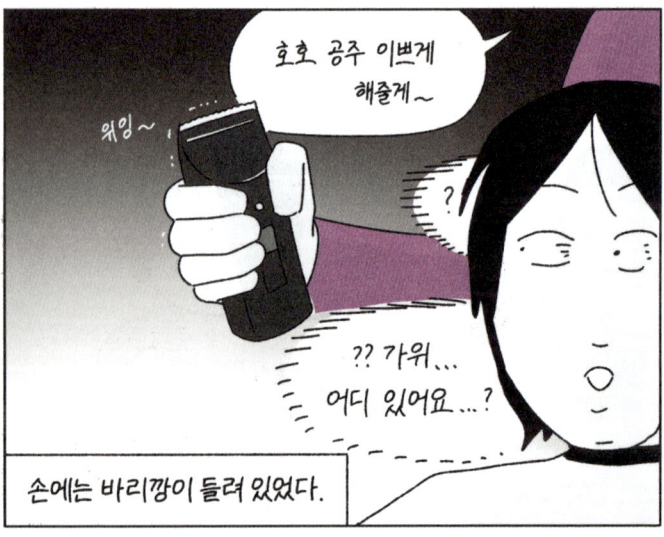

가끔 릴스를 보다 보면 의중을 알 수 없는
기술을 선보이는 미용사가 있잖은가.

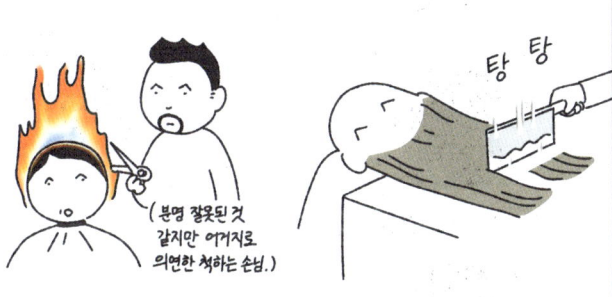

(분명 잘못된 것
같지만 억지로
의연한 척하는 손님.)

탕 탕

머리에 불 지르고 깎기、 중식도로 머리 채썰기 같은...

이날 나는 내가 그 암흑 미용사를 만났음을
직감했다.

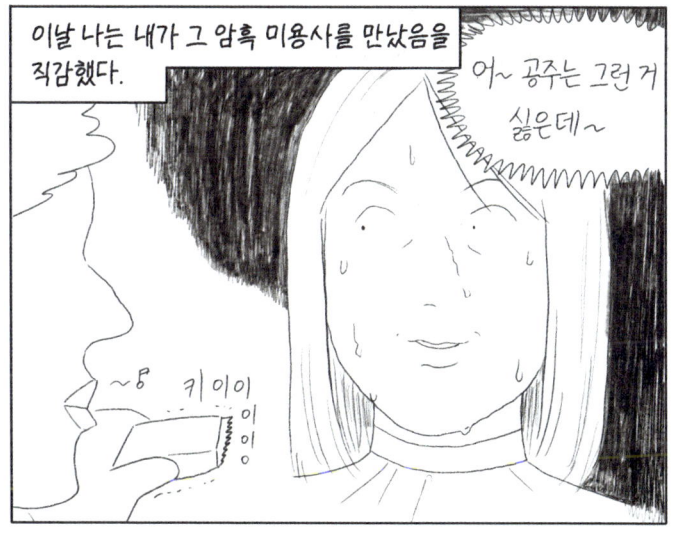

어~ 공주는 그런 거
싫은데~

~♪ 키이이
이
이잉

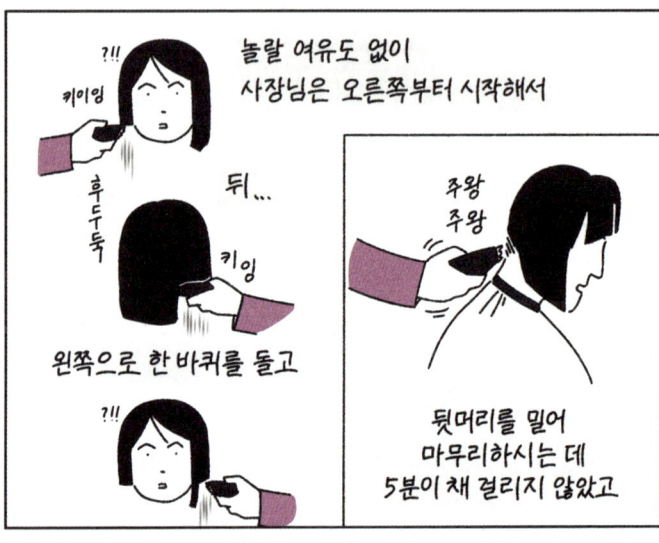

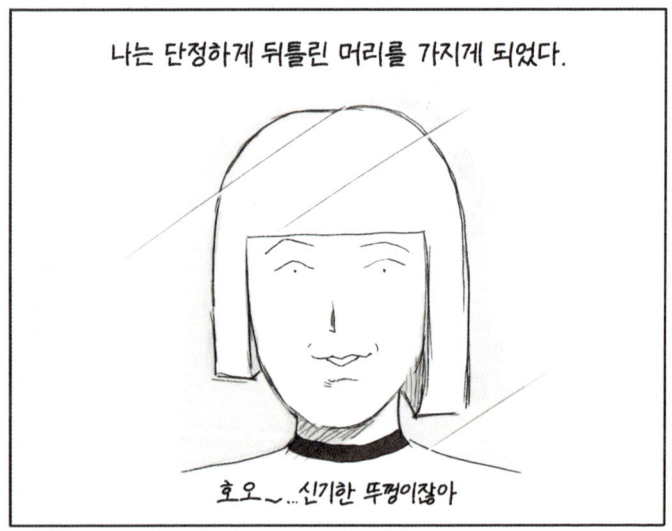

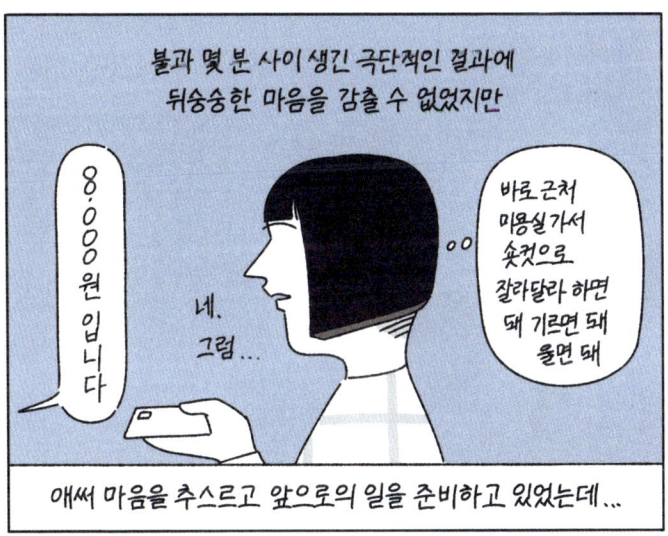

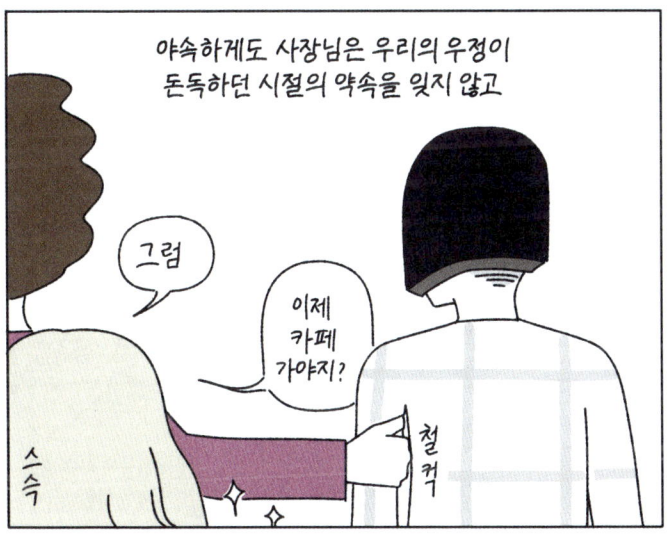

미용실 문을 걸어 잠근 채 따님이 운영하는 카페로
나를 ~~끌고~~ 데려가셨다.

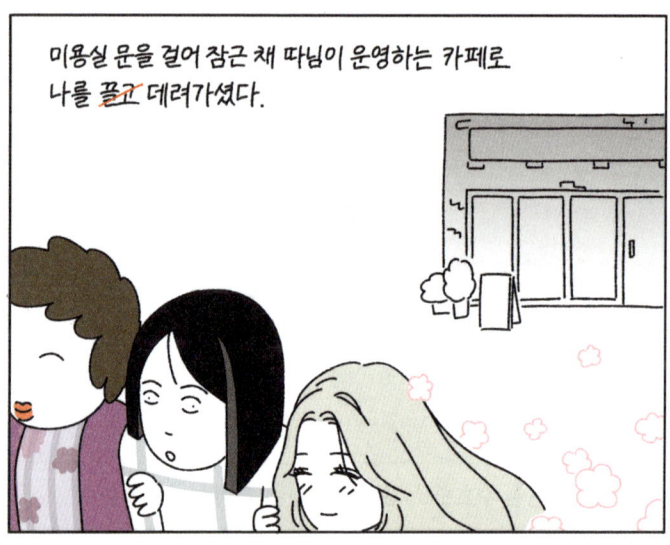

그리고... 그곳에서 시킨 밀크티 한 모금을 마시는 순간,
모든 것이 명확해졌다.

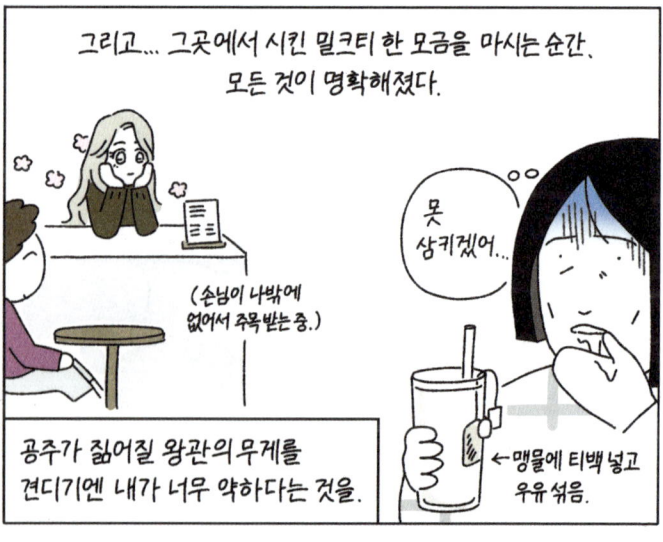

(손님이 나밖에
없어서 주목받는 중.)

못
삼키겠어...

공주가 짊어질 왕관의 무게를
견디기엔 내가 너무 약하다는 것을.

←맹물에 티백 넣고
우유 섞음.

차마 더 마시지 못하고 급한 용무가 있다는 핑계로
도망치듯 자리를 피한 나는

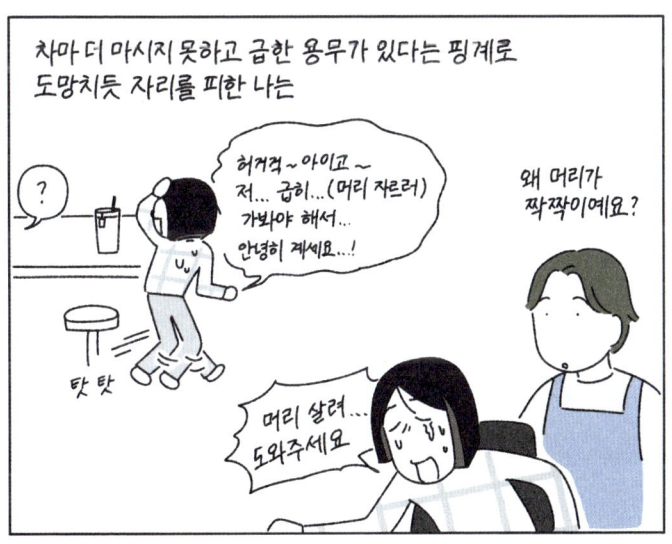

페위된 공주가 되어
한동안 그 골목을 피해 돌아다녀야 했다...

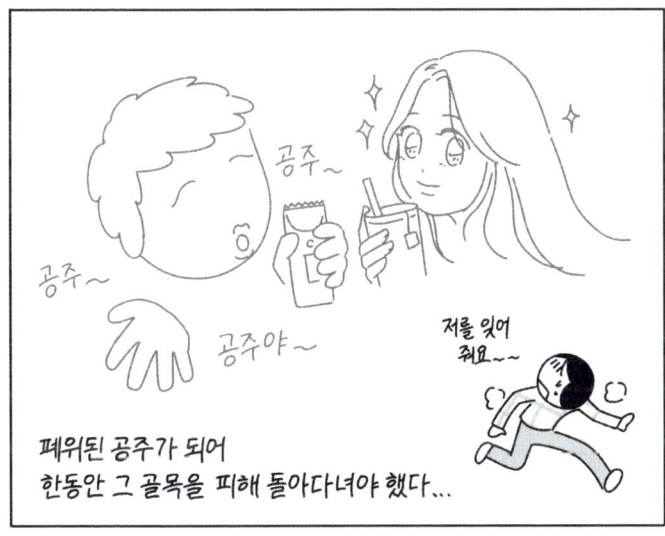

낭만의 맛

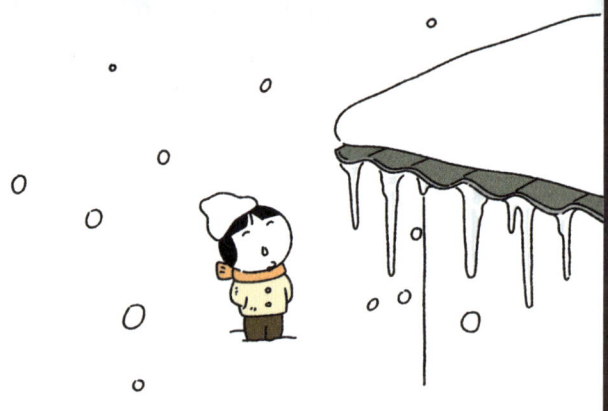

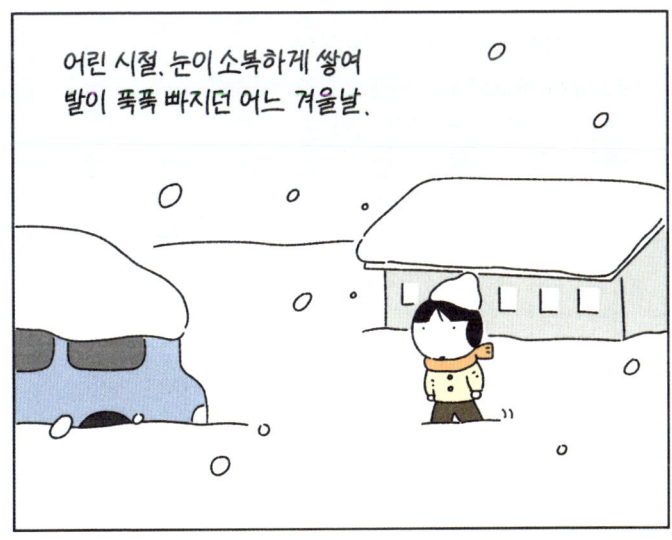

어린 시절, 눈이 소복하게 쌓여
발이 푹푹 빠지던 어느 겨울날.

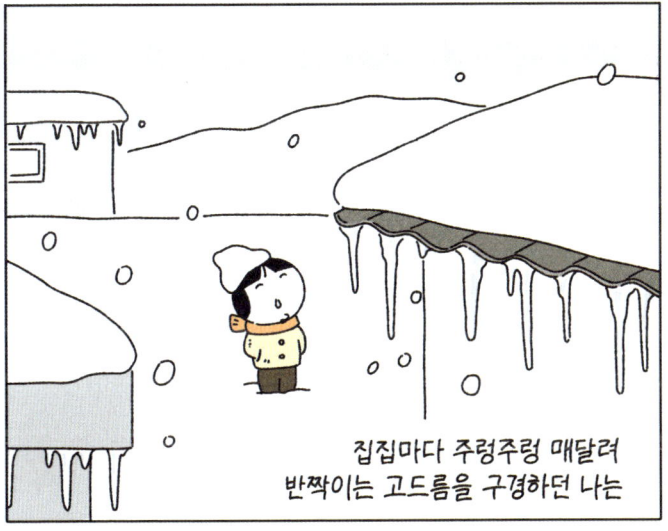

집집마다 주렁주렁 매달려
반짝이는 고드름을 구경하던 나는

그중에서도 한 슬레이트 지붕 끝에
탐스럽게 매달린 고드름에 눈길을 빼앗겼다.

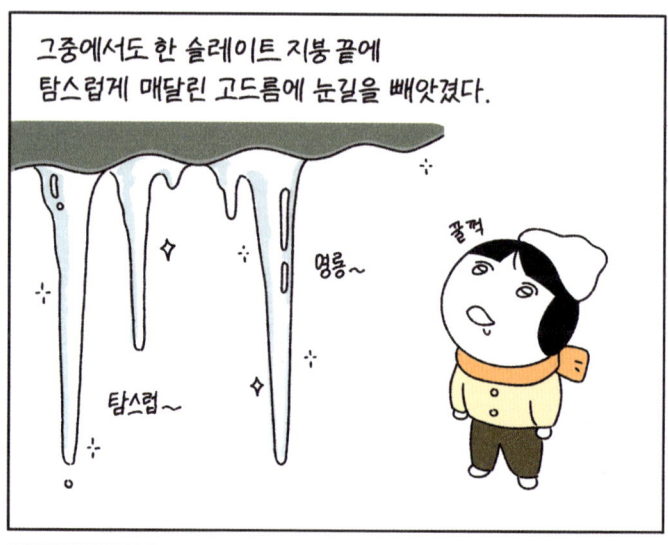

영롱~

꿀꺽

탐스럽~

쌓인 눈도 마치 셔벗 같은 게

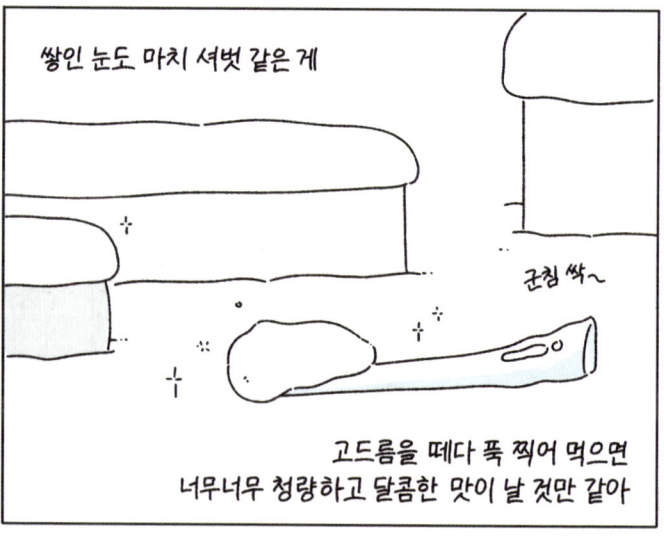

군침 싹~

고드름을 떼다 푹 찍어 먹으면
너무너무 청량하고 달콤한 맛이 날 것만 같아

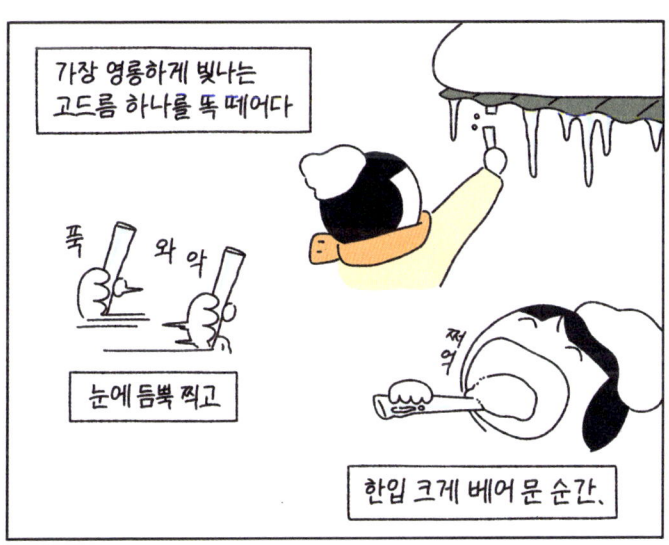

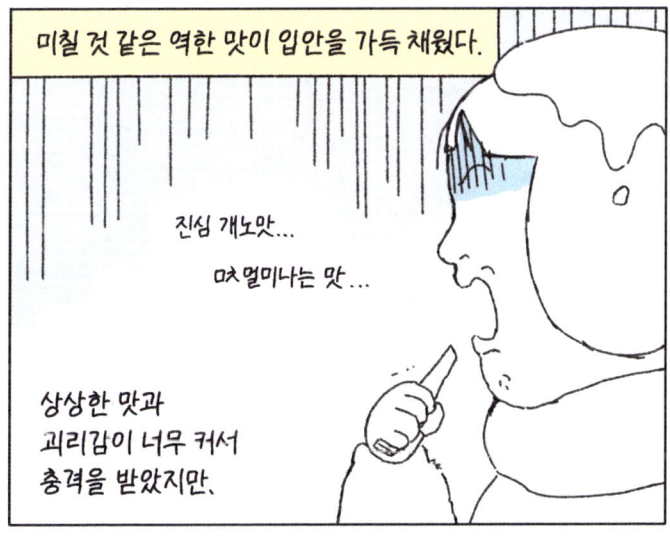

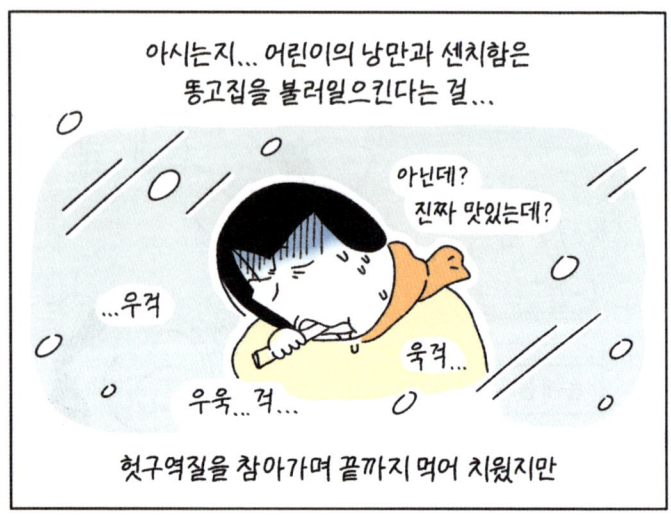

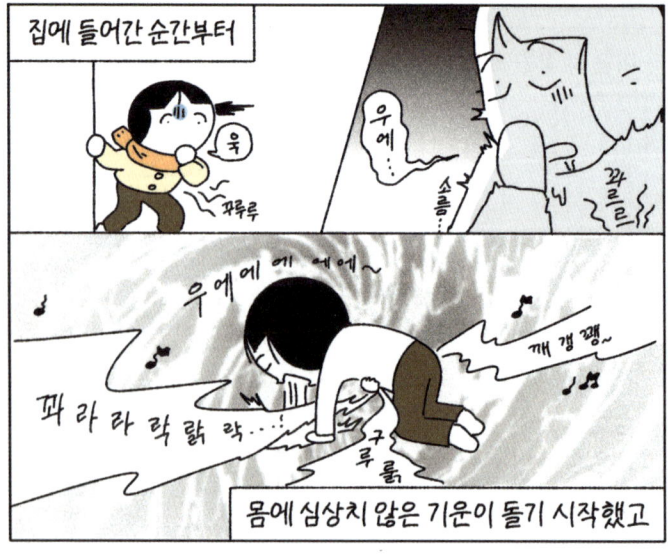

그렇게 내리 이틀을 변기 위에서 죽어지내야 했다.

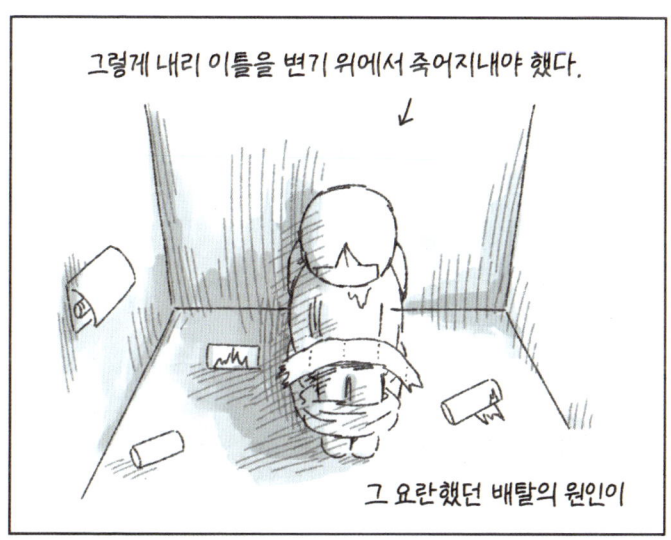

그 요란했던 배탈의 원인이

무엇이었는지 깨닫는 데는
그리 오랜 시간이 걸리지 않았다...

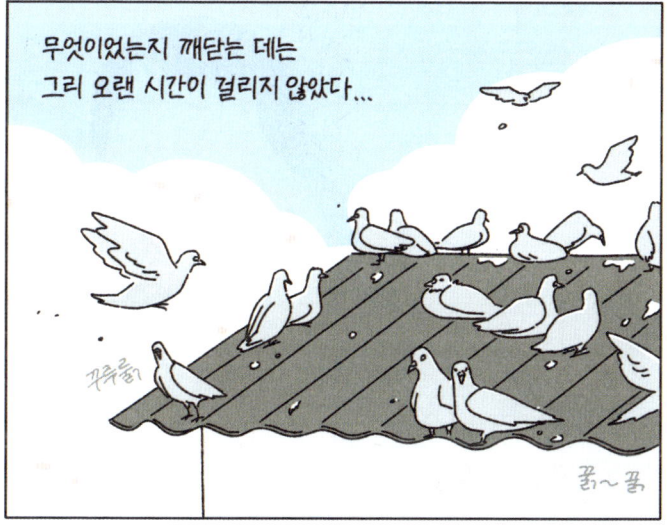

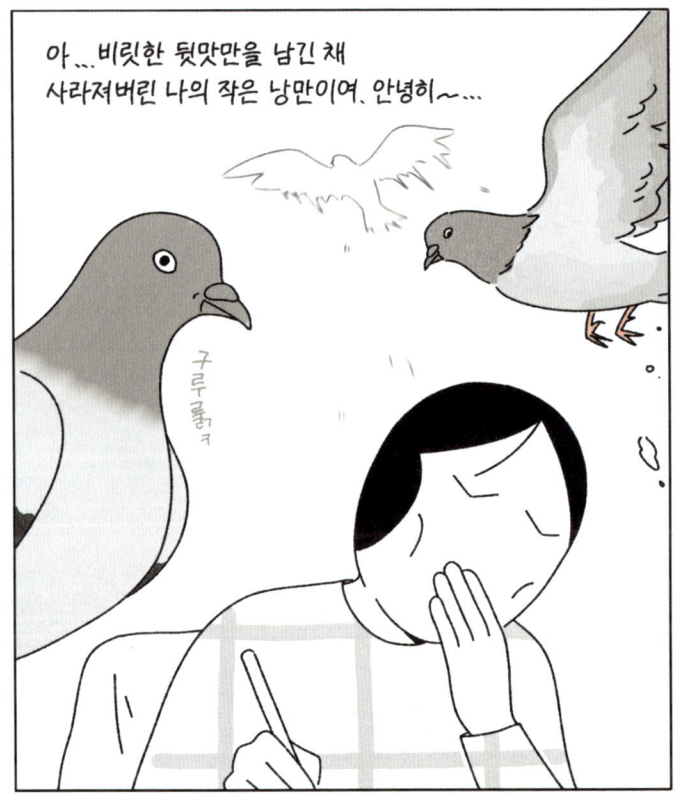

쌍쌍바

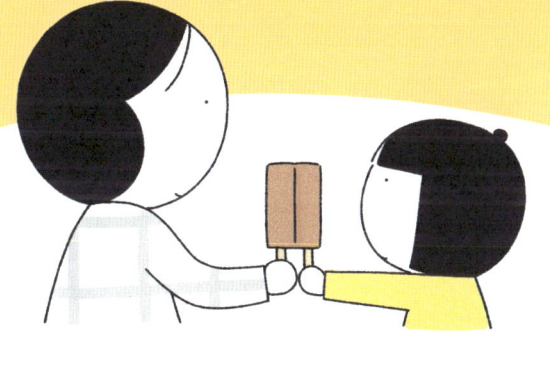

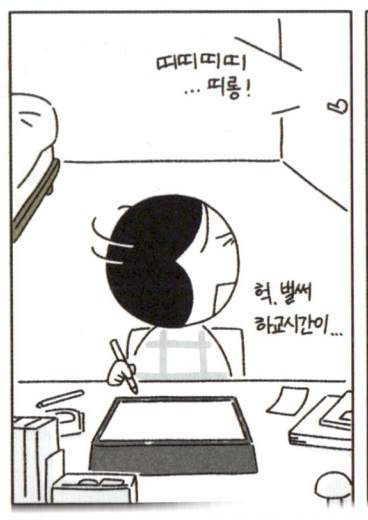

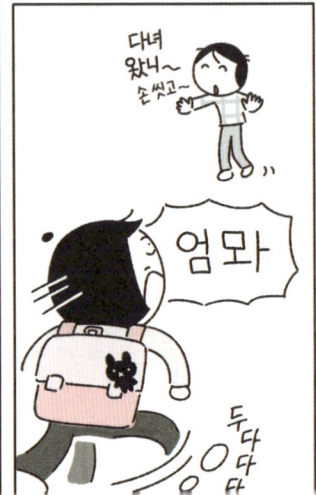

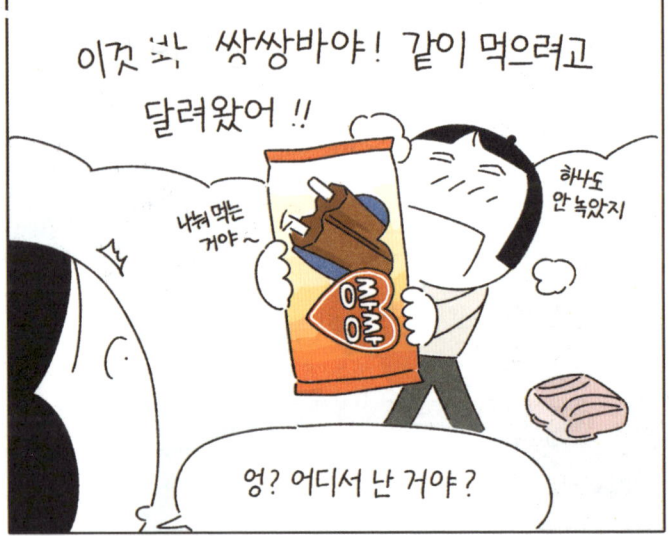

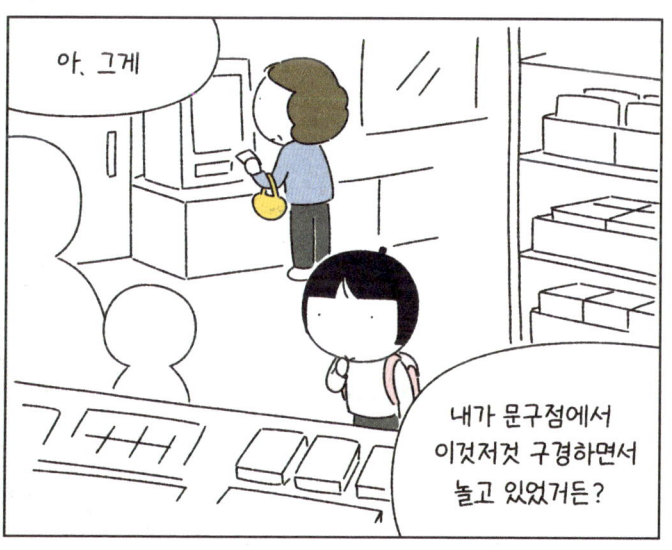

아, 그게

내가 문구점에서
이것저것 구경하면서
놀고 있었거든?

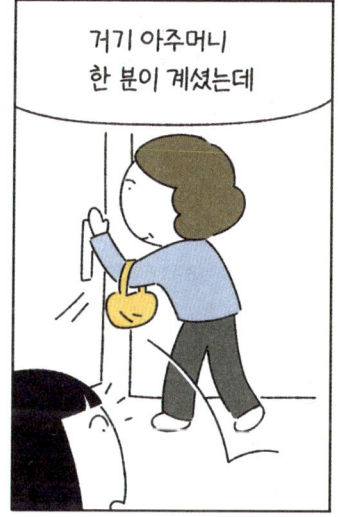

거기 아주머니
한 분이 계셨는데

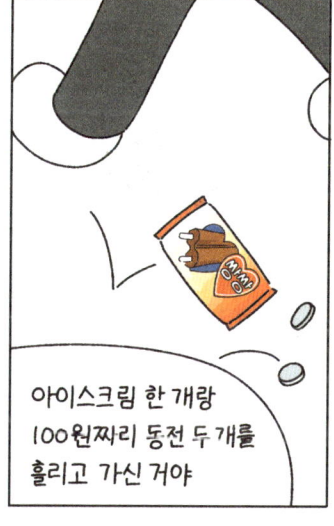

아이스크림 한 개랑
100원짜리 동전 두 개를
흘리고 가신 거야

그래서 내가
얼른 주워 가지구

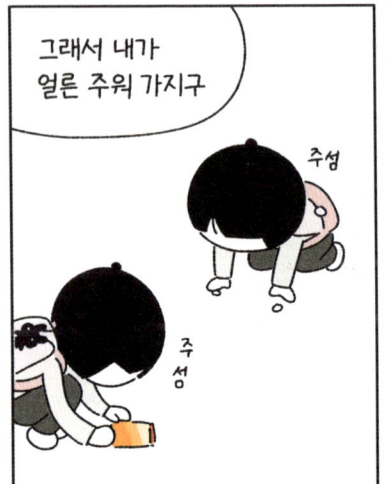

주섬

주섬

아주머니~!
~!

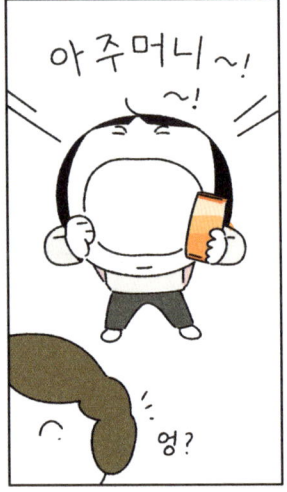

엉?

드렸더니

아이고 착하구나

아줌마가 고마워서
아이스크림 하나
사줄게 골라봐!

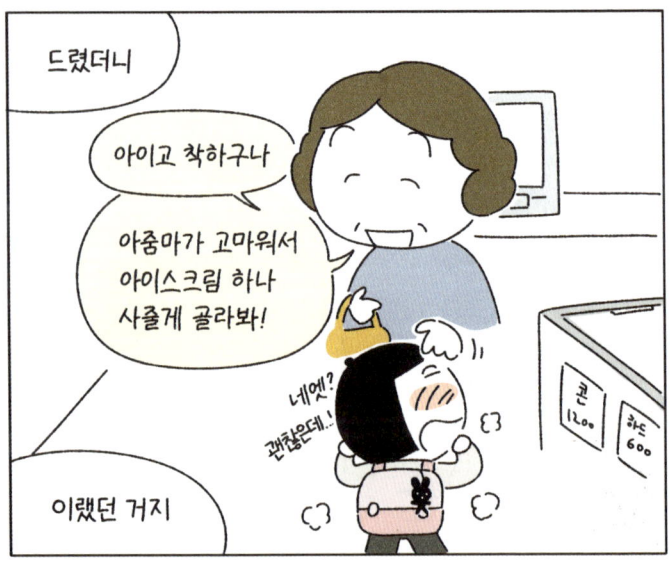

네엣?
괜찮은데..!

콘
1200

하드
600

이랬던 거지

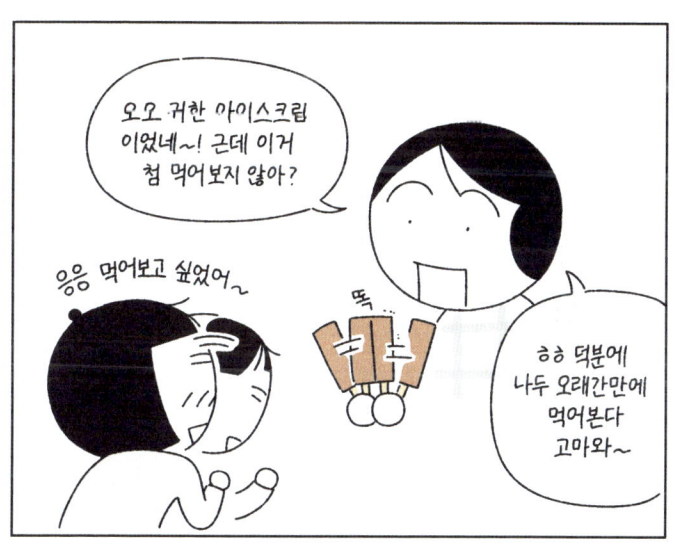

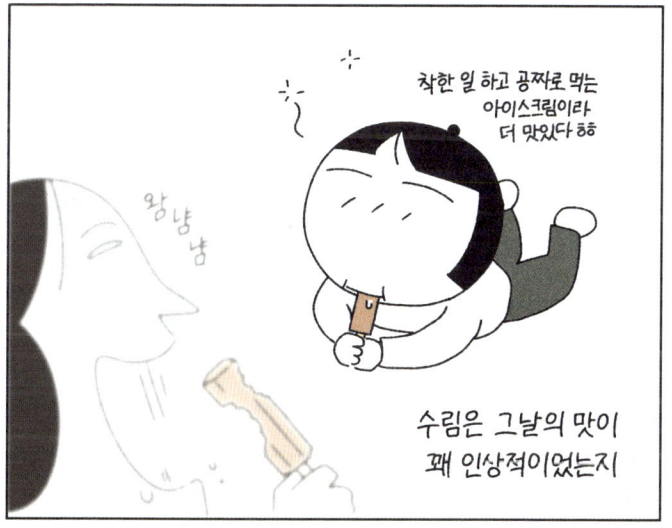

쌍쌍바를 줄기차게 사 먹기 시작 했는데
↳ 최애가 됨.

(좀 물렸다.)

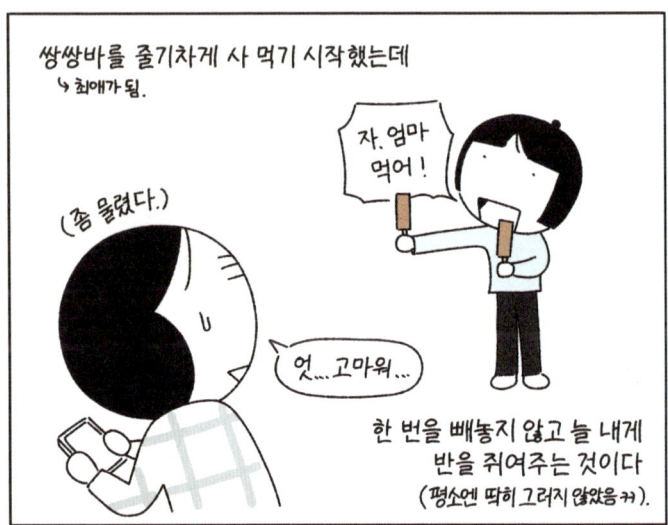

자. 엄마 먹어!

엇... 고마워...

한 번을 빼놓지 않고 늘 내게 반을 쥐여주는 것이다
(평소엔 딱히 그러지 않음 ㅋㅋ).

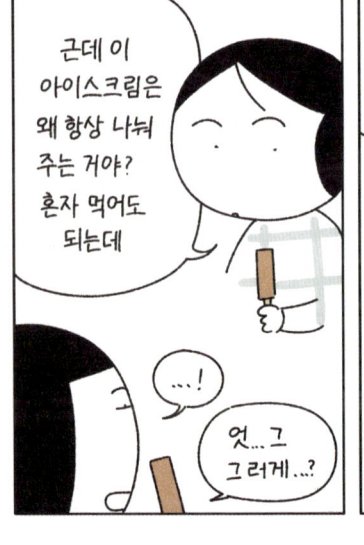

근데 이 아이스크림은 왜 항상 나눠 주는 거야? 혼자 먹어도 되는데

...!

엇...그 그러게..?

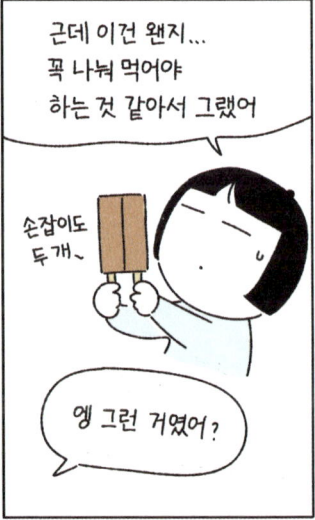

근데 이건 왠지... 꼭 나눠 먹어야 하는 것 같아서 그랬어

손잡이도 두 개~

엥 그런 거였어?

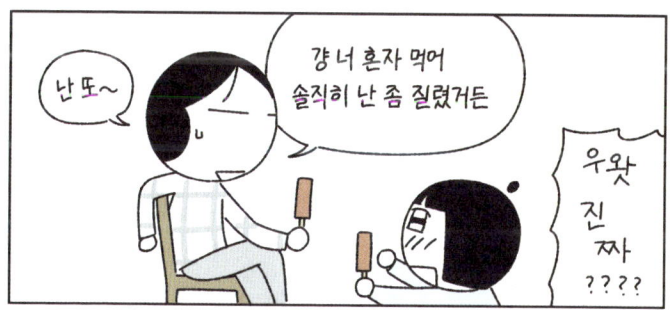

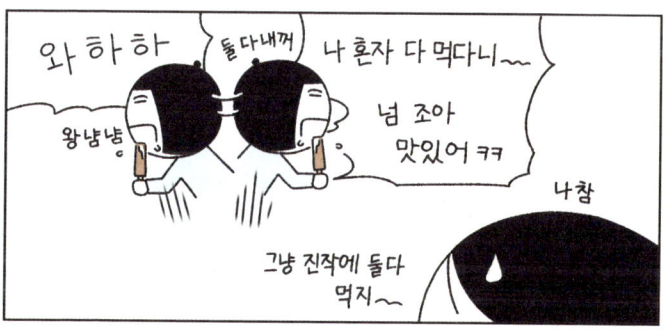

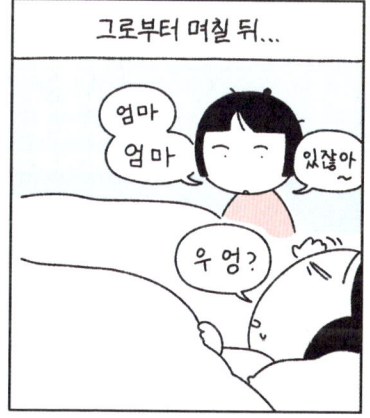

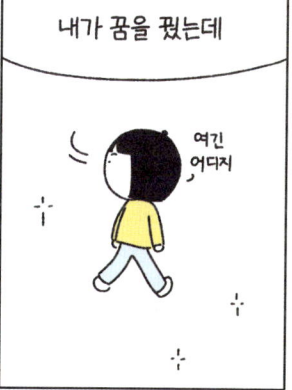

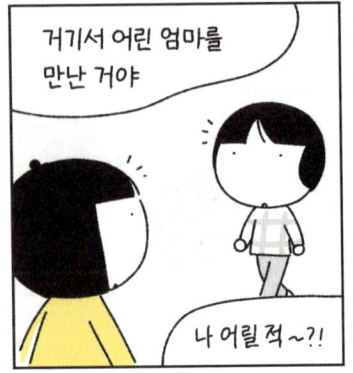

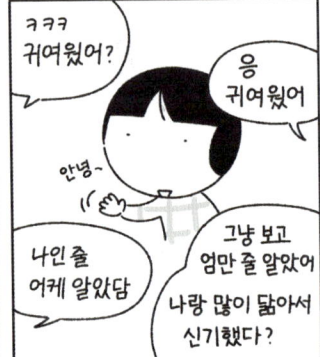

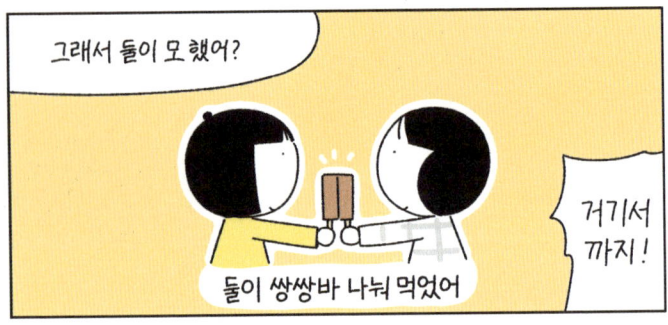

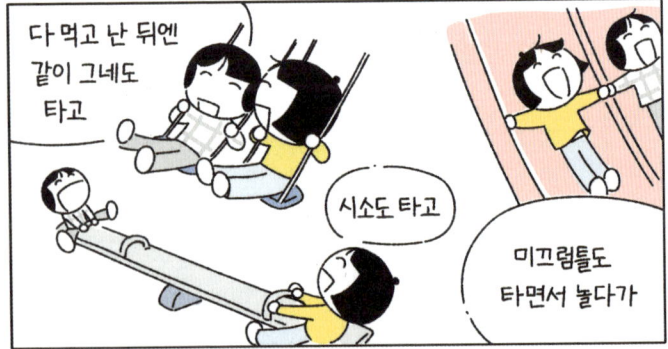

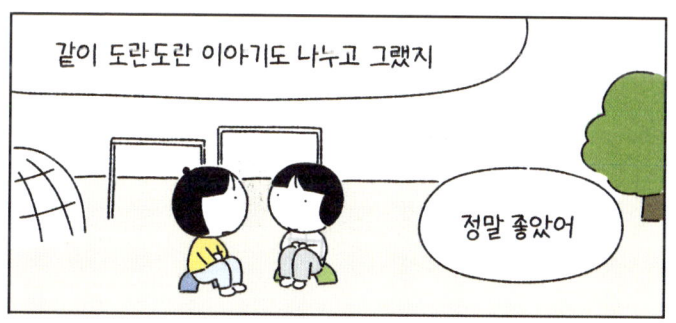

같이 도란도란 이야기도 나누고 그랬지

정말 좋았어

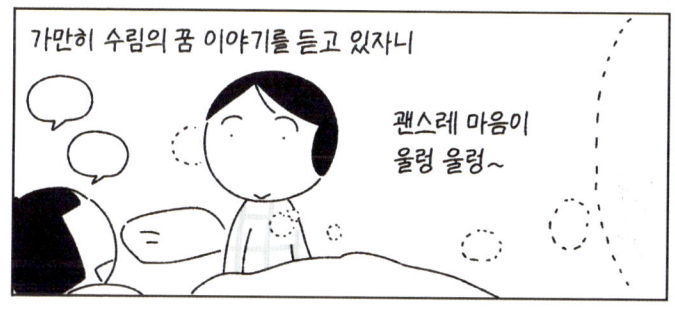

가만히 수림의 꿈 이야기를 듣고 있자니

괜스레 마음이
울렁 울렁~

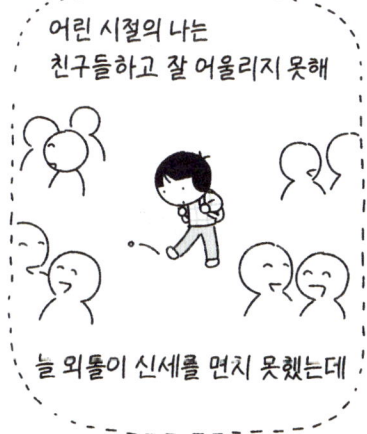

어린 시절의 나는
친구들하고 잘 어울리지 못해

늘 외톨이 신세를 면치 못했는데

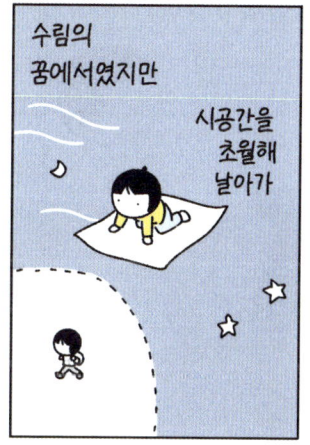

수림의
꿈에서였지만

시공간을
초월해
날아가

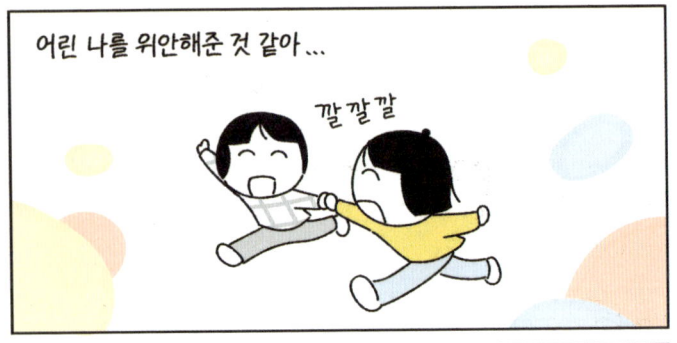

어린 나를 위안해준 것 같아...

깔깔깔

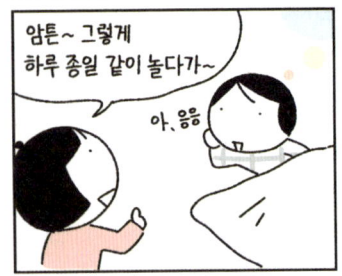

암튼~ 그렇게 하루 종일 같이 놀다가~

아, 응응

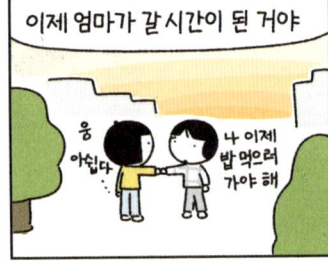

이제 엄마가 갈 시간이 된 거야

응
알았다

나 이제
밥 먹으러
가야 해

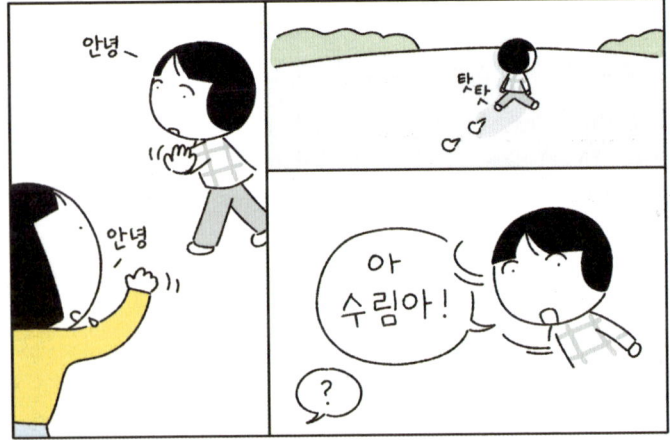

안녕~

안녕~

탓탓

아
수림아!

?

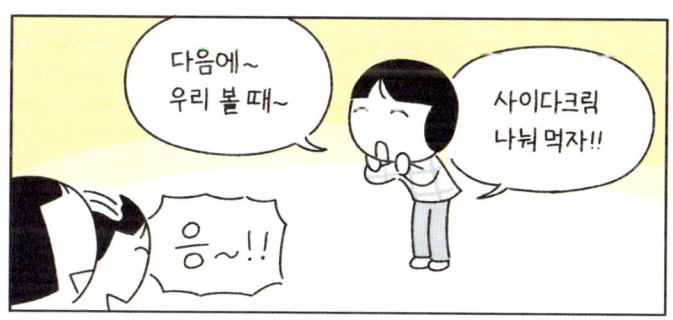

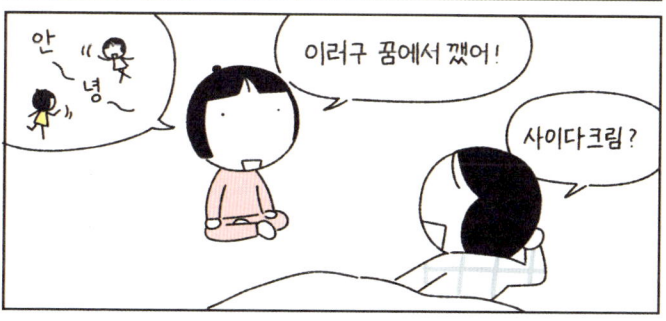

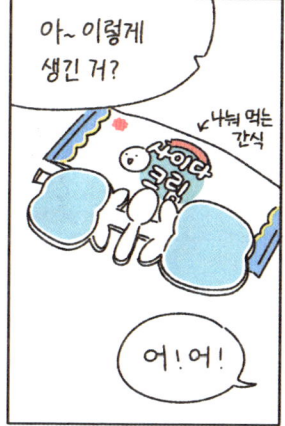

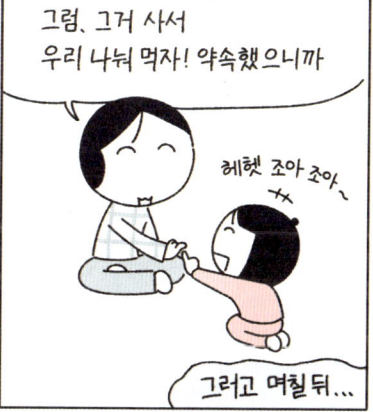

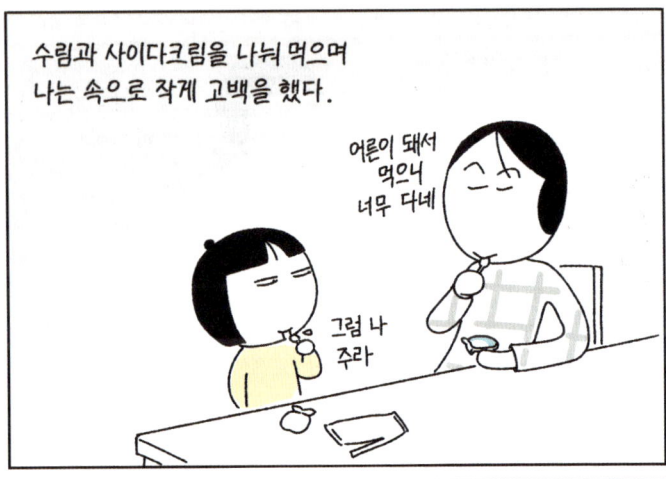

수림과 사이다크림을 나눠 먹으며
나는 속으로 작게 고백을 했다.

어른이 돼서
먹으니
너무 다네

그럼 나
주라

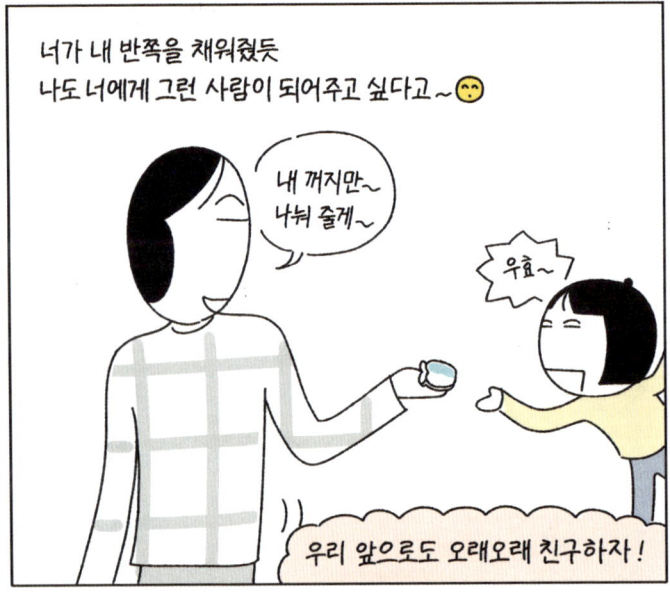

너가 내 반쪽을 채워줬듯
나도 너에게 그런 사람이 되어주고 싶다고~ 😊

내 꺼지만~
나눠 줄게~

우효~

우리 앞으로도 오래오래 친구하자 !

큐새의 일일

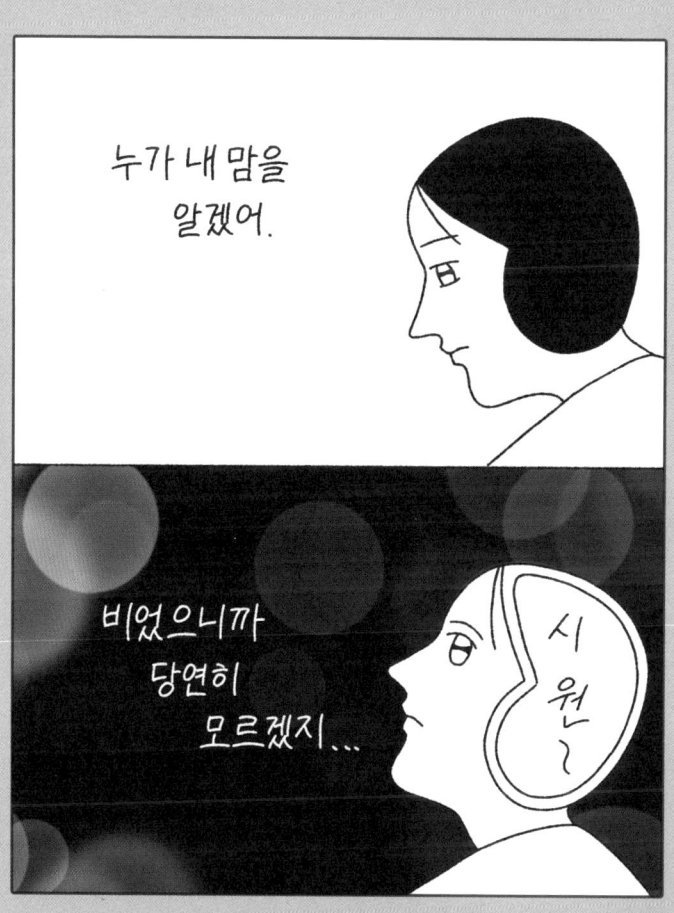

누가 내 맘을 알겠어

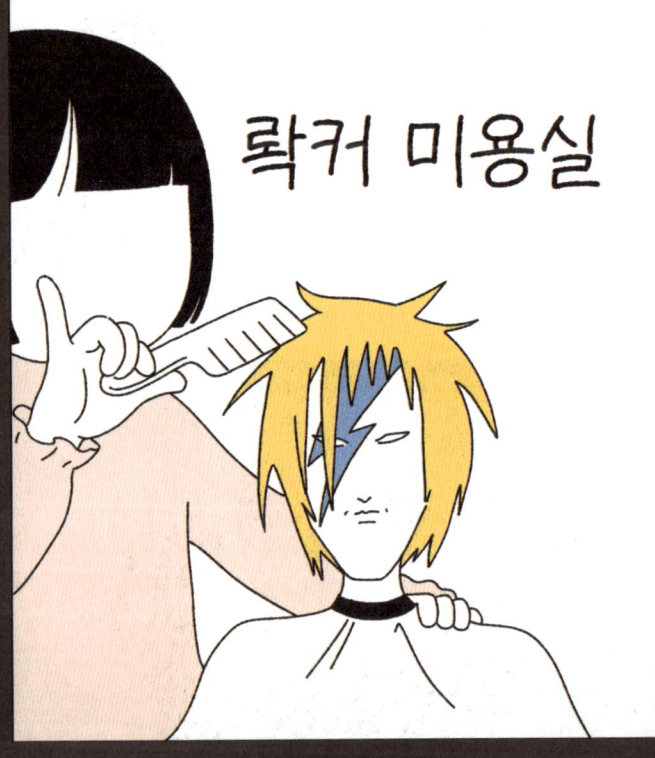

락커 미용실

무료한 방학을 보내고 있는 어린이 수림...

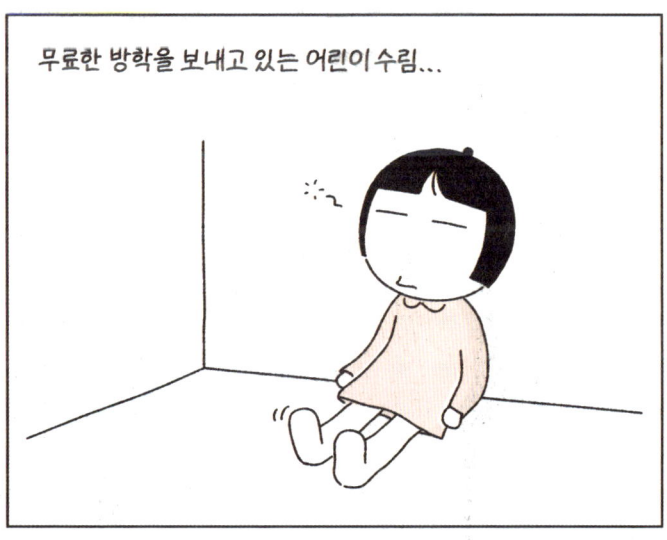

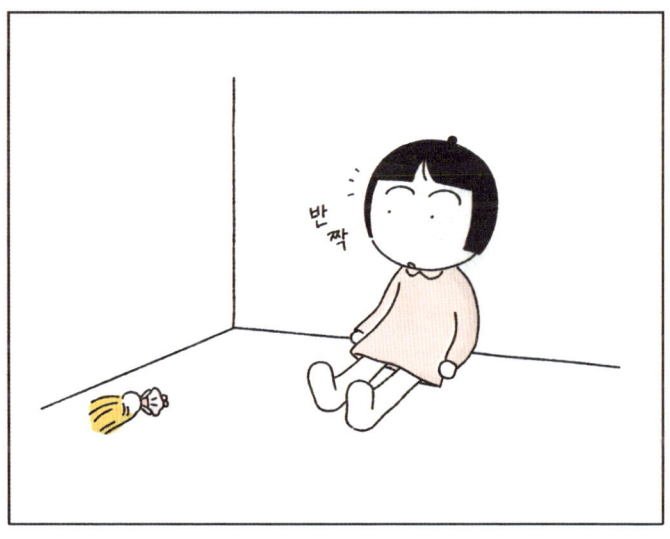

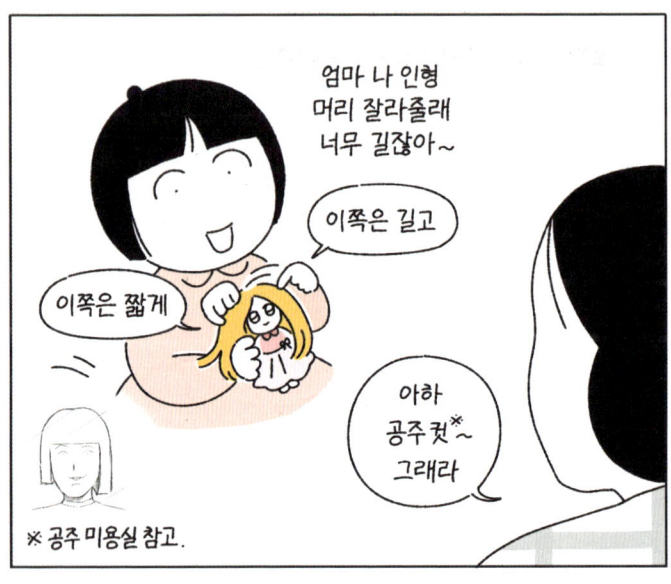

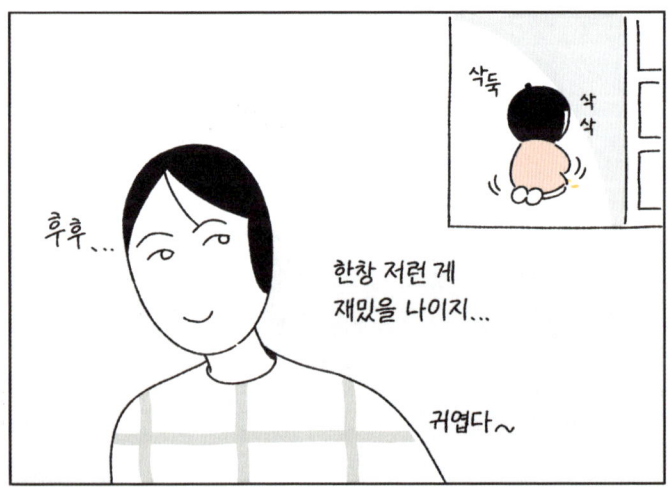

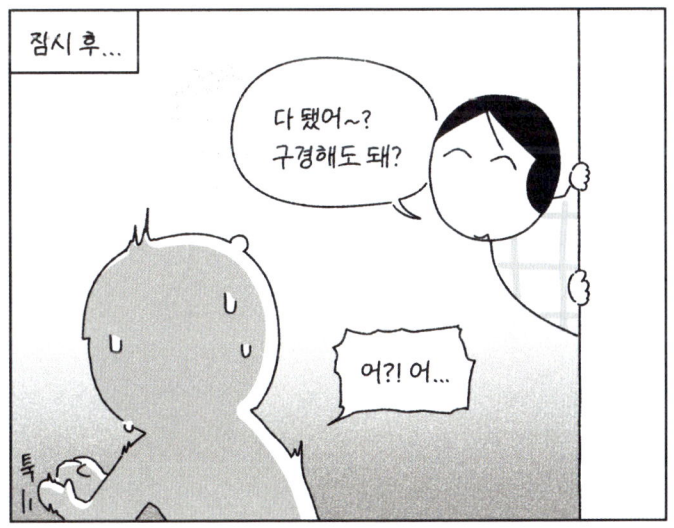
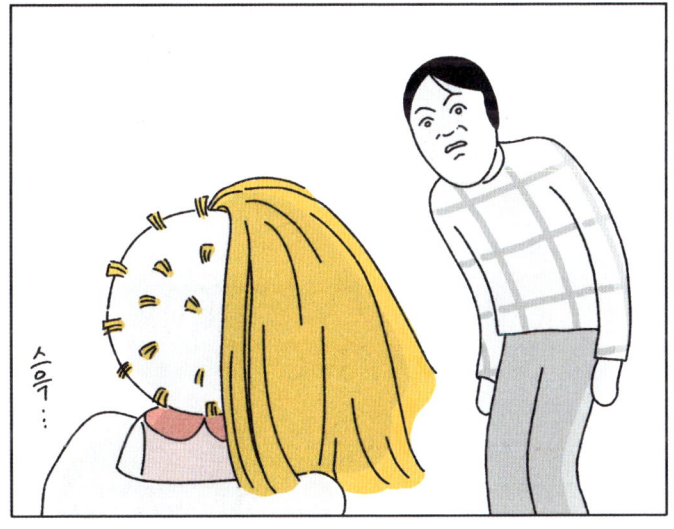

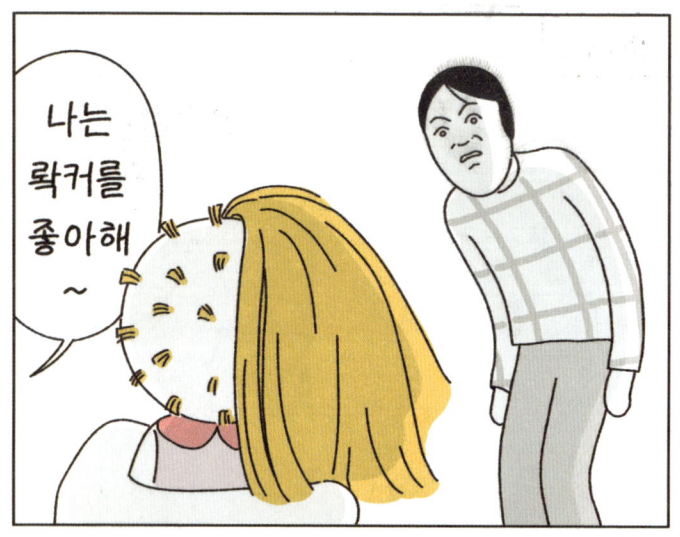

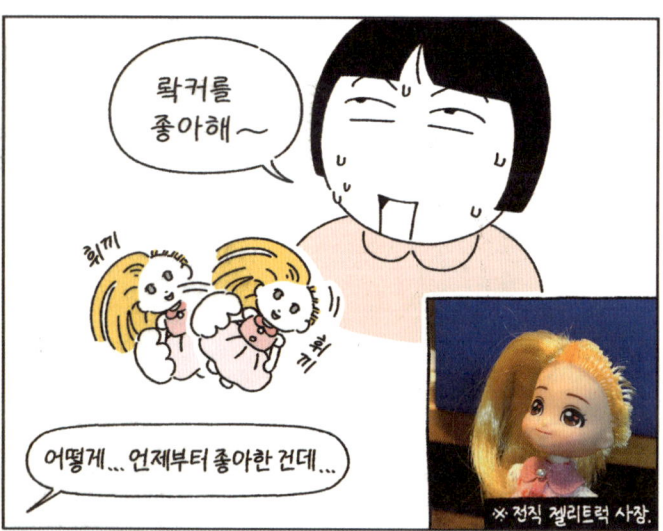

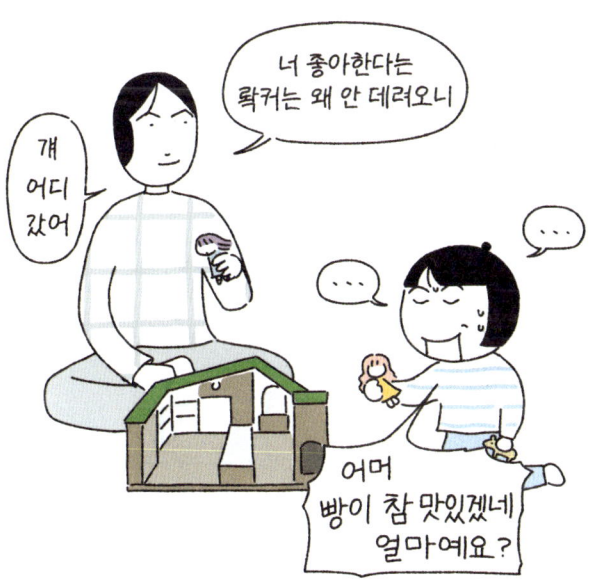

밥값

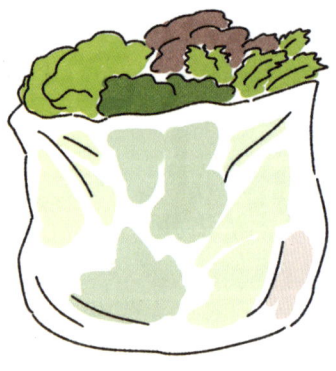

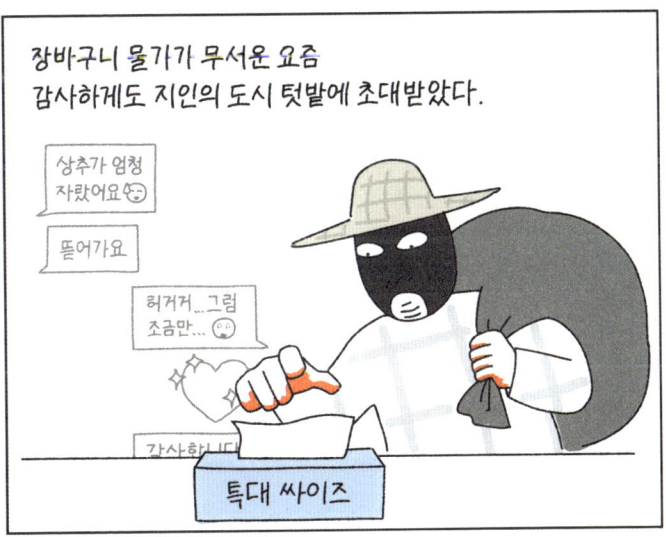

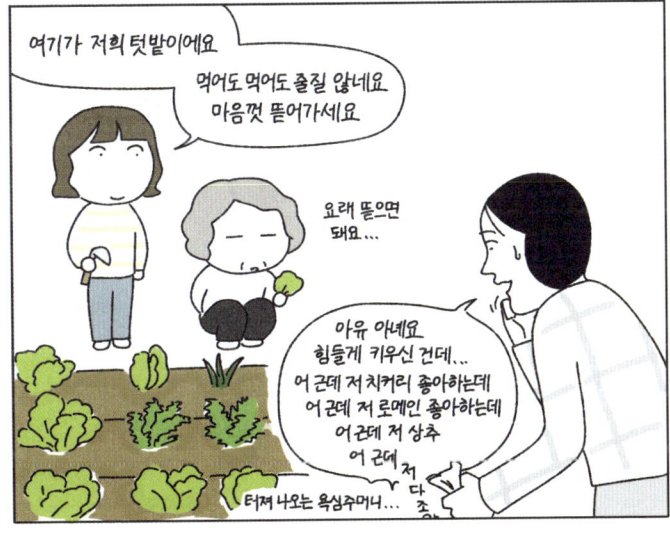

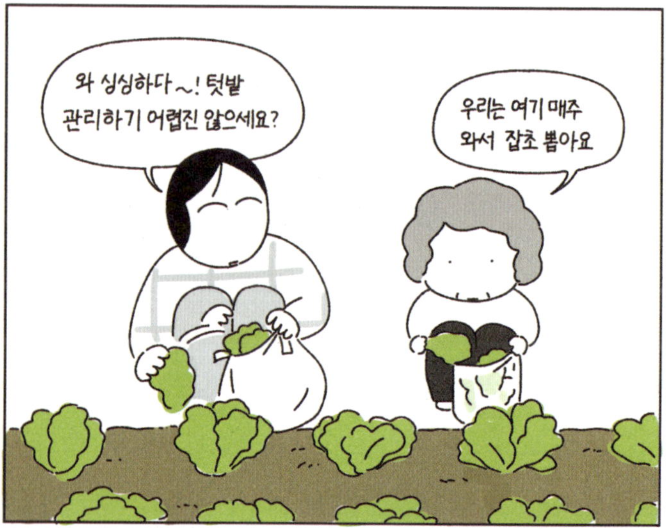

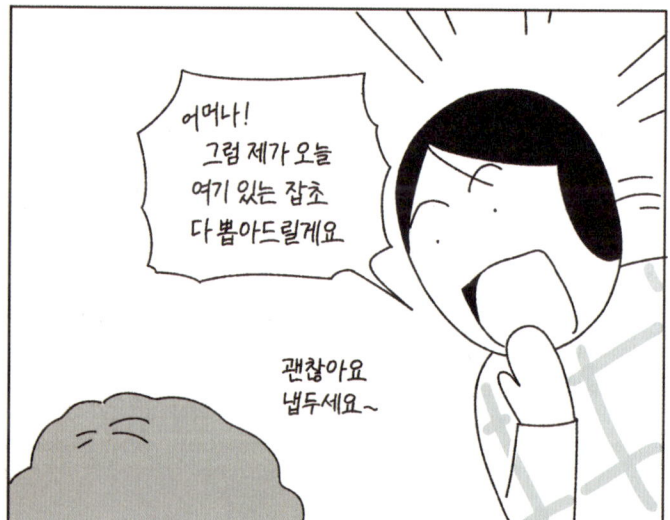

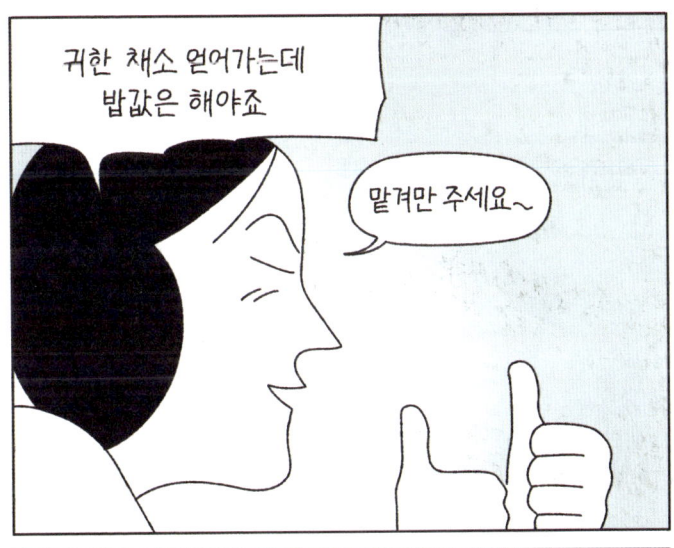

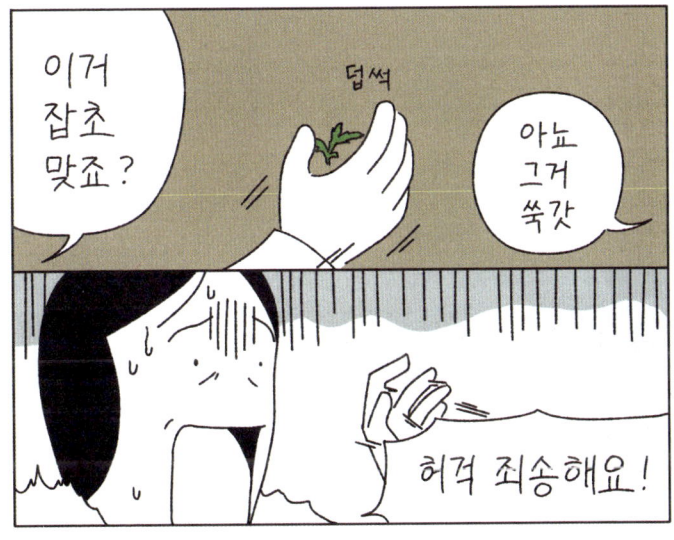

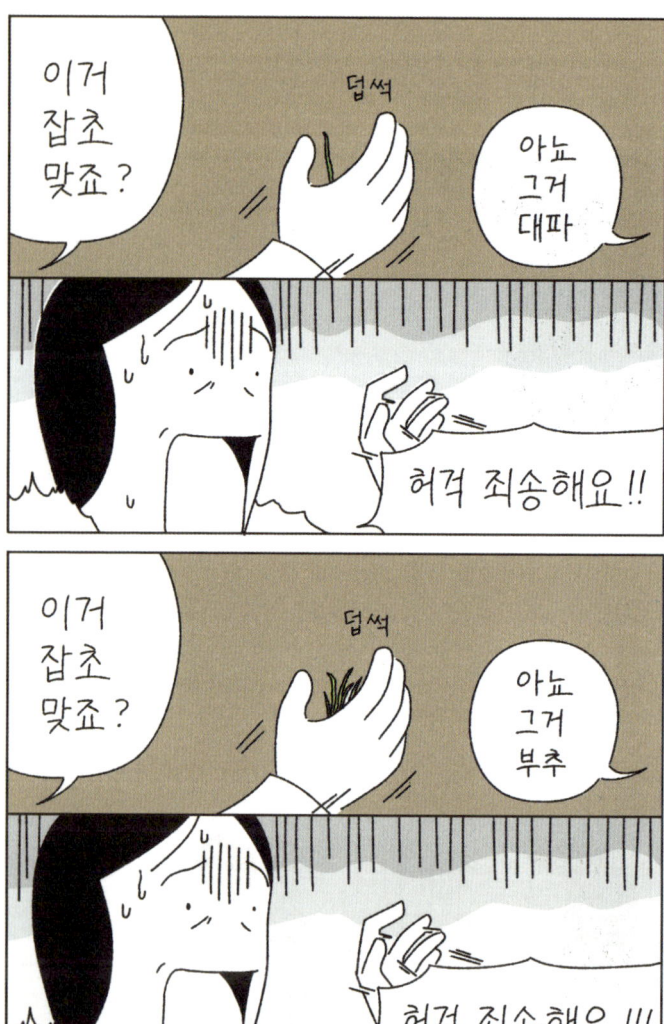

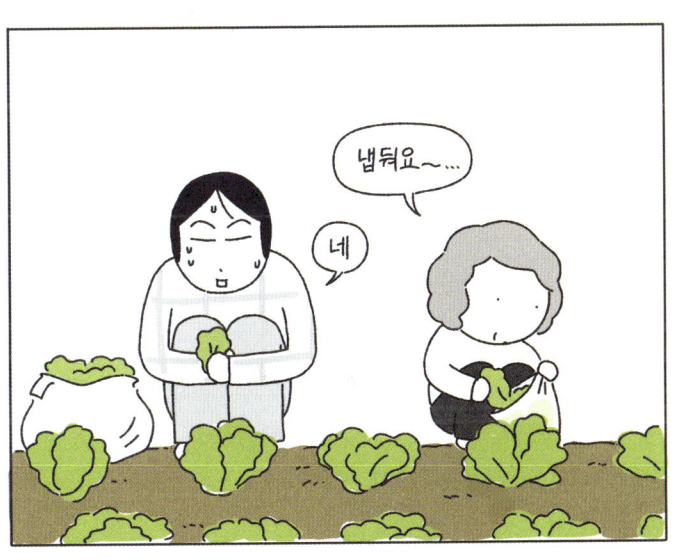

치과에서

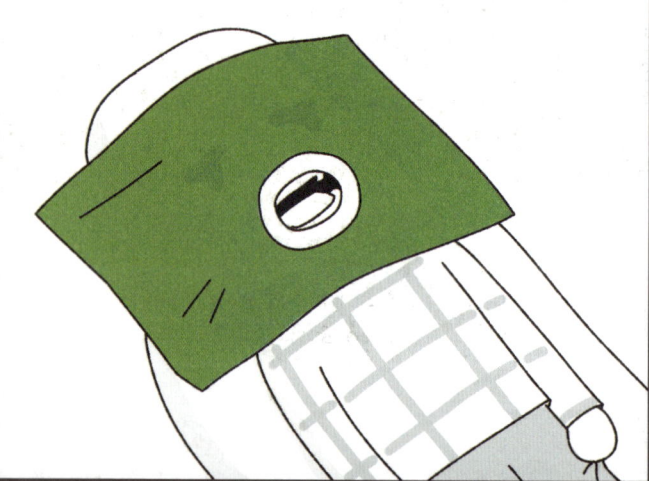

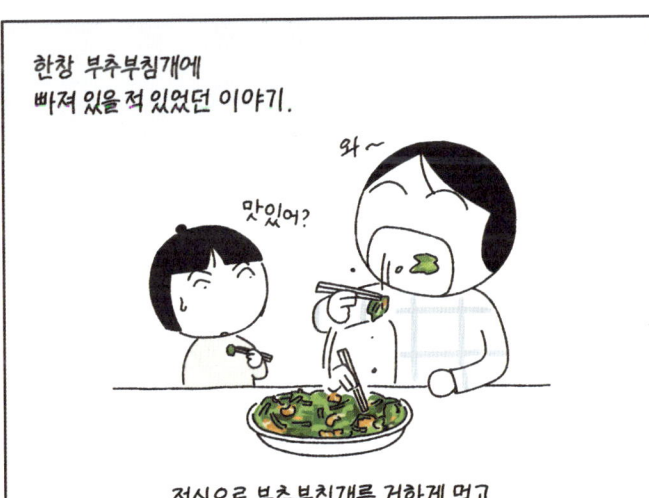

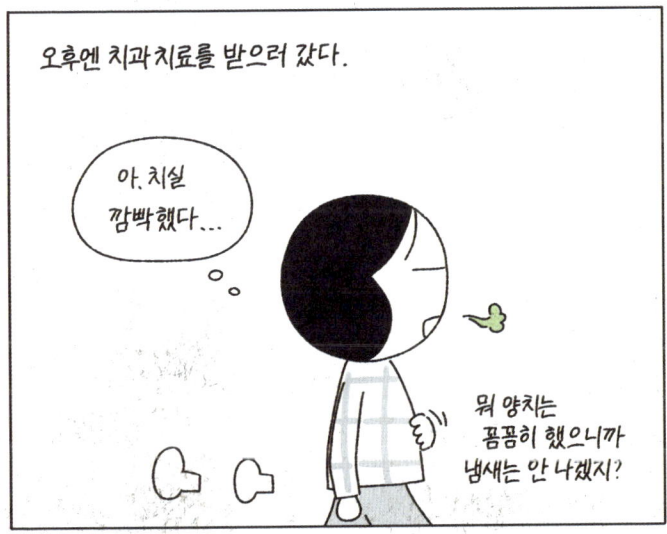

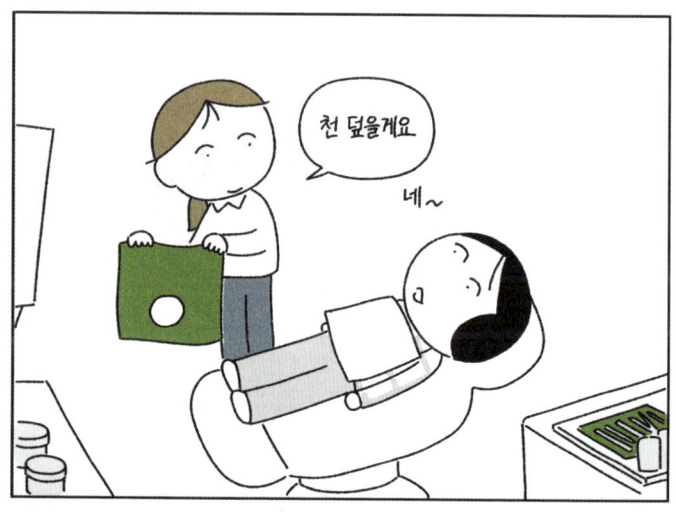

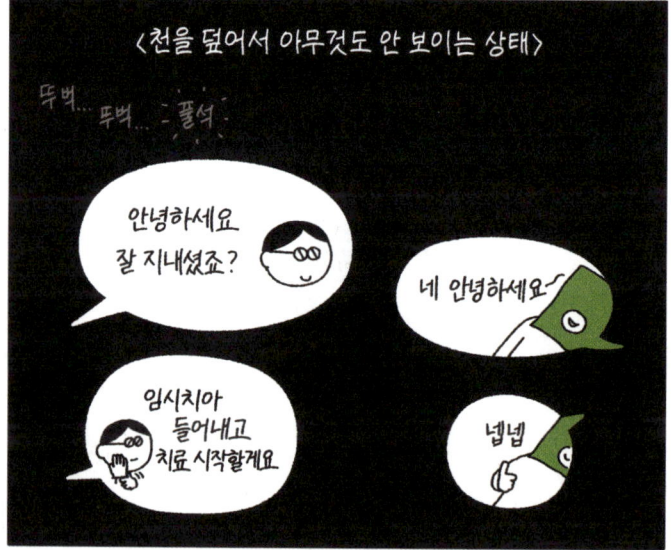

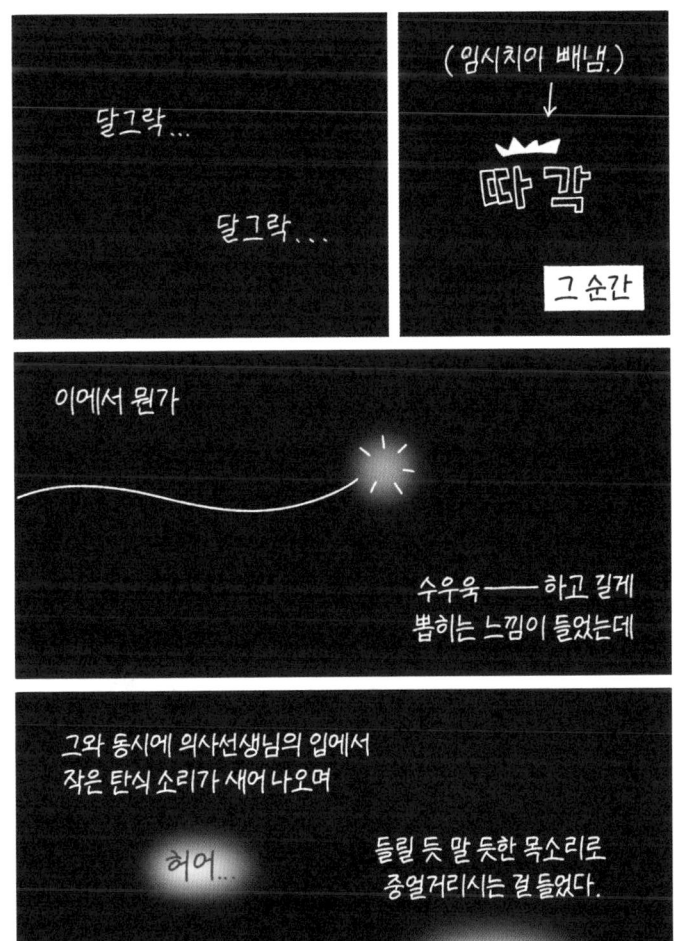

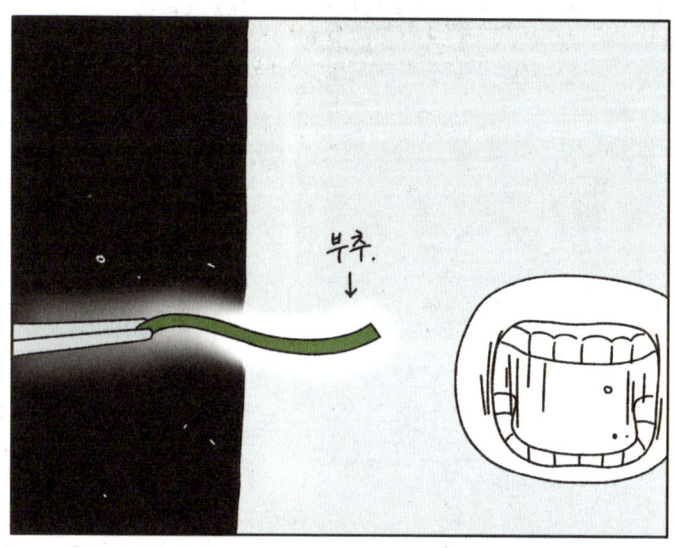

부추.

그날 이후, 그 병원을 다시 방문할 용기가 나지 않아
다른 곳으로 옮기게 되었지만...

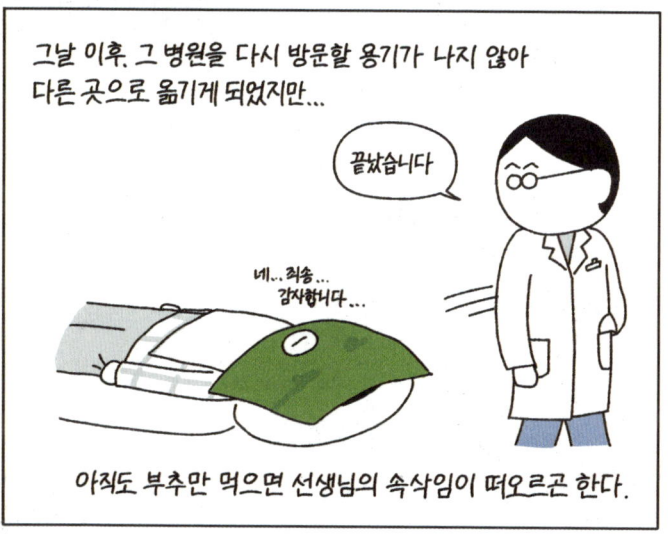

끝났습니다

네.. 죄송...
감사합니다...

아직도 부추만 먹으면 선생님의 속삭임이 떠오르곤 한다.

팬티가
이상한 만화

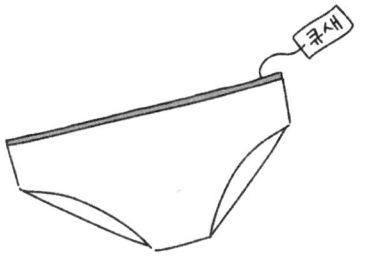

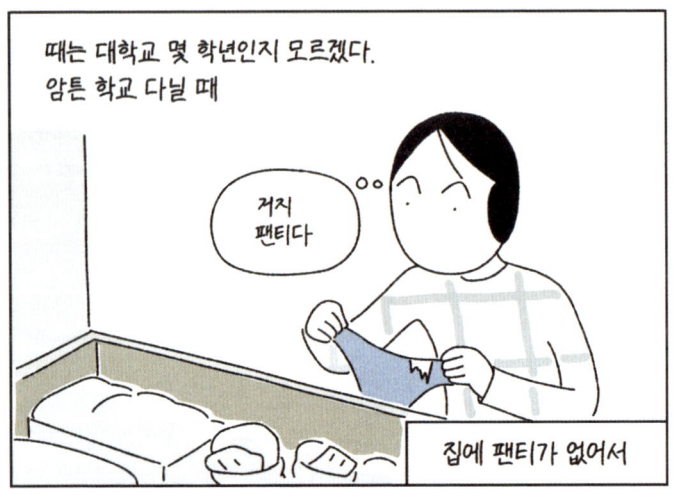

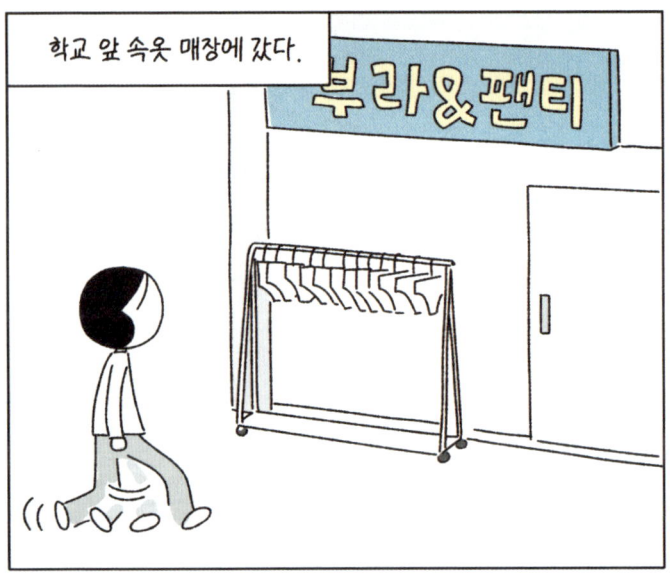

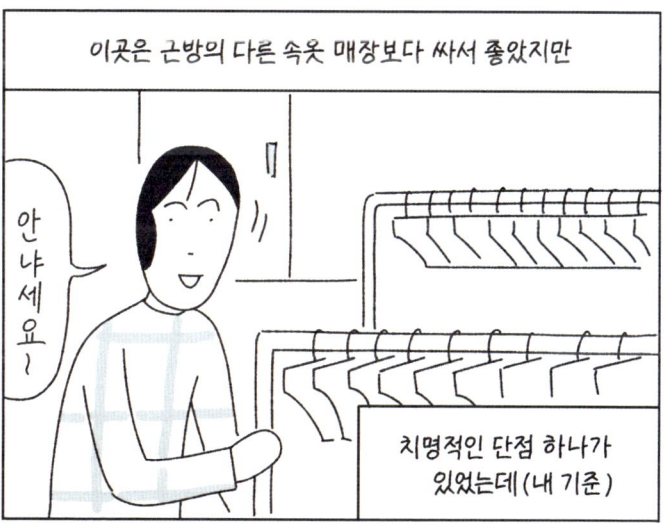

이곳은 근방의 다른 속옷 매장보다 싸서 좋았지만

안냐세요~

치명적인 단점 하나가
있었는데 (내 기준)

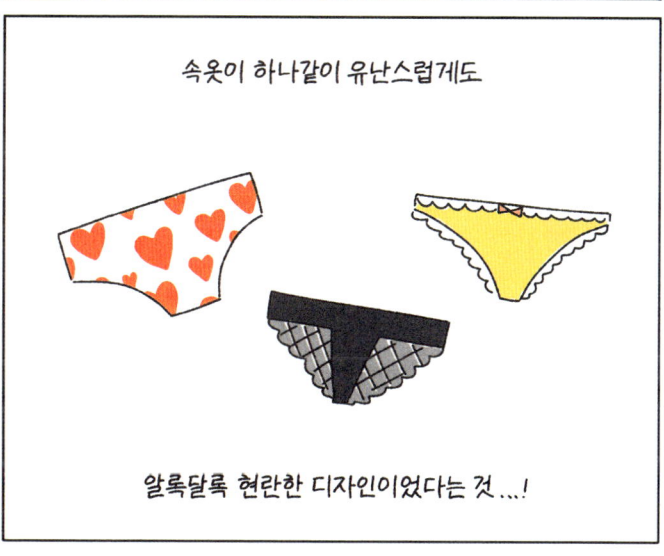

속옷이 하나같이 유난스럽게도

알록달록 현란한 디자인이었다는 것...!

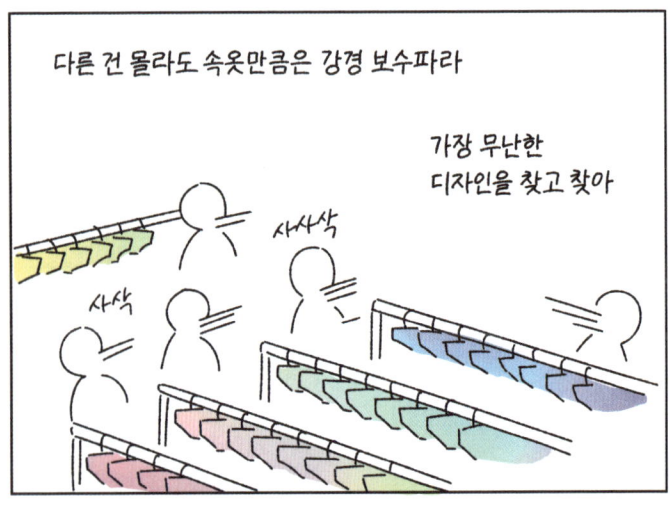

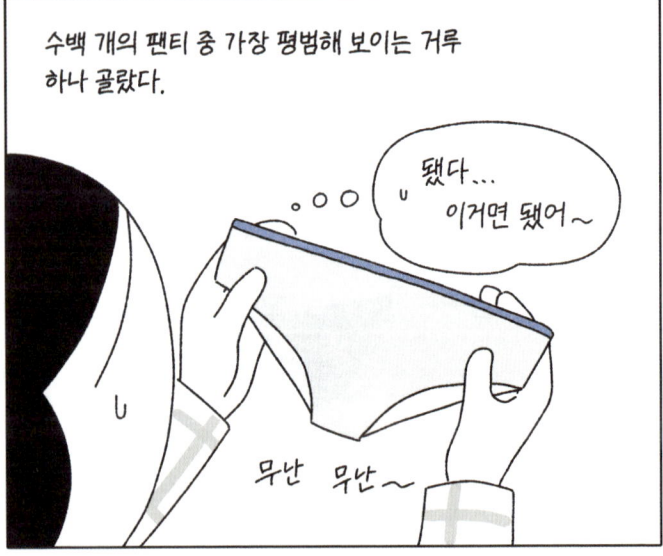

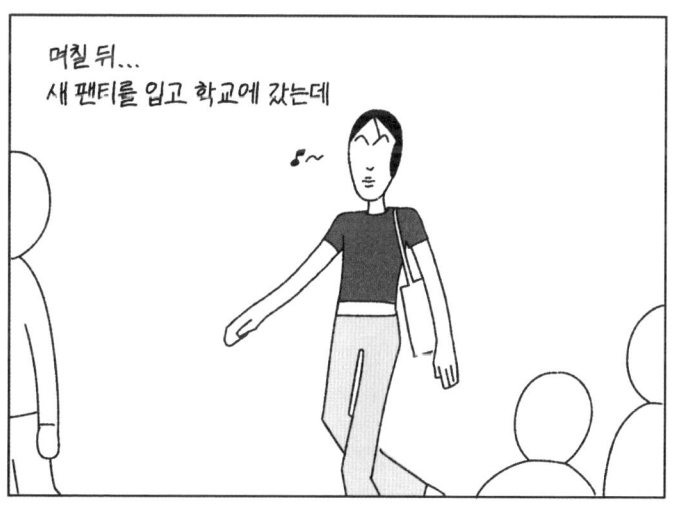

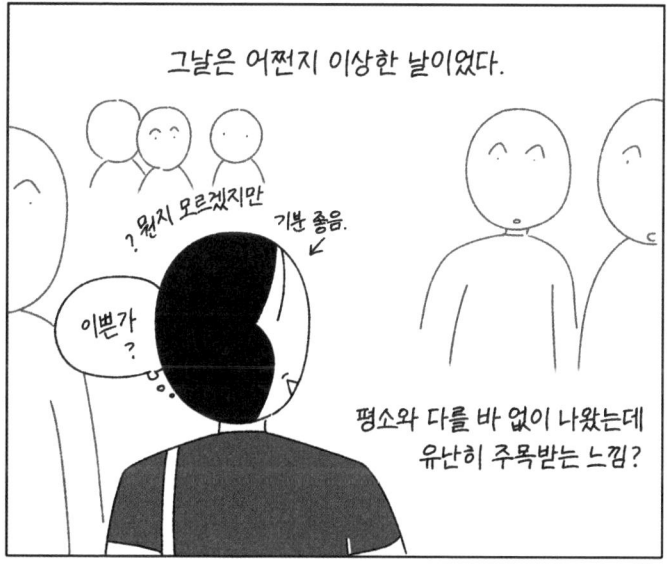

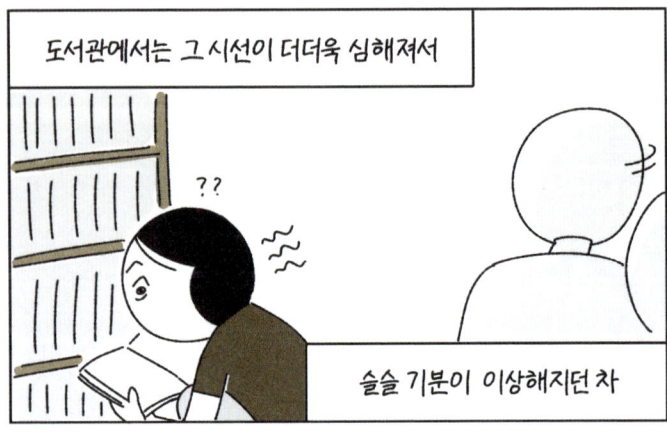

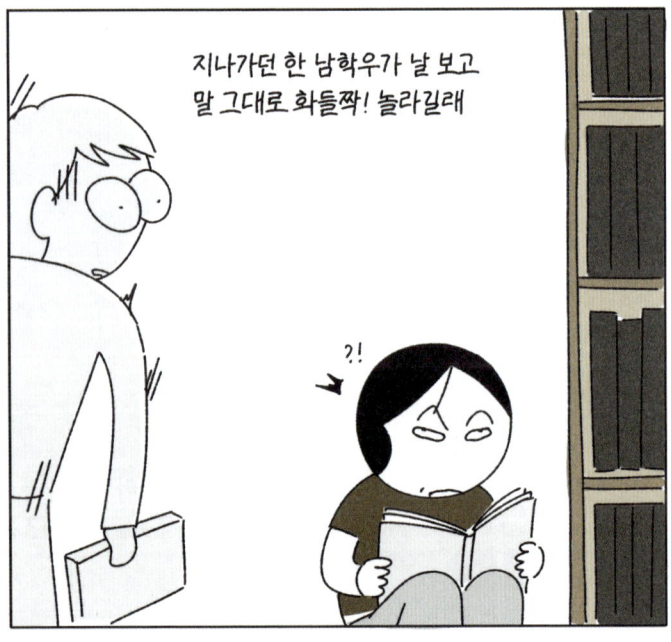

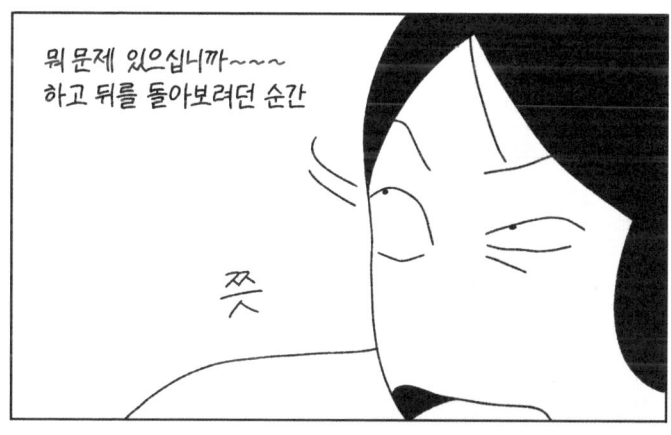

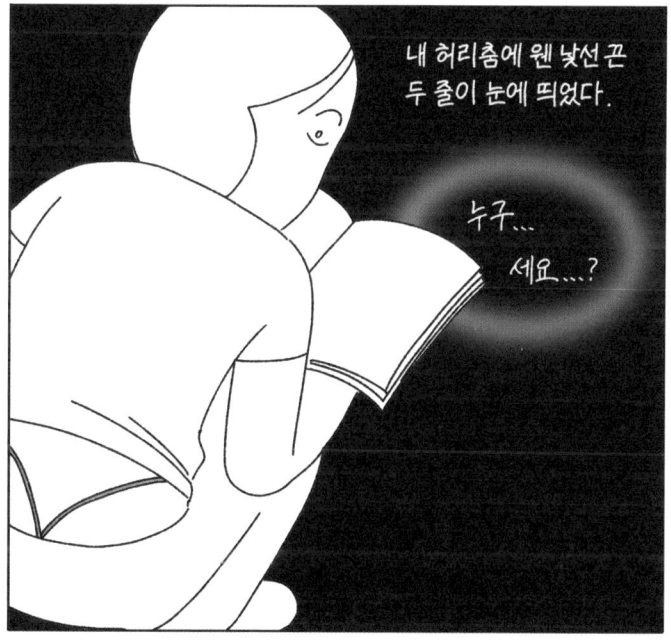

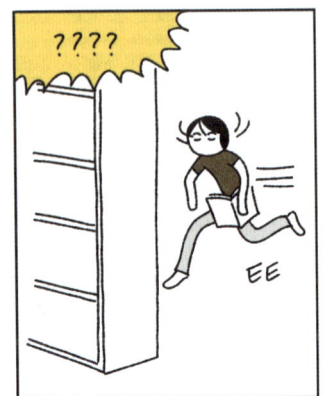

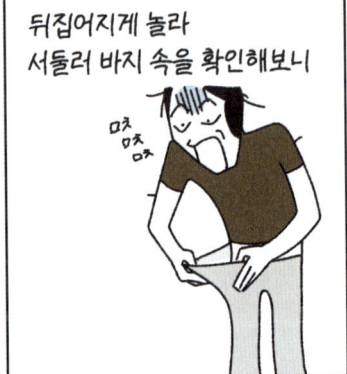

뒤집어지게 놀라
서둘러 바지 속을 확인해보니

평범한 줄 알았던 팬티가

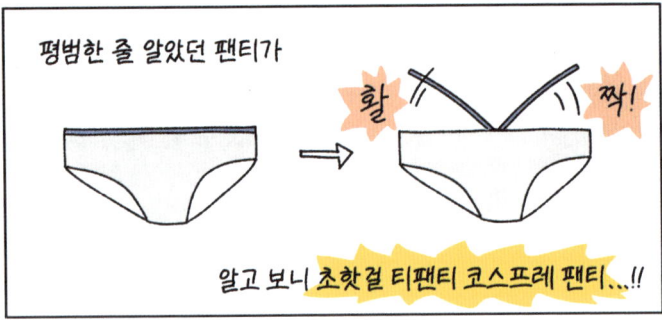

알고 보니 초핫걸 티팬티 코스프레 팬티...!!

(입었을 땐 전혀 몰랐는데
걸으면서 끈이 서서히
올라왔던 거였음.)

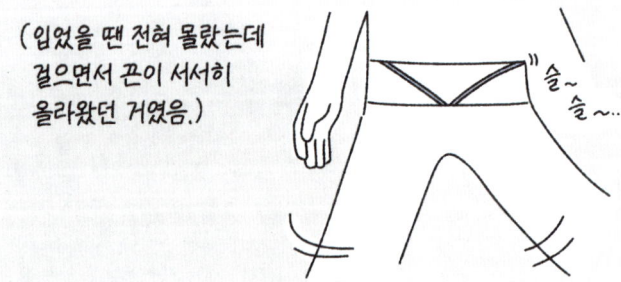

그 사실을 전혀 몰랐던 나는 이 숭한 패션으로
교정을 돌아다녔던 것 ...

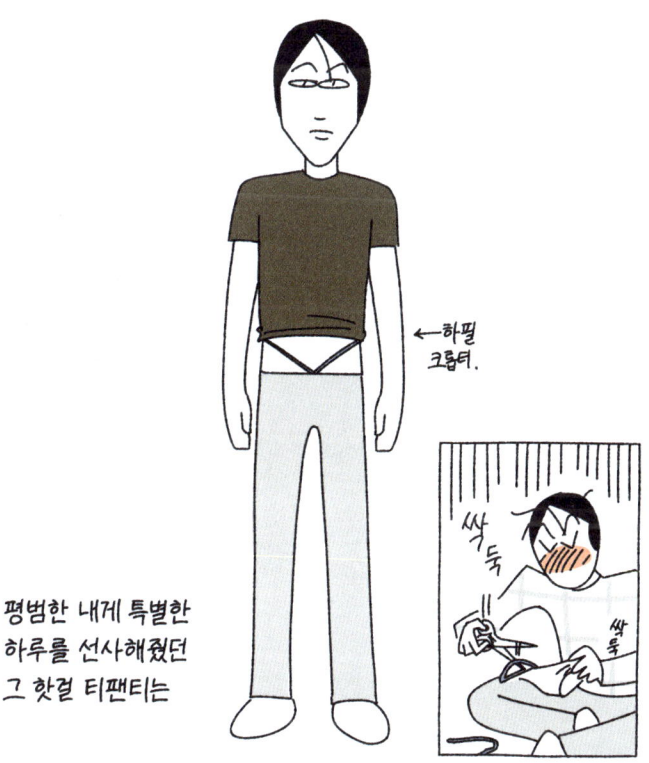

←하필
크룹터.

평범한 내게 특별한
하루를 선사해줬던
그 핫걸 티팬티는

어떤 추억도 더는 남기지 못하도록 그날 바로 가위로 제거했다.↗

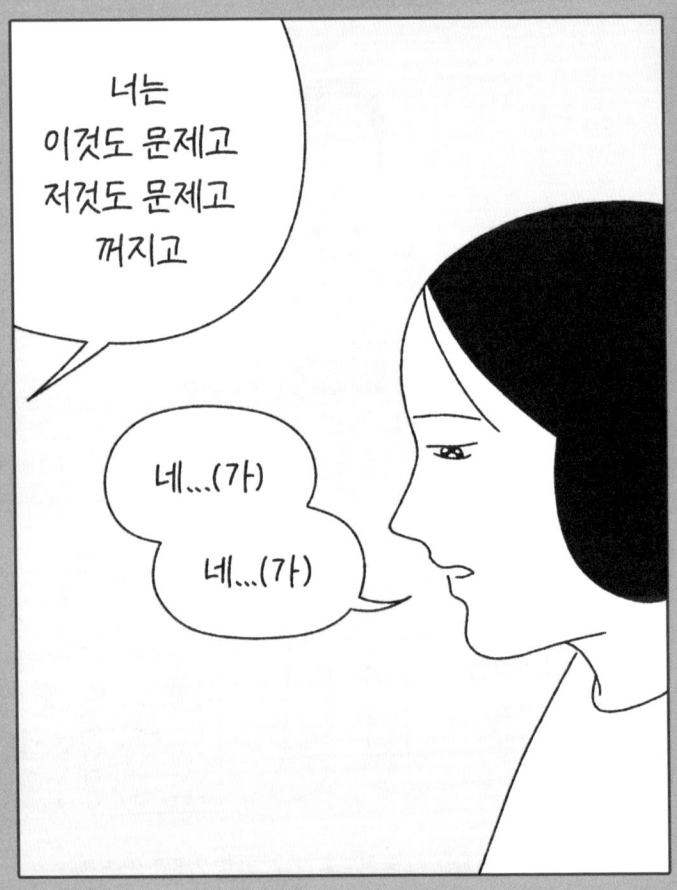

네(가)

큐새의 도시관찰

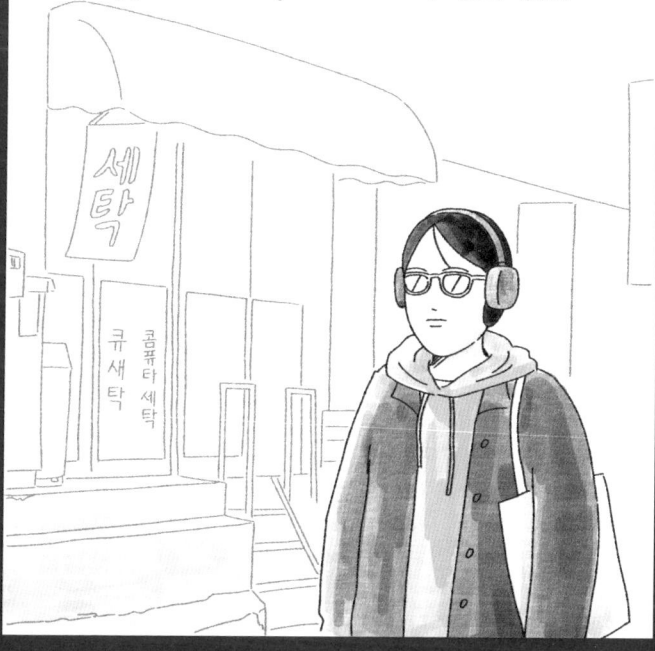

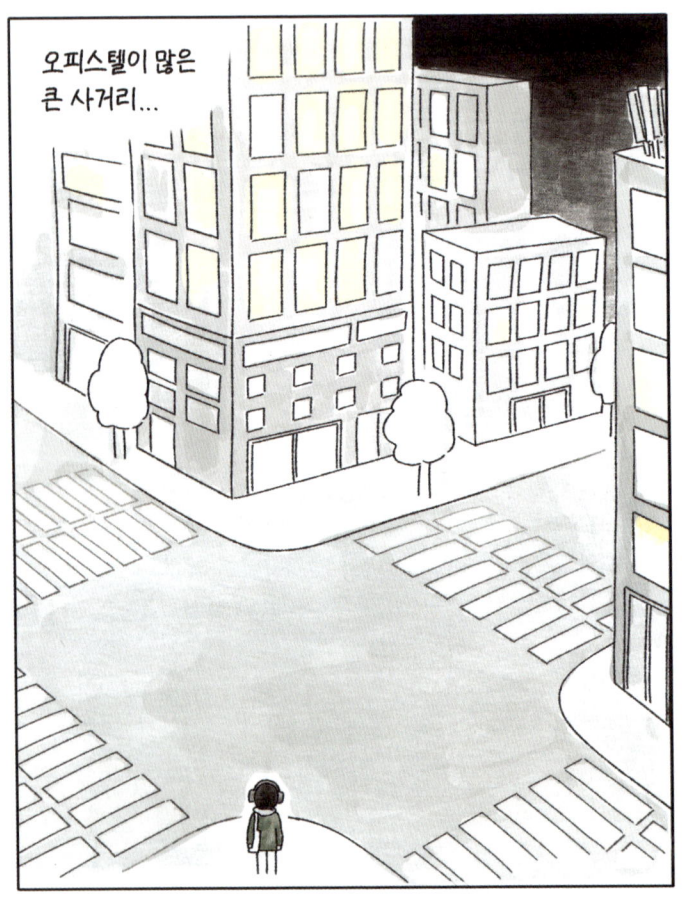

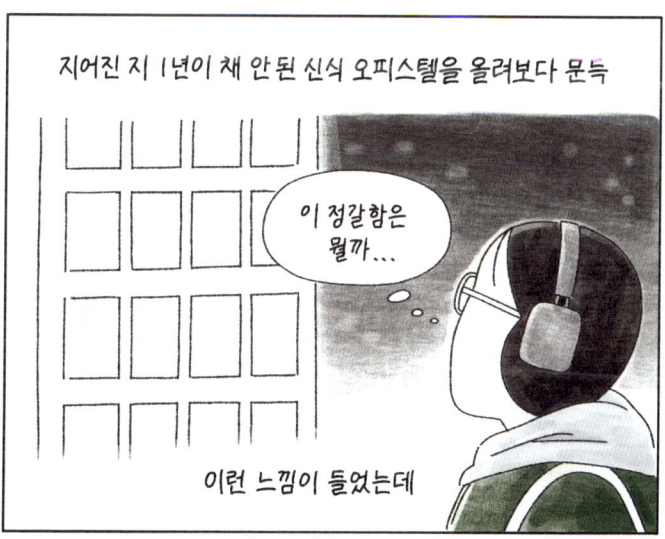

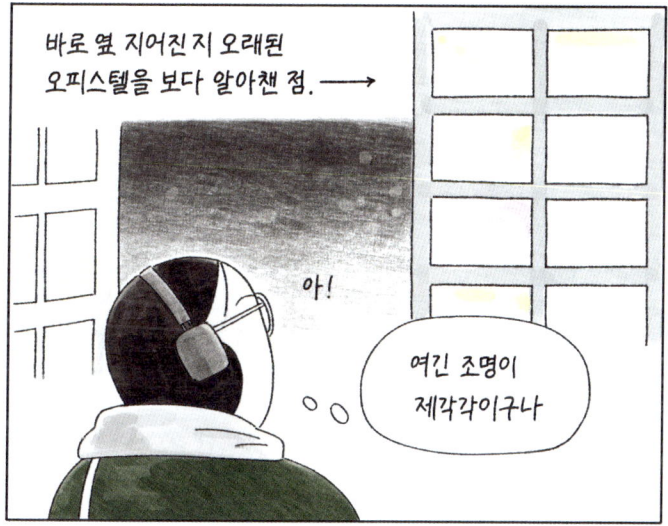

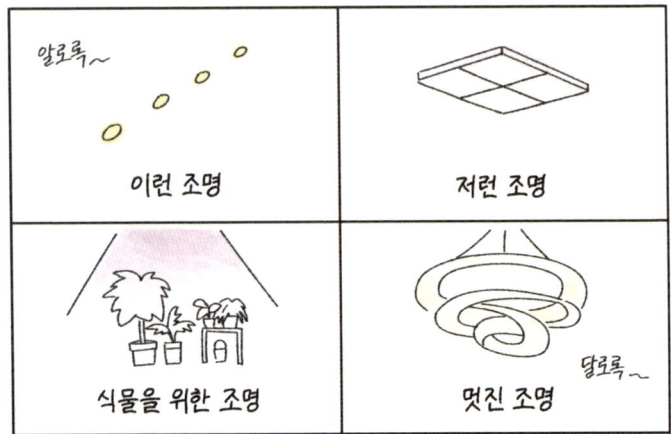

알로록~

이런 조명

저런 조명

식물을 위한 조명

멋진 조명

달로록~

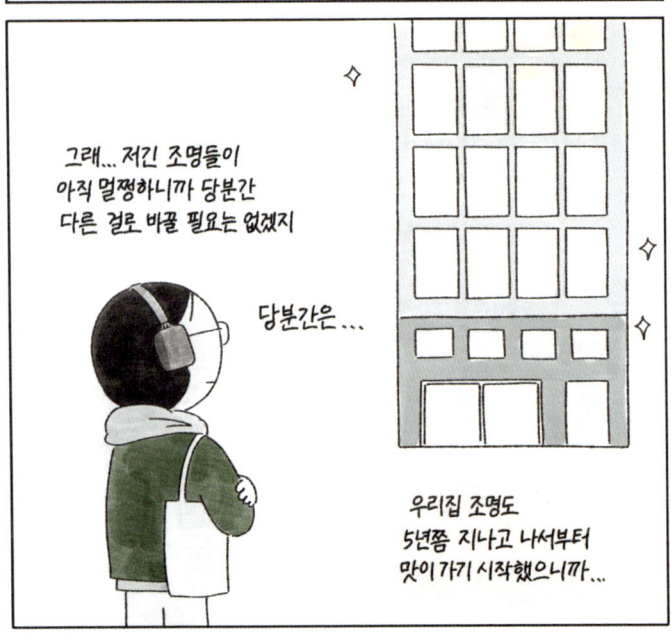

그래... 저긴 조명들이
아직 멀쩡하니까 당분간
다른 걸로 바꿀 필요는 없겠지

당분간은...

우리집 조명도
5년쯤 지나고 나서부터
맛이 가기 시작했으니까...

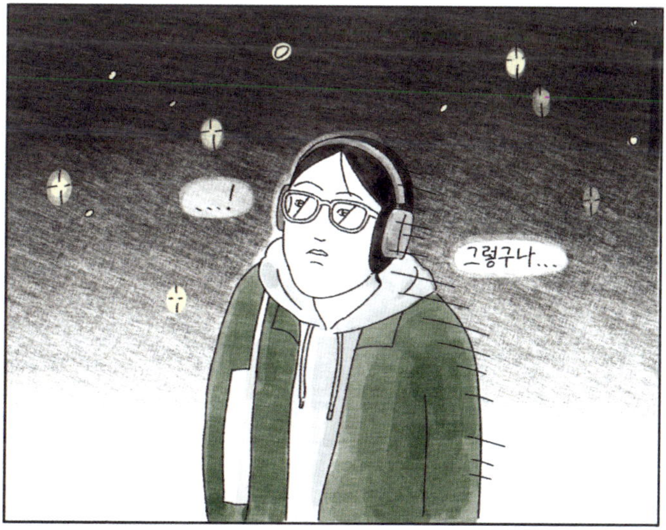
...!
그렇구나...

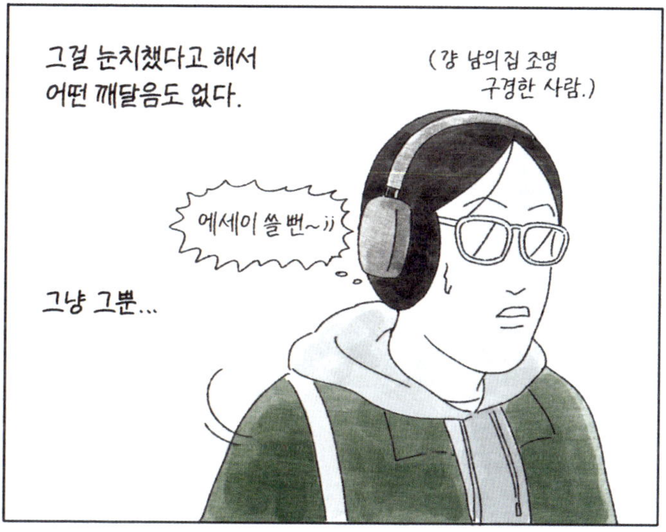
그걸 눈치챘다고 해서
어떤 깨달음도 없다.
(걍 남의집 조명
구경한 사람.)
에세이 쓸 뻔~;;
그냥 그뿐...

그날의 기묘한 발견

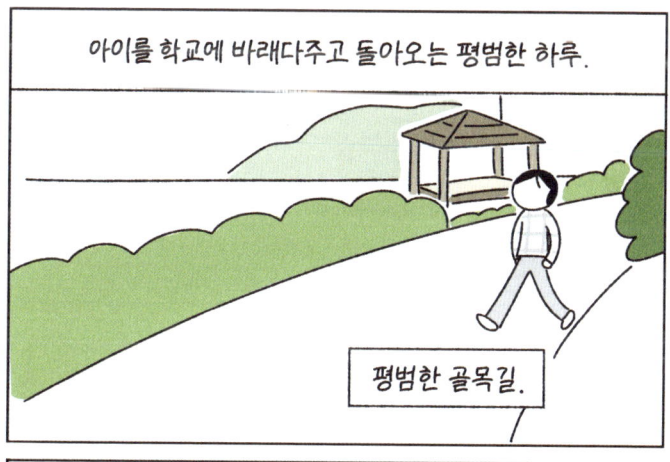

아이를 학교에 바래다주고 돌아오는 평범한 하루.

평범한 골목길.

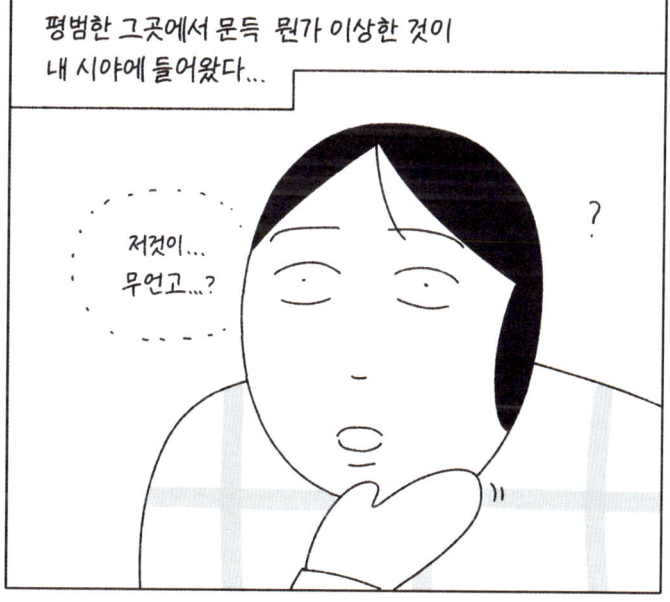

평범한 그곳에서 문득 뭔가 이상한 것이
내 시야에 들어왔다...

저것이...
무언고...?

?

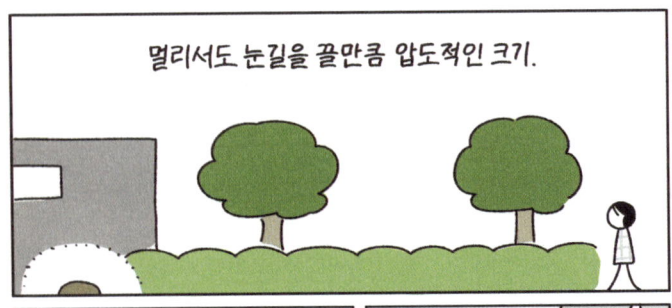

멀리서도 눈길을 끌만큼 압도적인 크기.

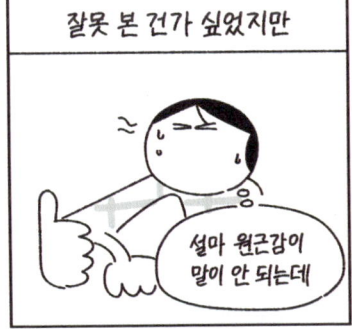

잘못 본 건가 싶었지만

설마 원근감이 말이 안 되는데

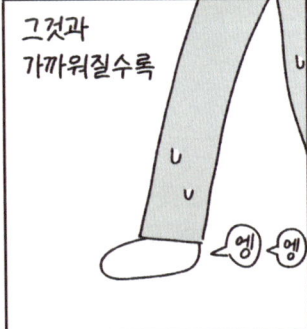

그것과 가까워질수록

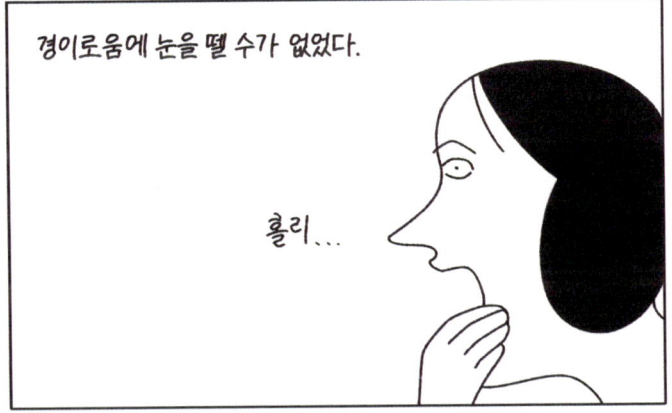

경이로움에 눈을 뗄 수가 없었다.

홀리...

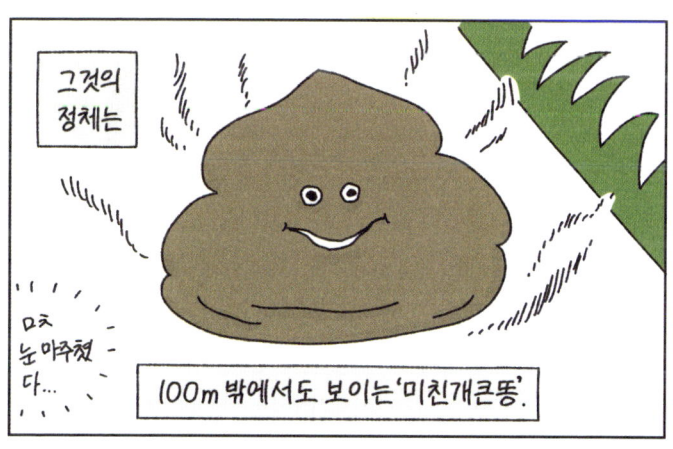

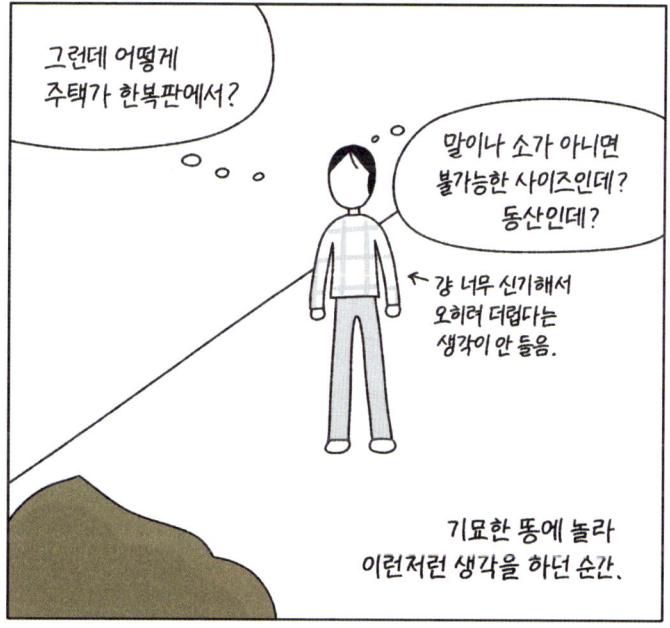

그것과 함께 있던 작은 단서가
눈에 들어왔다.

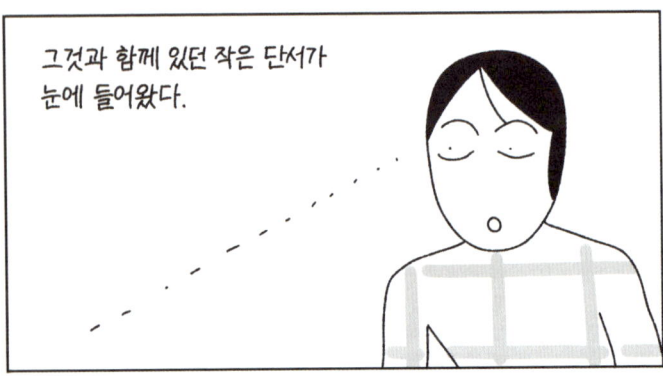

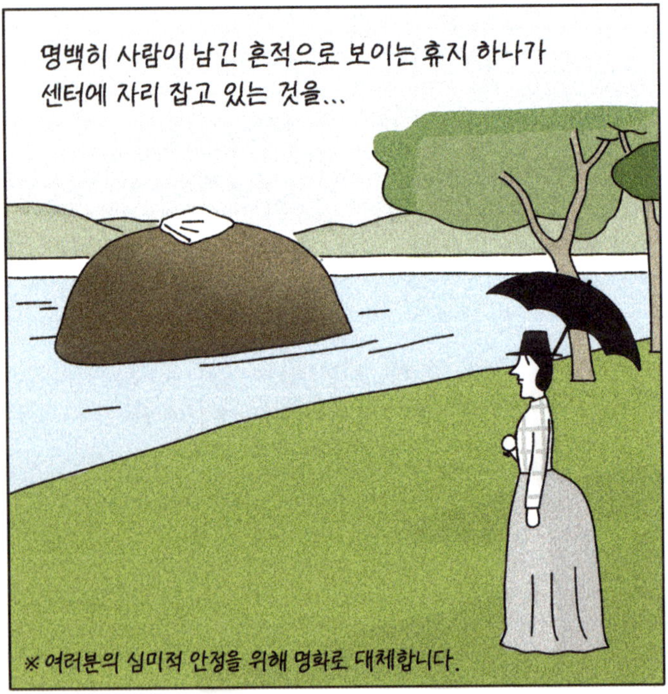

명백히 사람이 남긴 흔적으로 보이는 휴지 하나가
센터에 자리 잡고 있는 것을...

※ 여러분의 심미적 안정을 위해 명화로 대체합니다.

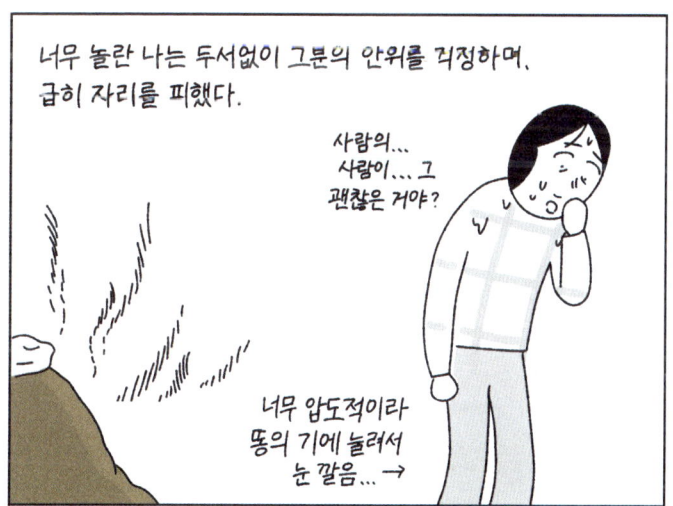

너무 놀란 나는 두서없이 그분의 안위를 걱정하며,
급히 자리를 피했다.

사람의...
사람이... 그
괜찮은 거야?

너무 압도적이라
똥의 기에 눌러서
눈 깔음... →

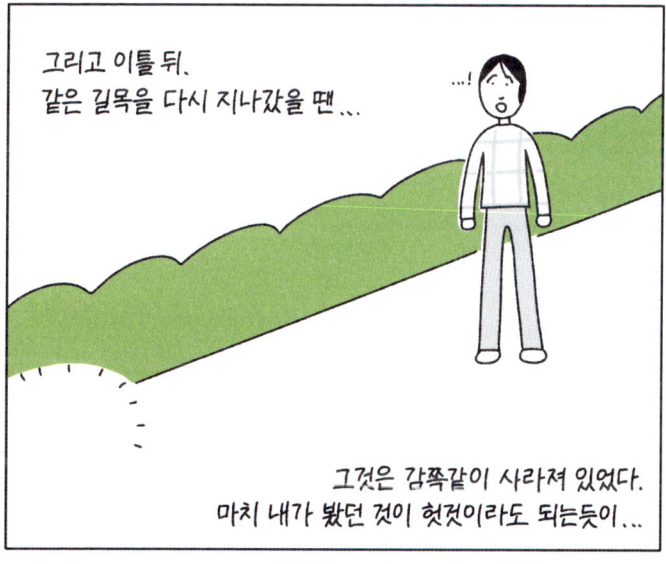

그리고 이틀 뒤,
같은 길목을 다시 지나갔을 땐...

...!

그것은 감쪽같이 사라져 있었다.
마치 내가 봤던 것이 헛것이라도 되는듯이...

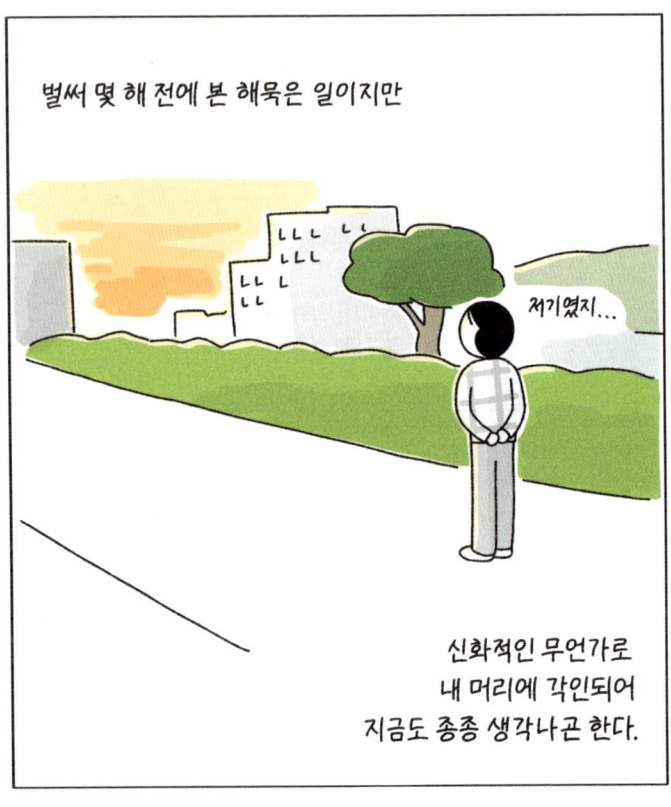

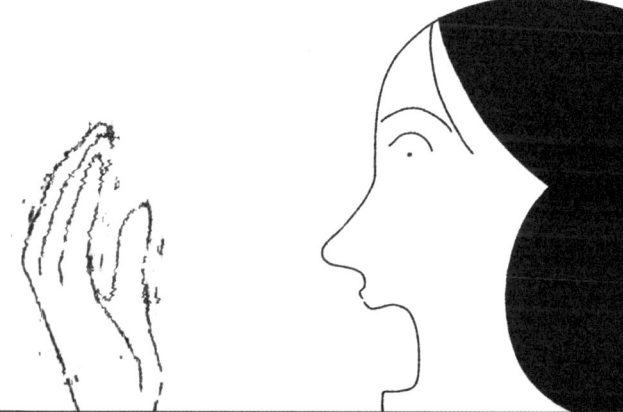

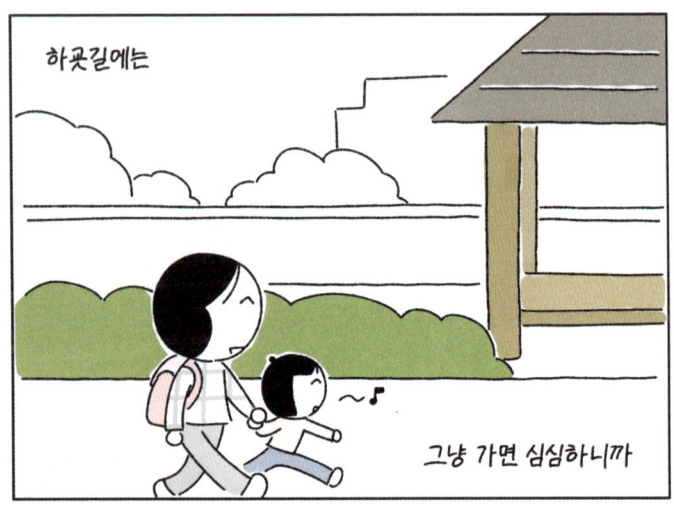

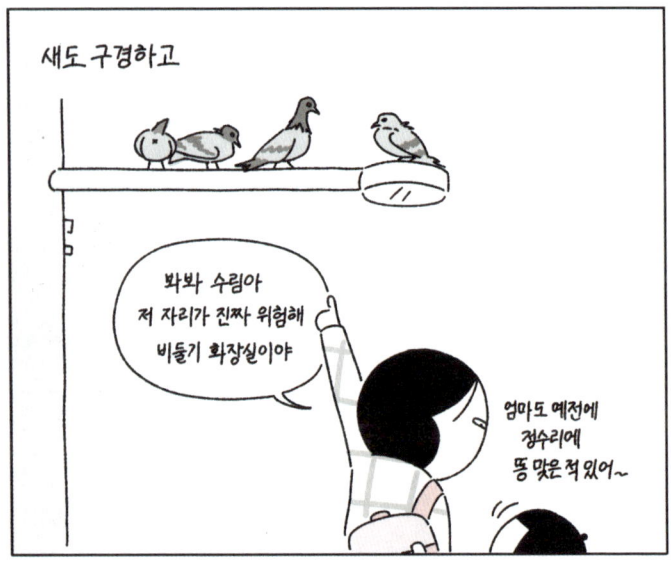

도토리도 까고

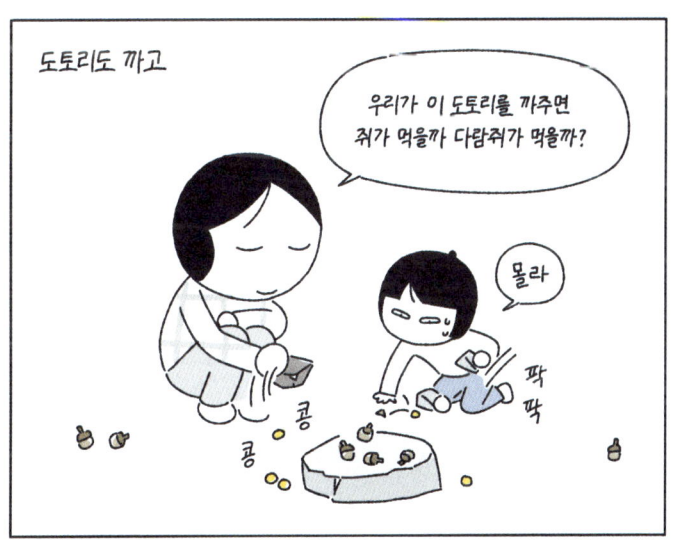

풀도 만지며 놀다 간다.

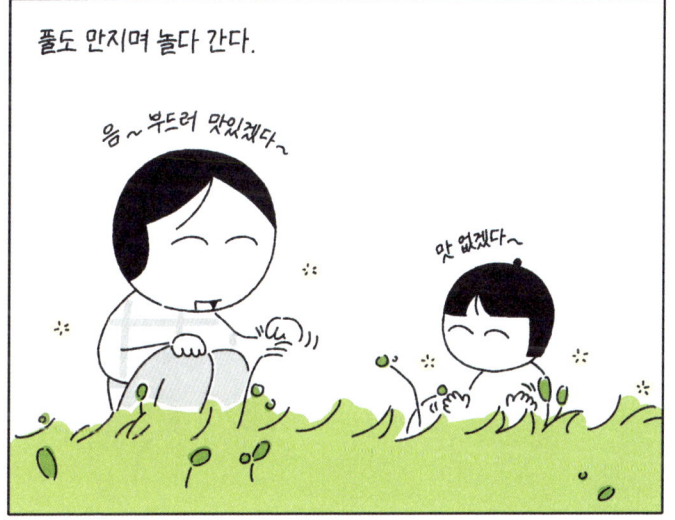

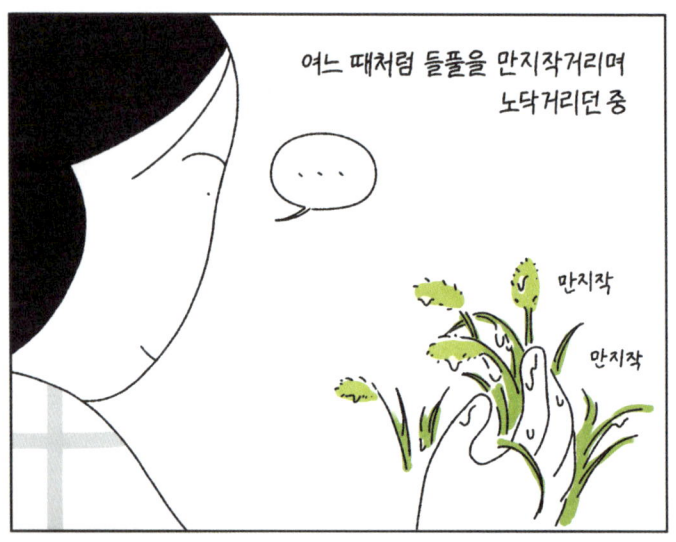

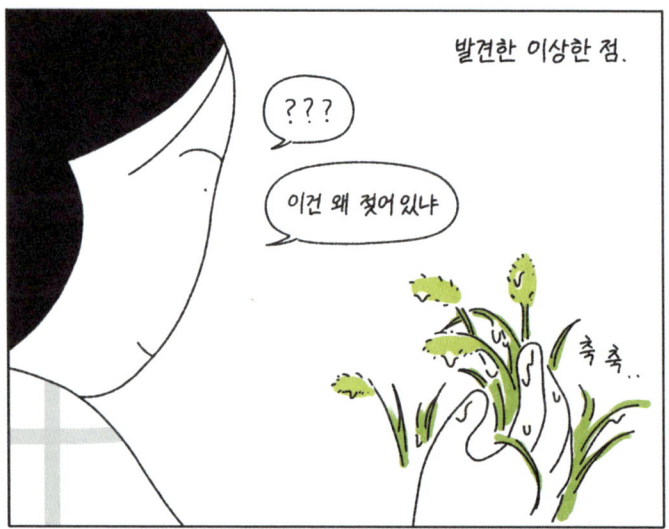

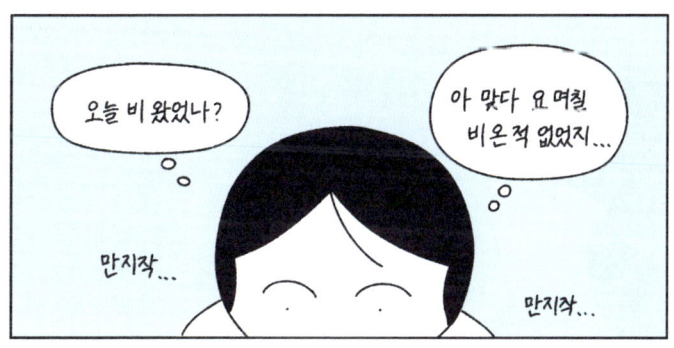

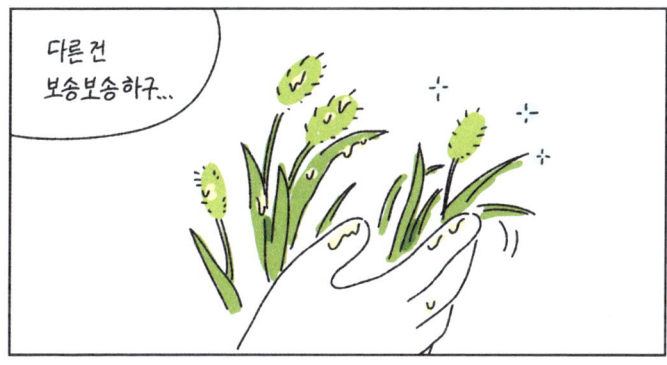

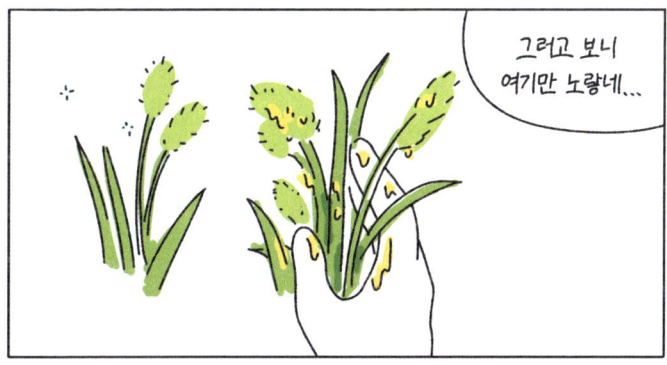

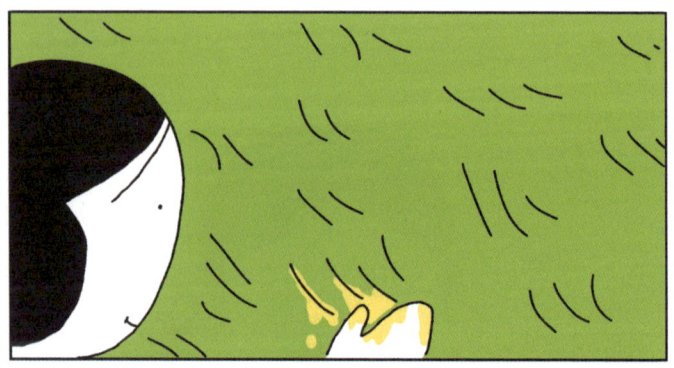

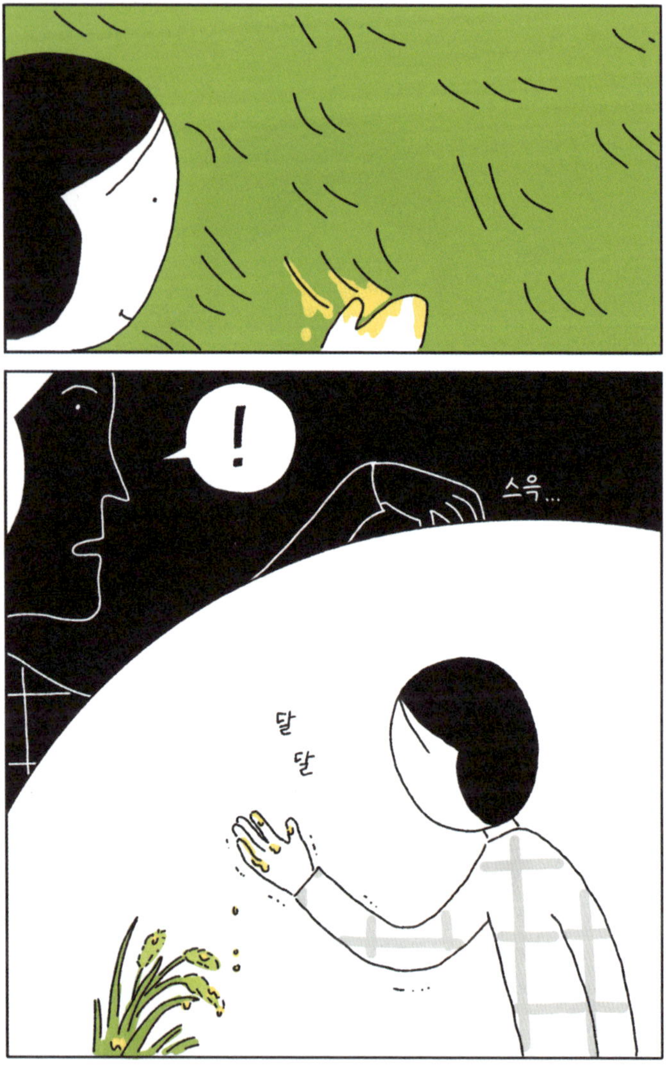

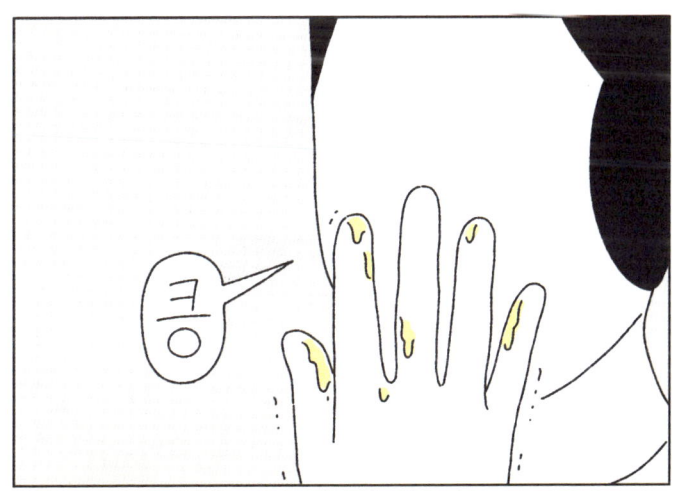

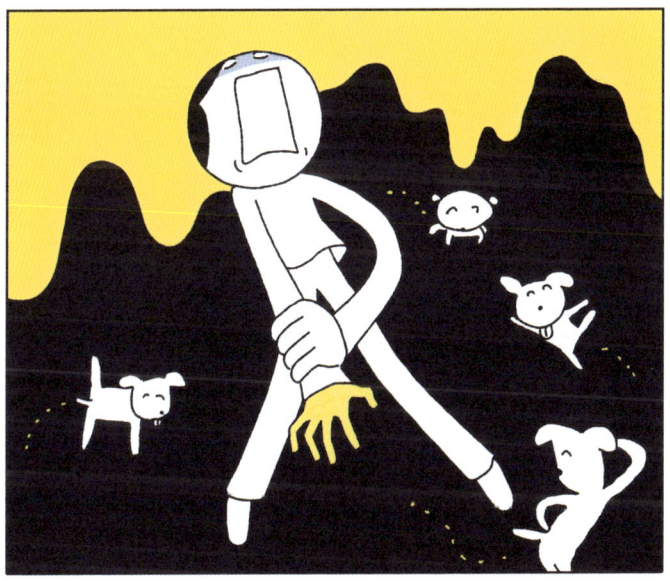

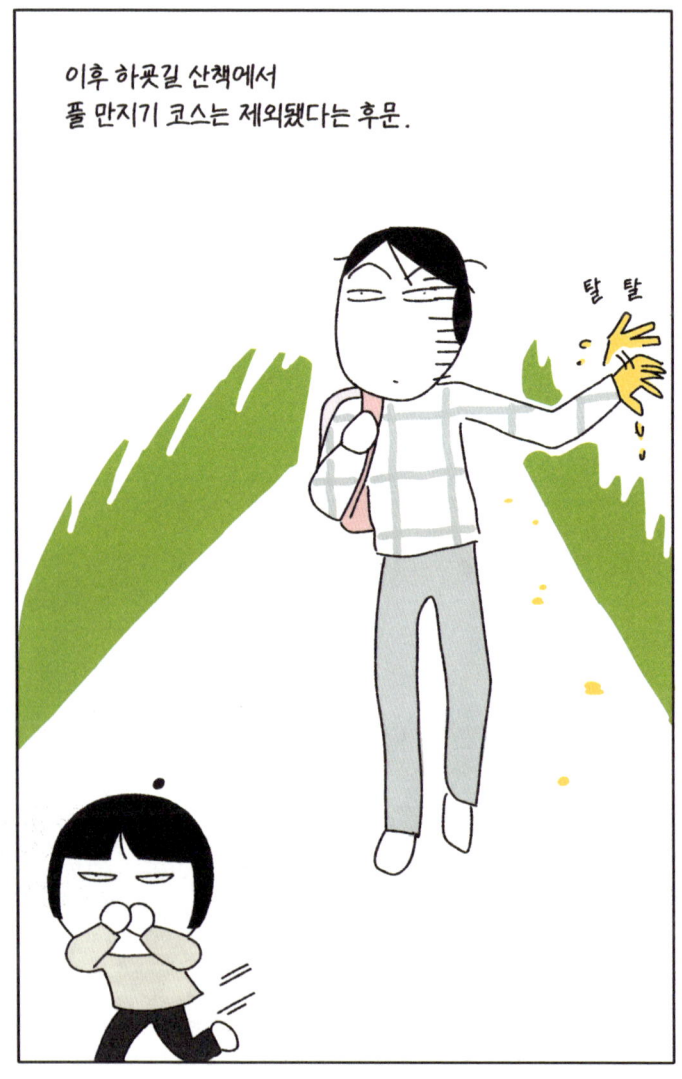

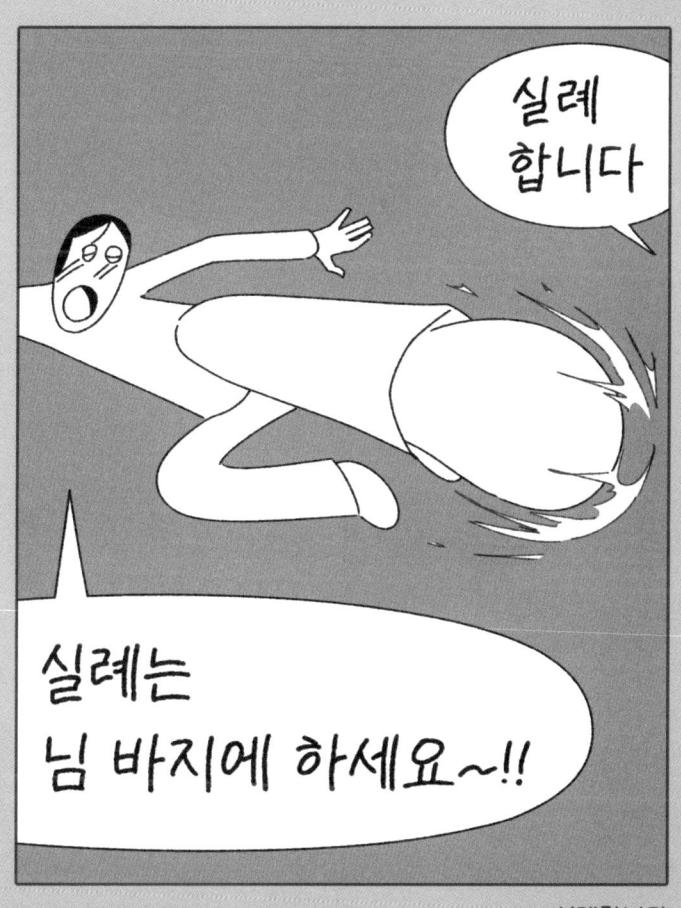

실례힙니다

슬픈 만화 그리는 거 실패한 만화

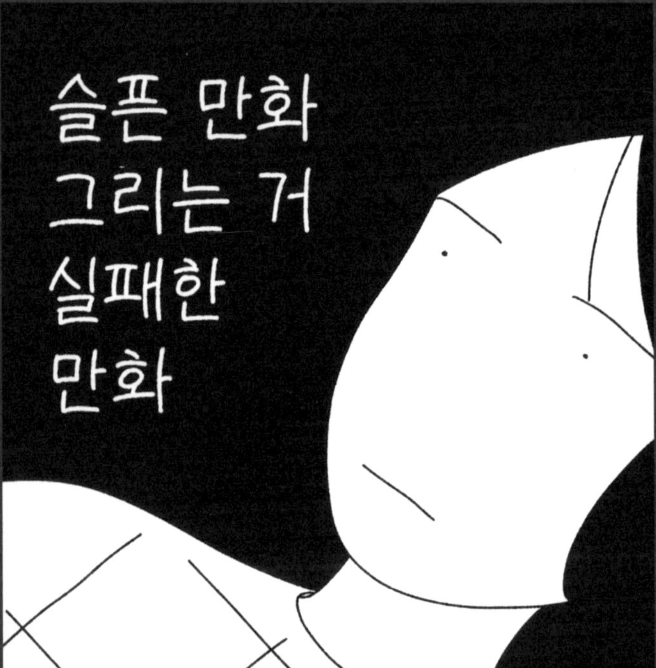

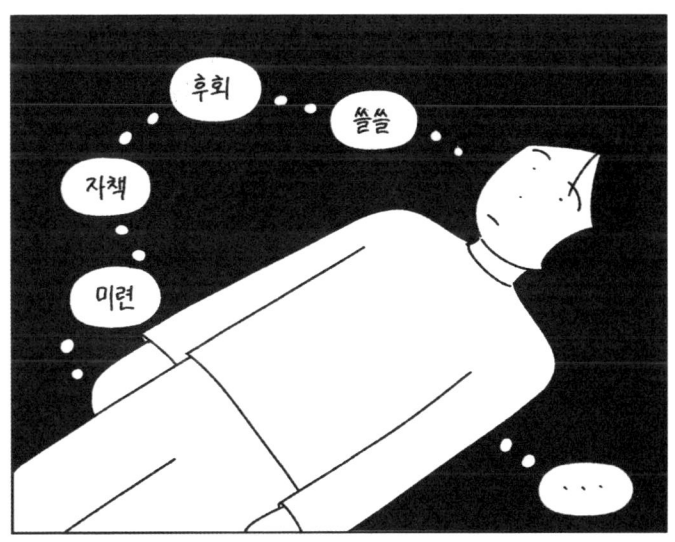

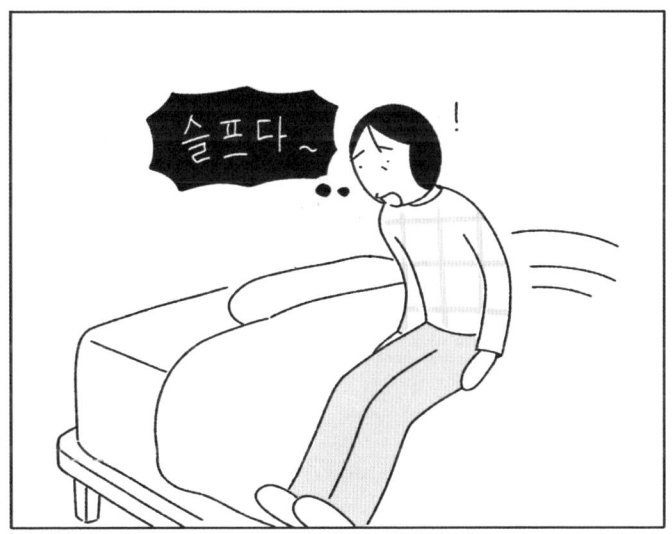

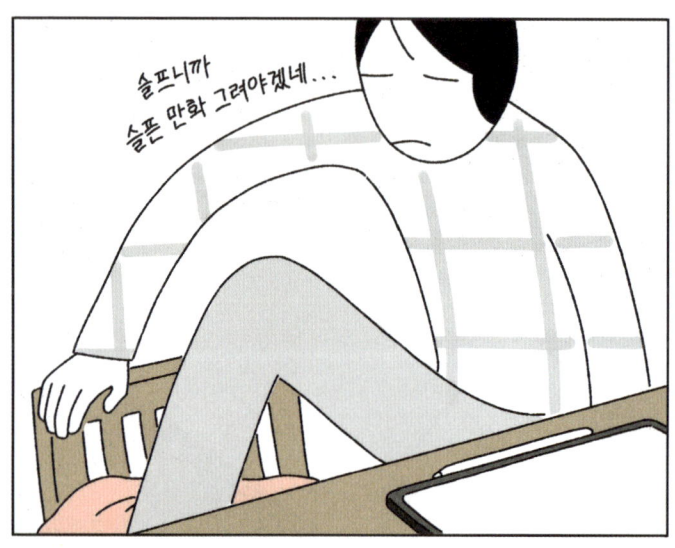

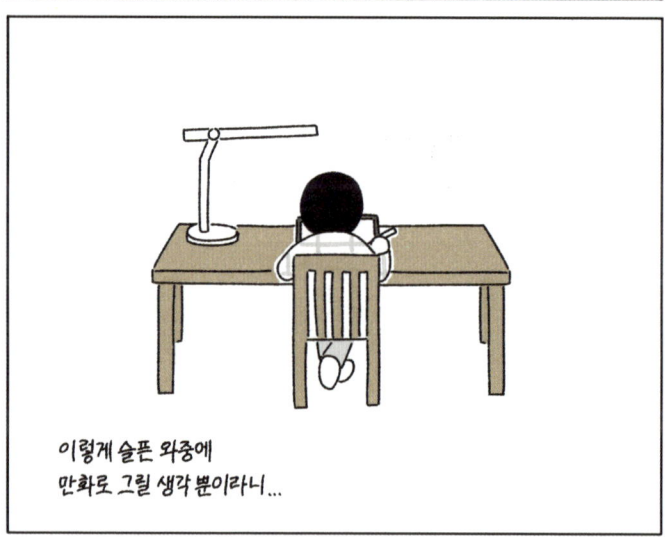

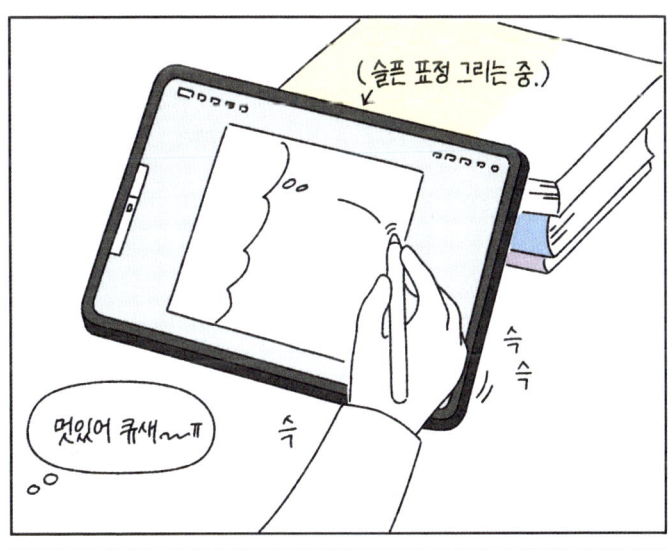

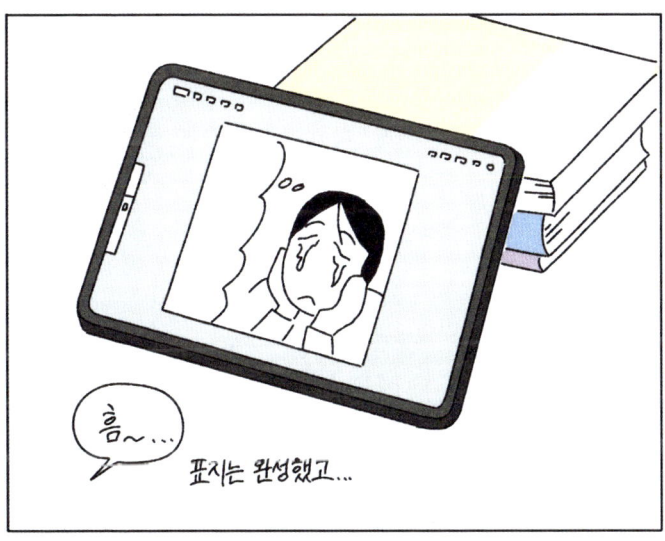

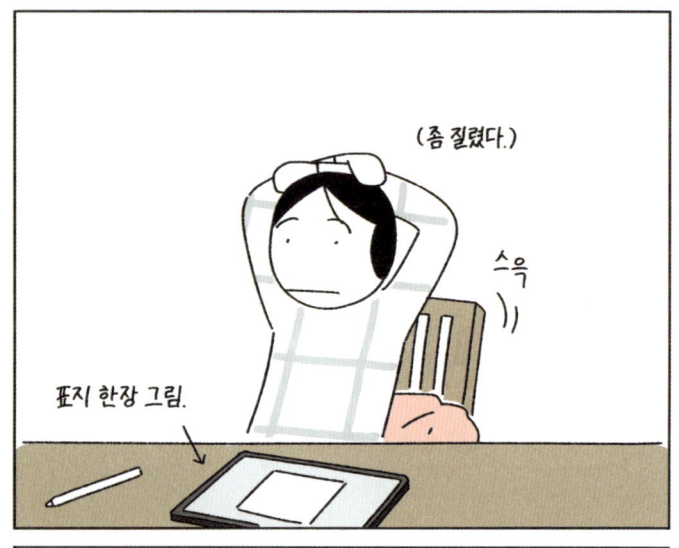

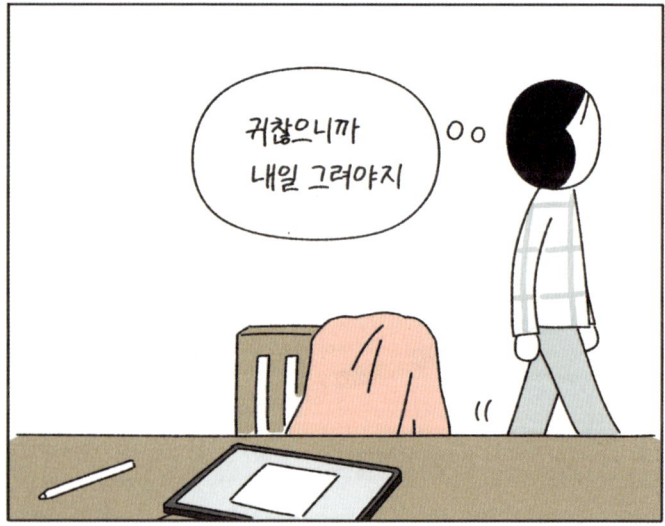

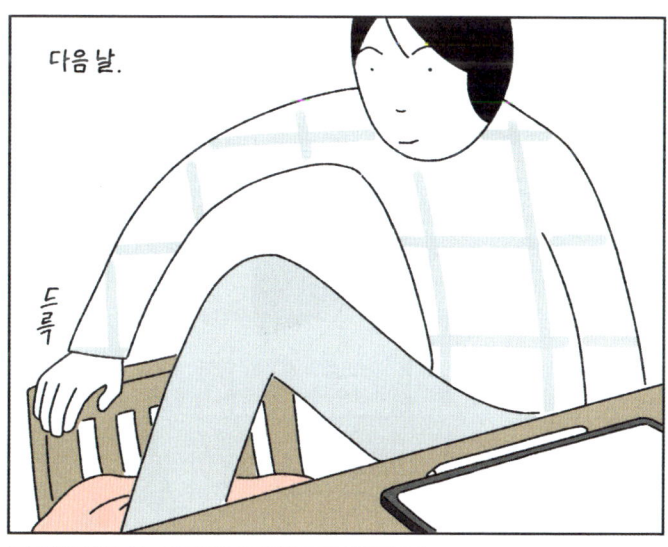

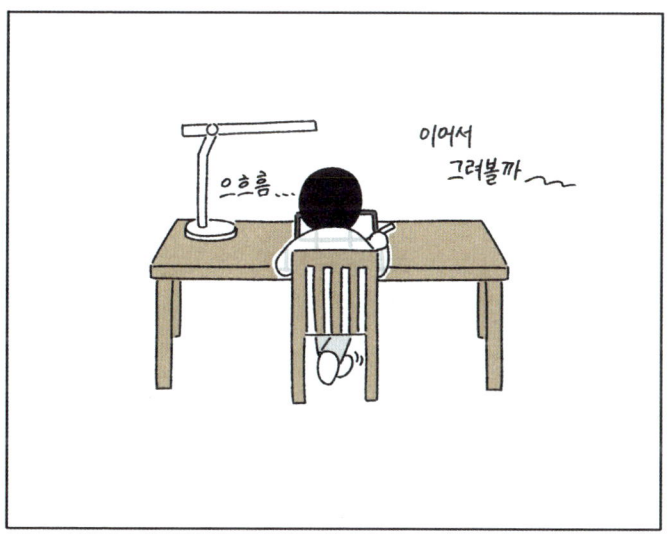

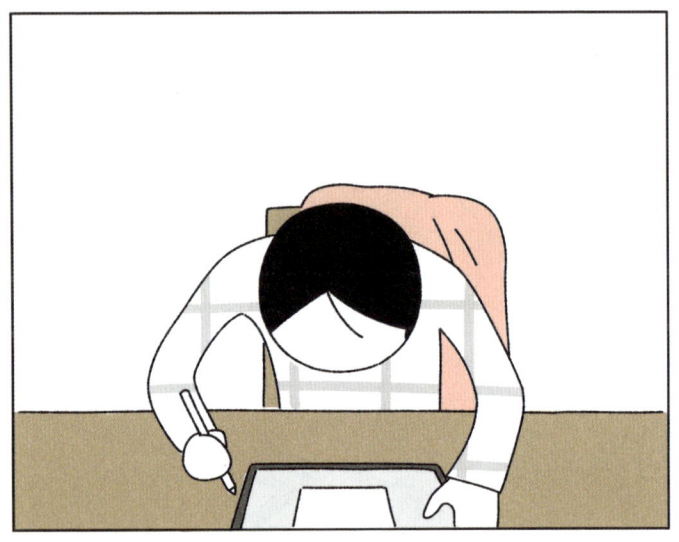

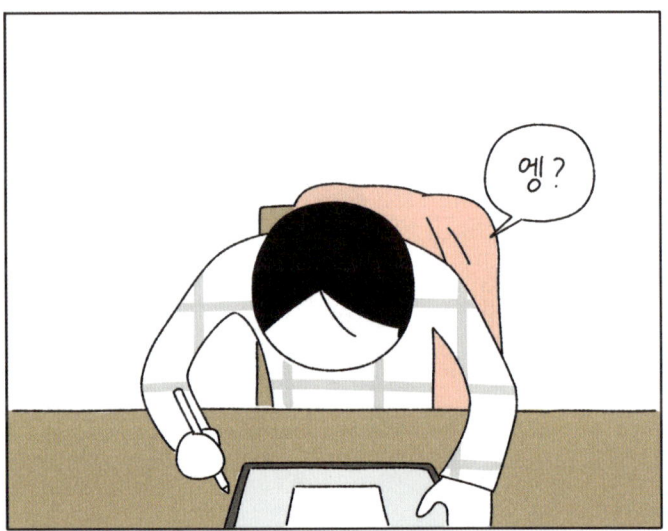

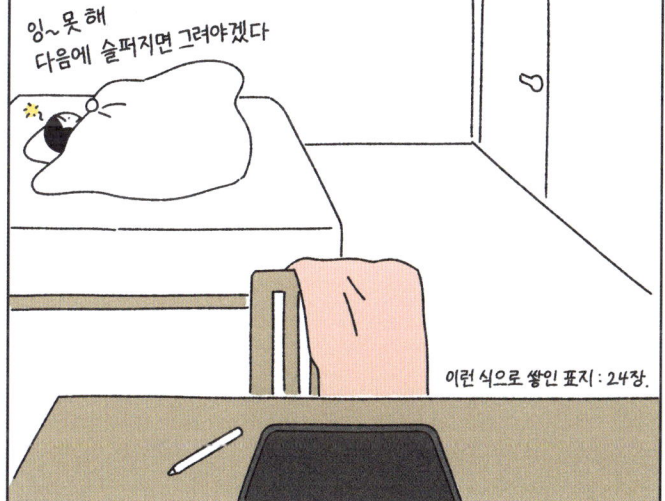

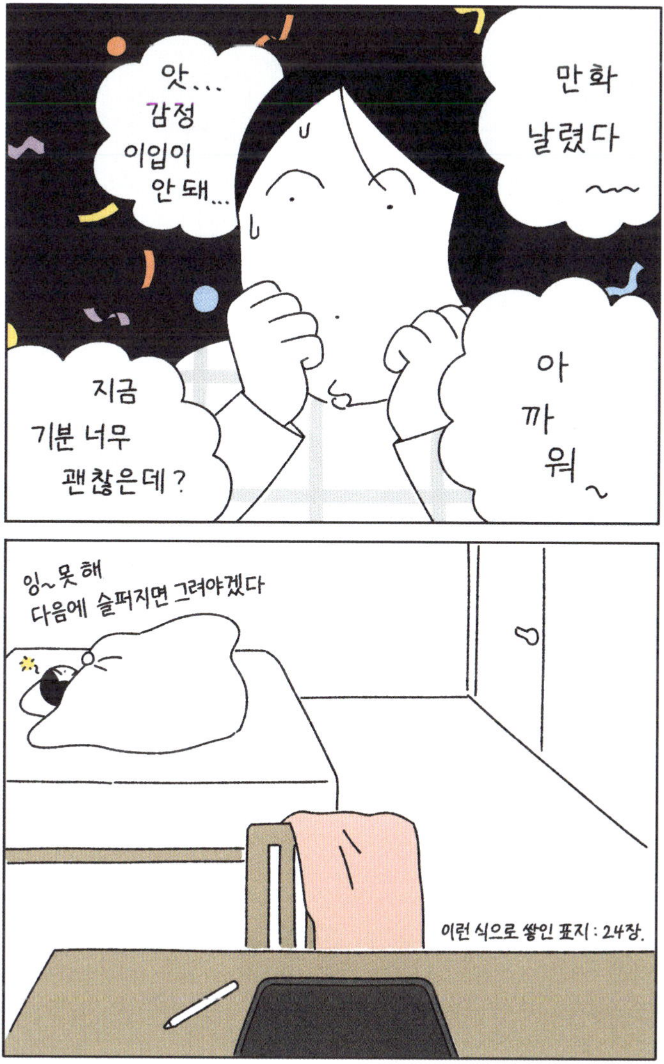

큐쪽이 키우기

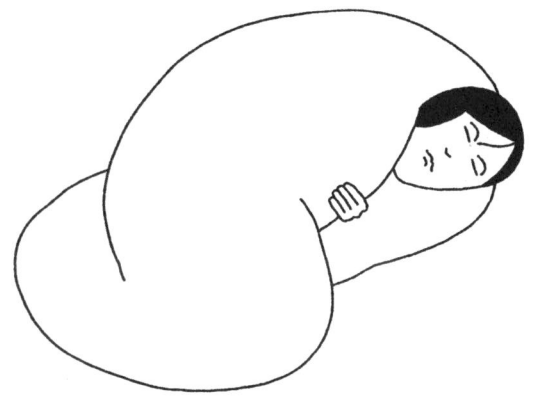

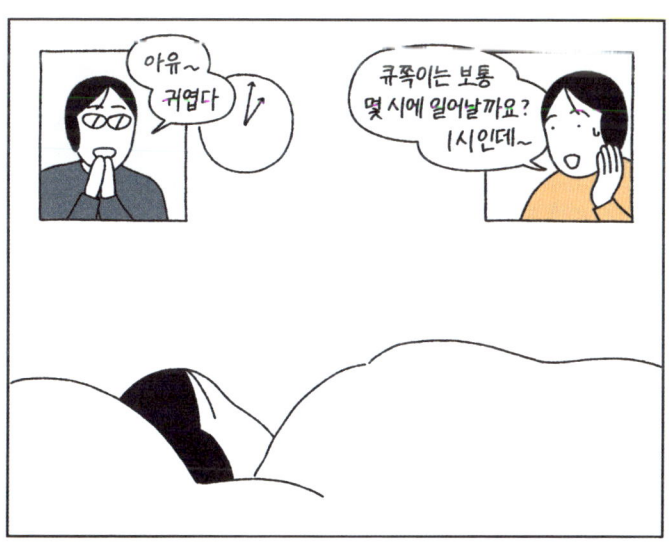

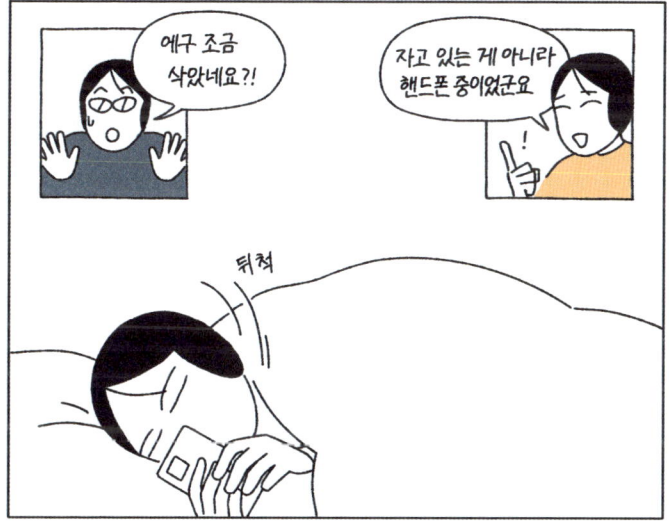

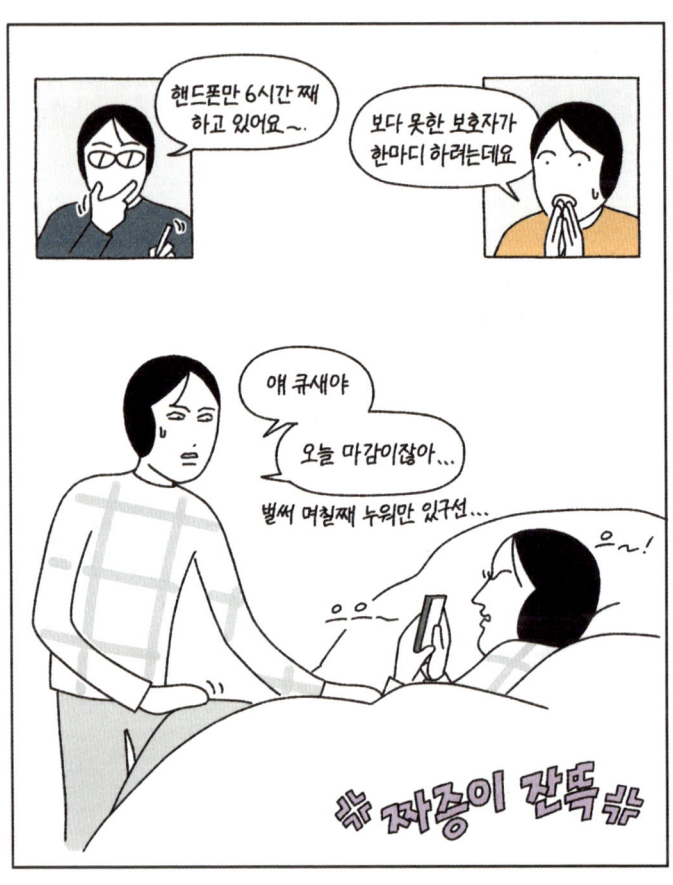

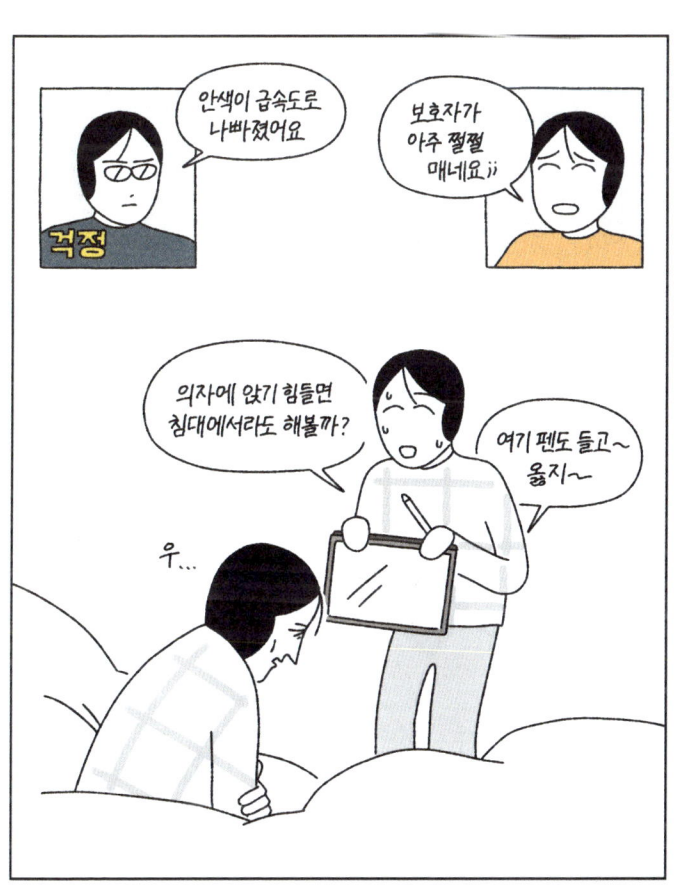

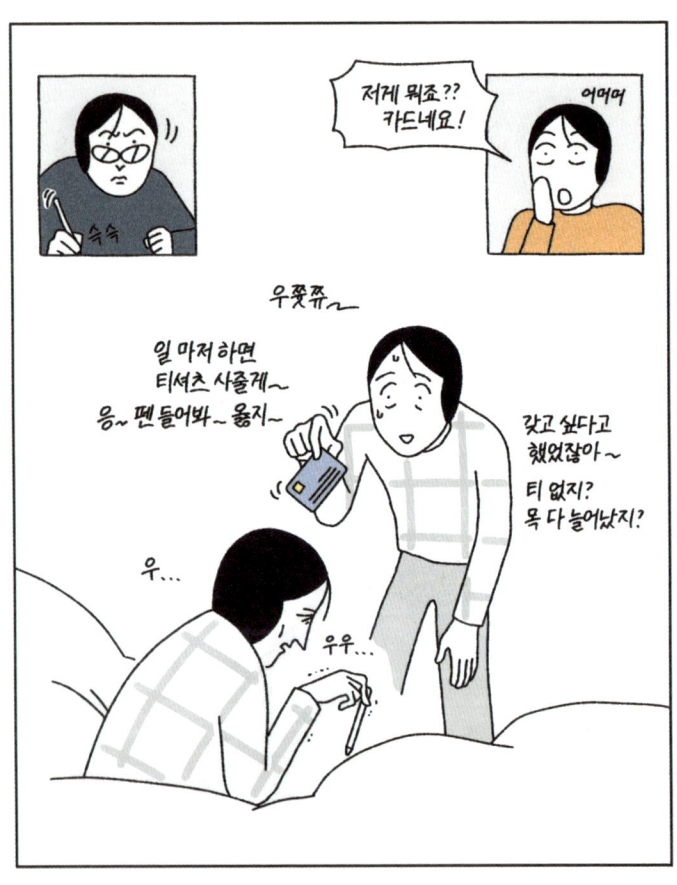

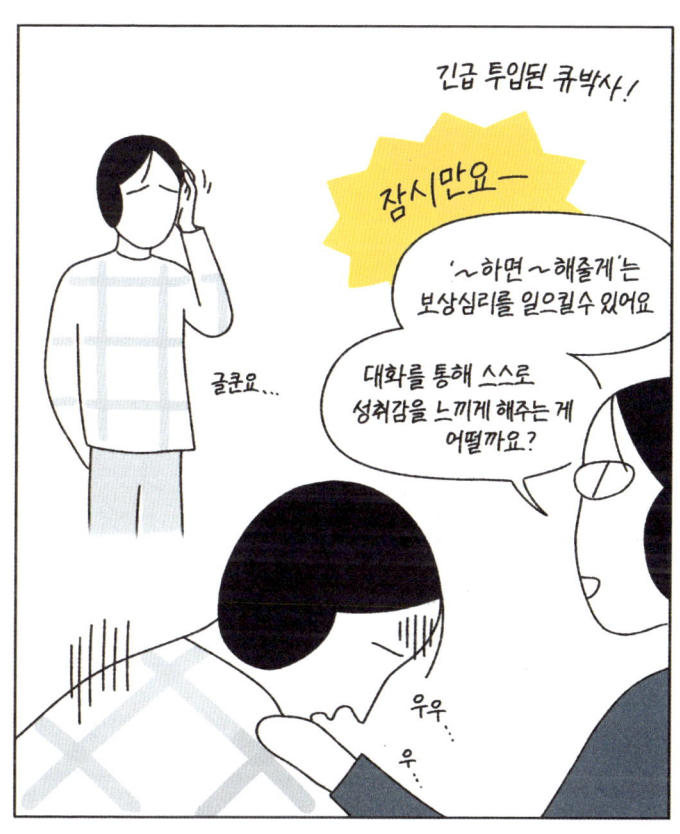

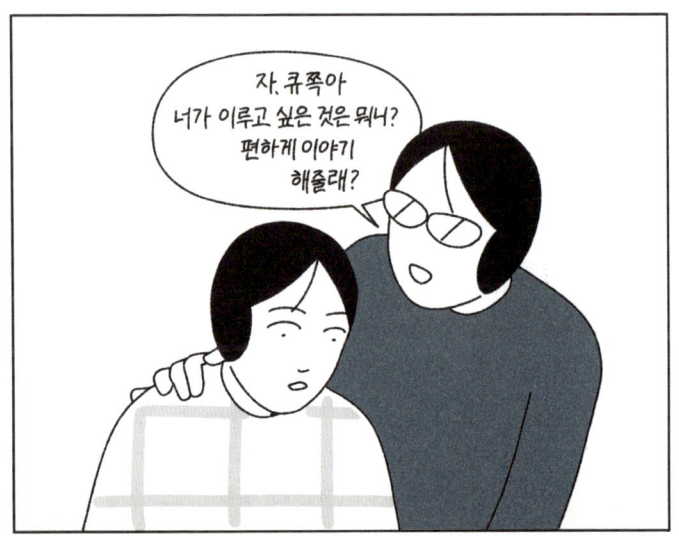

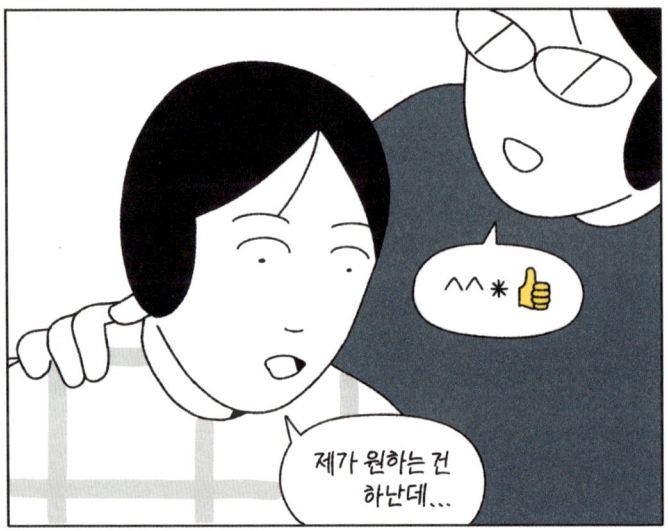

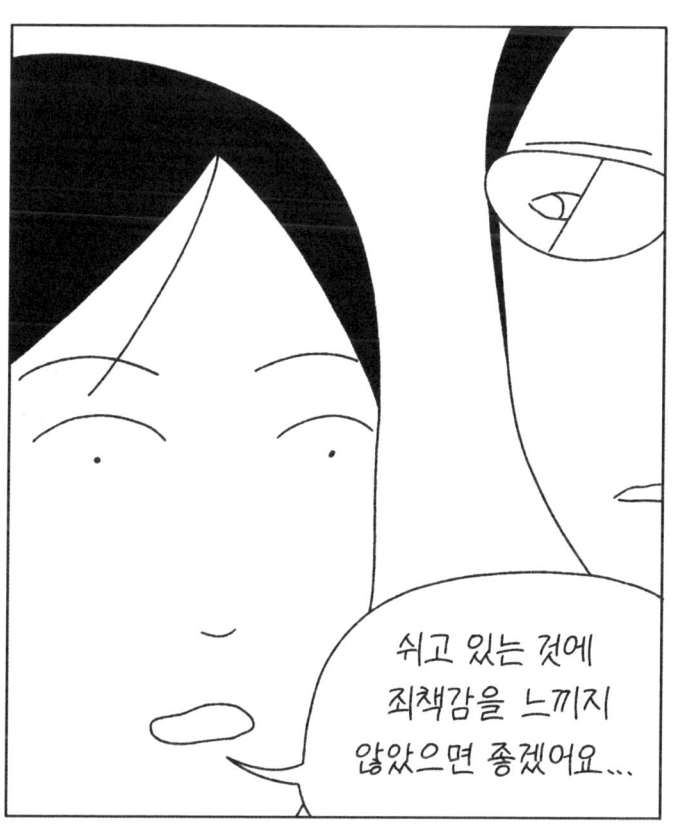

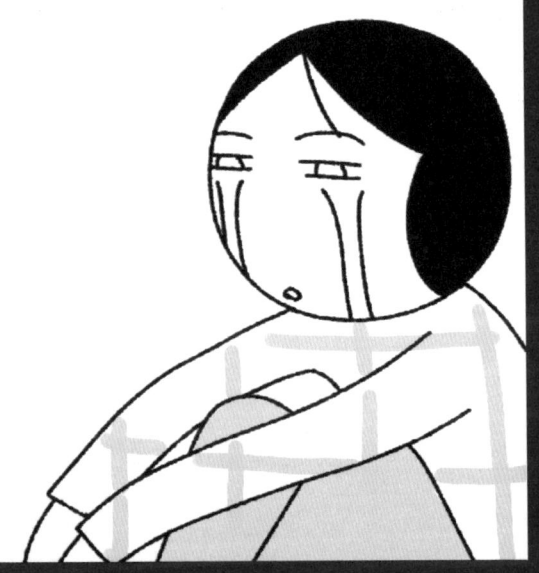

오늘의 자존감 2

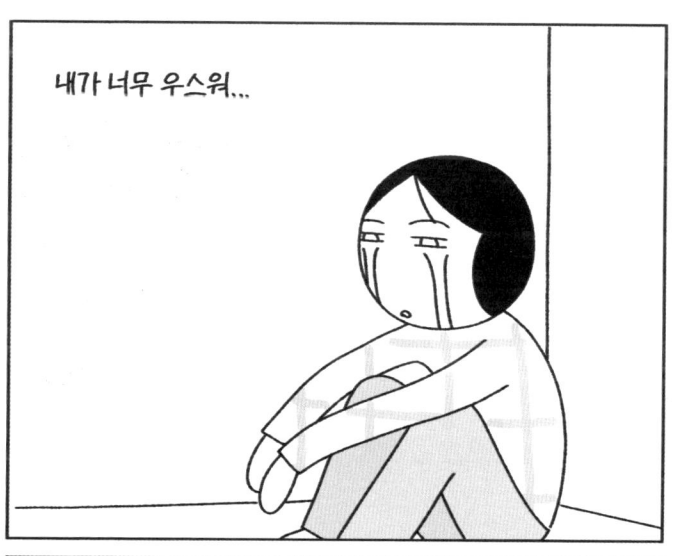

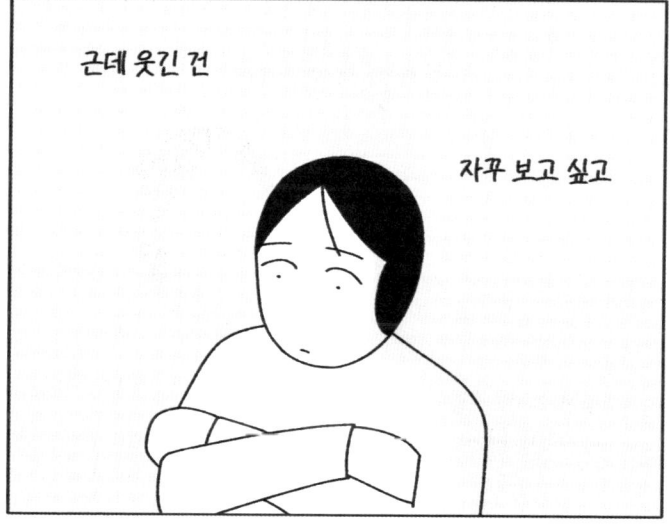

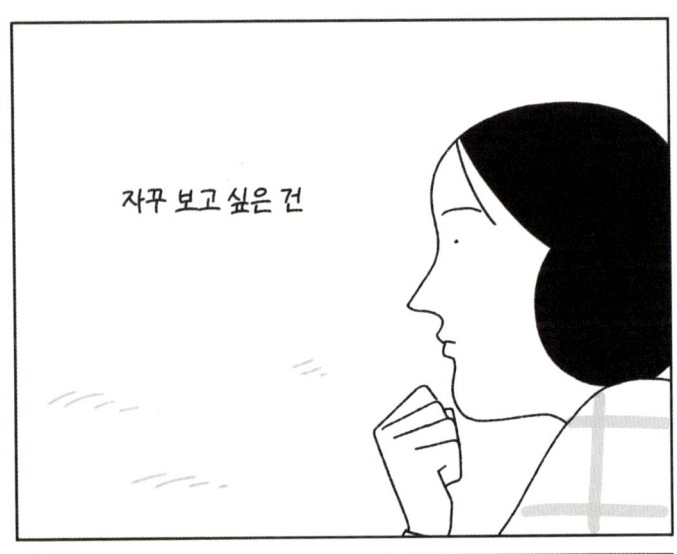

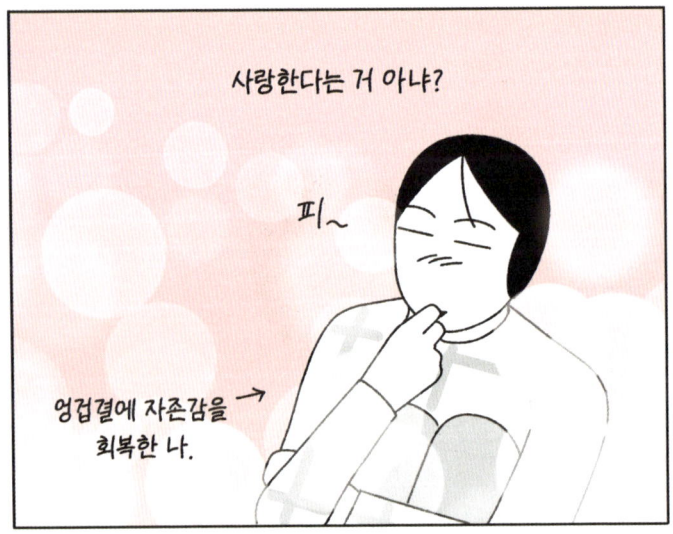

회피술

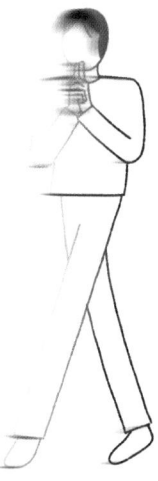

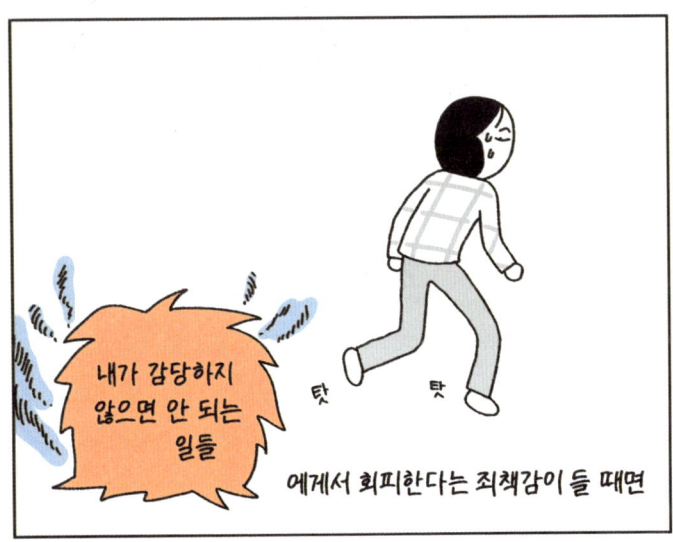

내가 감당하지 않으면 안 되는 일들

에게서 회피한다는 죄책감이 들 때면

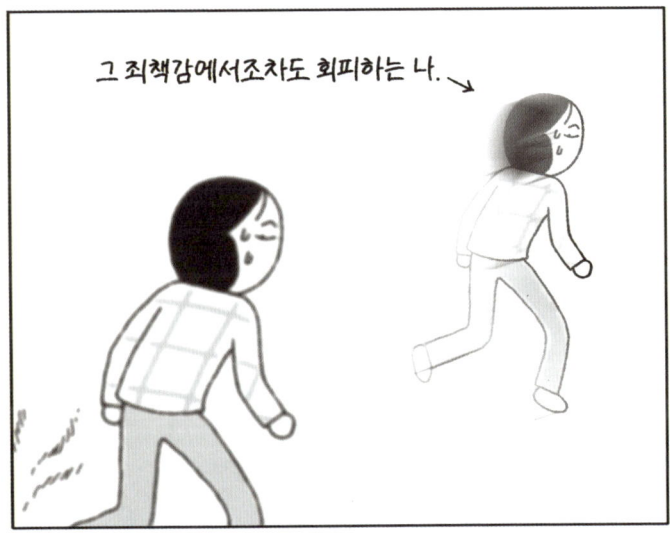

그 죄책감에서조차도 회피하는 나.

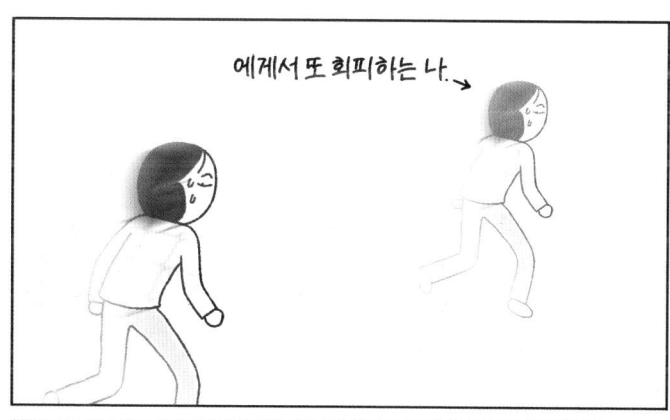

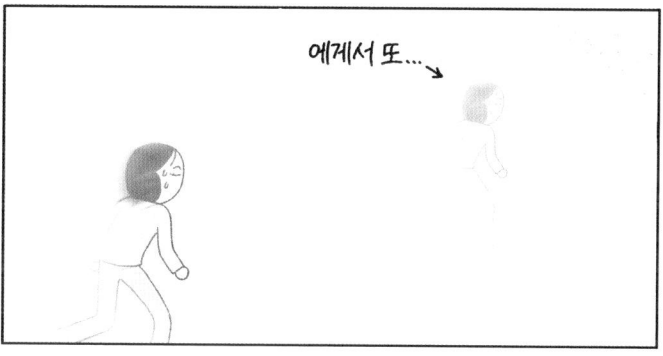

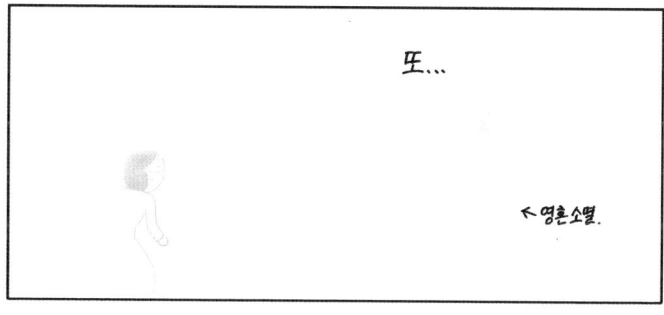

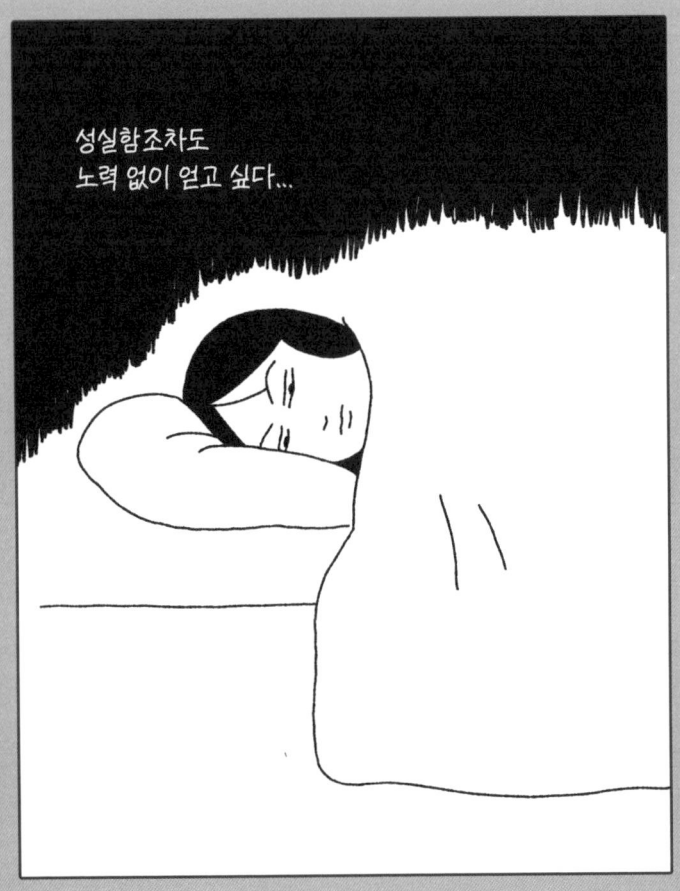

성실한 욕심

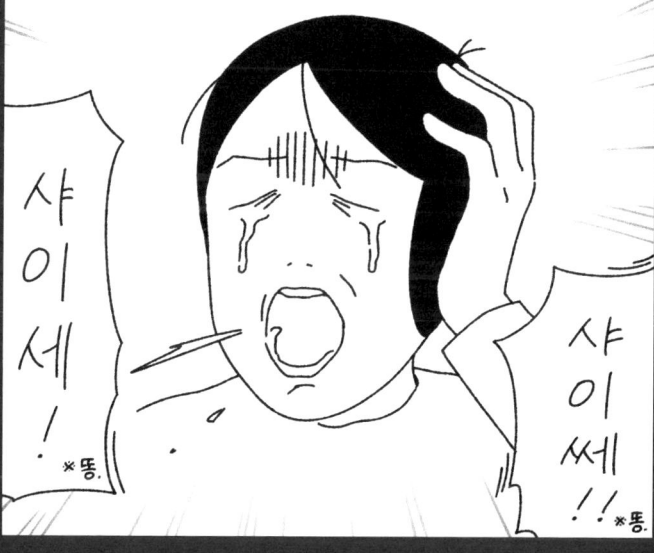

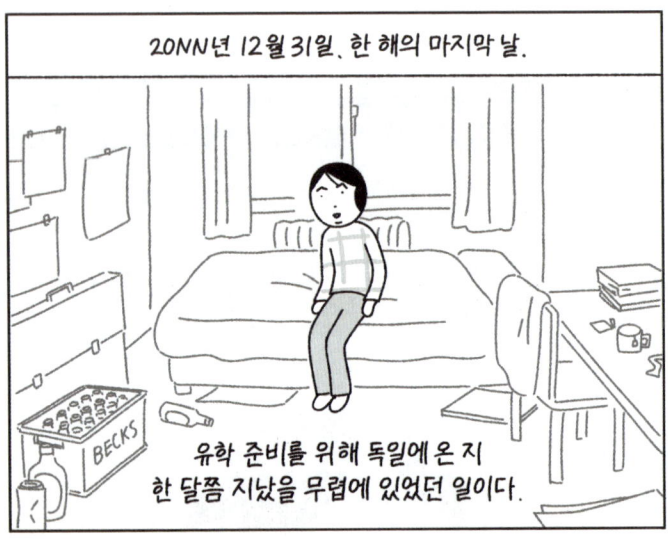

20NN년 12월 31일, 한 해의 마지막 날.

유학 준비를 위해 독일에 온 지
한 달쯤 지났을 무렵에 있었던 일이다.

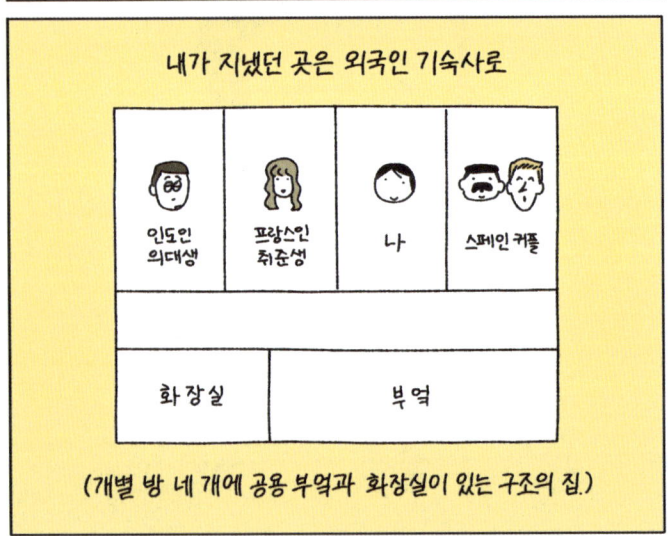

내가 지냈던 곳은 외국인 기숙사로

인도인 의대생	프랑스인 취준생	나	스페인 커플
화장실		부엌	

(개별 방 네 개에 공용 부엌과 화장실이 있는 구조의 집.)

당시 나는 몸짓에 의존해 간신히 소통해야 할 만큼
독일어 능력이 전무한 상태였지만

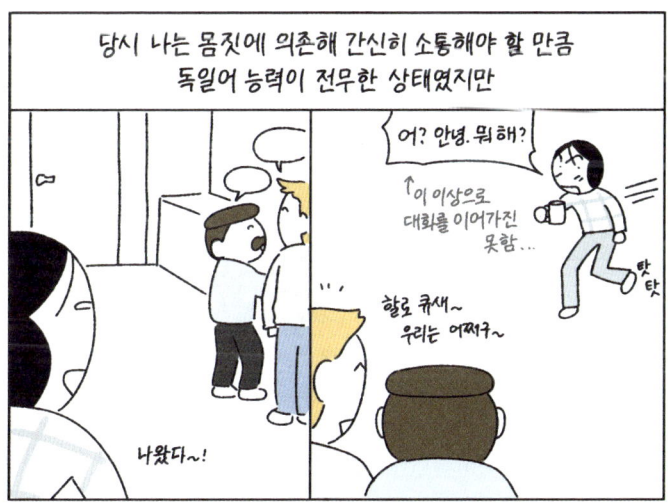

어설프게라도 조금씩 거리를 좁혀갈 수 있었고

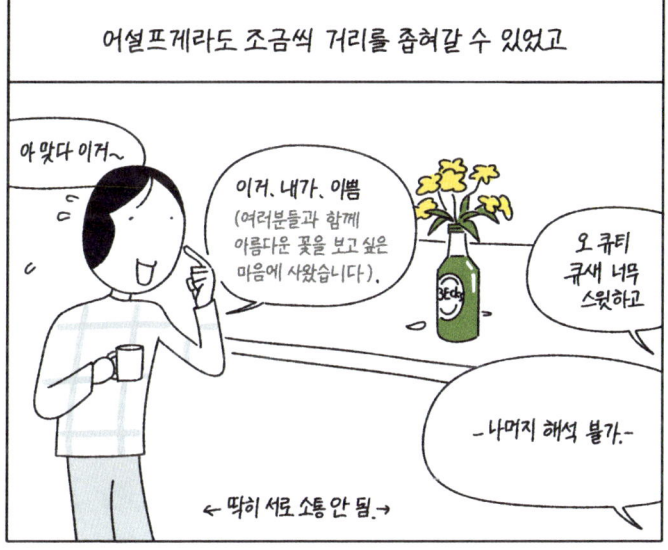

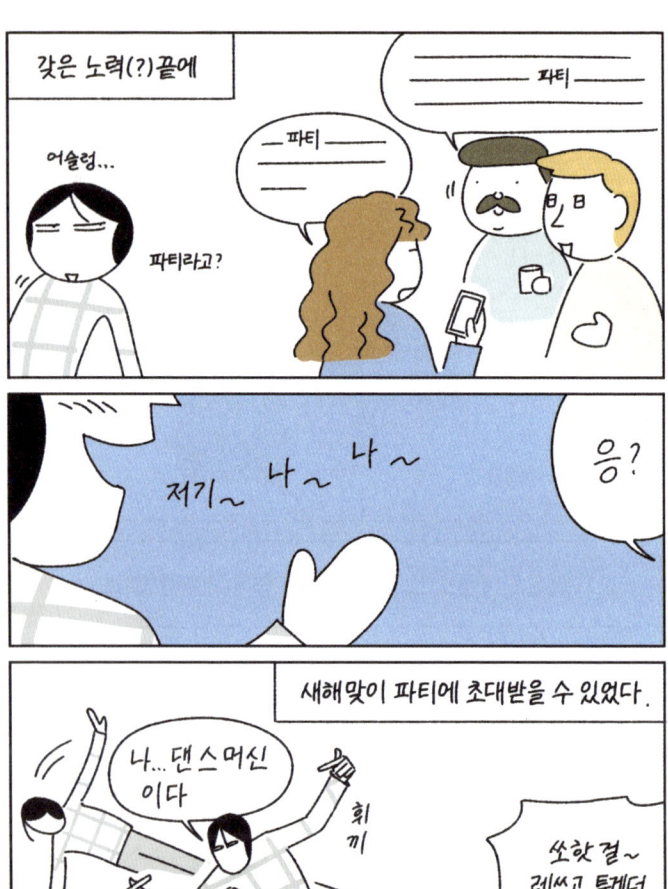

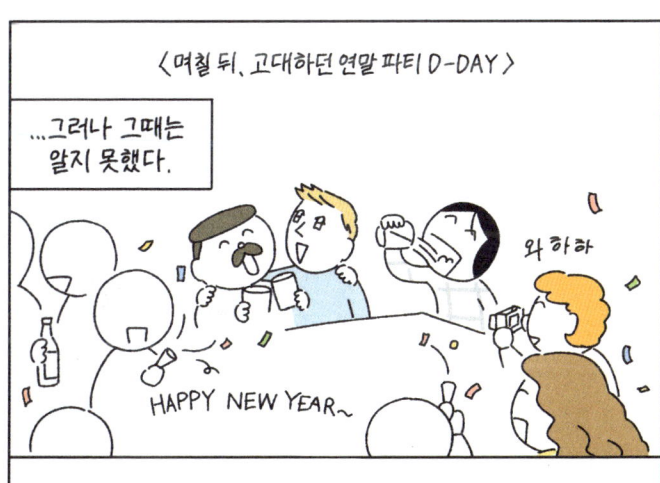

〈 며칠 뒤, 고대하던 연말 파티 D-DAY 〉

...그러나 그때는 알지 못했다.

와 하하

HAPPY NEW YEAR~

나의 그 무방비했던 독일어 실력이 어떤 파장을 몰고 올지...

아무튼 대화는 포기하고 술이나 마시고 있다가
어느새 사람들 사이에 섞여 지하철에 타게 되었다.

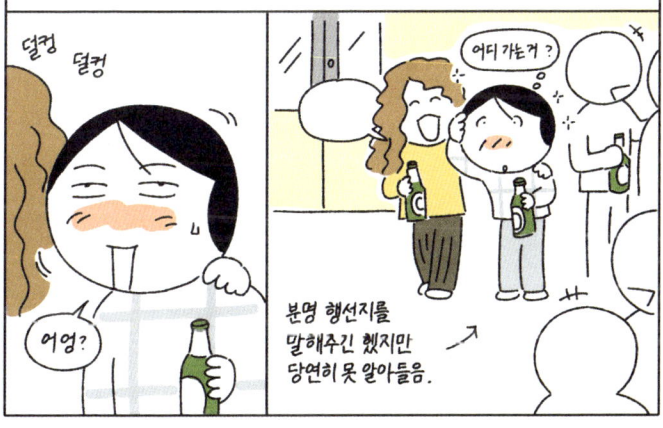

덜컹 덜컹

어엉?

어디 가는거?

분명 행선지를
말해주긴 했지만
당연히 못 알아들음.

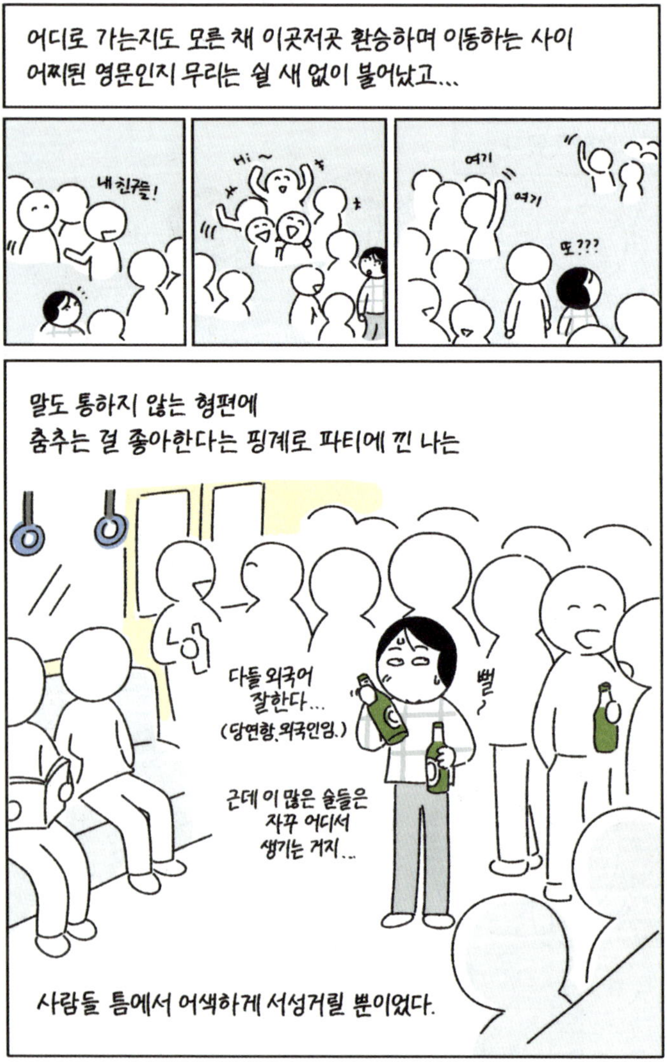

어디로 가는지도 모른 채 이곳저곳 환승하며 이동하는 사이
어찌된 영문인지 무리는 쉴 새 없이 불어났고...

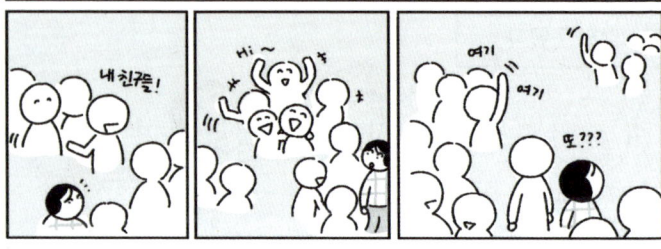

말도 통하지 않는 형편에
춤추는 걸 좋아한다는 핑계로 파티에 낀 나는

다들 외국어
잘한다...
(당연함. 외국인임.)

근데 이 많은 술들은
자꾸 어디서
생기는 거지...

사람들 틈에서 어색하게 서성거릴 뿐이었다.

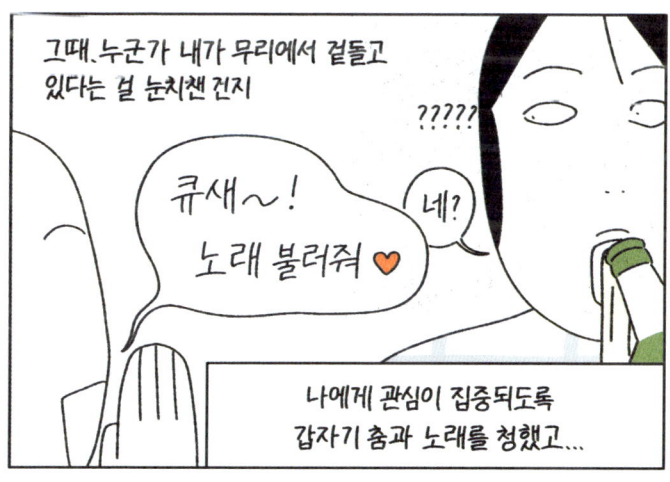

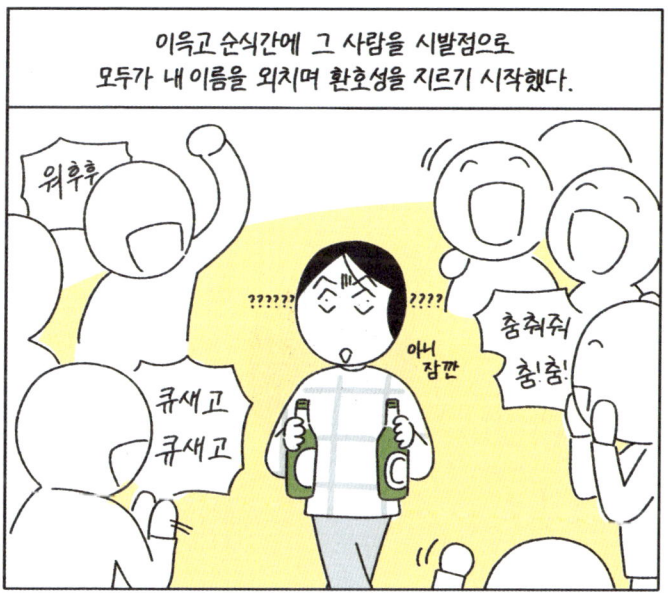

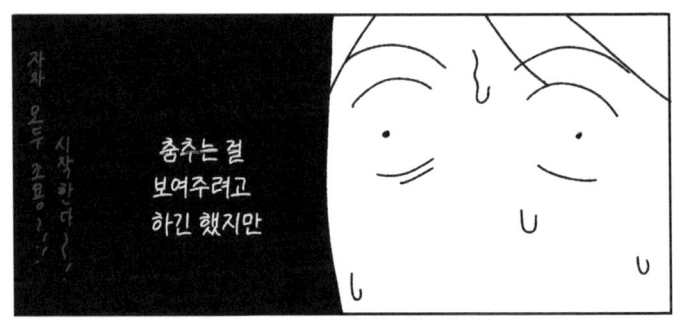

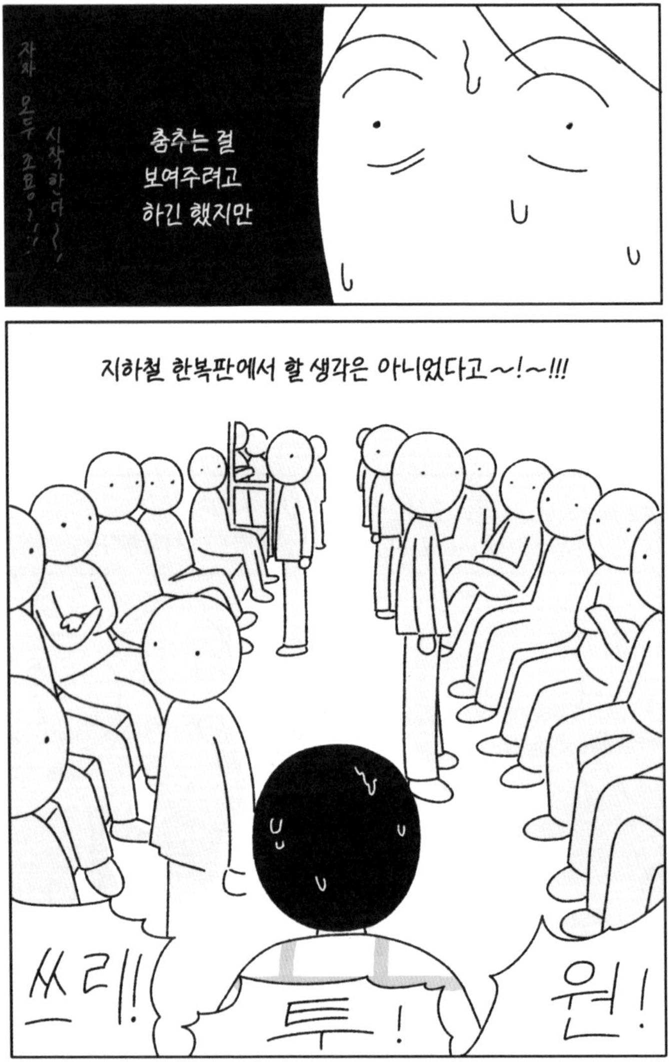

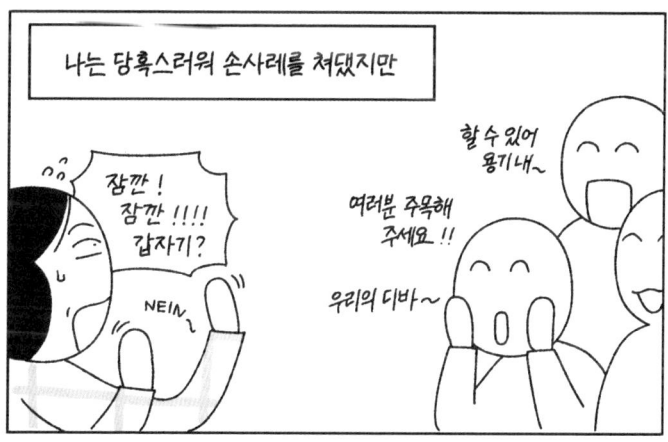

나는 당혹스러워 손사레를 쳐댔지만

잠깐!
잠깐!!!!
갑자기?

NEIN

할 수 있어
용기내~

여러분 주목해
주세요!!

우리의 디바~

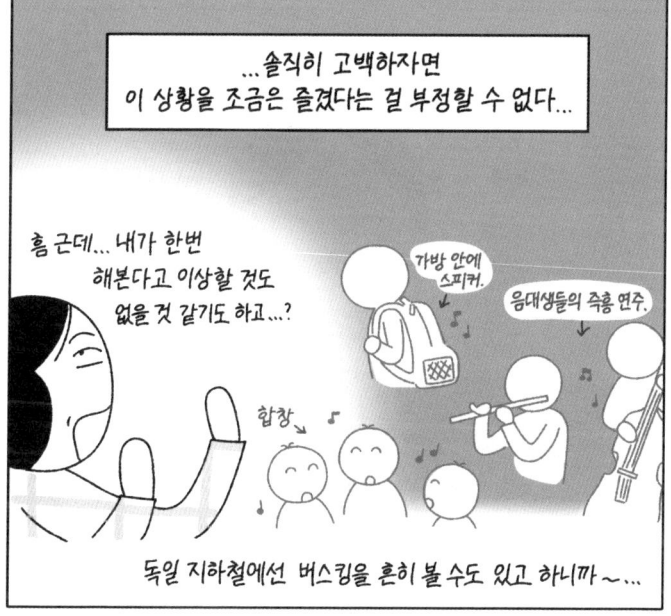

...솔직히 고백하자면
이 상황을 조금은 즐겼다는 걸 부정할 수 없다...

흠 근데... 내가 한번
해본다고 이상할 것도
없을 것 같기도 하고...?

가방 안에
스피커.

음대생들의 즉흥 연주.

합창

독일 지하철에선 버스킹을 흔히 볼 수도 있고 하니까~...

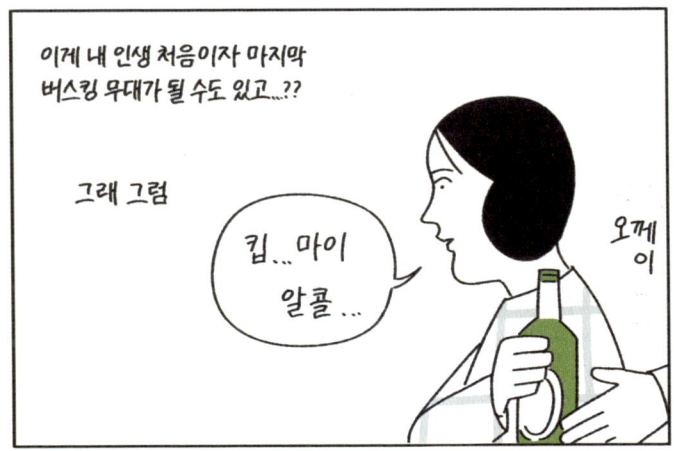

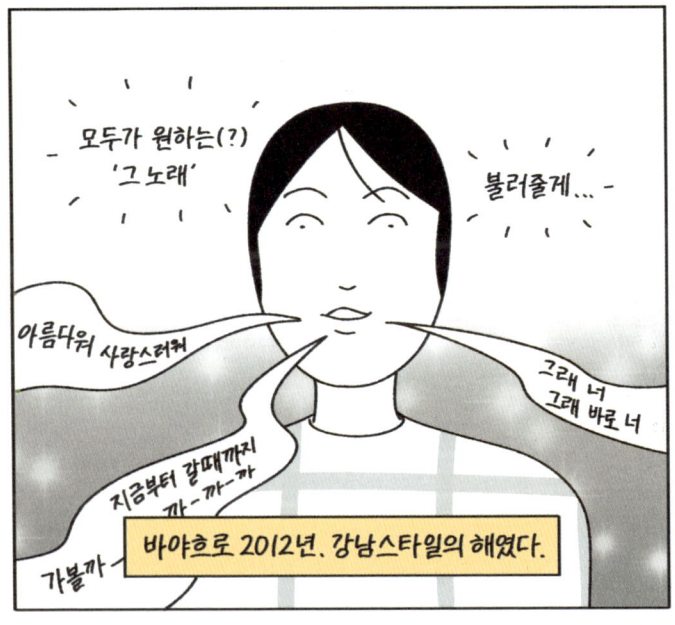

바야흐로 2012년, 강남스타일의 해였다.

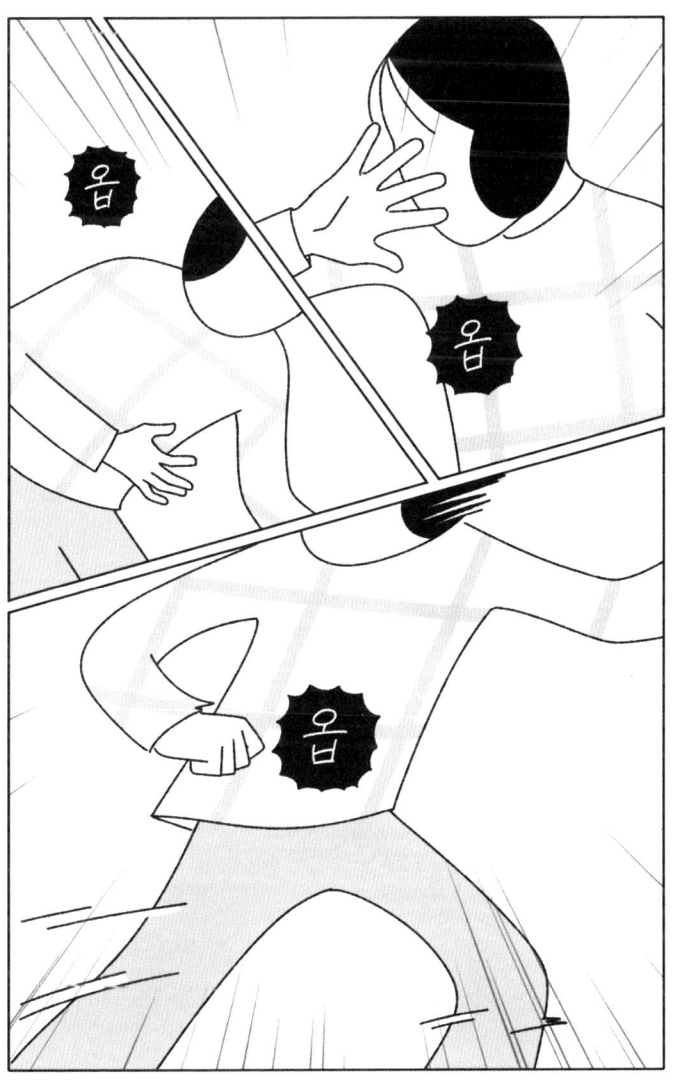

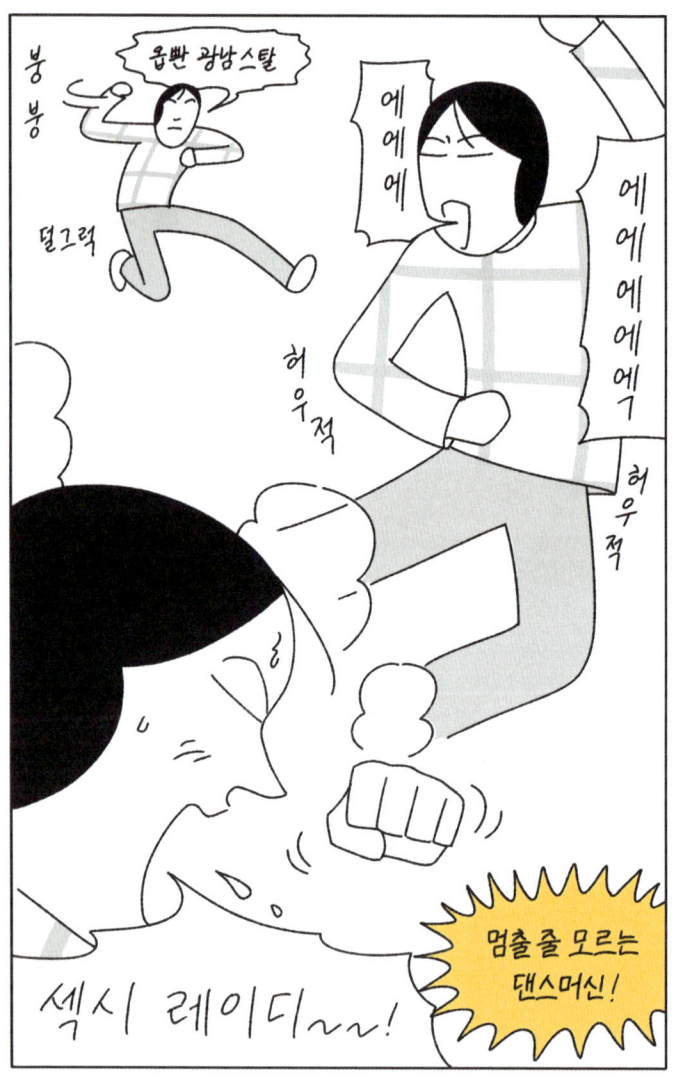

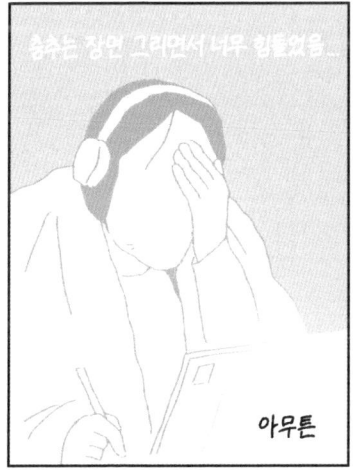

아무튼

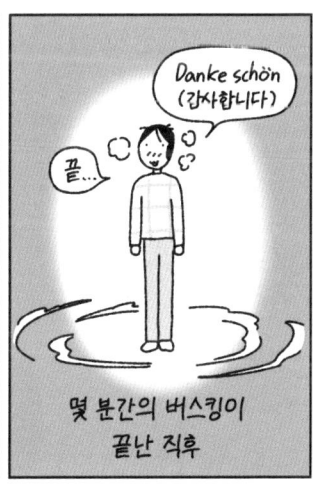

몇 분간의 버스킹이
끝난 직후

혹시나 공연료를 주고 싶어 하는 사람이 있지 않을까 싶어
수줍게 주변을 둘러봤는데

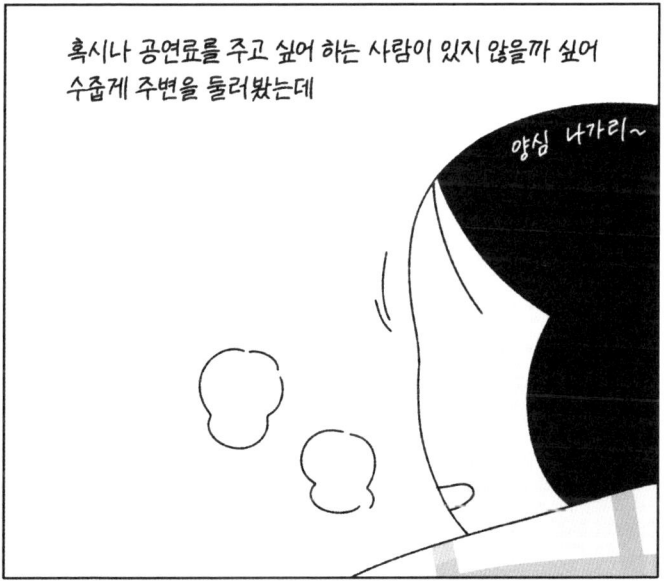

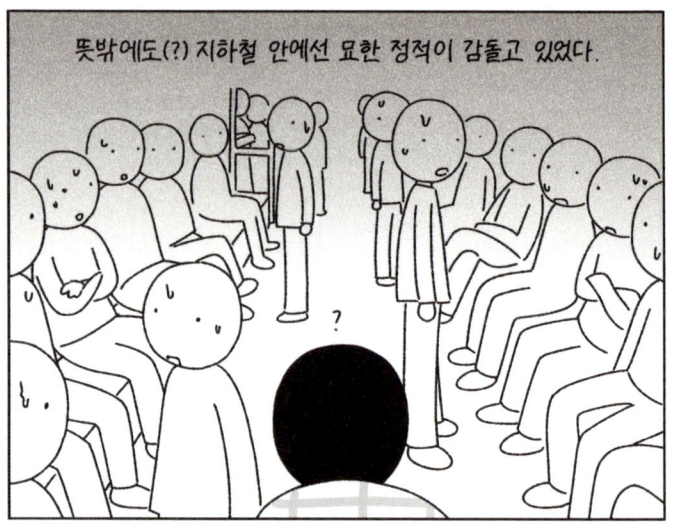

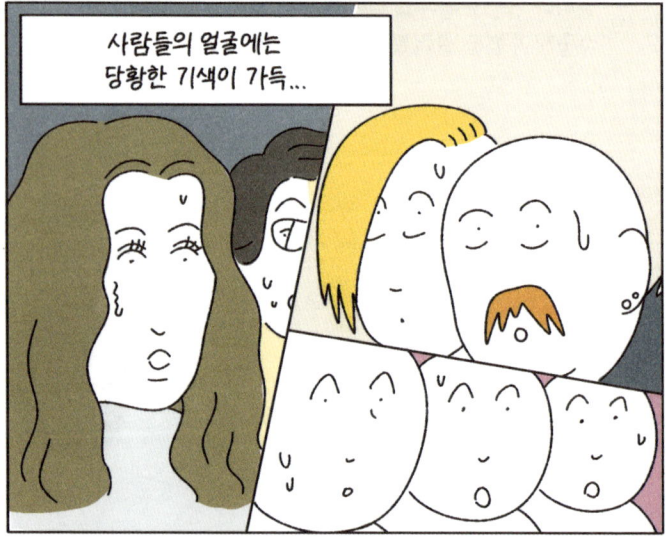

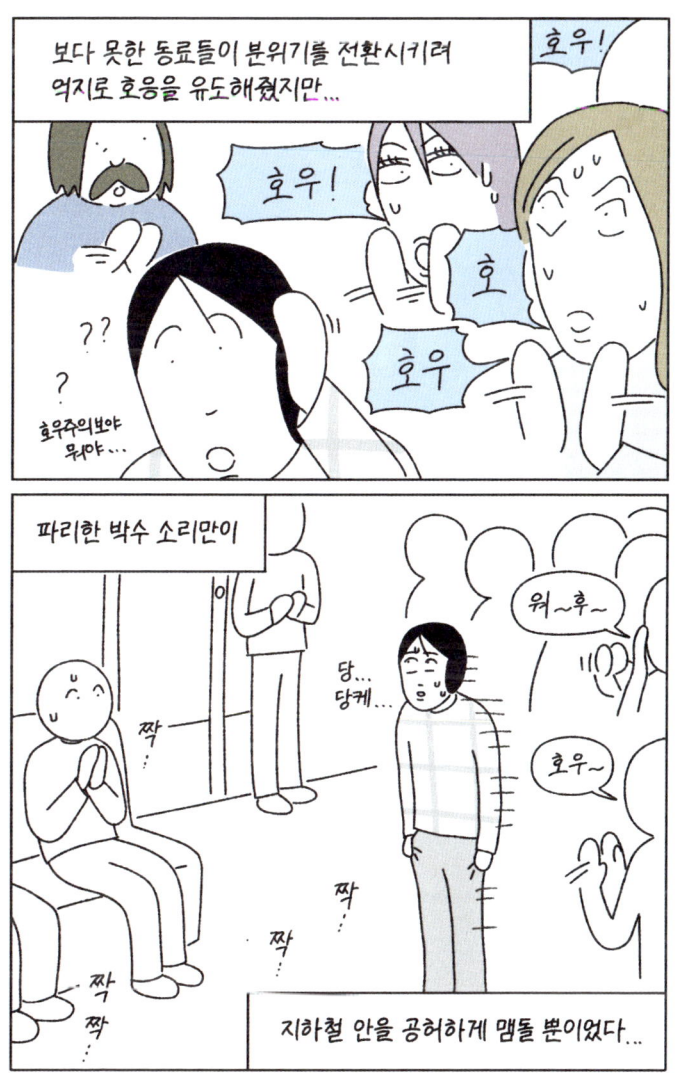

소동이 있고 얼마 지나지 않아,
다행히(?) 환승을 위해 열차에서 빠져나오게 된 큐새...

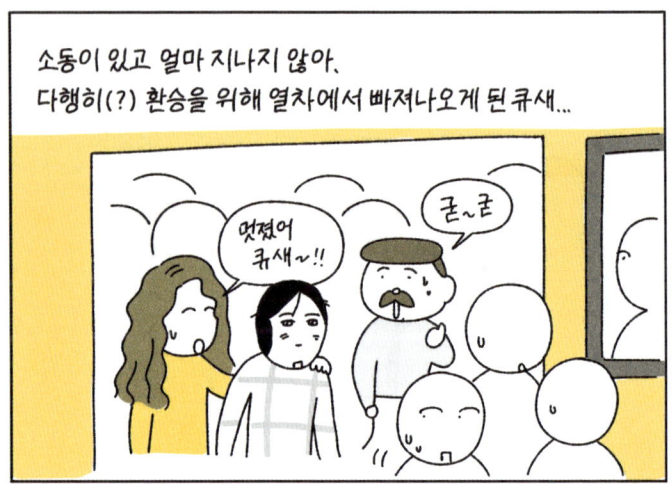

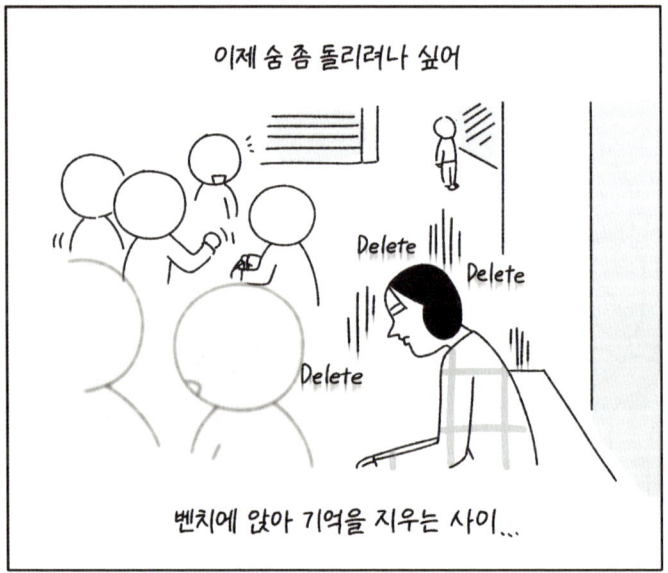

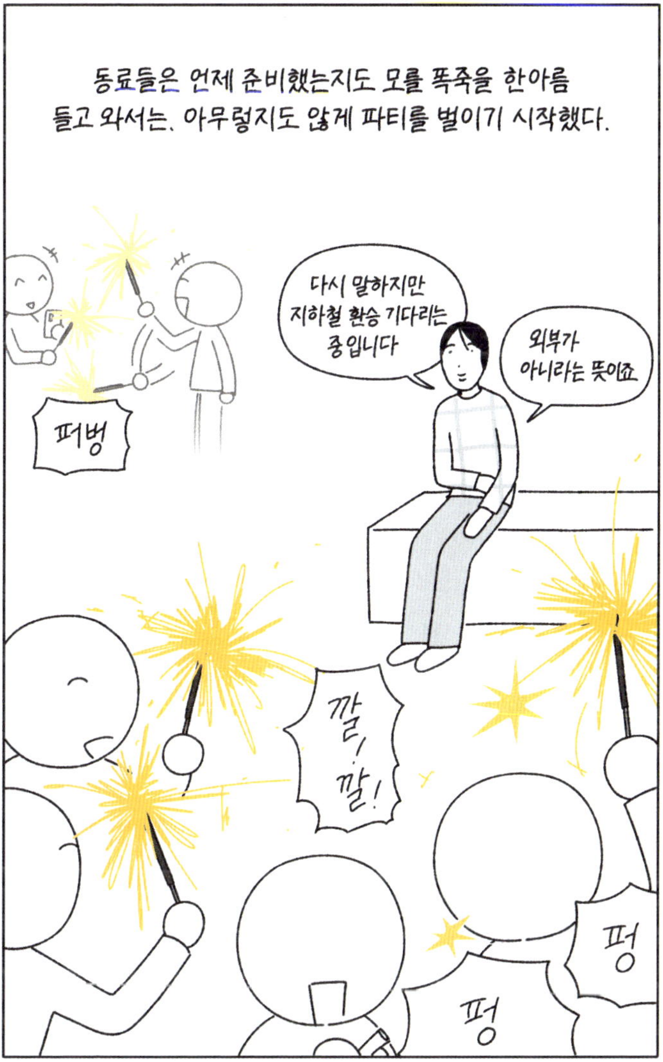
동료들은 언제 준비했는지도 모를 폭죽을 한아름
들고 와서는, 아무렇지도 않게 파티를 벌이기 시작했다.
퍼벙
다시 말하지만 지하철 환승 기다리는 중입니다
외부가 아니라는 뜻이죠
깔! 깔!
펑
펑

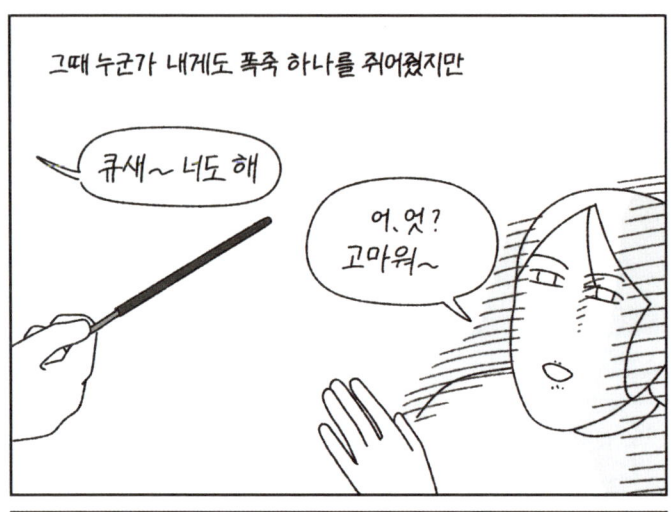

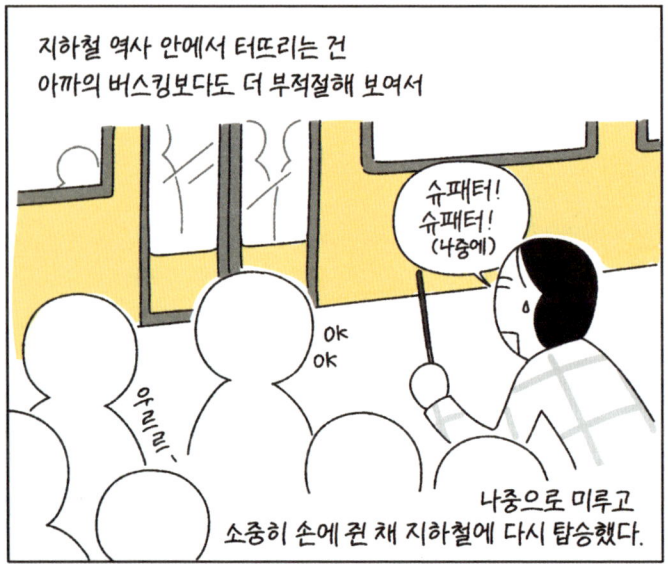

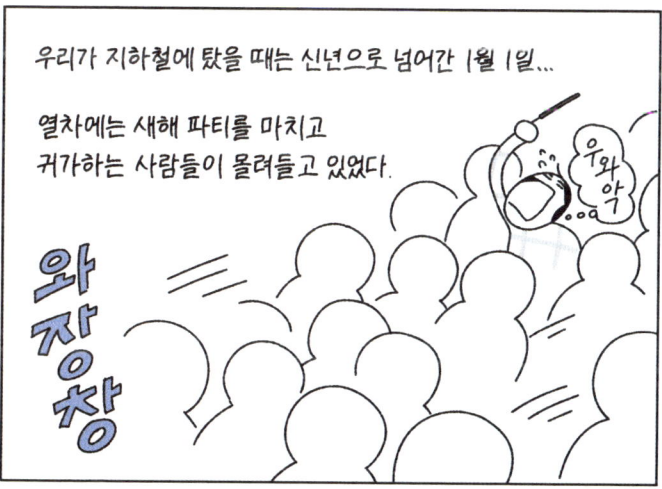

우리가 지하철에 탔을 때는 신년으로 넘어간 1월 1일...

열차에는 새해 파티를 마치고
귀가하는 사람들이 몰려들고 있었다.

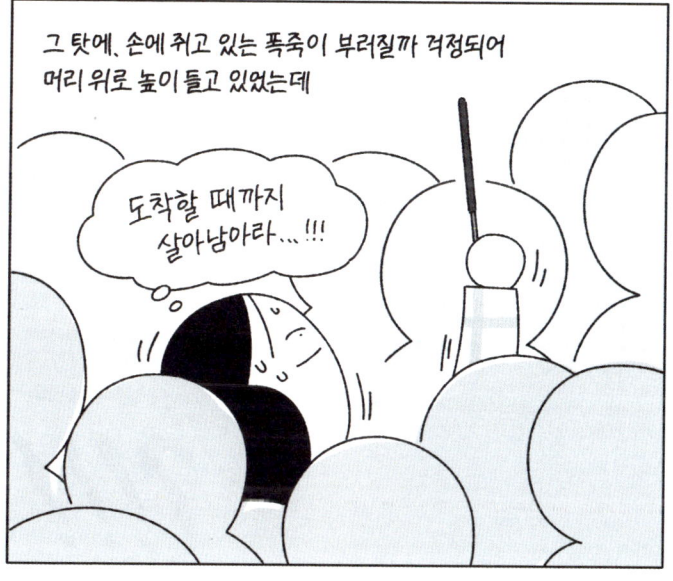

그 탓에, 손에 쥐고 있는 폭죽이 부러질까 걱정되어
머리 위로 높이 들고 있었는데

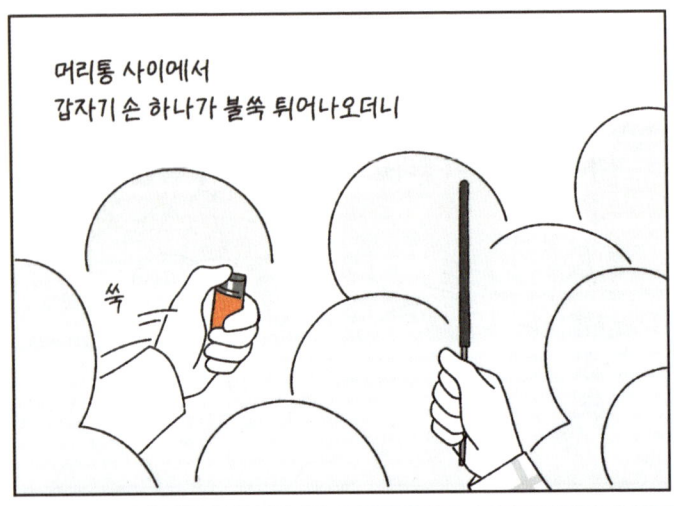

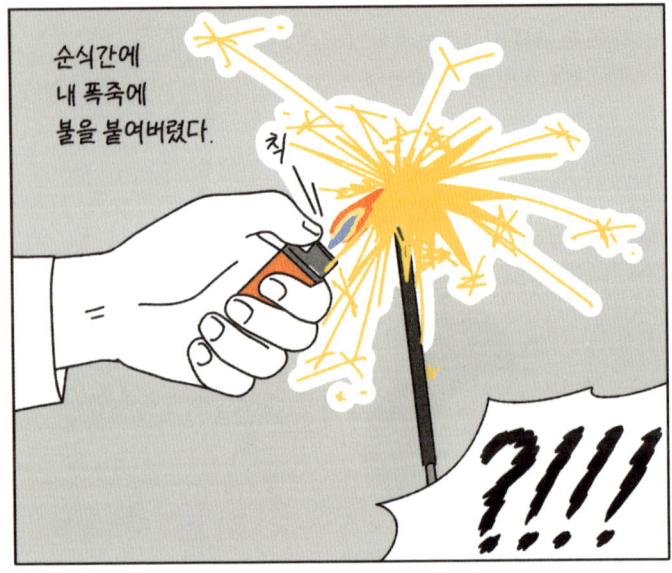

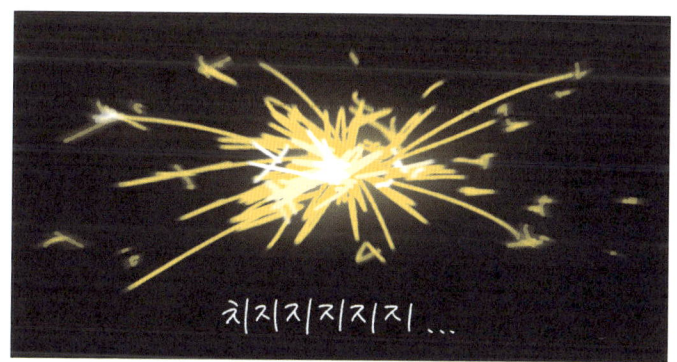

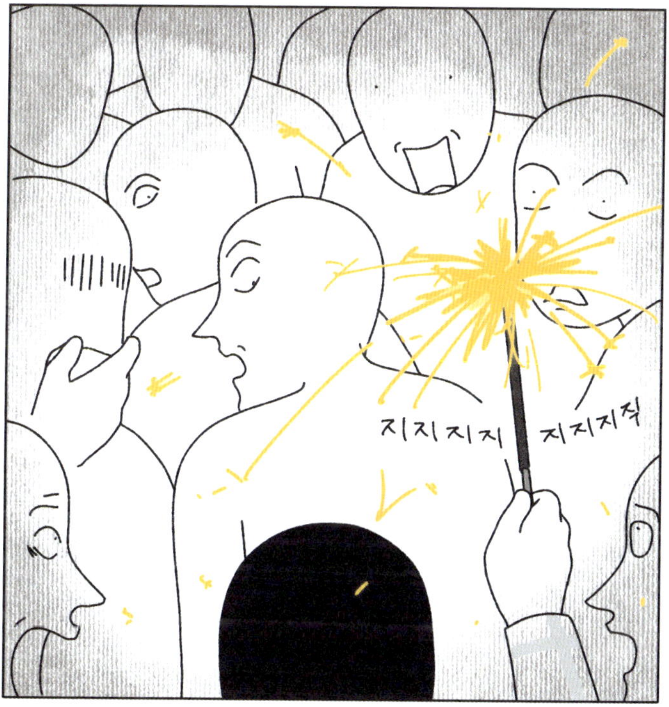

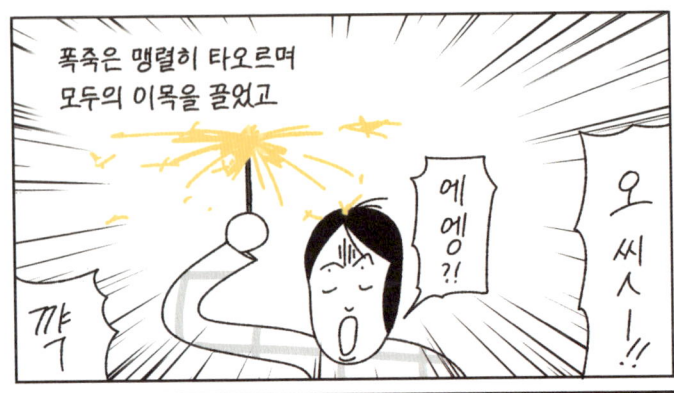

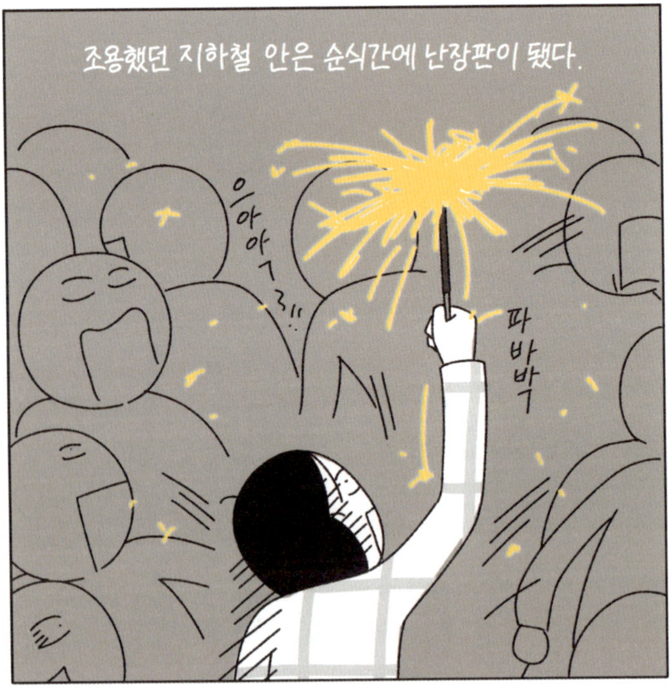

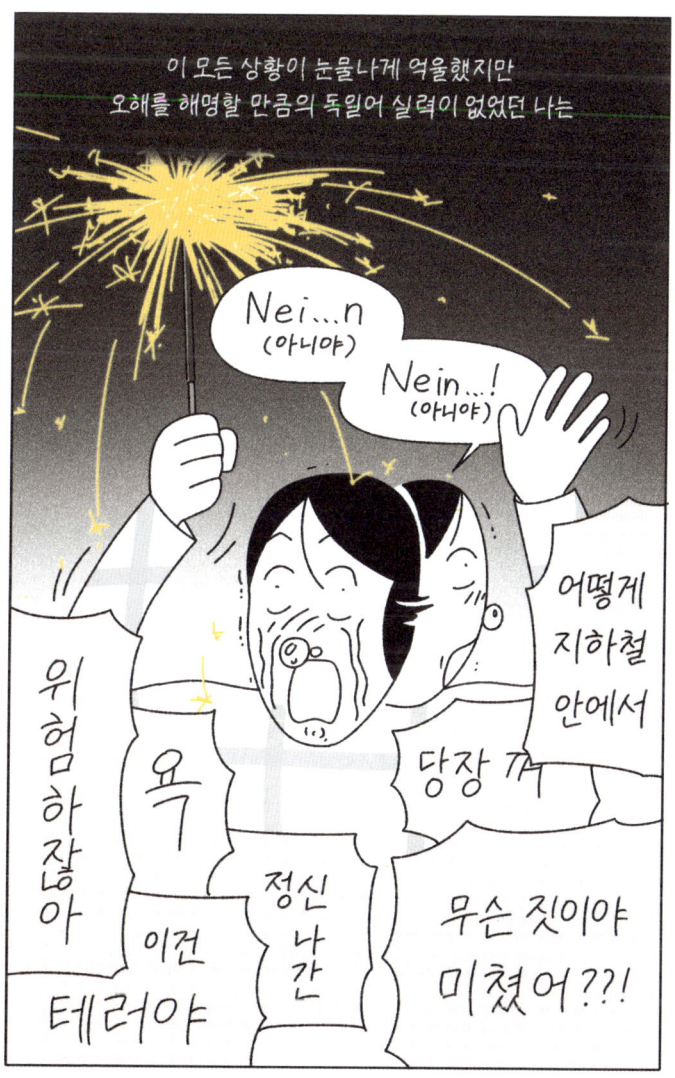

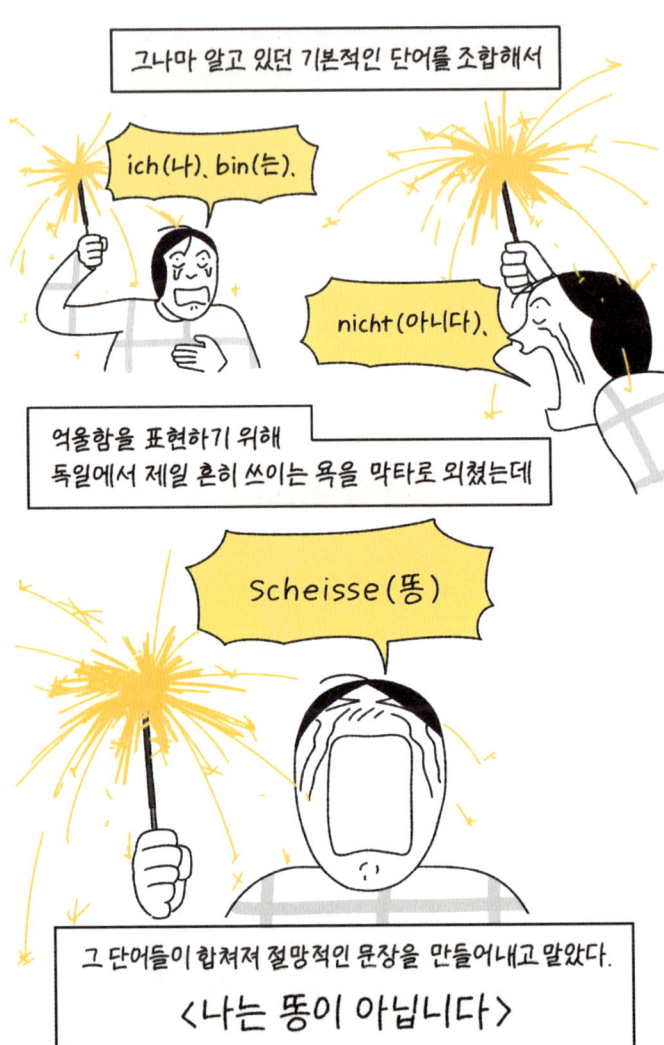

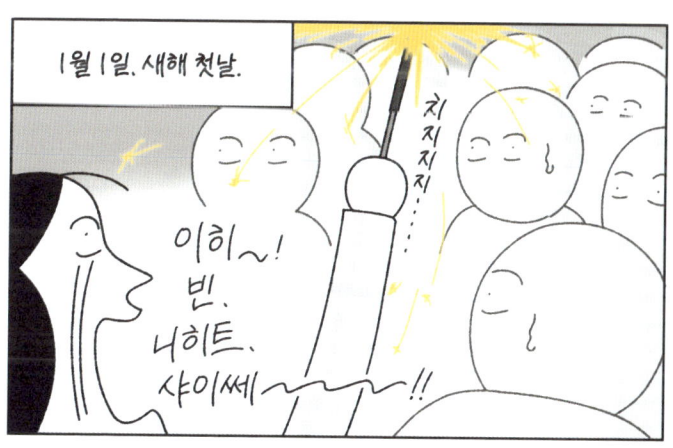

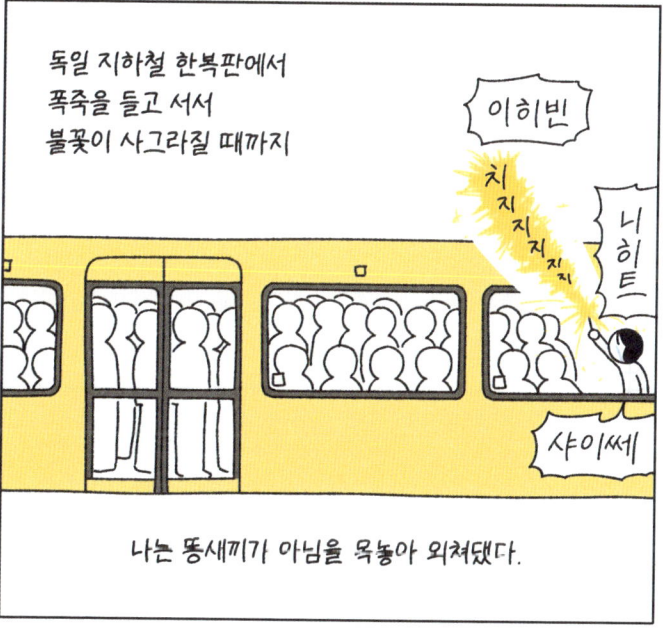

말할 수 없는 주머니

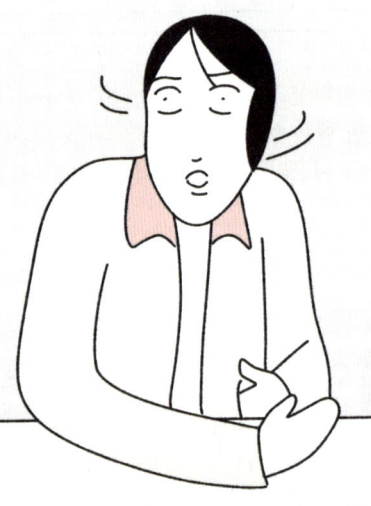

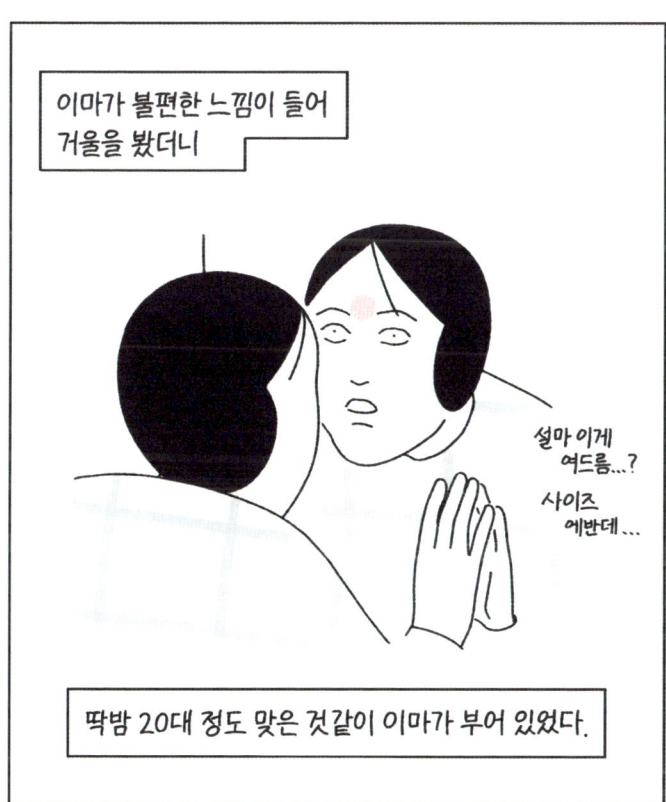

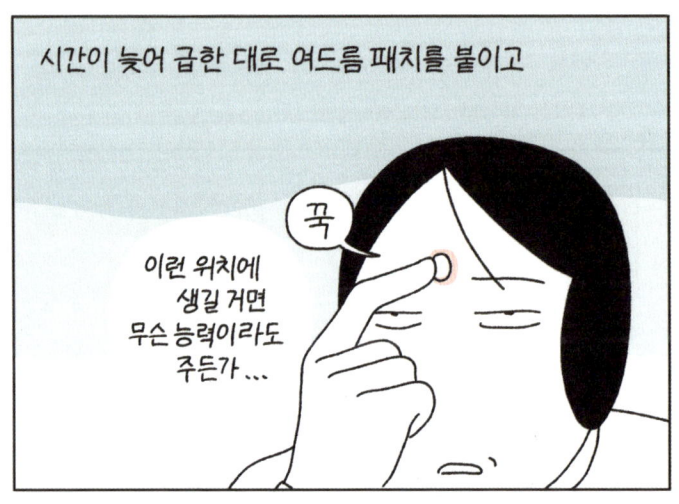

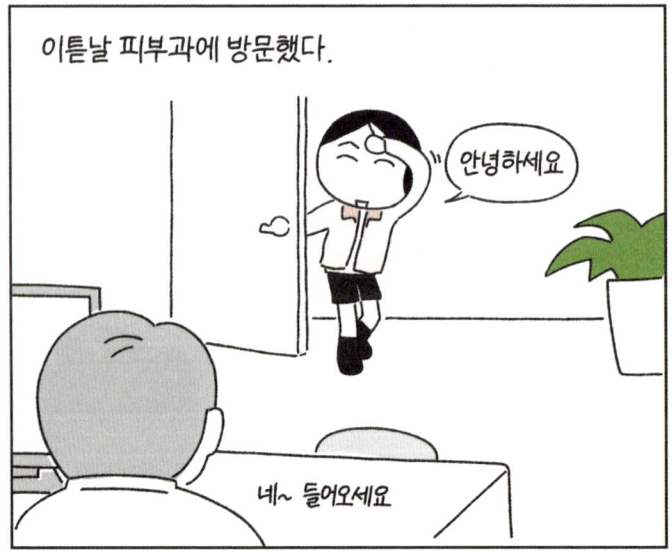

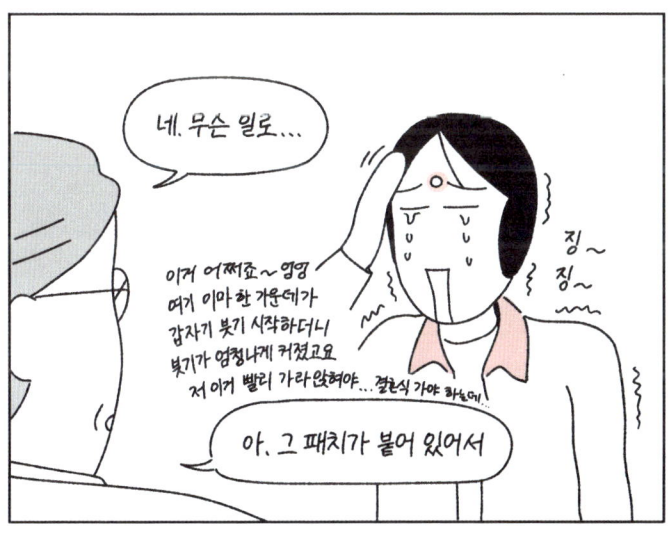
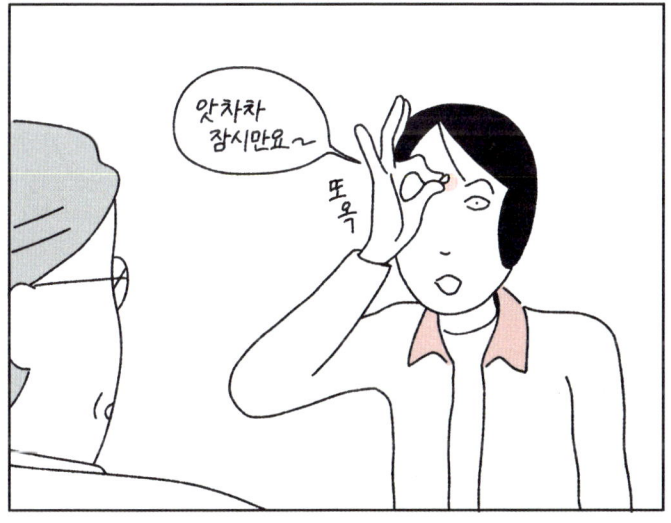

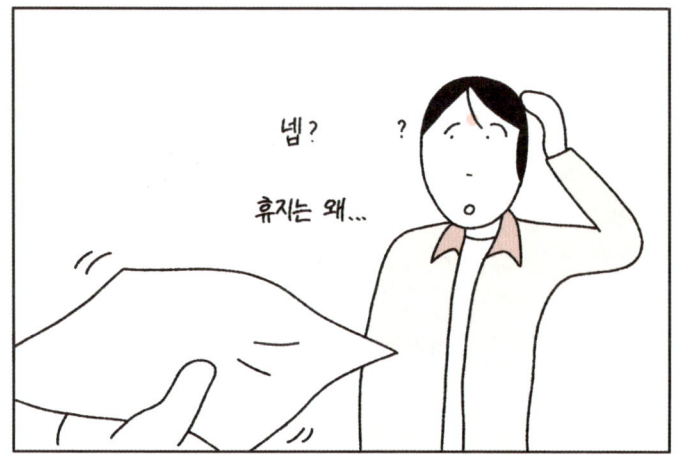

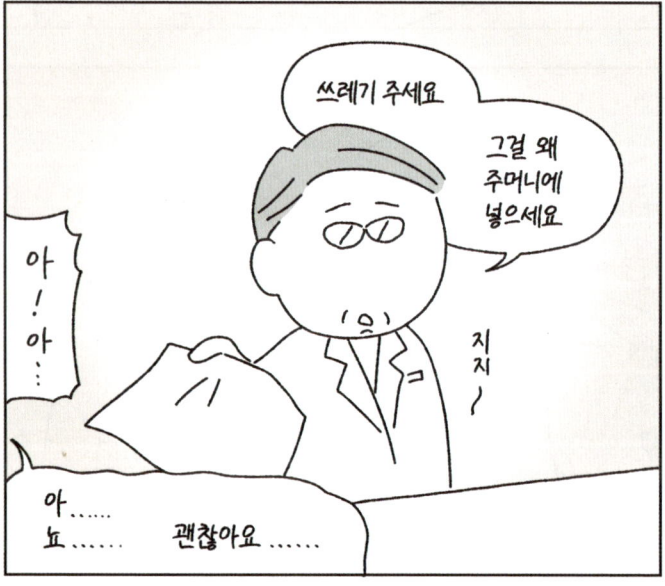

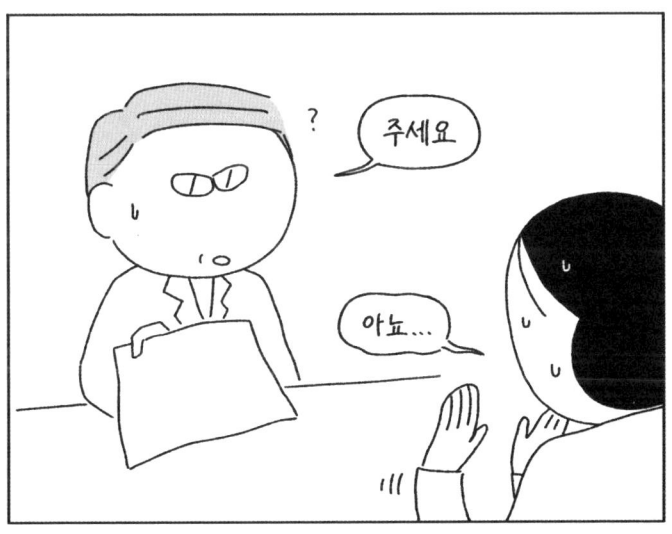

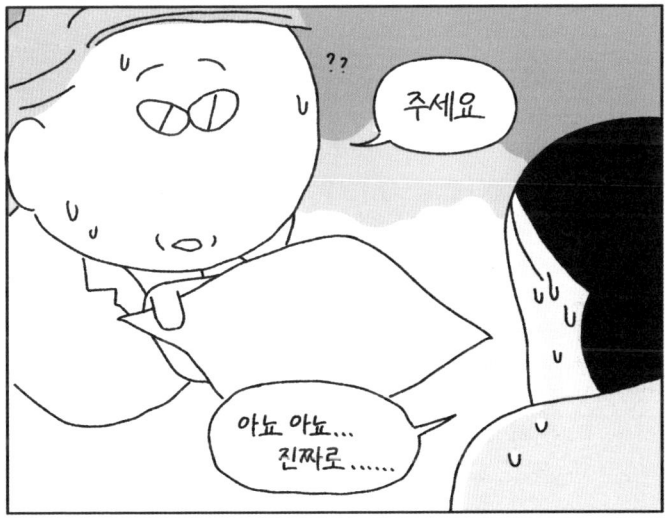

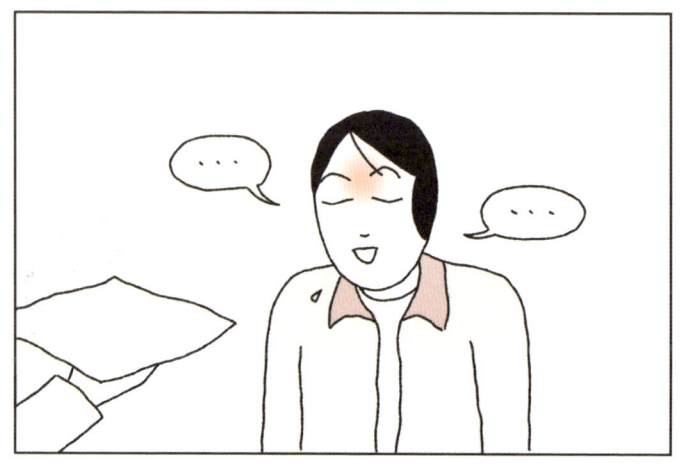

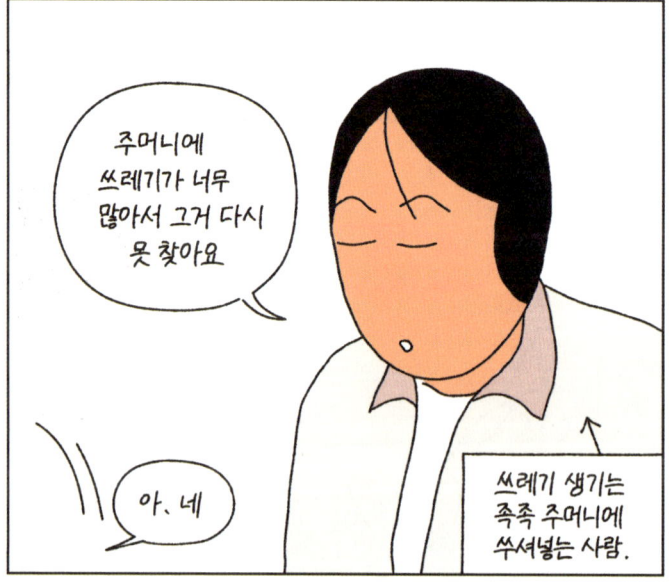

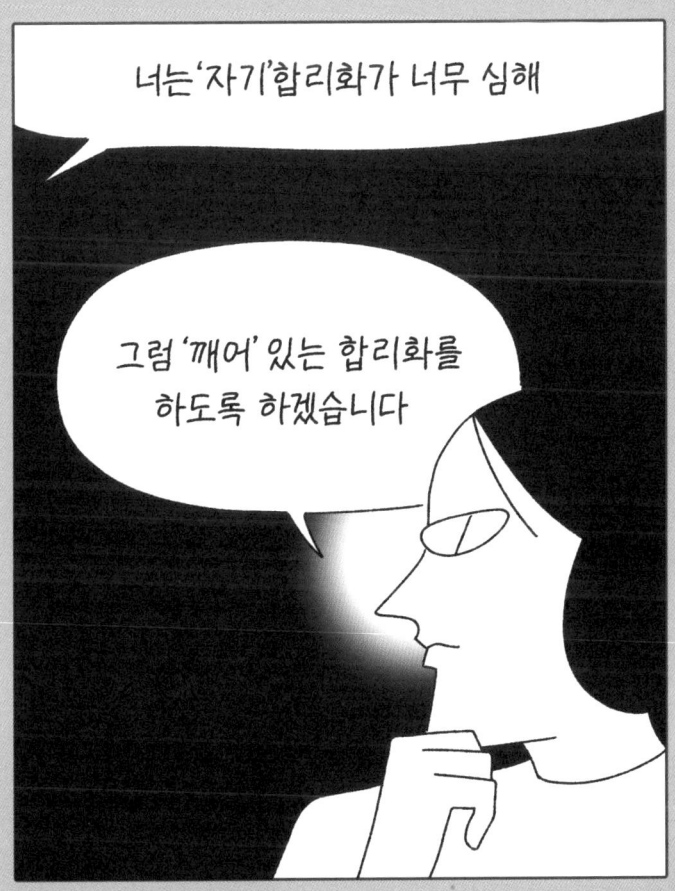

자기합리화

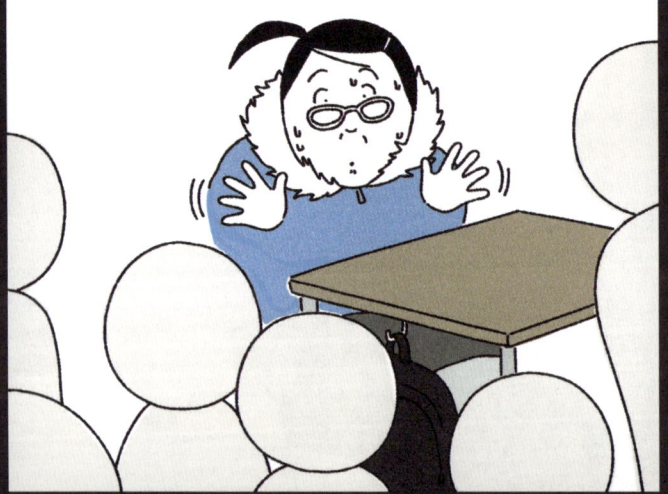

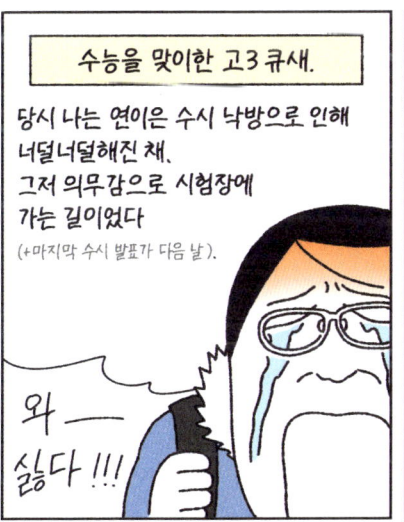
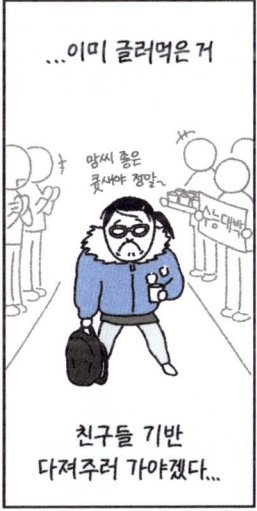
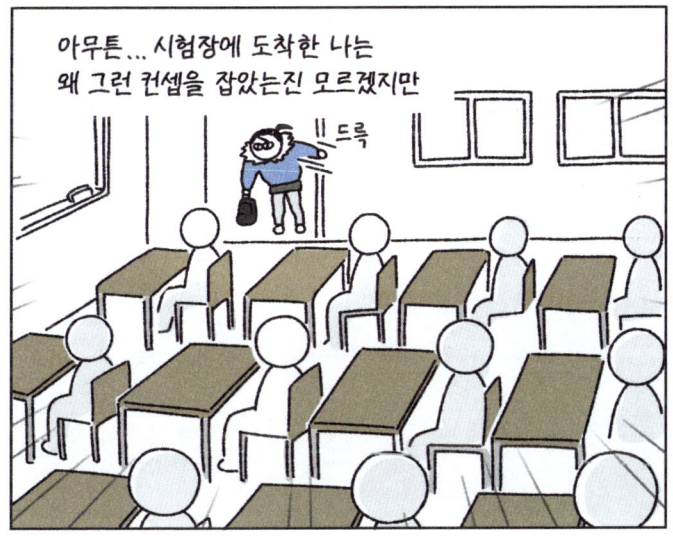

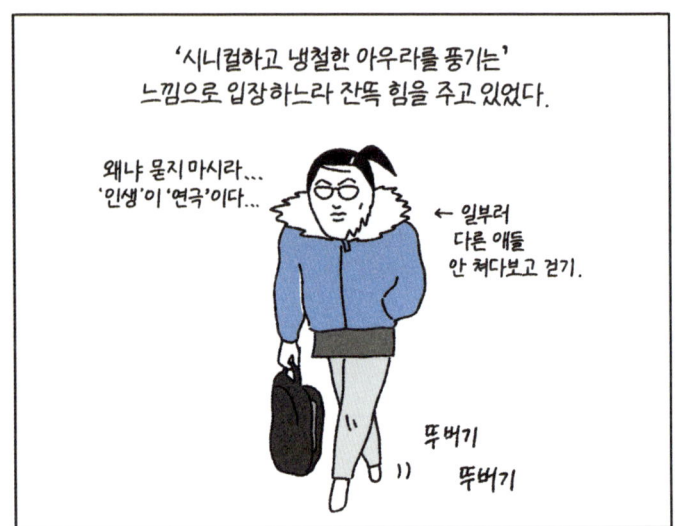

'시니컬하고 냉철한 아우라를 풍기는'
느낌으로 입장하느라 잔뜩 힘을 주고 있었다.

왜냐 묻지 마시라...
'인생'이 '연극'이다...

← 일부러
다른 애들
안 쳐다보고 걷기.

뚜벅기
뚜벅기

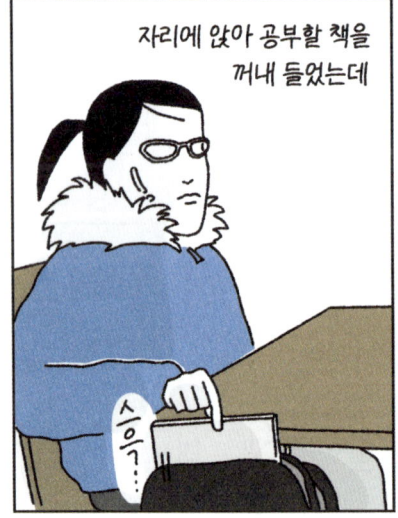

자리에 앉아 공부할 책을
꺼내 들었는데

스으윽...

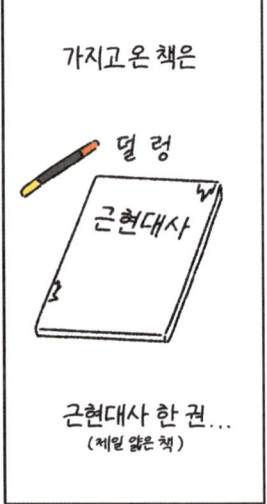

가지고 온 책은

덜렁

근현대사

근현대사 한 권...
(제일 얇은 책)

큐새의 일일

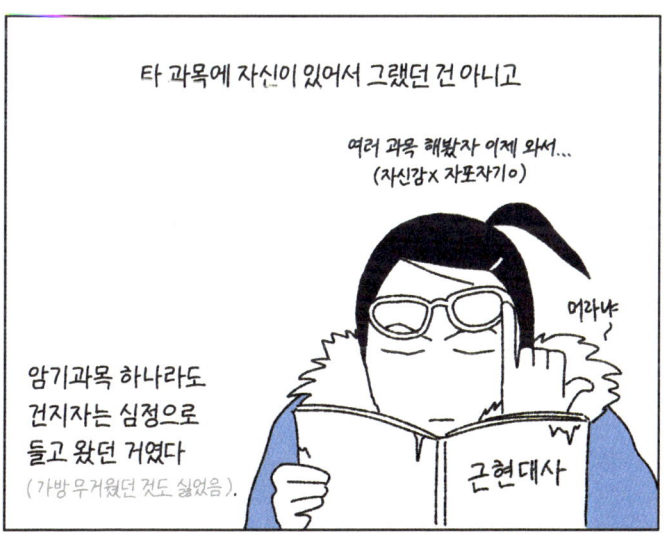

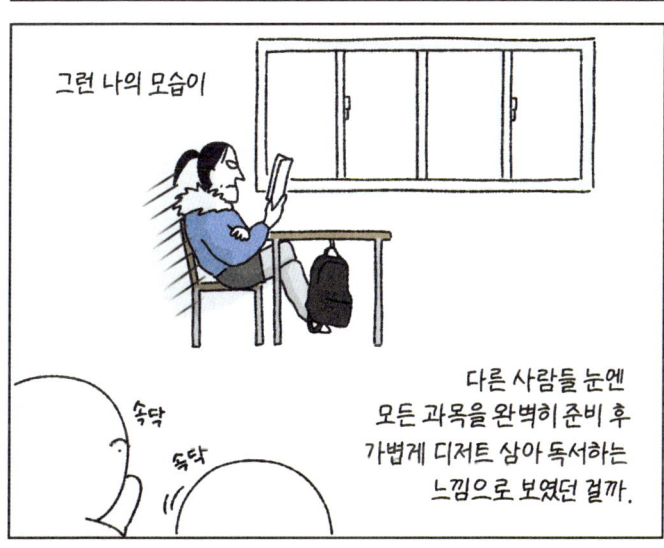

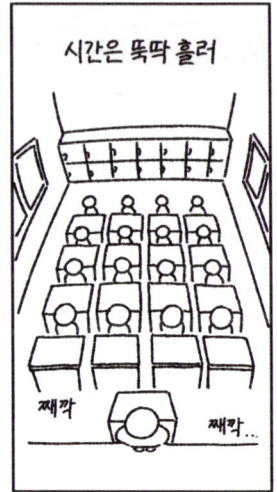

시간은 뚝딱 흘러

째깍   째깍...

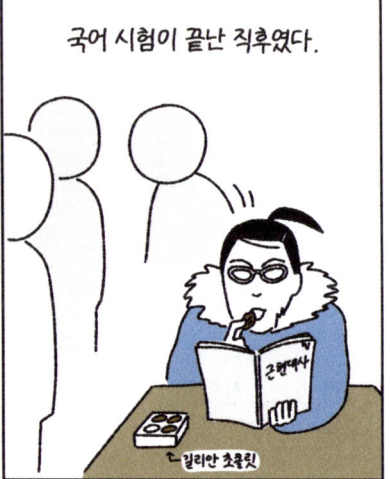

국어 시험이 끝난 직후였다.

↳길리안 초콜릿

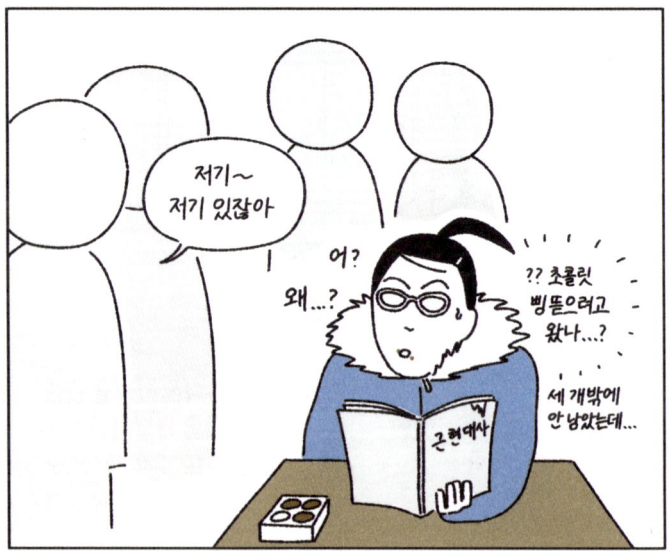

저기~
저기 있잖아

어?
왜...?

?? 초콜릿
뺏으려고
왔나...?

세 개밖에
안 남았는데...

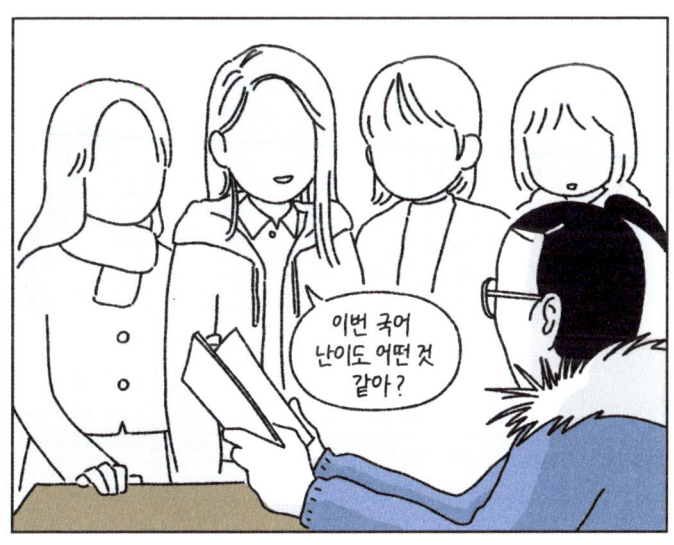

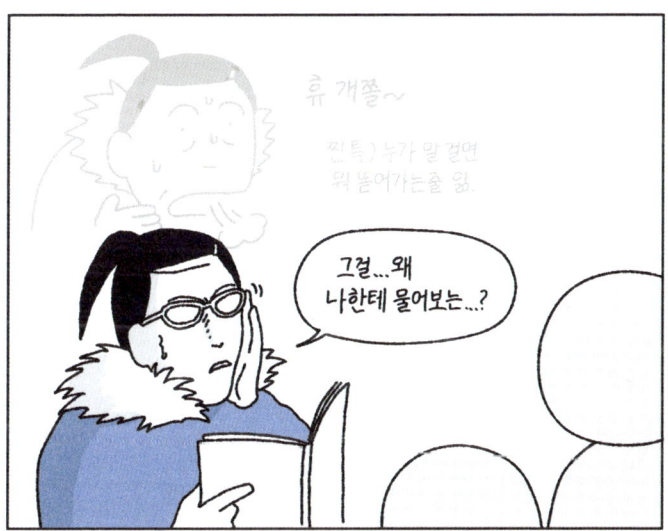

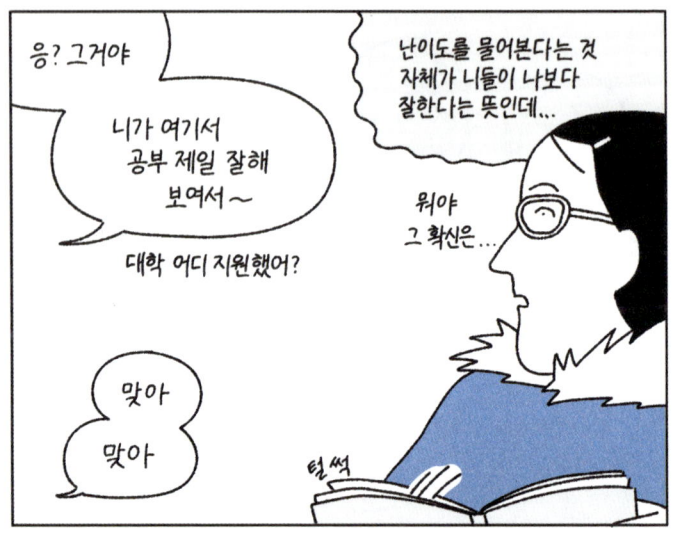

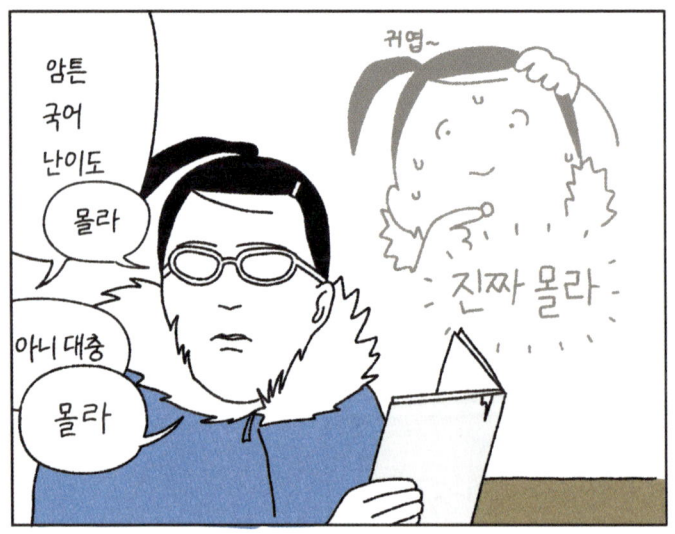

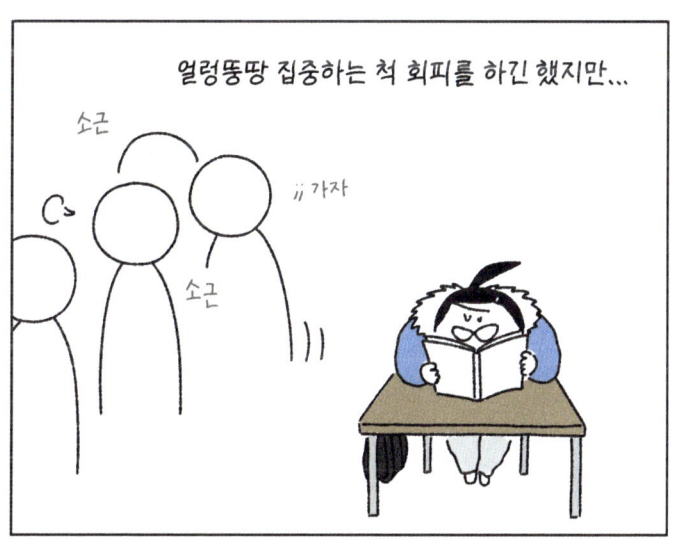

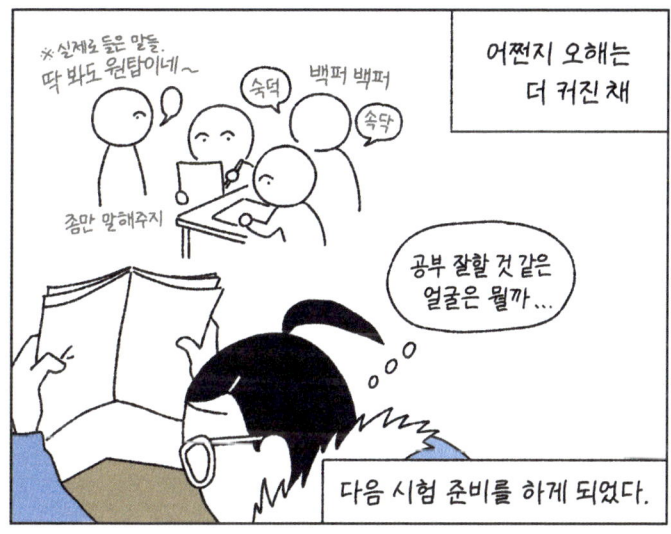

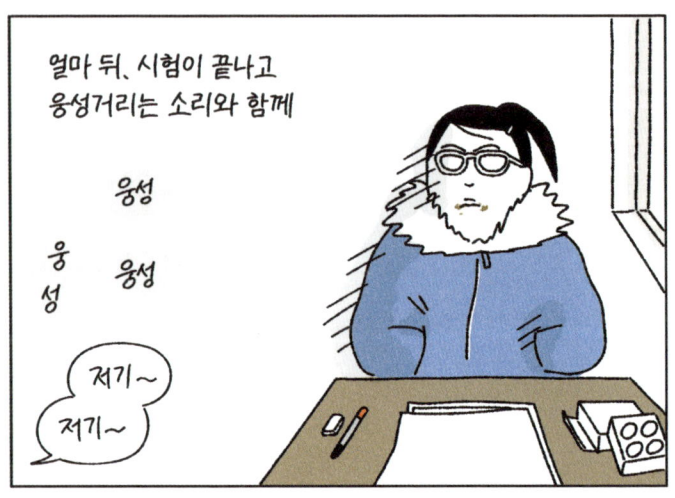

얼마 뒤, 시험이 끝나고
웅성거리는 소리와 함께

웅성

웅
성 웅성

저기~

저기~

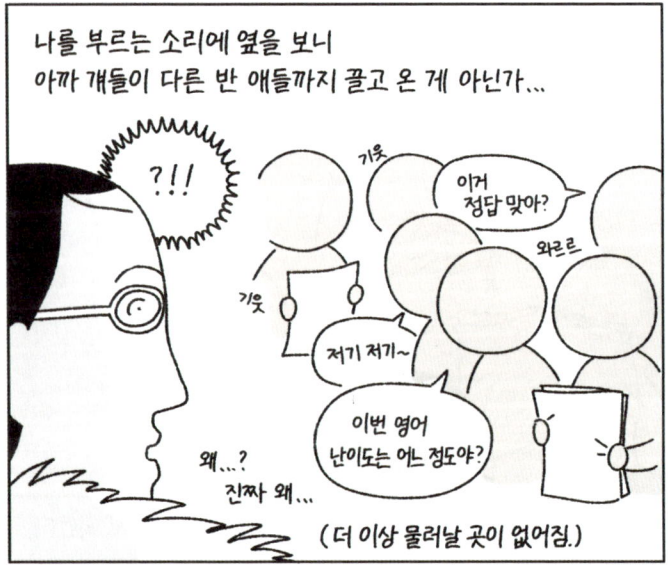

나를 부르는 소리에 옆을 보니
아까 걔들이 다른 반 애들까지 끌고 온 게 아닌가...

?!!

기웃

기웃

이거
정답 맞아?

와르르

저기 저기~

이번 영어
난이도는 어느 정도야?

왜...?
진짜 왜...

(더 이상 물러날 곳이 없어짐.)

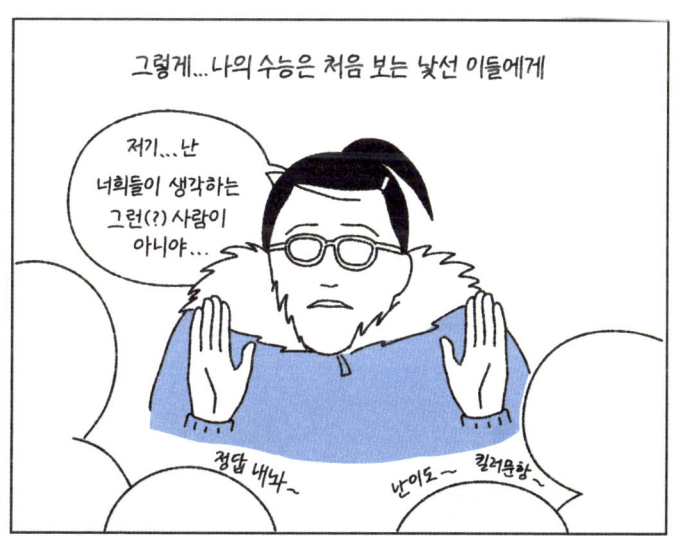

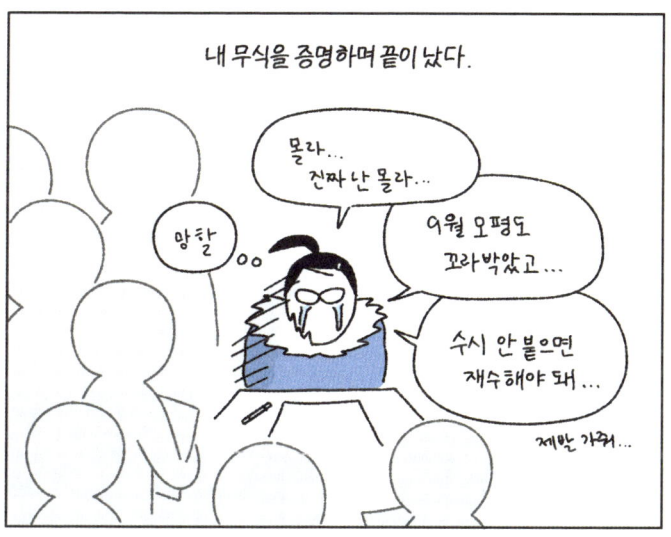

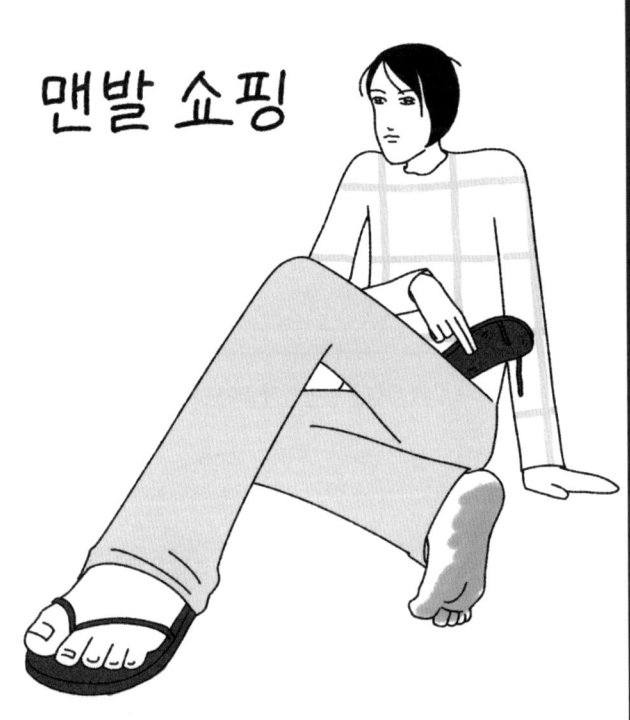
맨발 쇼핑

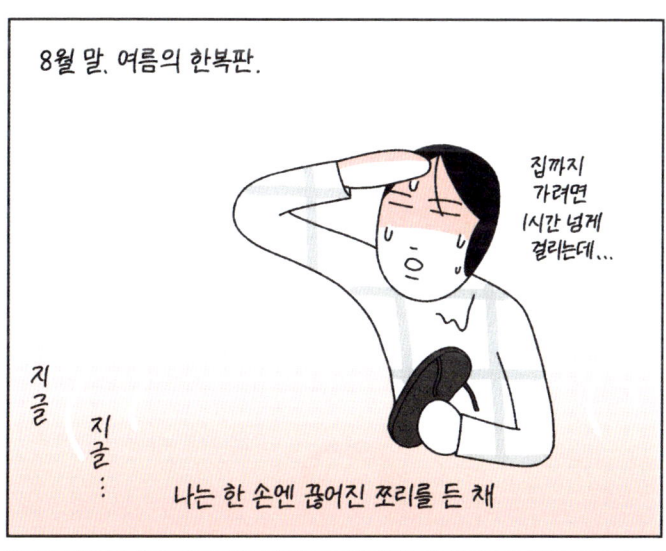

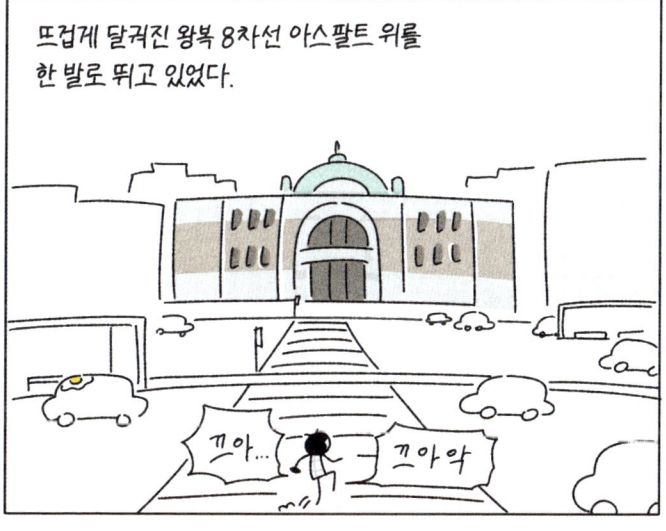

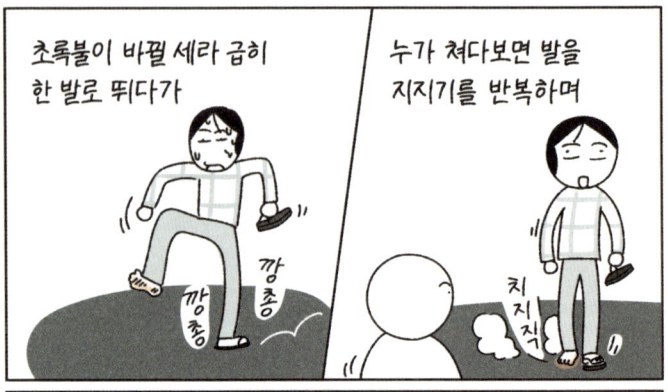

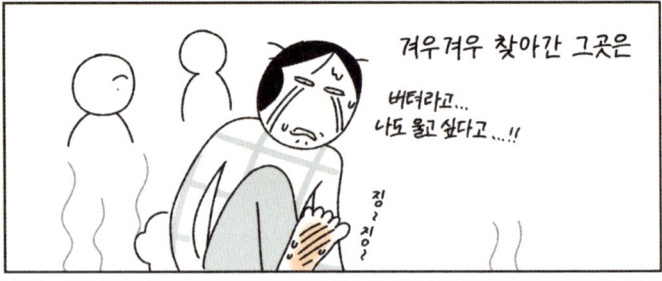

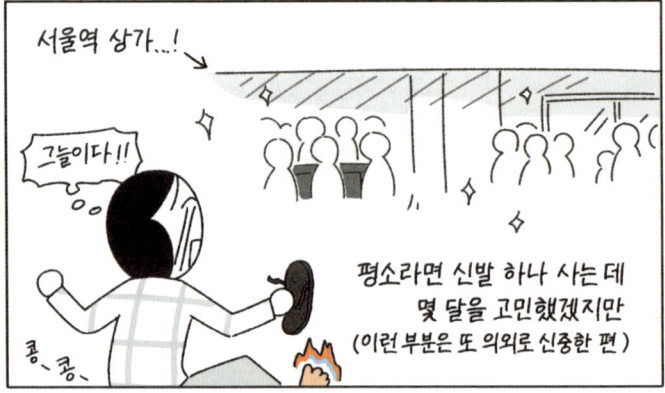

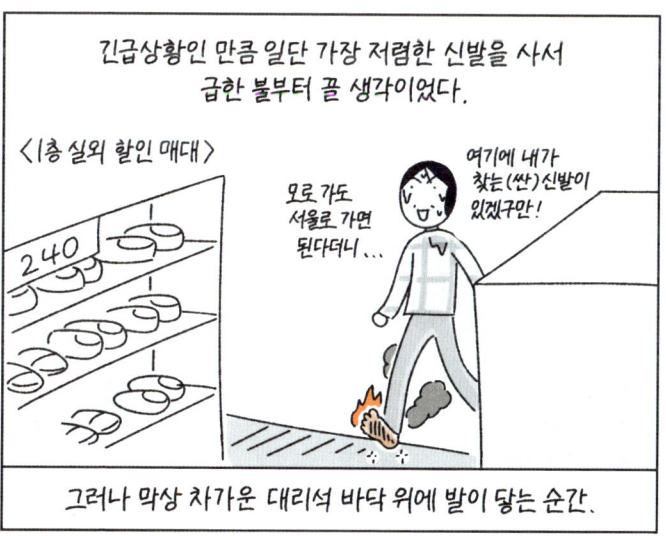

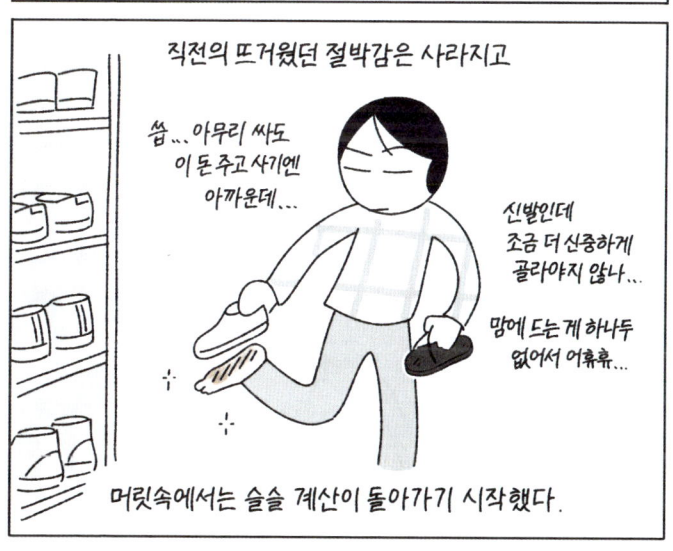

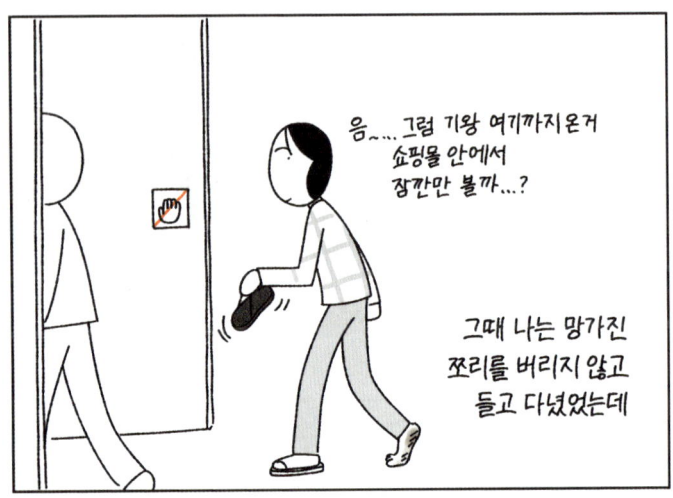

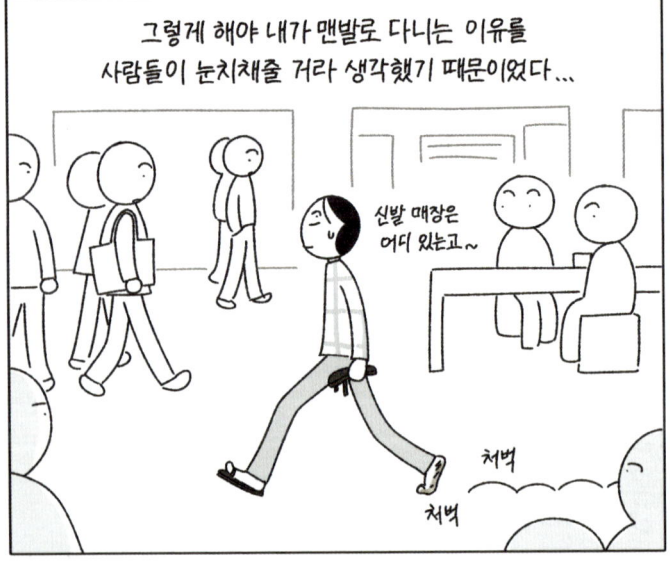

하지만 내 의도가 사람들에게 충분히 해명이 되지 않았는지
의아한 시선을 피할 수는 없었고

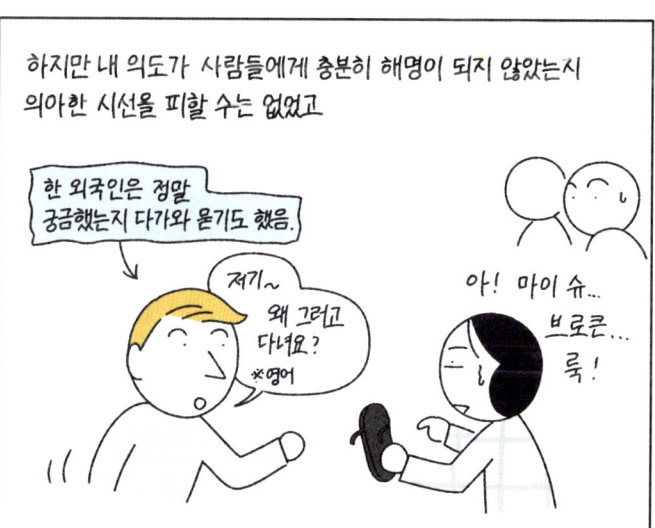

딱히 다른 좋은 생각이 떠오르지 않아

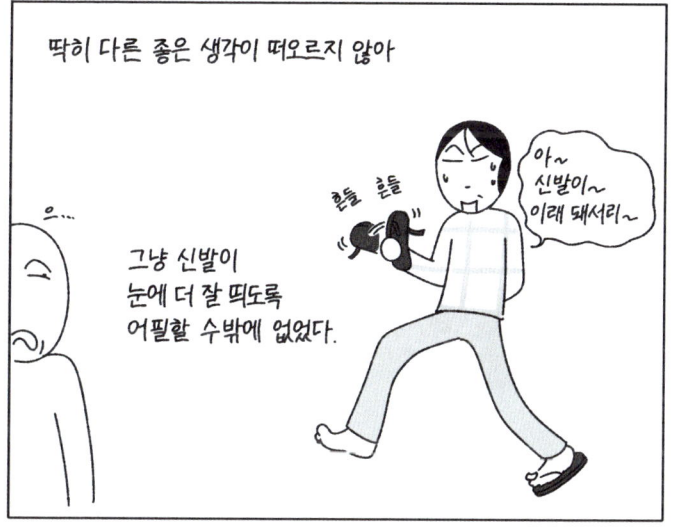

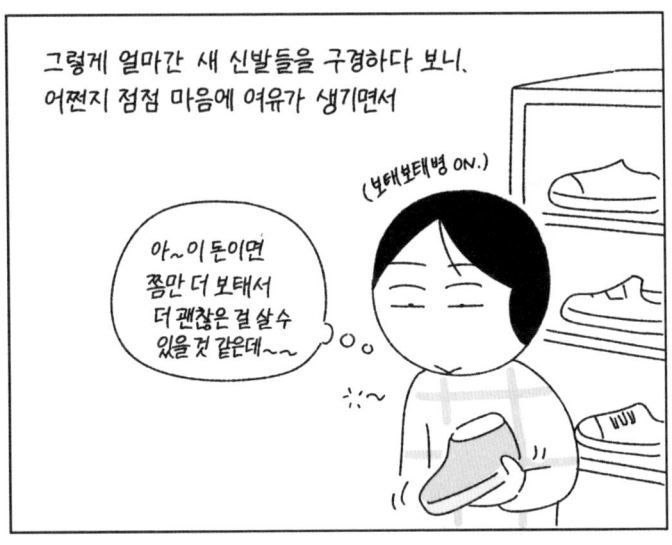

그렇게 얼마간 새 신발들을 구경하다 보니,
어쩐지 점점 마음에 여유가 생기면서

(보태보태병 ON.)

아~ 이 돈이면 쫌만 더 보태서 더 괜찮은 걸 살수 있을 것 같은데~~

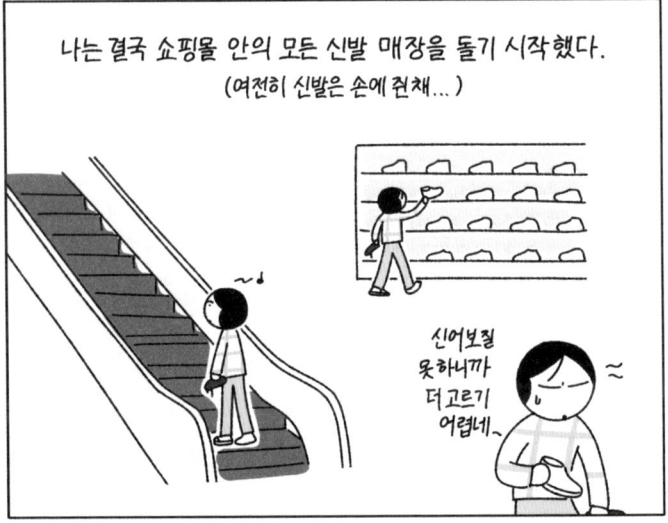

나는 결국 쇼핑몰 안의 모든 신발 매장을 돌기 시작했다.
(여전히 신발은 손에 쥔채...)

신어보질 못하니까 더 고르기 어렵네~

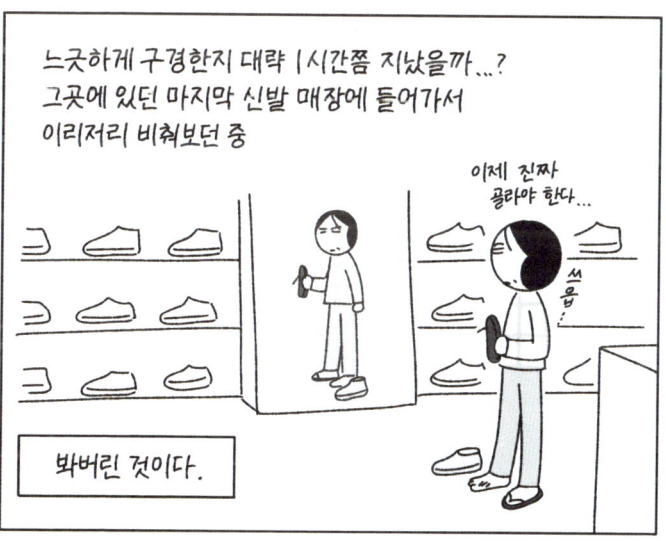

느긋하게 구경한지 대략 1시간쯤 지났을까...?
그곳에 있던 마지막 신발 매장에 들어가서
이리저리 비춰보던 중

이제 진짜
골라야 한다...

쓰읍..

봐버린 것이다.

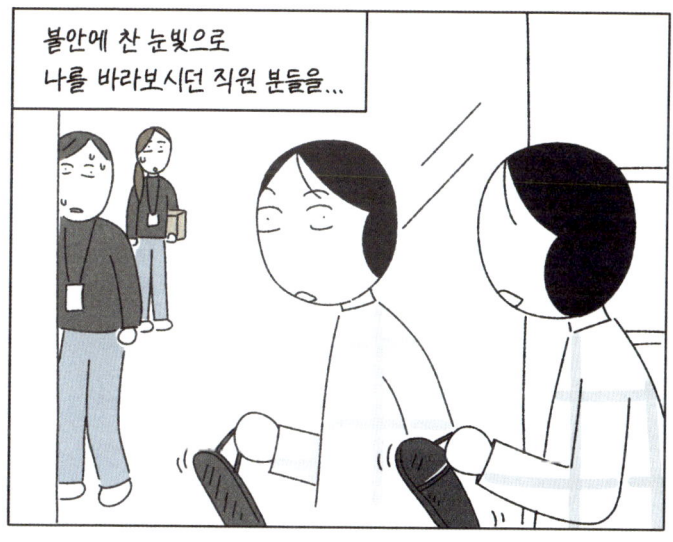

불안에 찬 눈빛으로
나를 바라보시던 직원 분들을...

그제야 사태를 파악하고

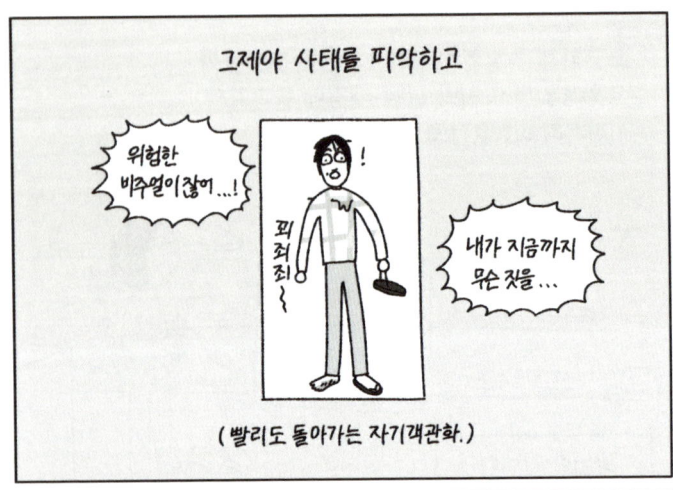

위험한 비주얼이잖아...!

!

꾐죄죄~

내가 지금까지 무슨 짓을...

(빨리도 돌아가는 자기(객관화.)

급히 적당히 값나가는 신발을 골라
(이상한 사람이 아니라는 걸 어필하고 싶은 맘에 무리해서 비싼 걸로 사버림...)
도망치듯 그 쇼핑몰에서 나왔다.

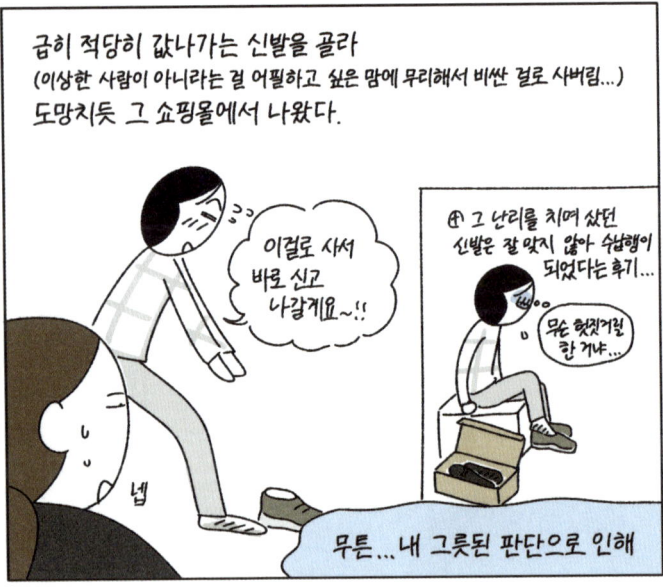

이걸로 사서 바로 신고 나갈게요~!!

넵

⑭ 그 난리를 치며 샀던 신발은 잘 맞지 않아 수납행이 되었다는 후기...

무슨 헛짓거릴 한 거냐...

무튼... 내 그릇된 판단으로 인해

사람들의 하루에 (잠시나마) 긴장감을 심어준 것 같아

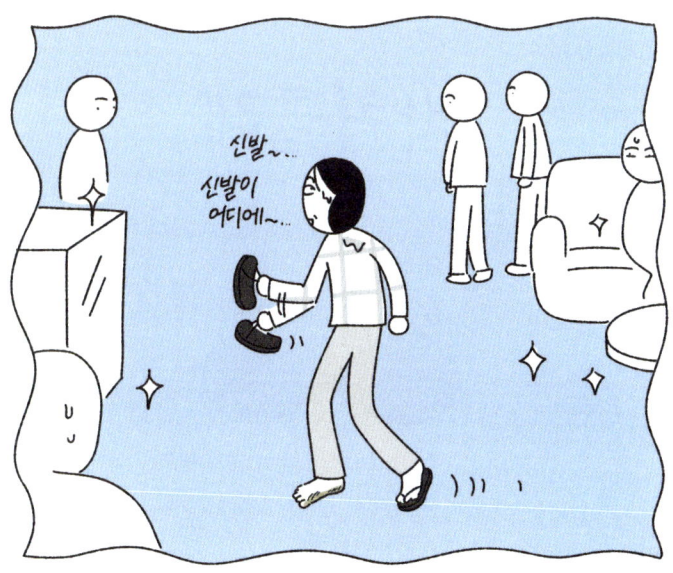

미안한 마음이 남았던 그날의 기억...

바퀴굴레

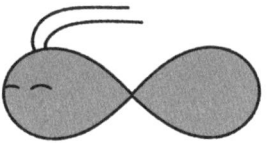

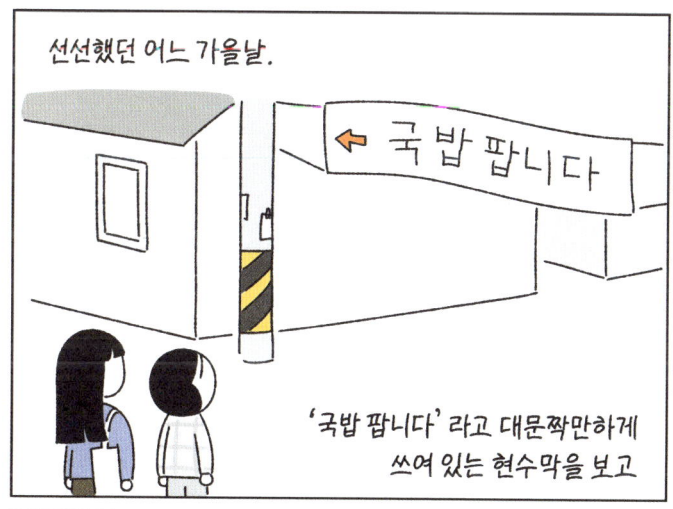

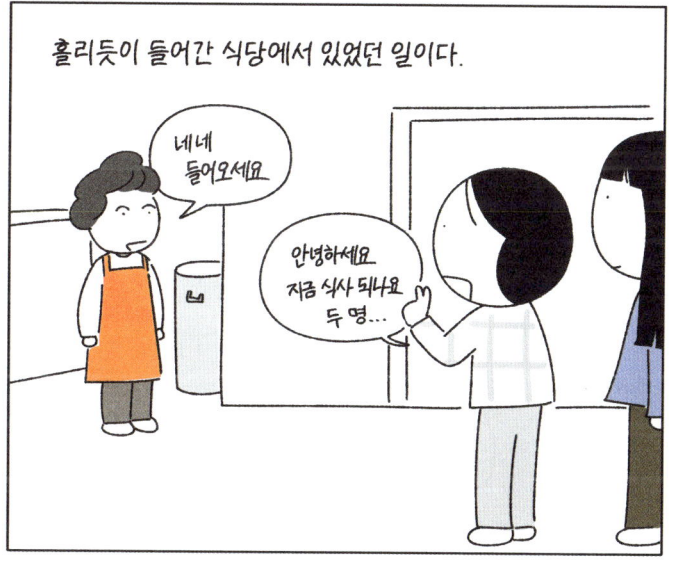

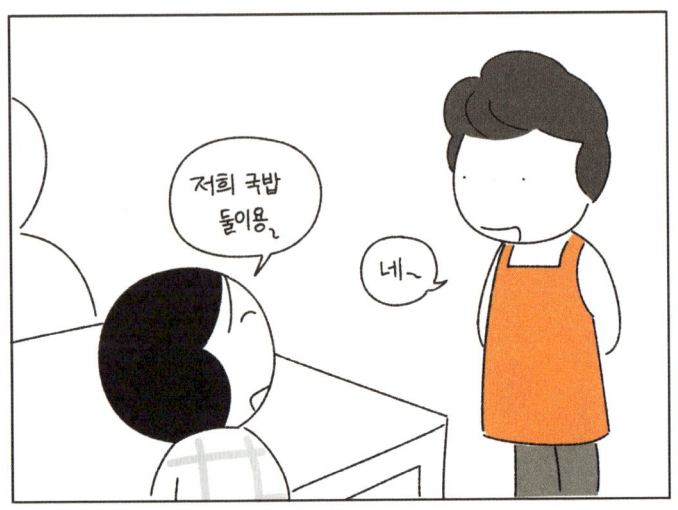

아침 일찍부터 잡은 약속이라
얼마나 배고팠던지

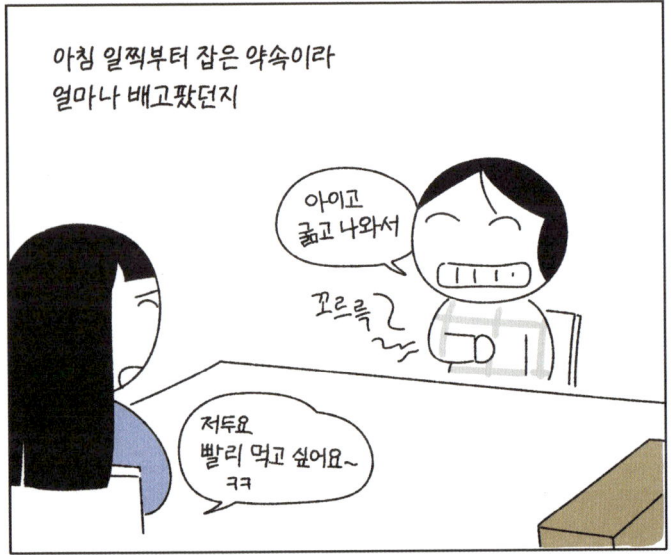

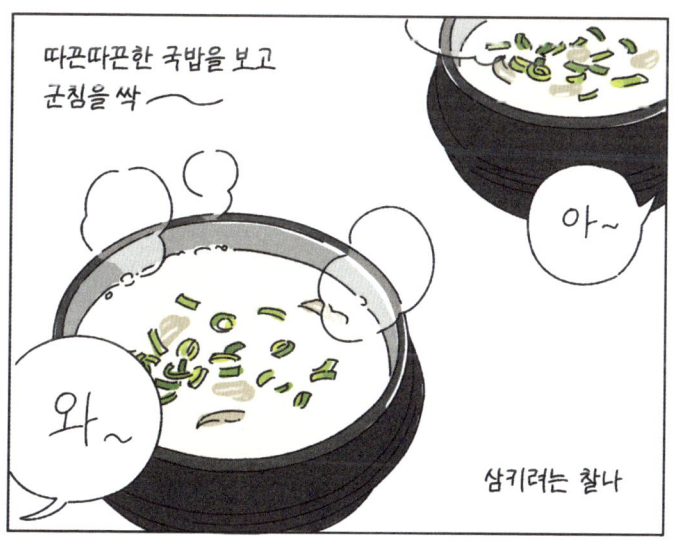

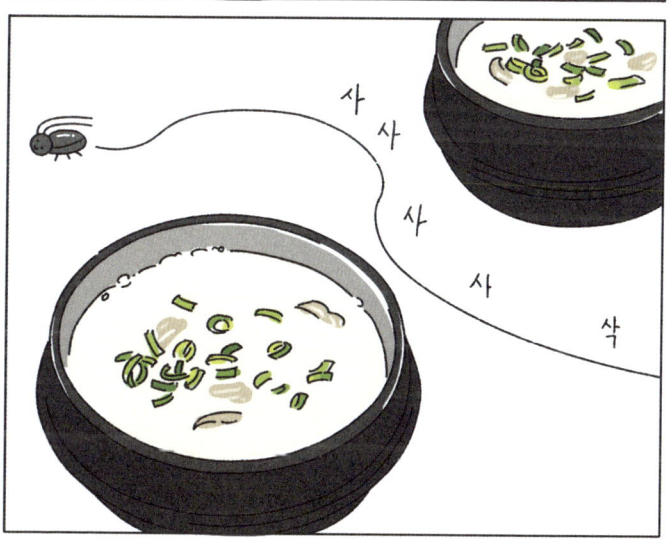

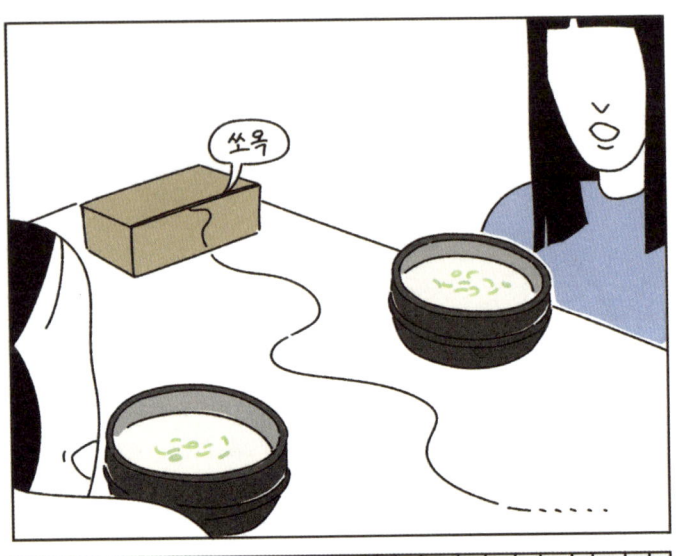

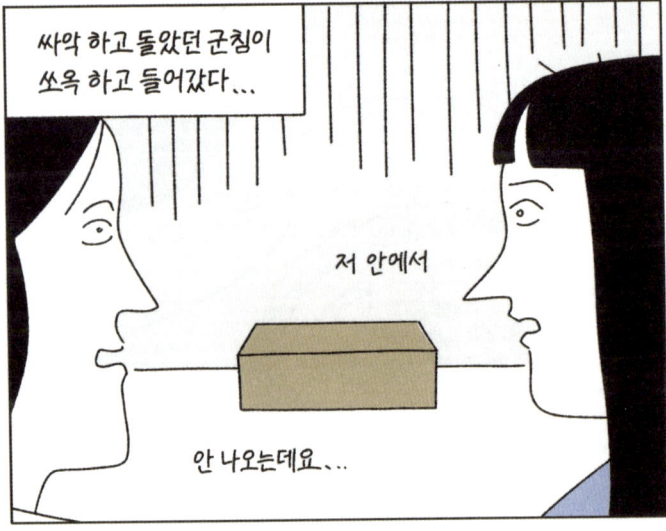

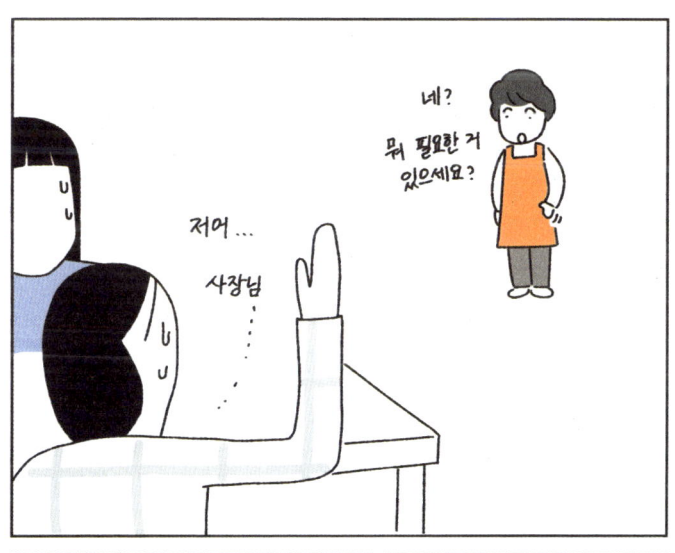

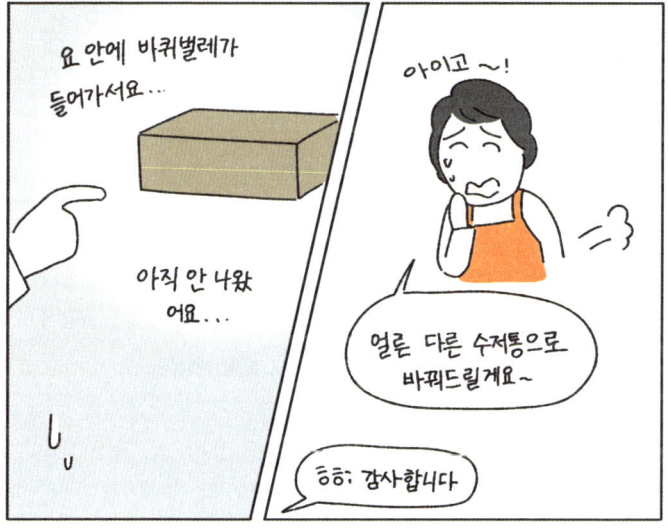

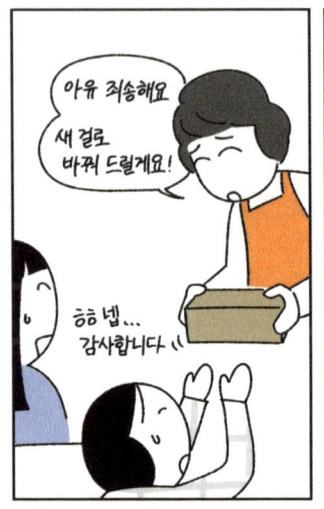

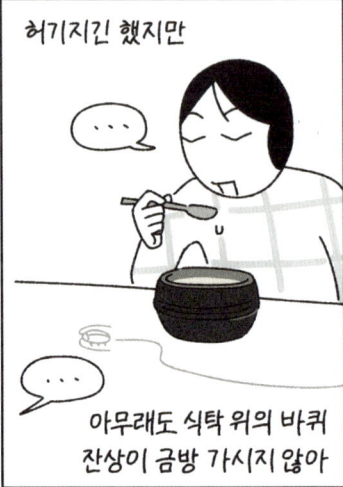

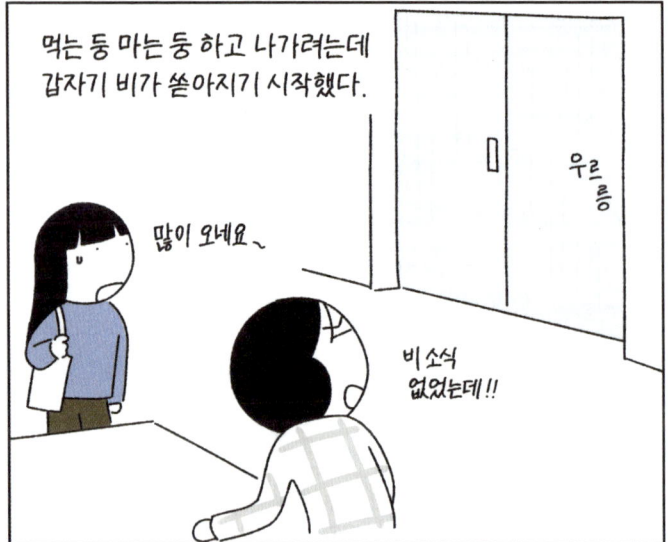

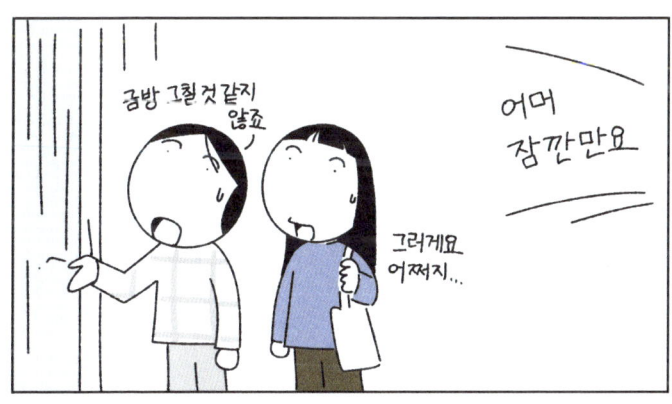

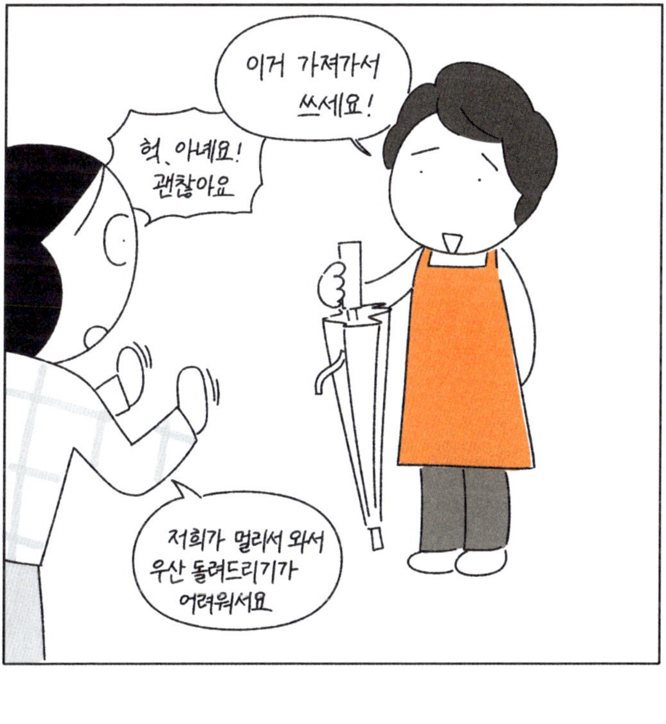

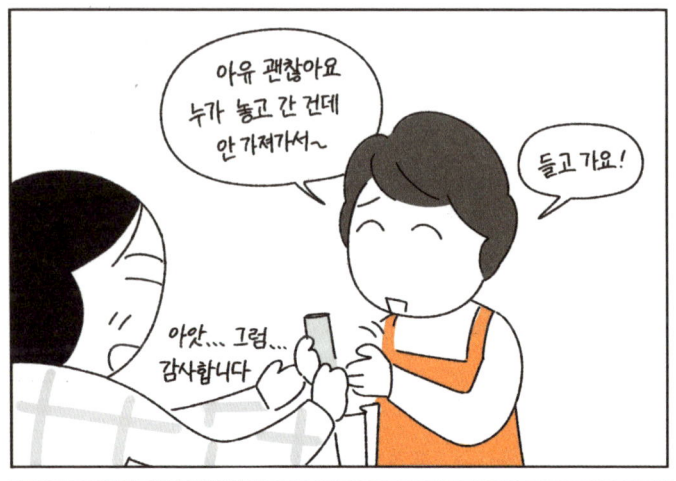

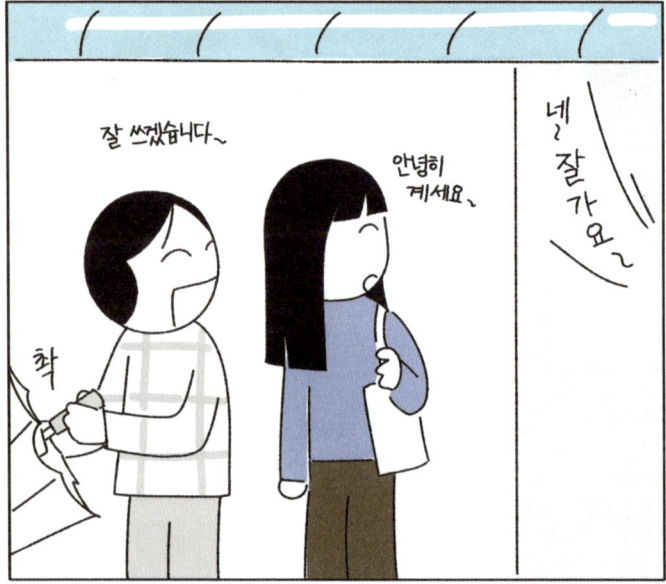

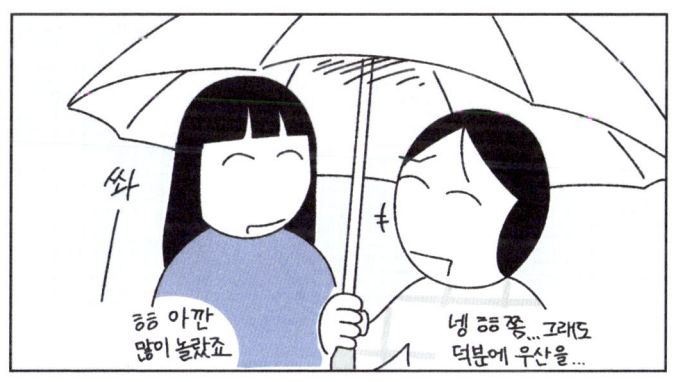

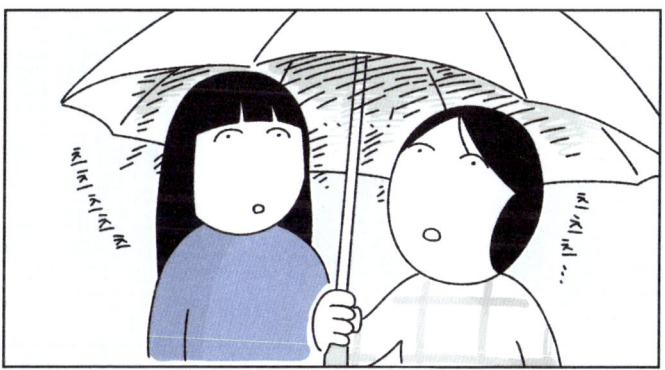

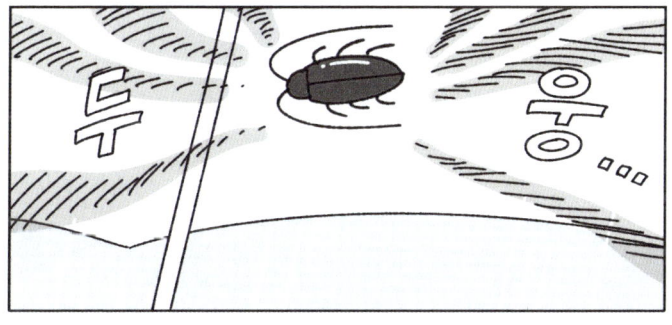

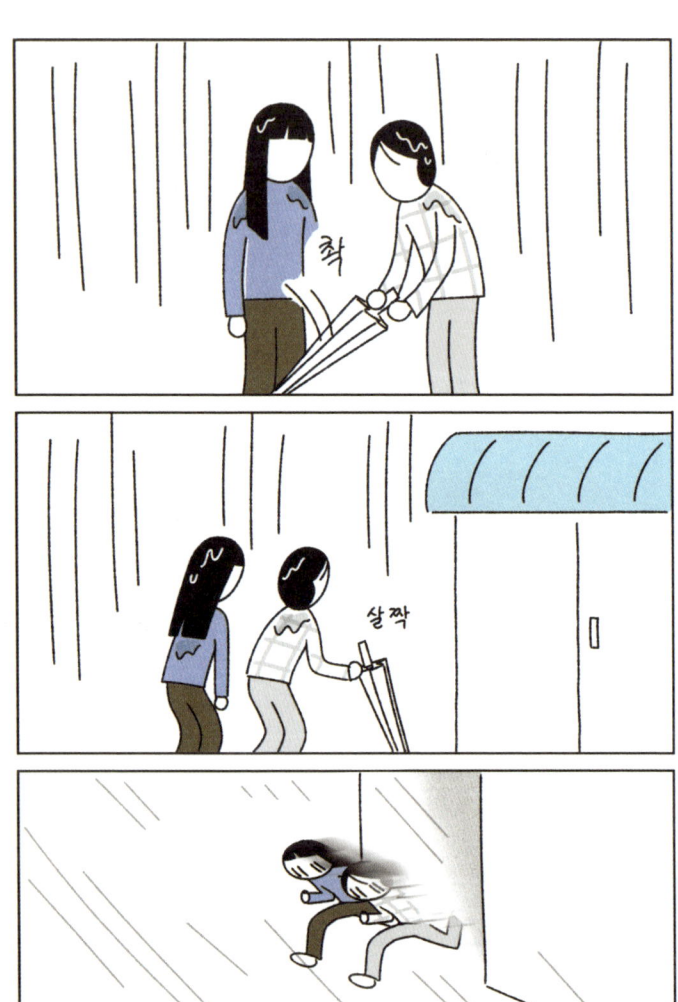

썩은 걸레 소동

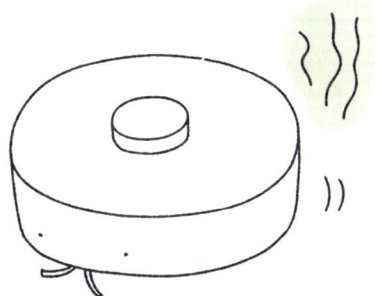

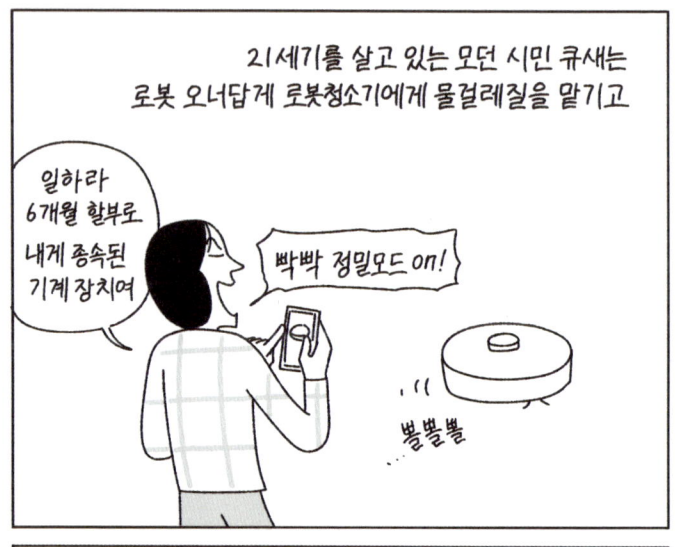

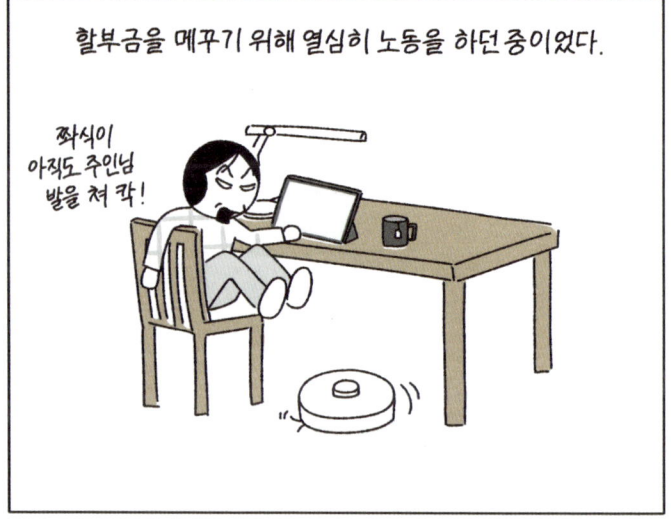

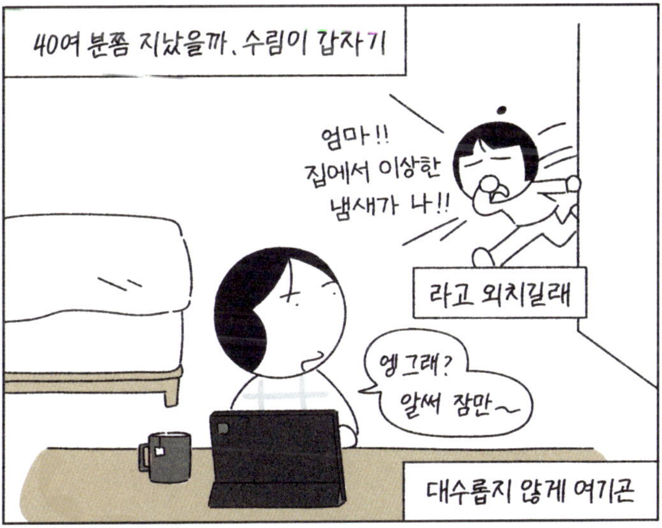

40여 분쯤 지났을까, 수림이 갑자기

엄마!!
집에서 이상한
냄새가 나!!

라고 외치길래

엥 그래?
알써 잠만~

대수롭지 않게 여기곤

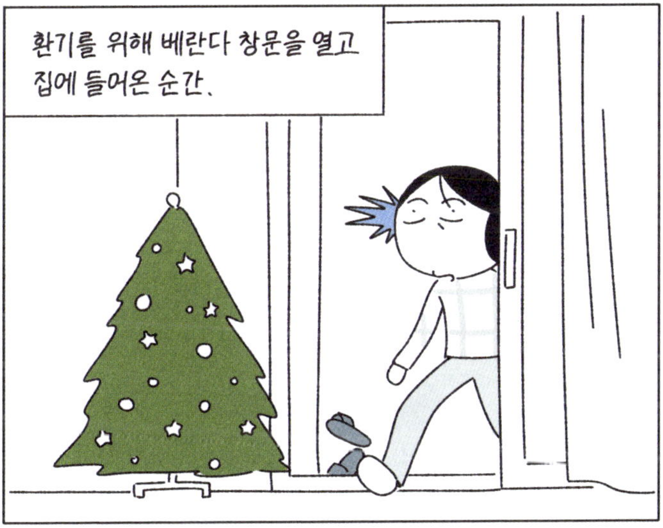

환기를 위해 베란다 창문을 열고
집에 들어온 순간.

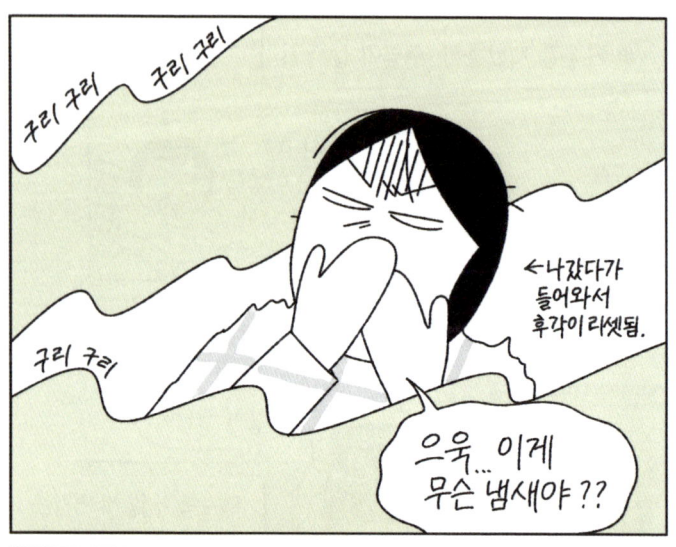

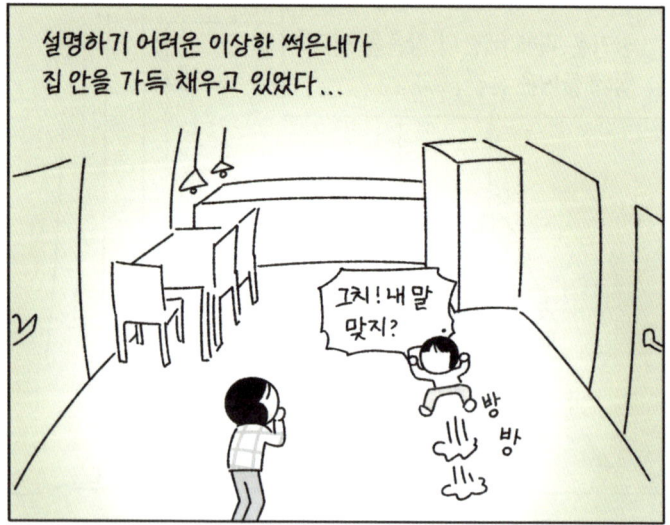

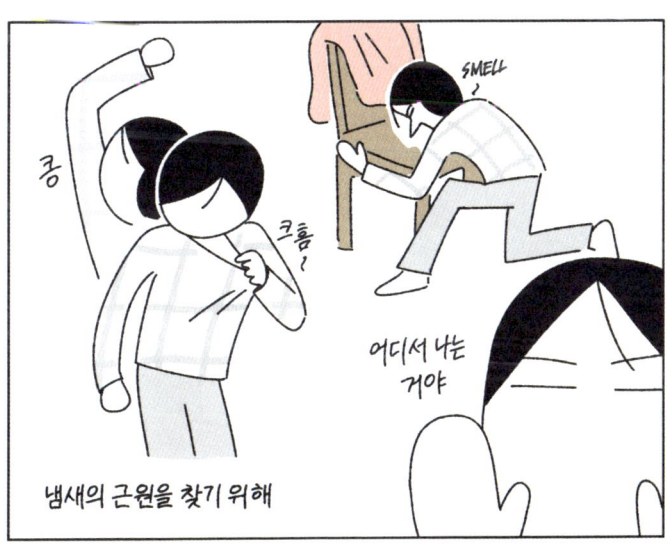

냉새의 근원을 찾기 위해

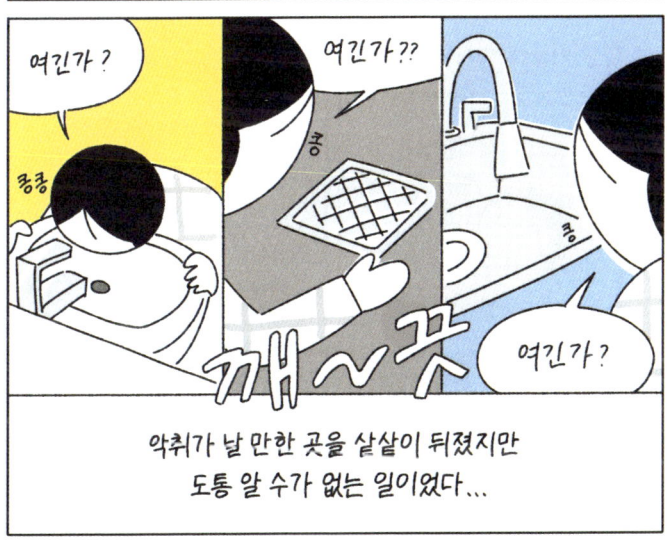

악취가 날 만한 곳을 살살이 뒤졌지만
도통 알 수가 없는 일이었다...

더 이상하게 느껴진 점은

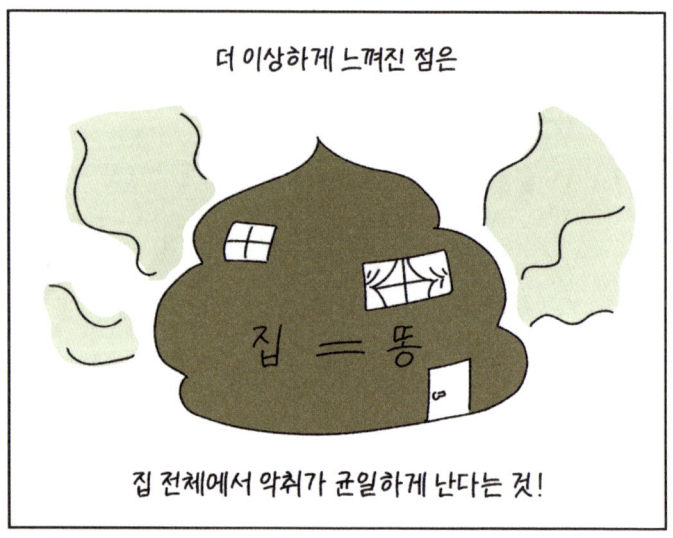

집 = 똥

집 전체에서 악취가 균일하게 난다는 것!

점점 미궁에 빠지던 그때.

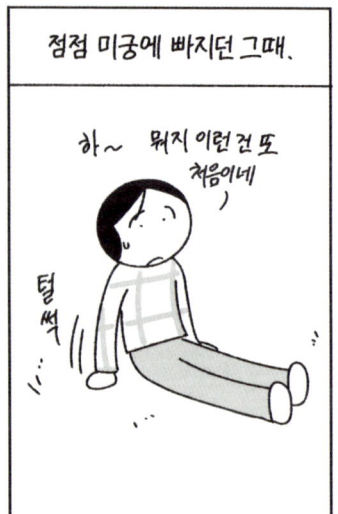

하~ 뭐지 이런 건 또 처음이네

털썩...

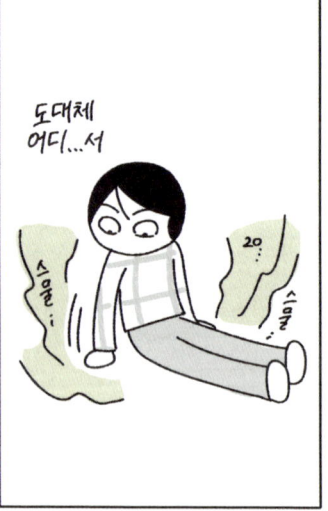

도대체 어디...서

스믈~
2o.
스믈...

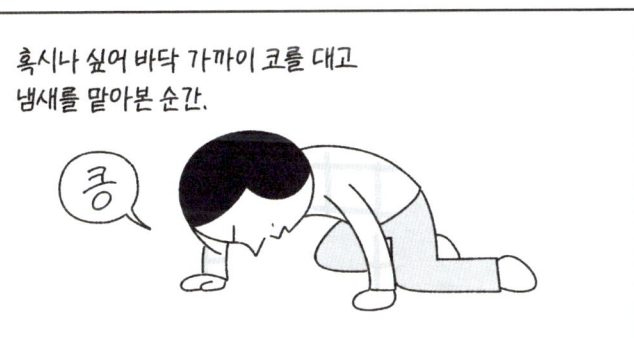

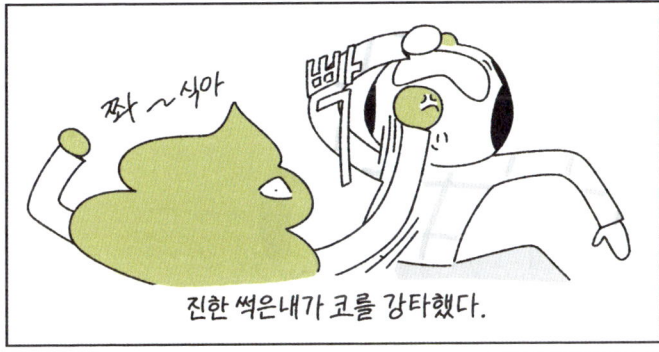

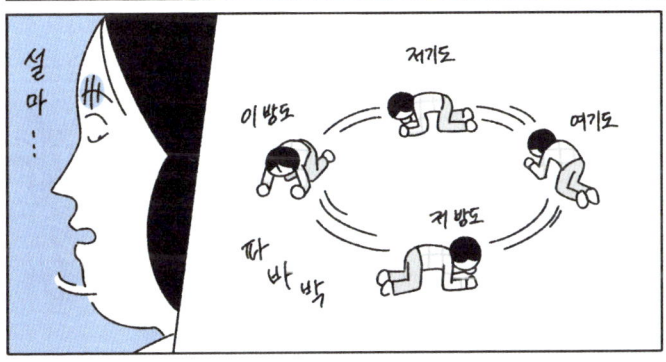

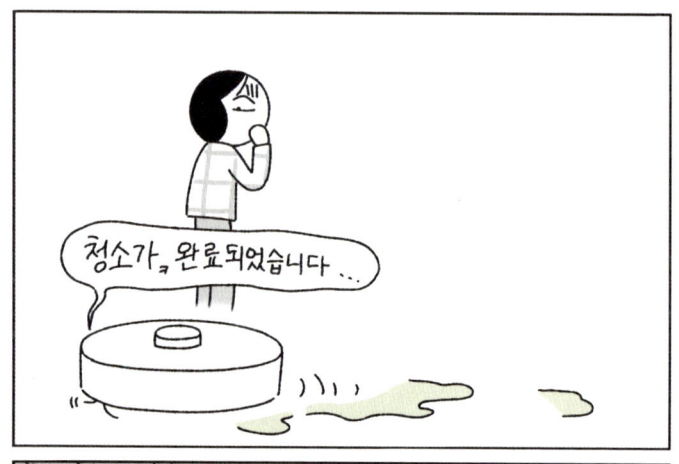

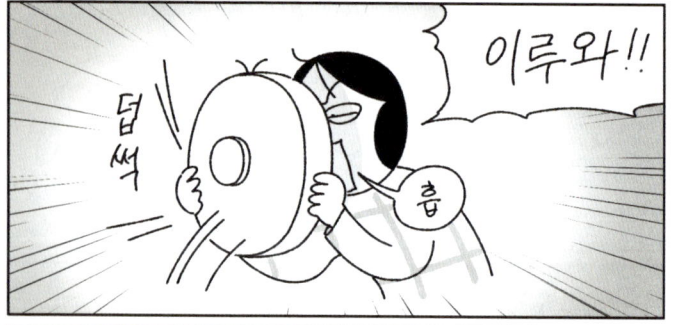

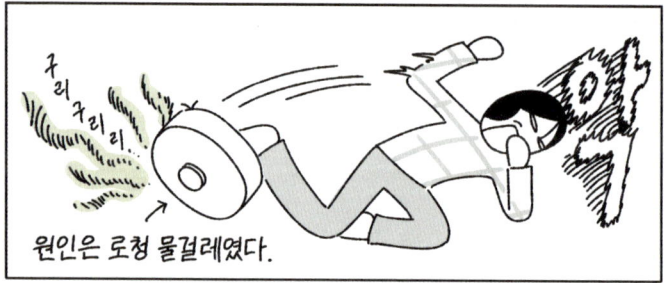

원인은 로청 물걸레였다.

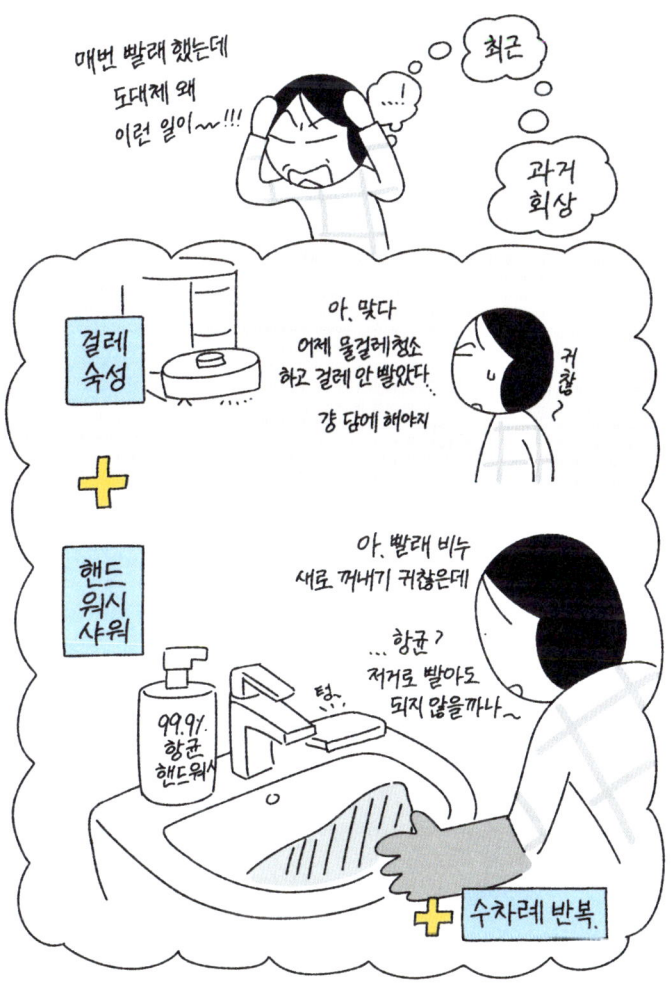

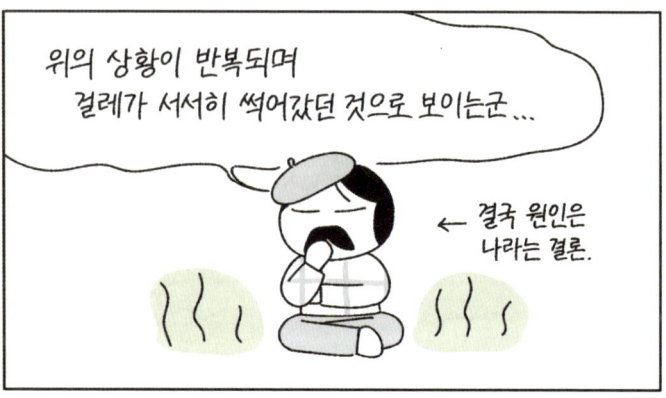

위의 상황이 반복되며
걸레가 서서히 썩어갔던 것으로 보이는군...

← 결국 원인은
나라는 결론.

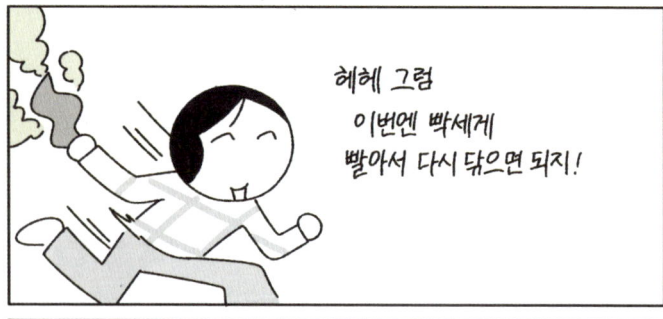

헤헤 그럼
이번엔 빡세게
빨아서 다시 닦으면 되지!

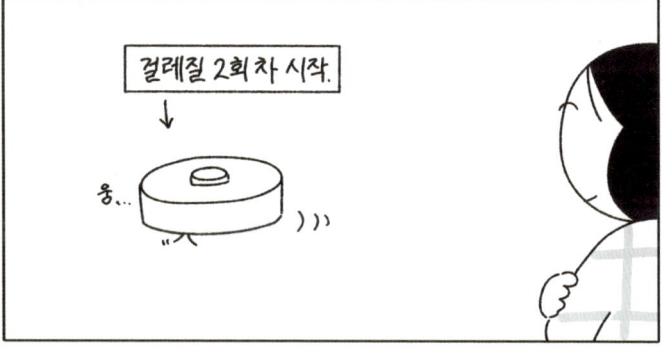

걸레질 2회차 시작.
↓

웅...

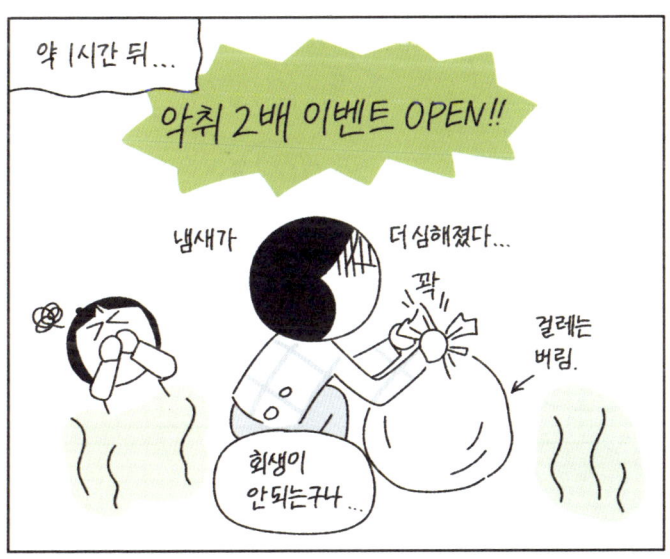

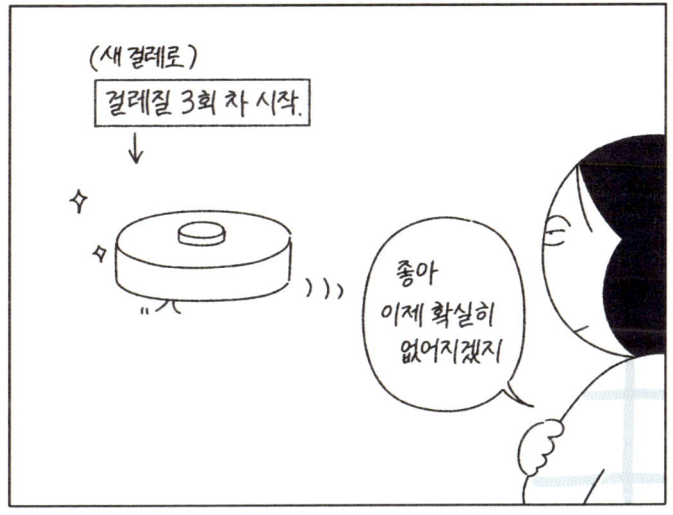

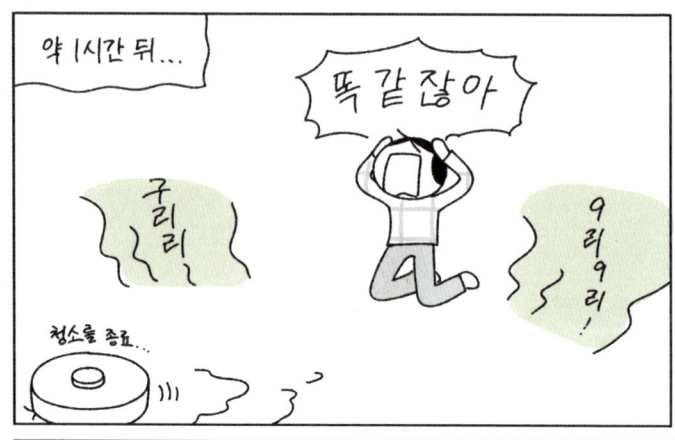

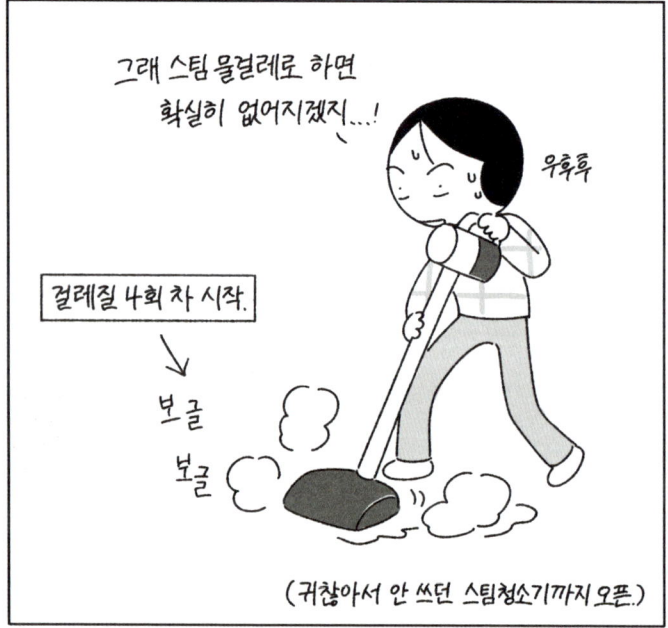

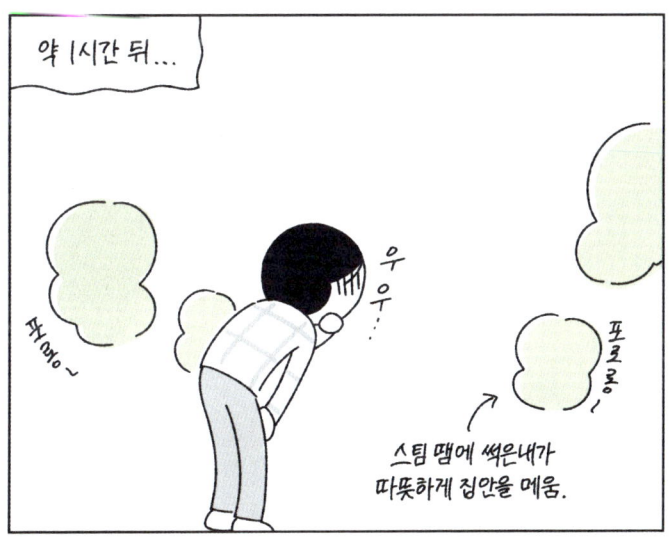

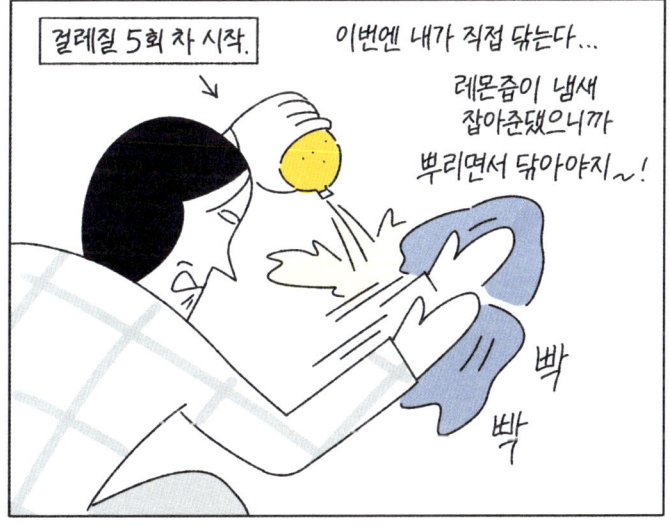

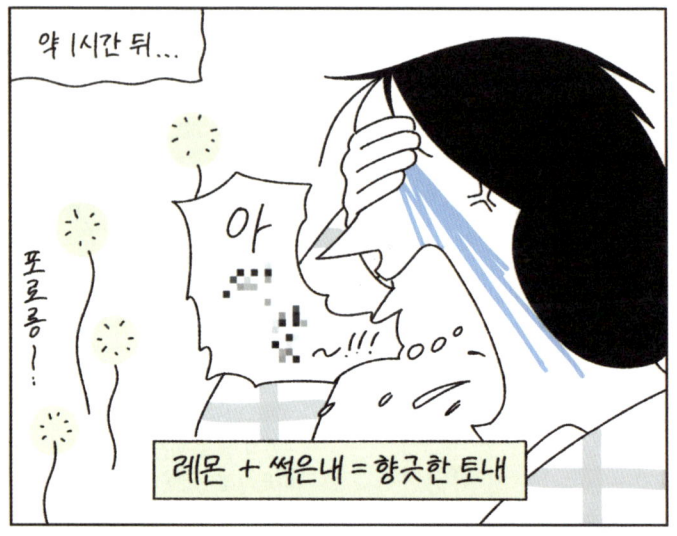

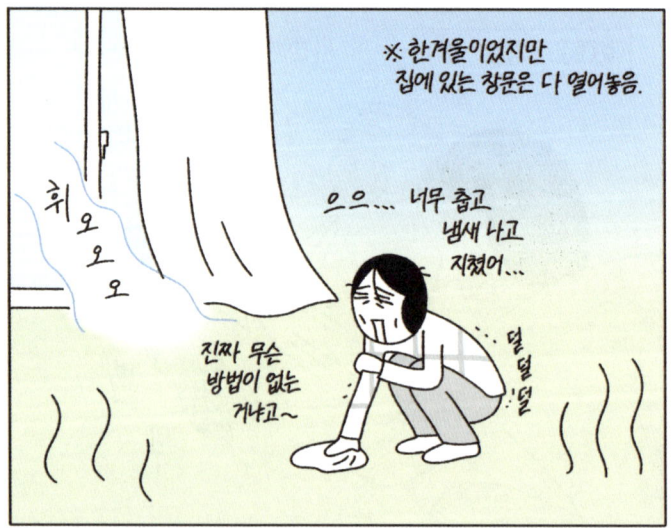

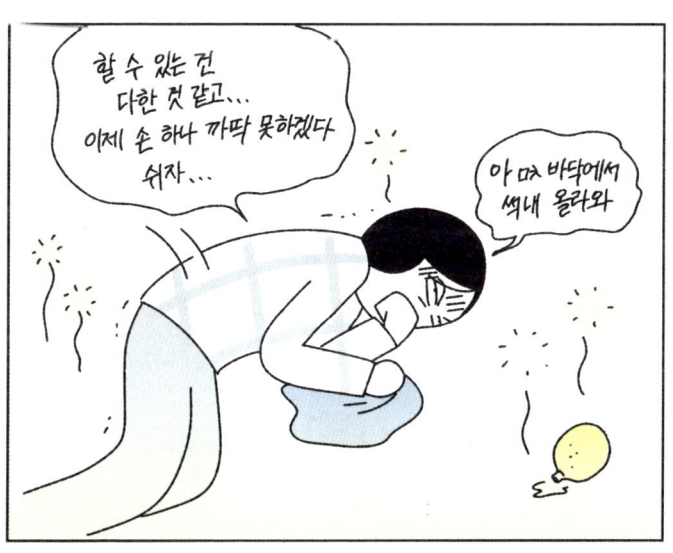

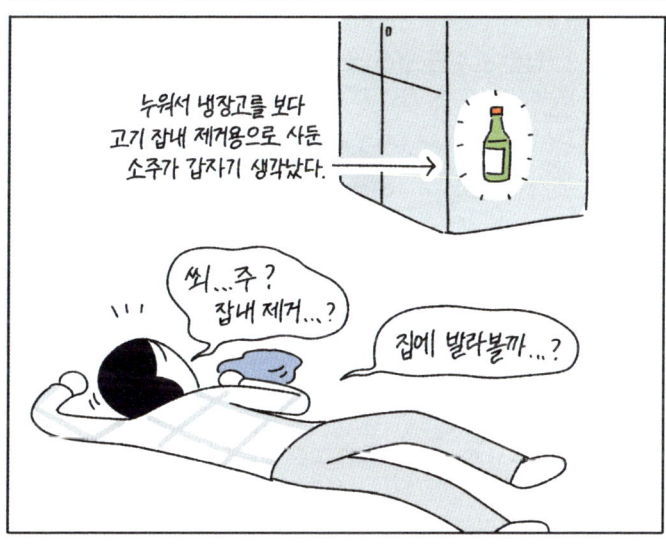

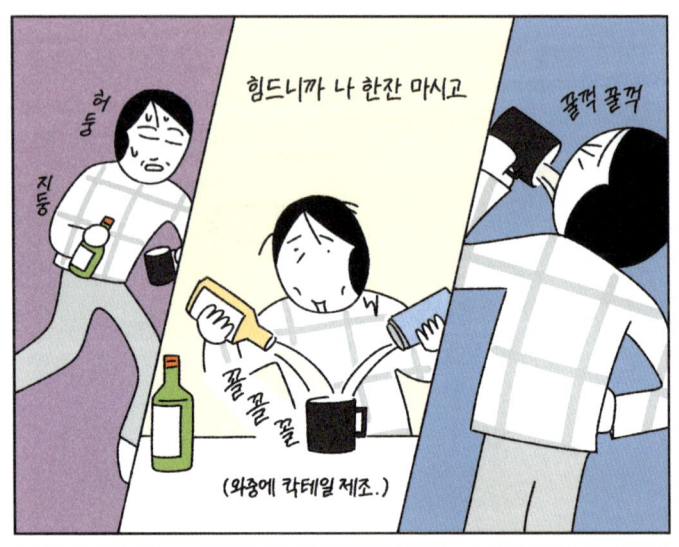

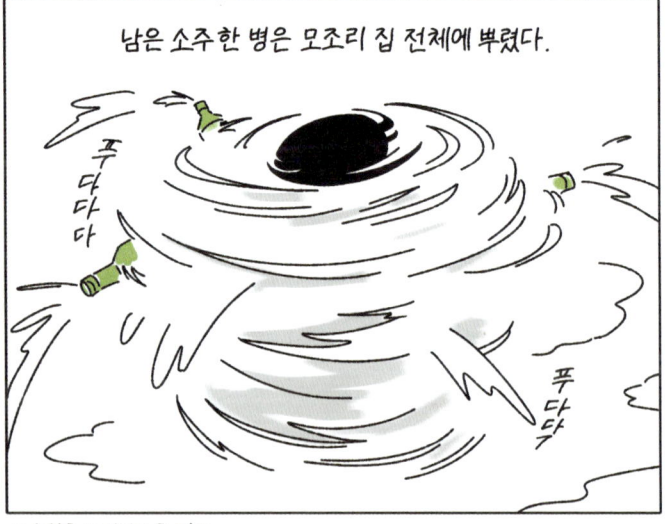

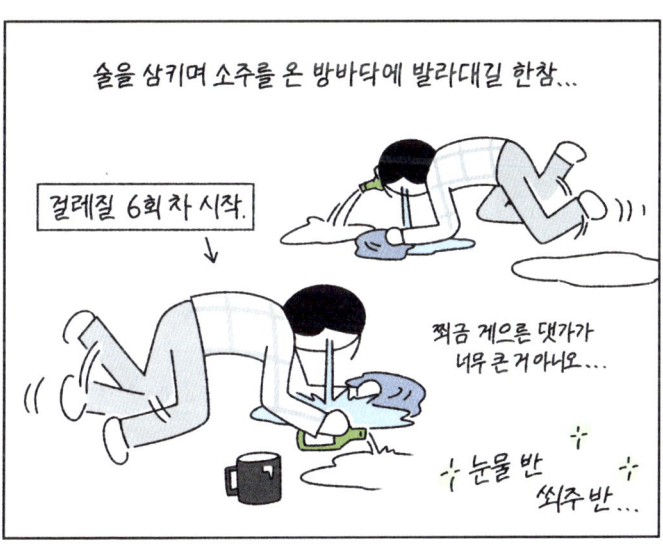

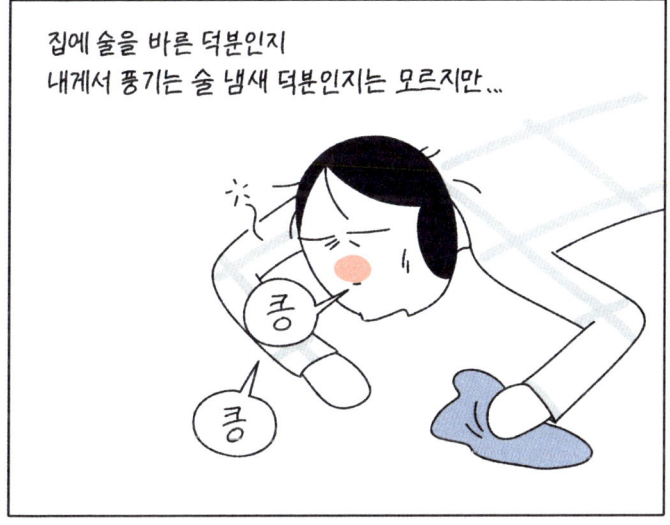

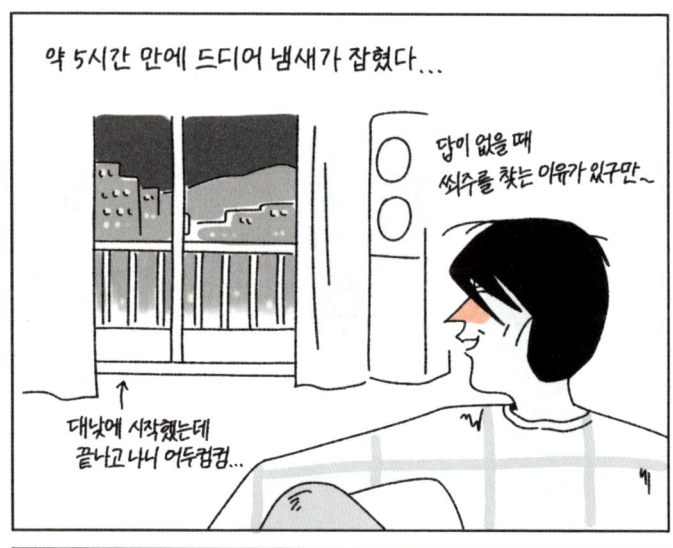

약 5시간 만에 드디어 냄새가 잡혔다...

답이 없을 때 쐬주를 찾는 이유가 있구만~

↑
대낮에 시작했는데
끝나고 나니 어두컴컴...

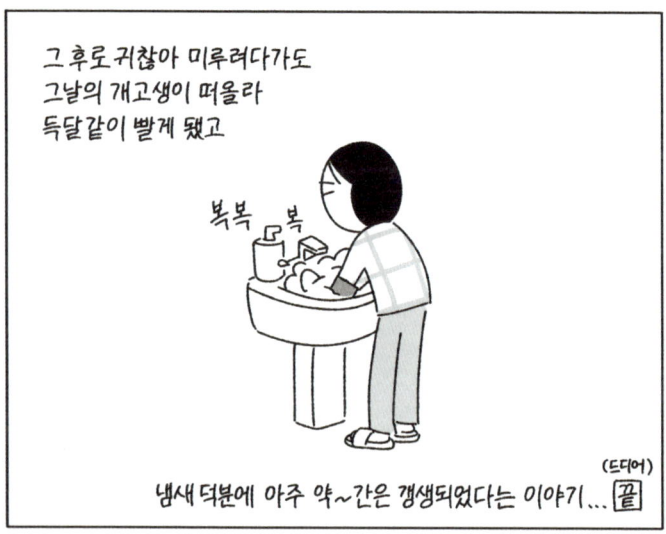

그 후로 귀찮아 미루려다가도
그날의 개고생이 떠올라
득달같이 빨게 됐고

복복 복

(드디어)
냄새 덕분에 아주 약~간은 갱생되었다는 이야기...   끝

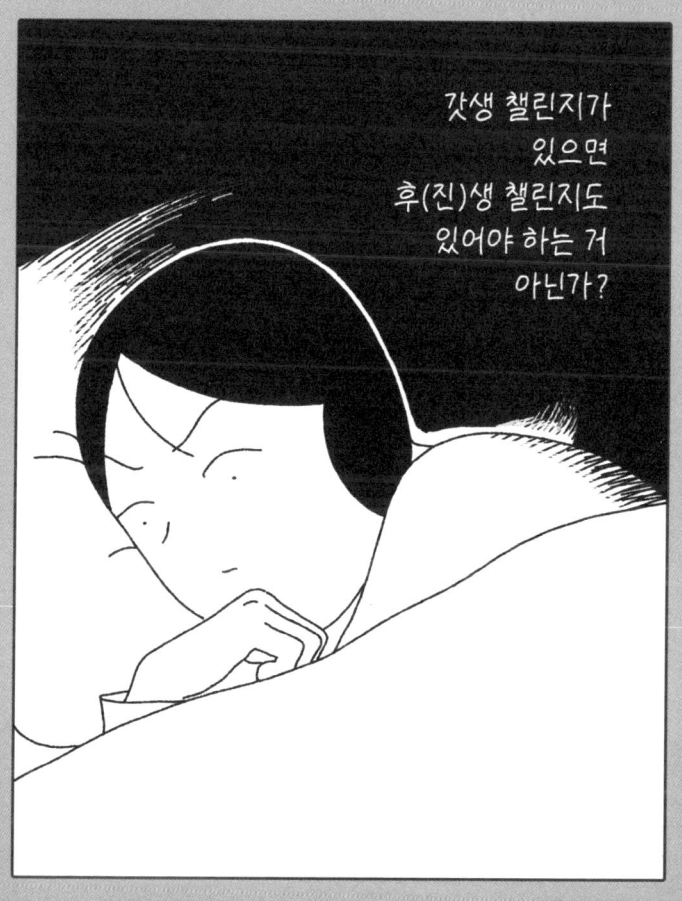

후생 챌린지

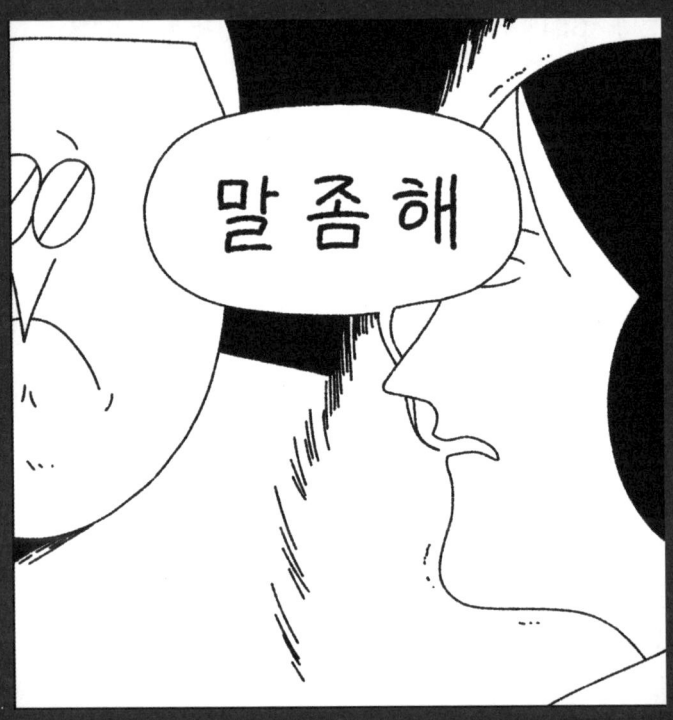

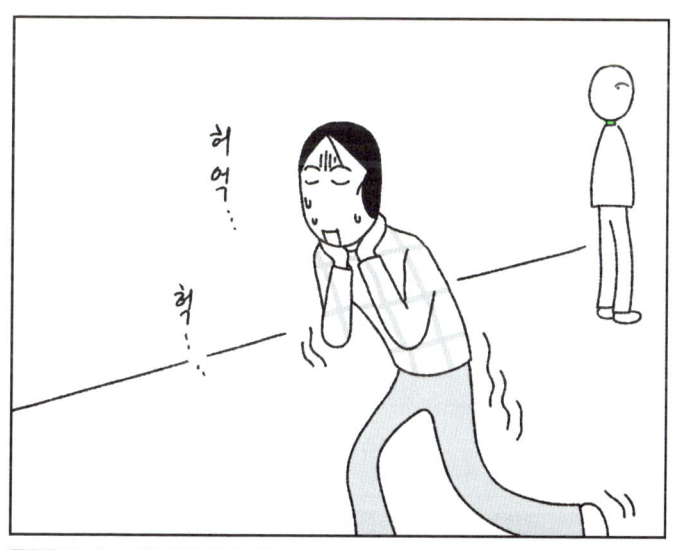

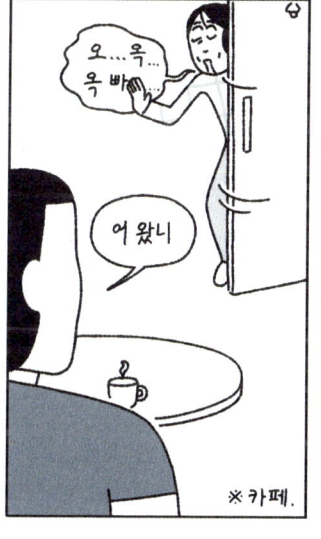

※ 카페.

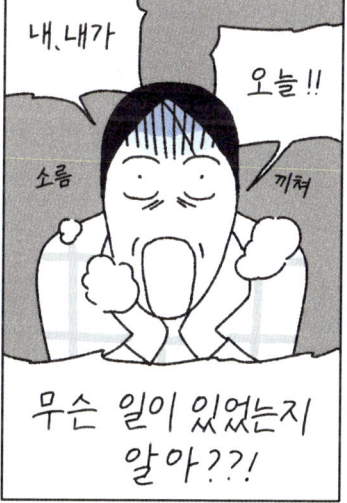

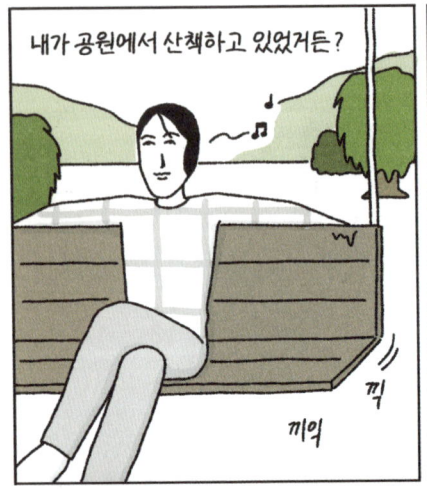

내가 공원에서 산책하고 있었거든?

삑

삐익

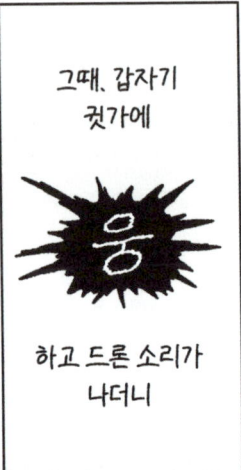

그때, 갑자기 귓가에

웅

하고 드론 소리가 나더니

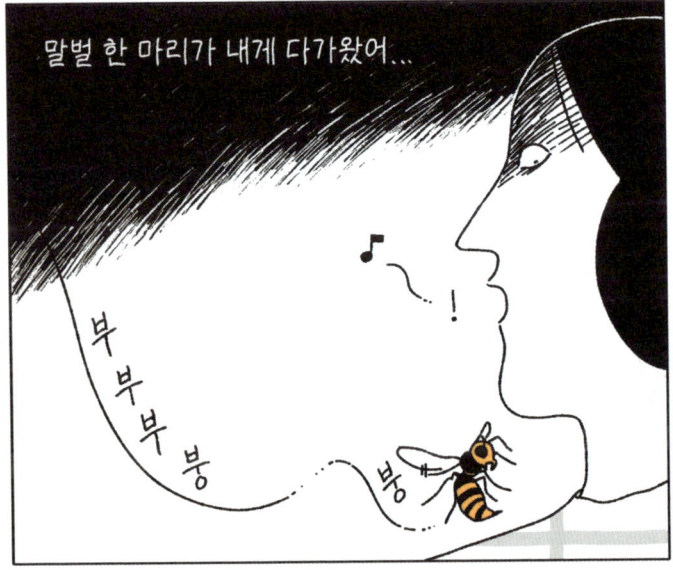

말벌 한 마리가 내게 다가왔어...

부부부붕

붕

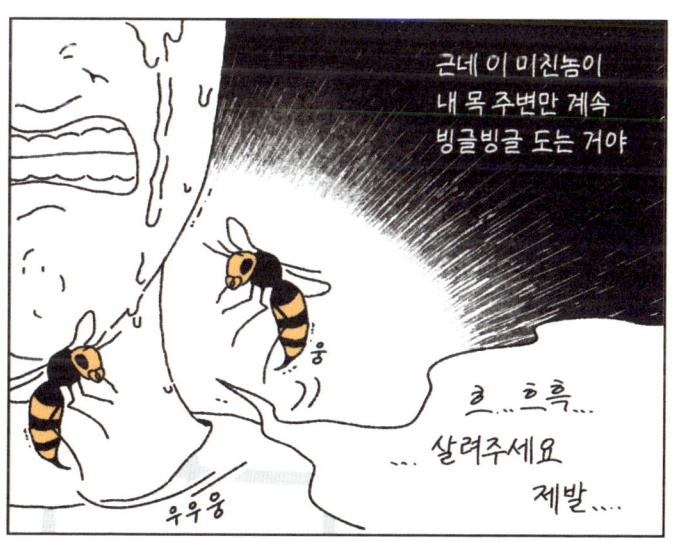

근데 이 미친놈이
내 목 주변만 계속
빙글빙글 도는 거야

웅

우우웅

ㅎ...ㅎ흑...

... 살려주세요

제발...

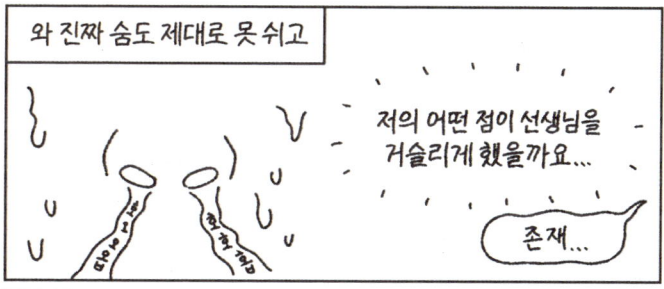

와 진짜 숨도 제대로 못 쉬고

저의 어떤 점이 선생님을
거슬리게 했을까요...

존재...

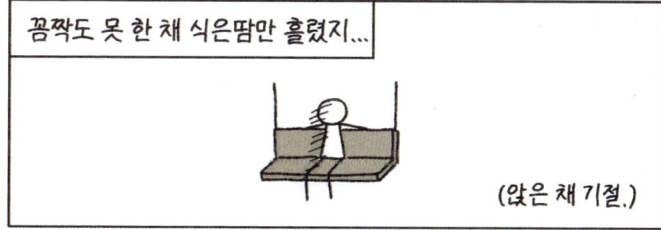

꼼짝도 못 한 채 식은땀만 흘렸지...

(앉은 채 기절.)

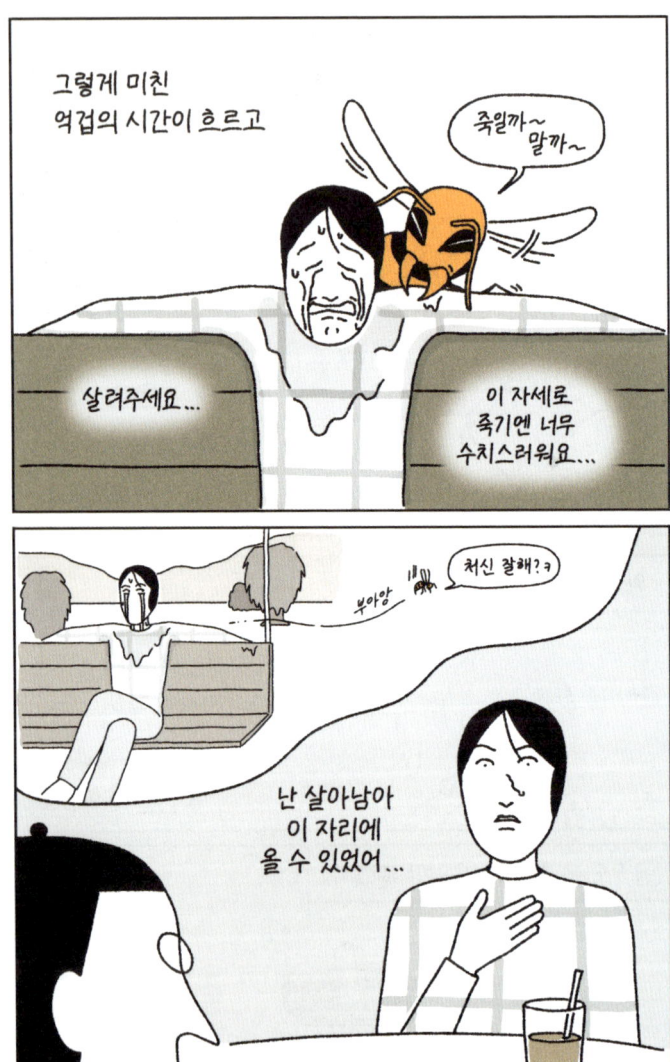

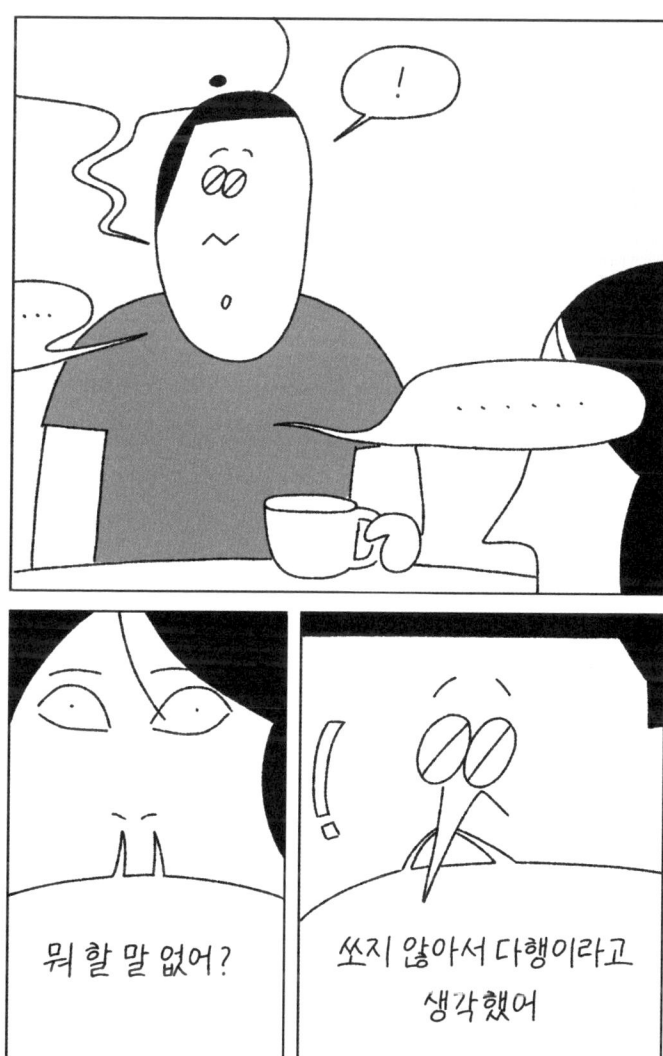

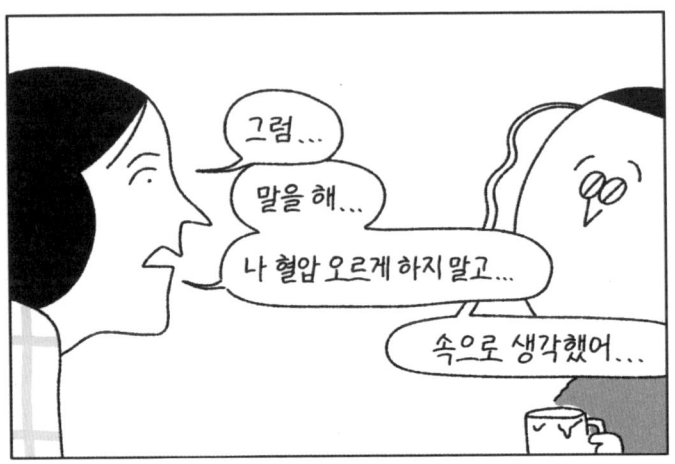

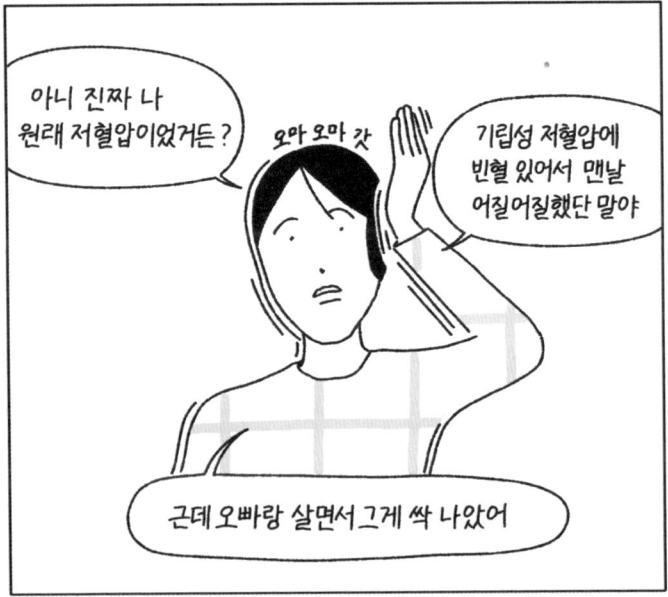

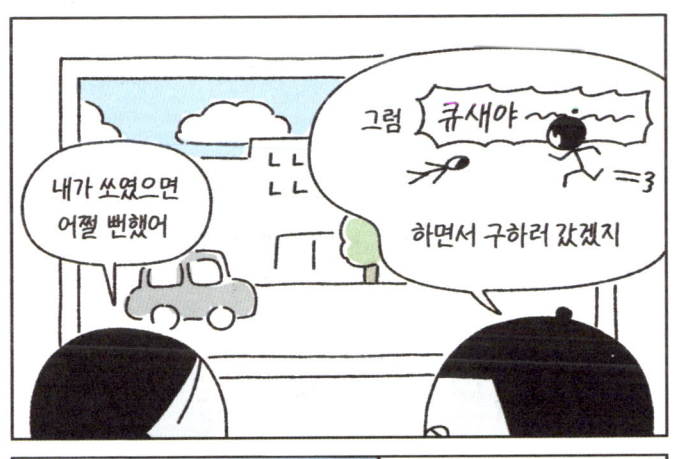

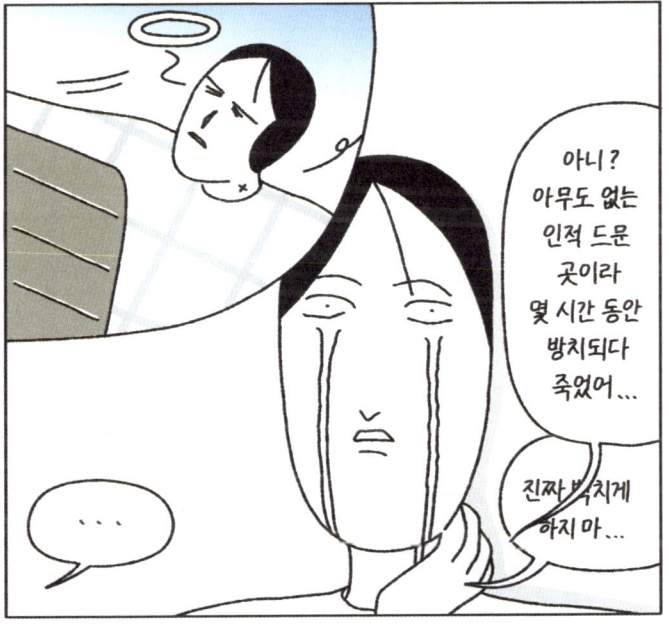

파멸의
개미와 베짱이

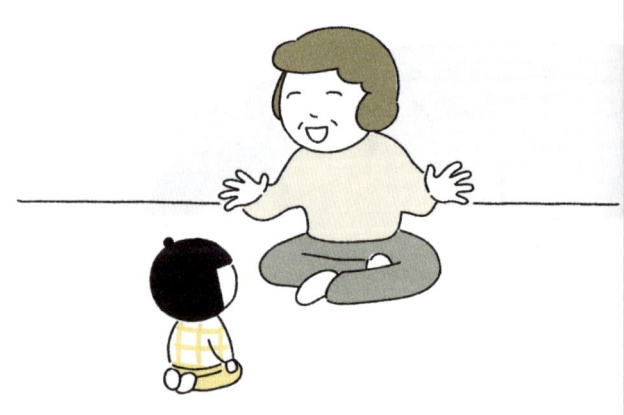

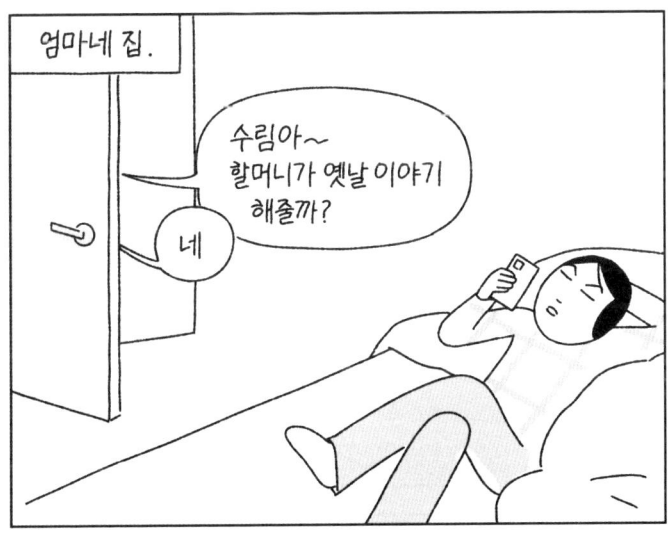

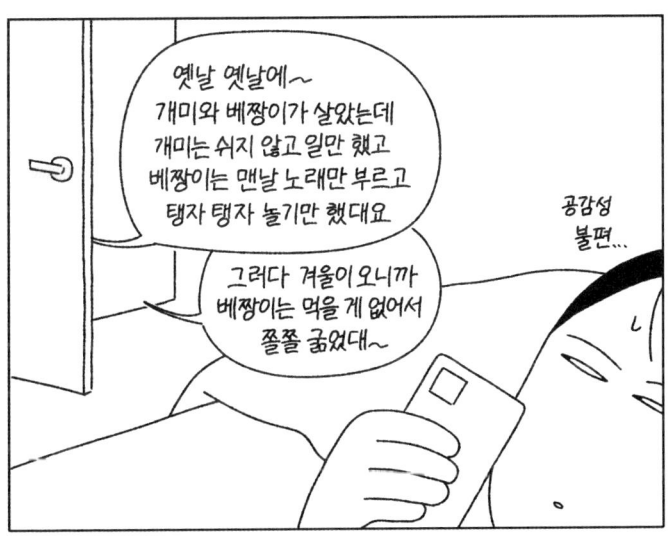

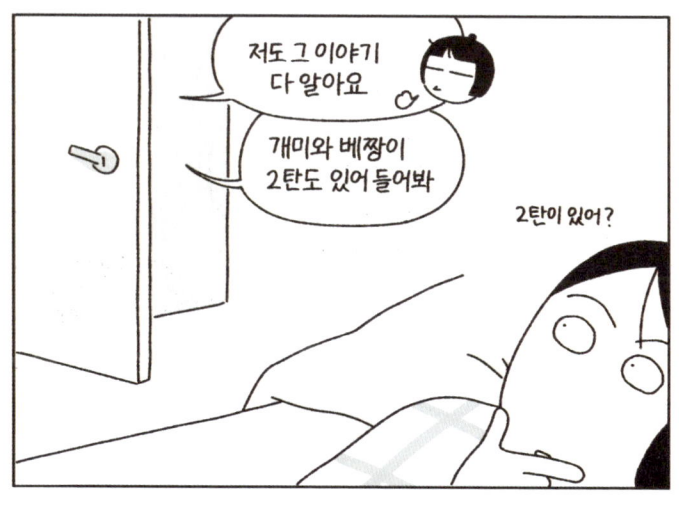

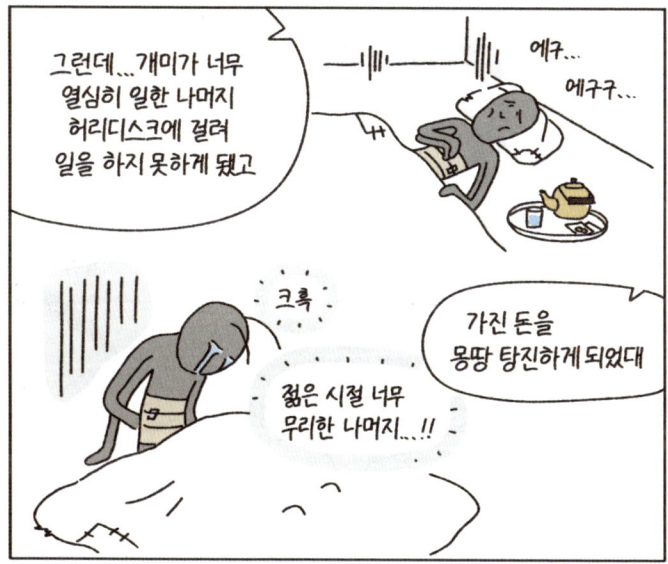

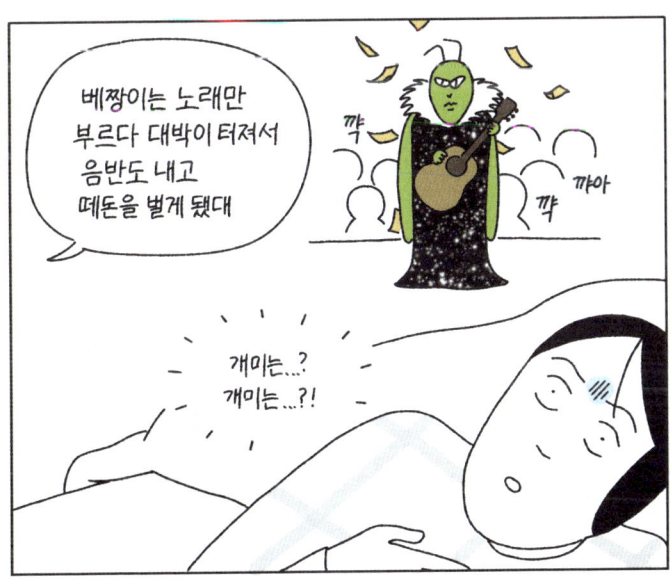

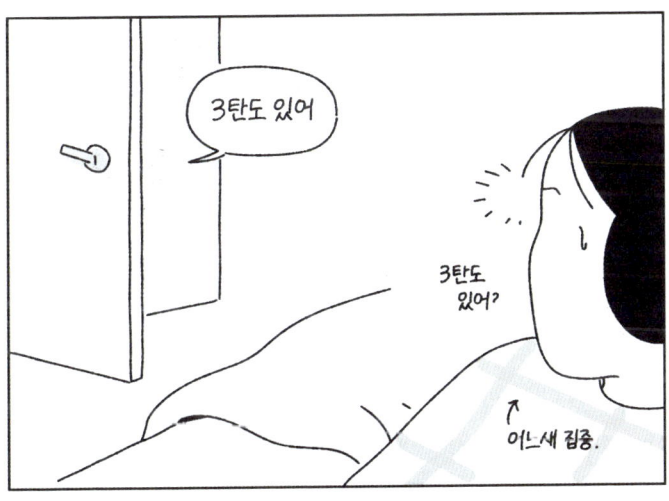

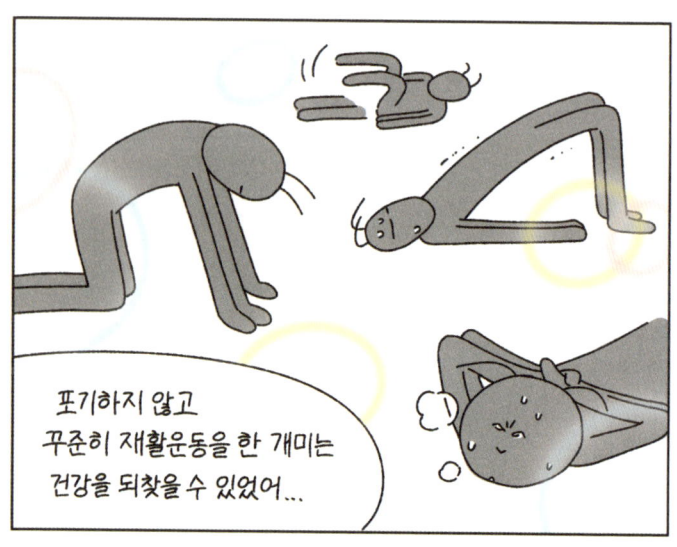

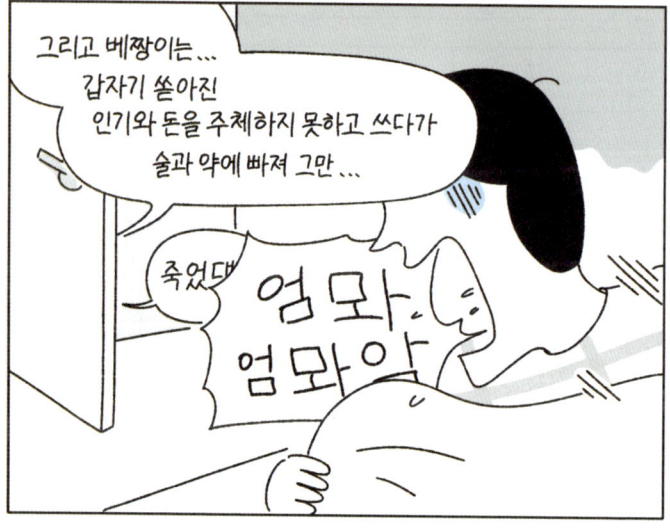

부라자 교훈

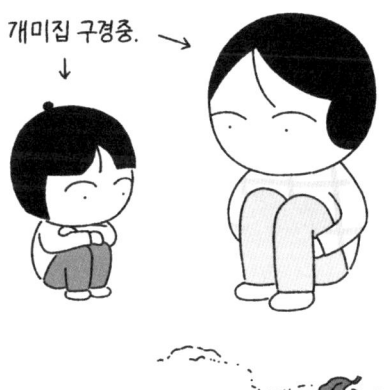

개미집 구경중.

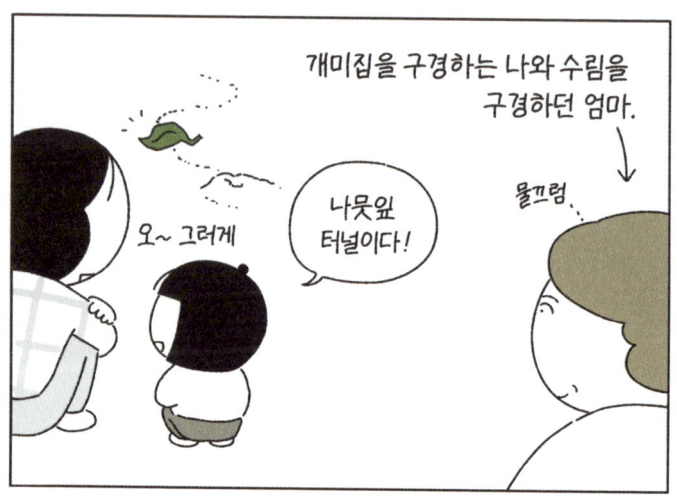

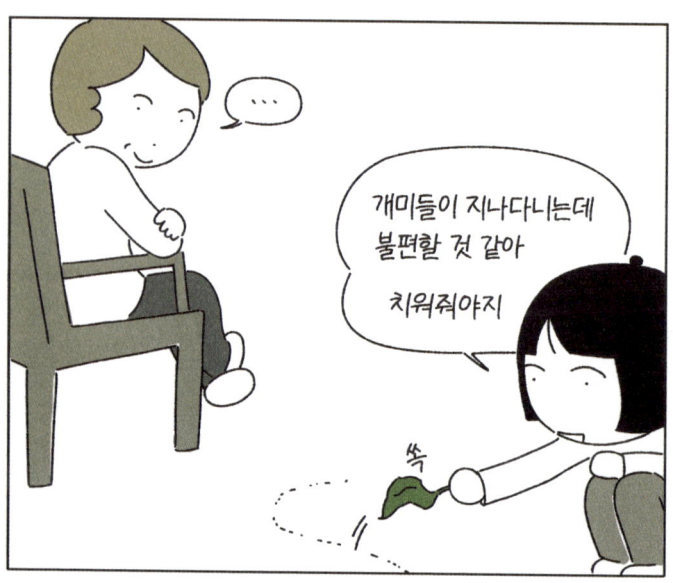

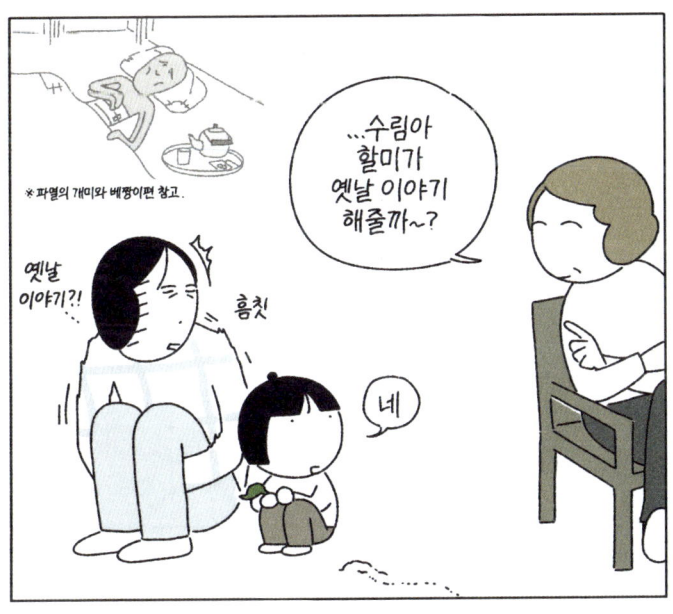

※ 파열의 개미와 베짱이편 참고.

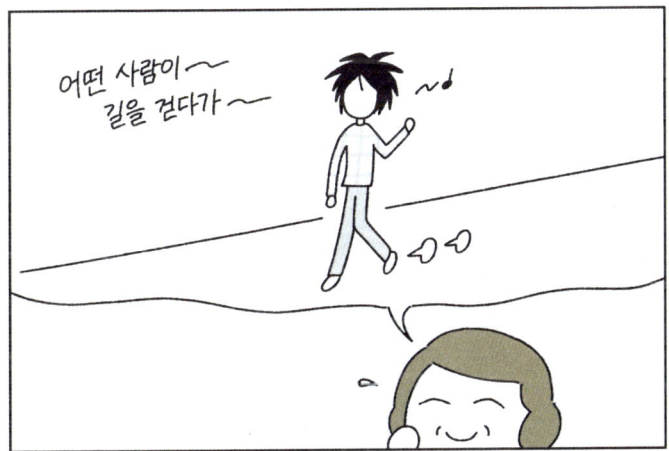

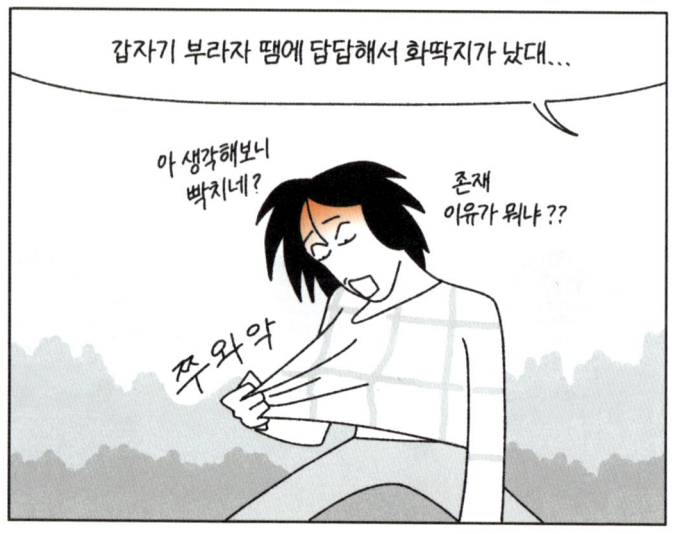

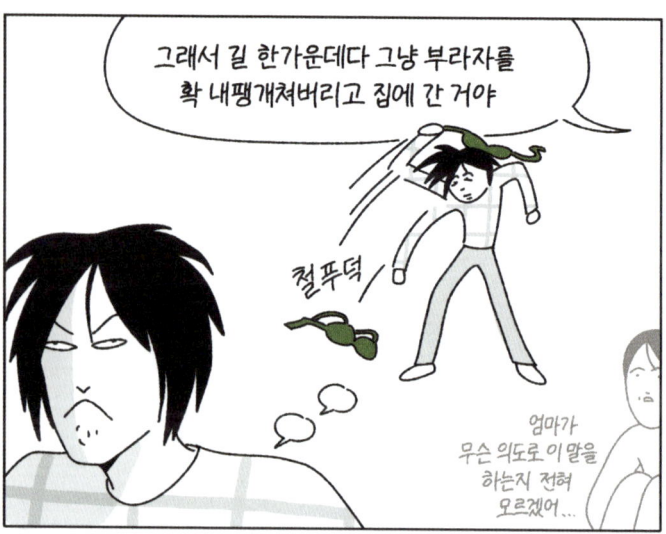

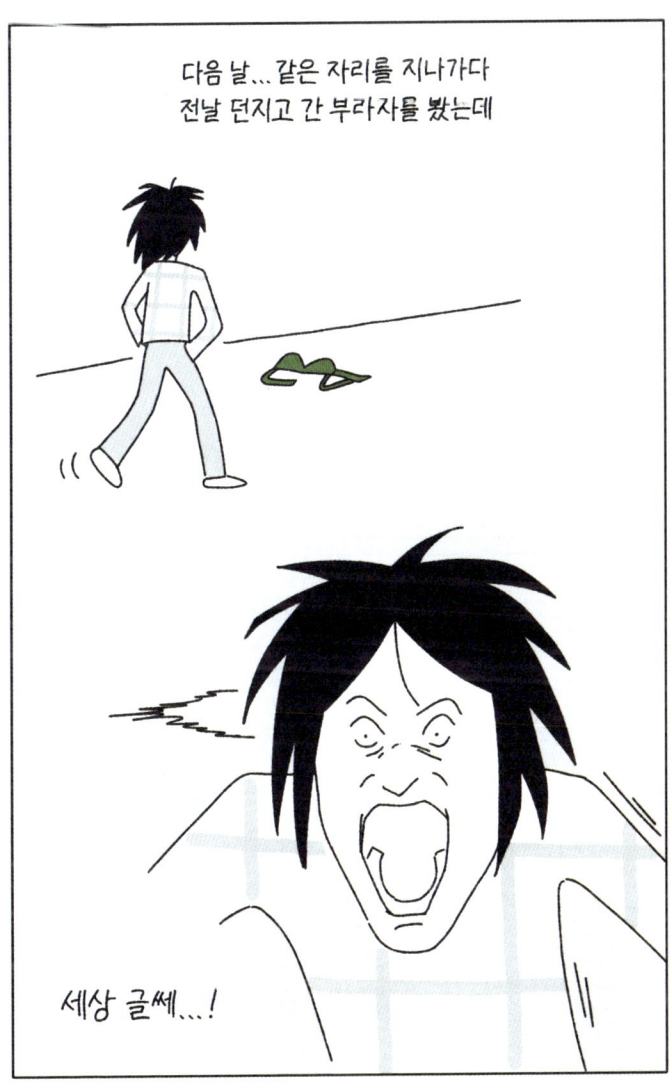

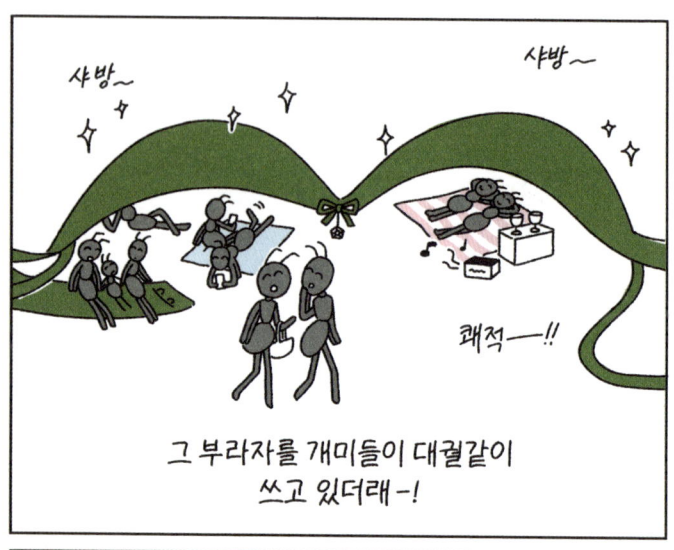

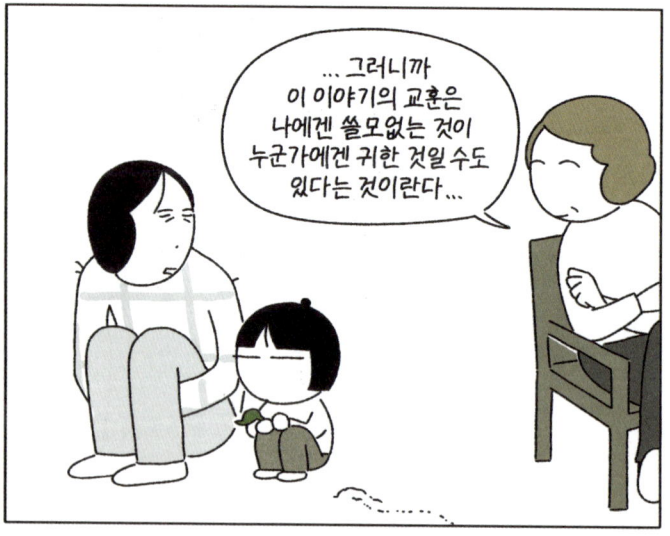

기분 좋은 날

기분이 째지게 좋은 날이었다.

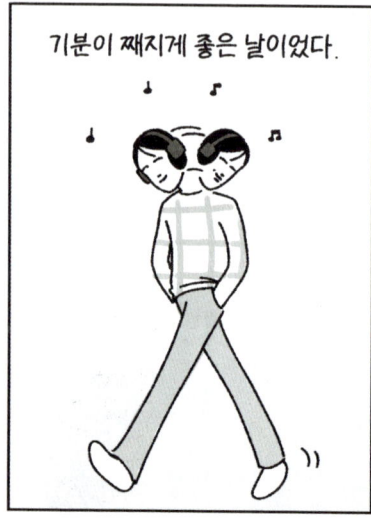

진과 수림이

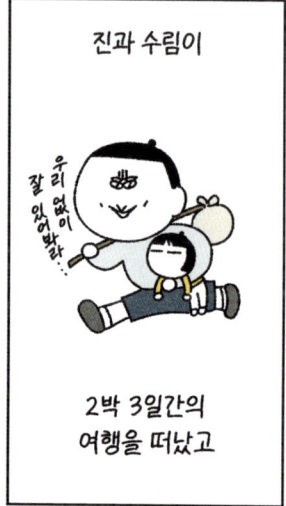

2박 3일간의
여행을 떠났고

나만의 신나는 휴가가 시작됐으며,
이쁜 강아지도 마주친 덕이었다.

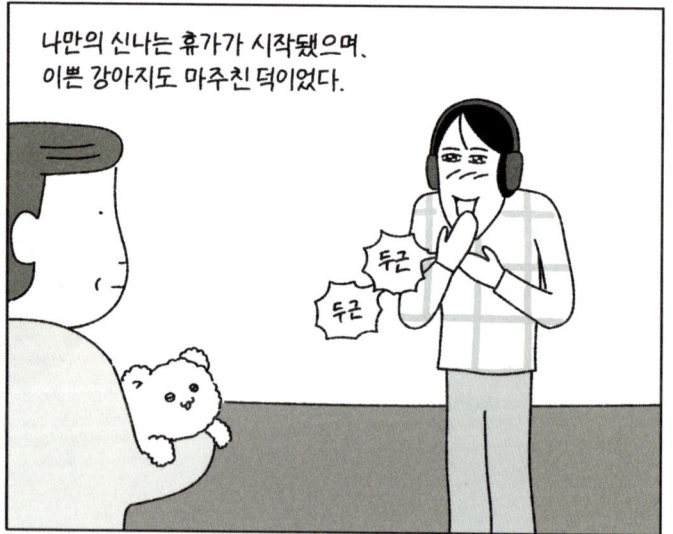

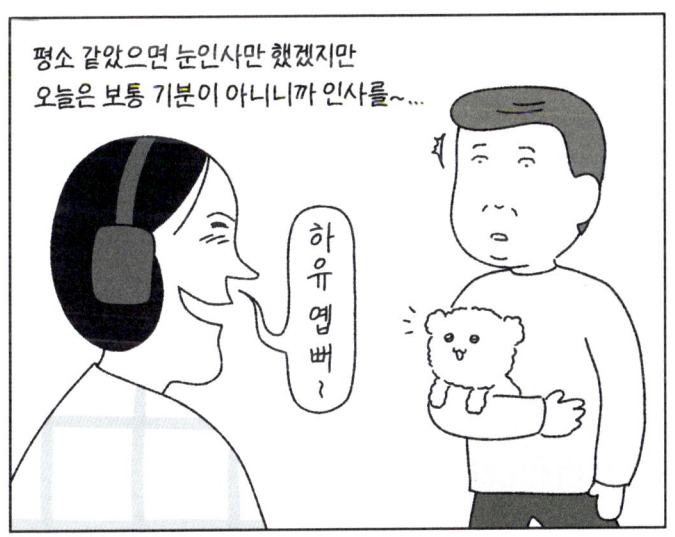

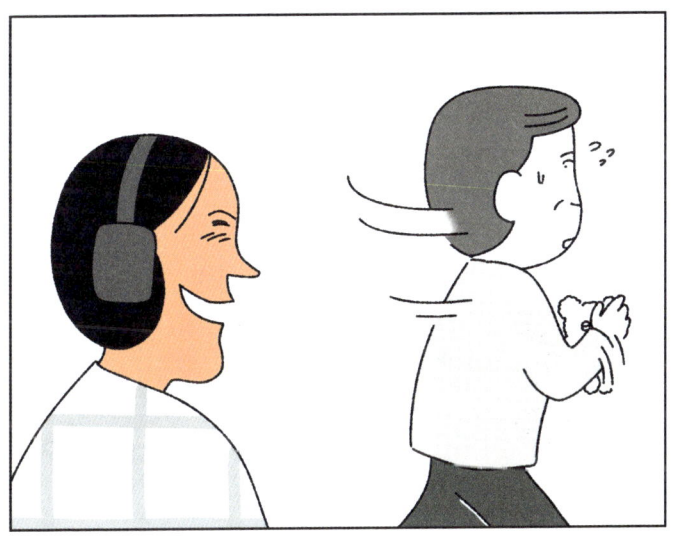

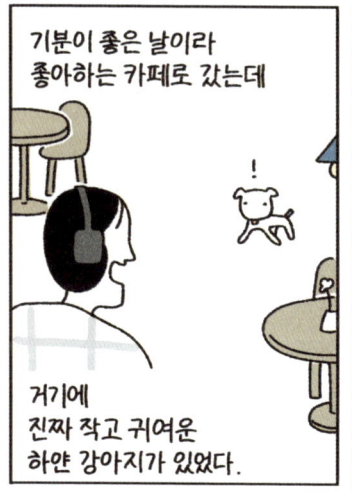

기분이 좋은 날이라
좋아하는 카페로 갔는데

!

거기에
진짜 작고 귀여운
하얀 강아지가 있었다.

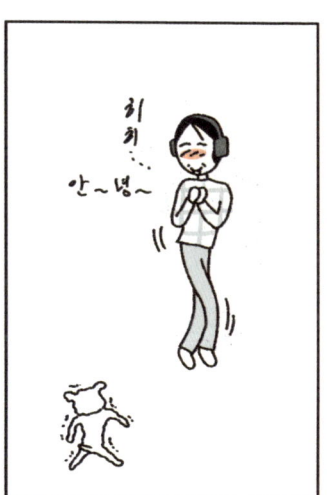

히
히

안~녕~

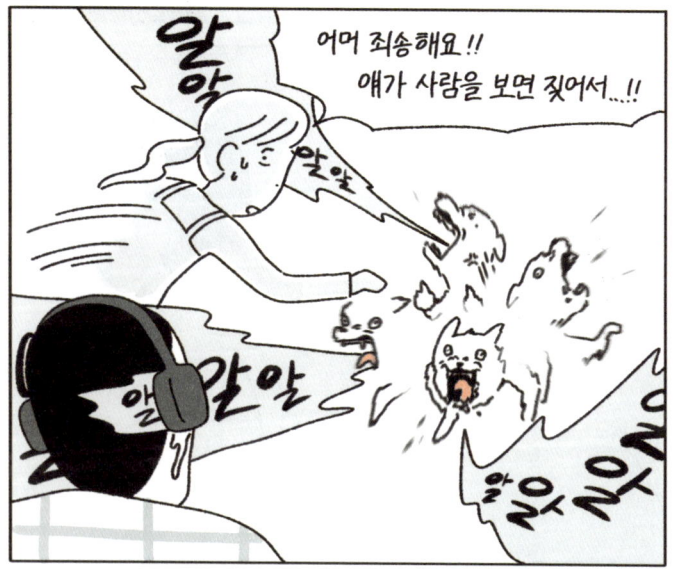

알
알

알알

알알

어머 죄송해요!!
얘가 사람을 보면 짖어서...!!

큐새의 일일

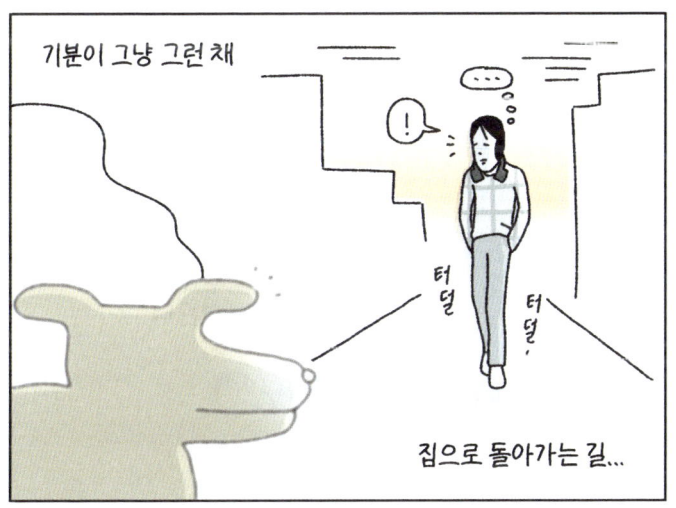

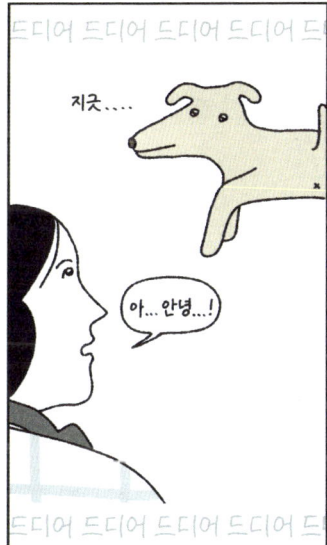

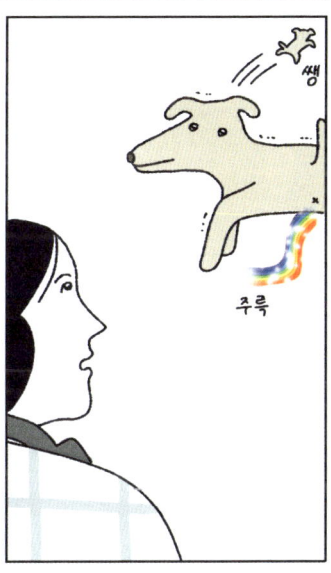

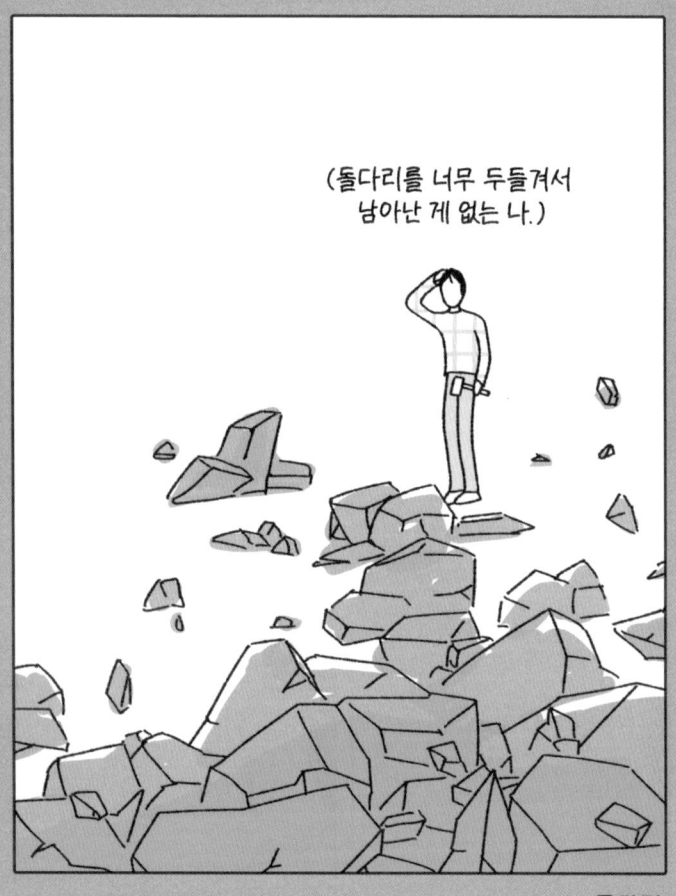

돌다리

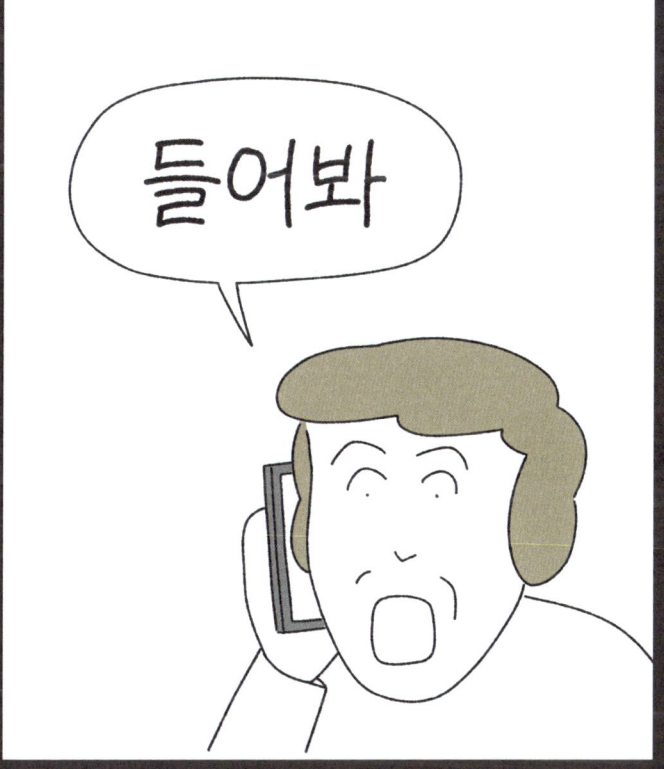

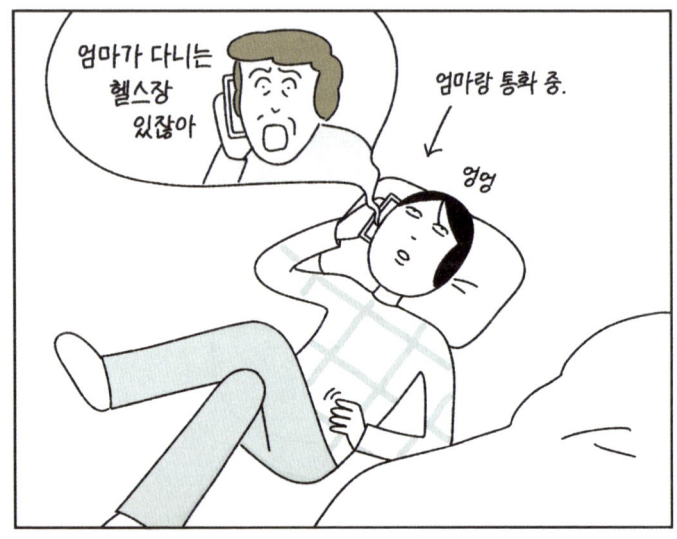

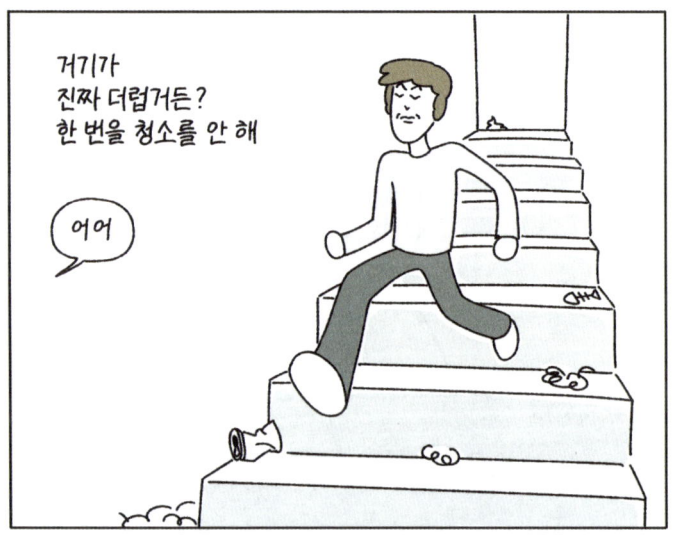

큐새의 일일

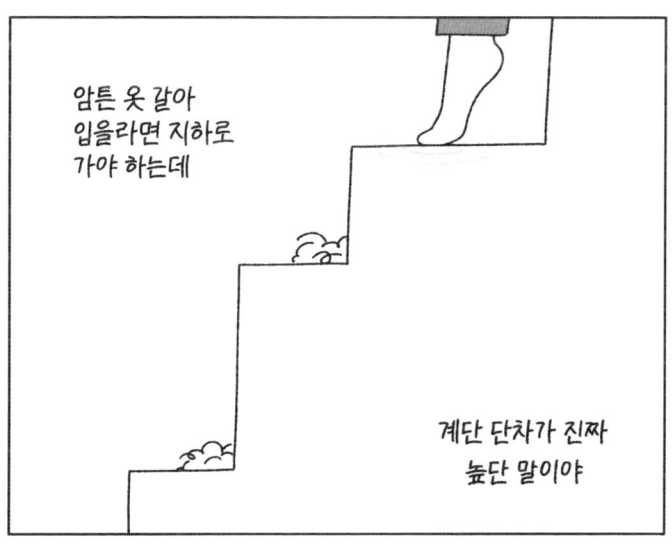

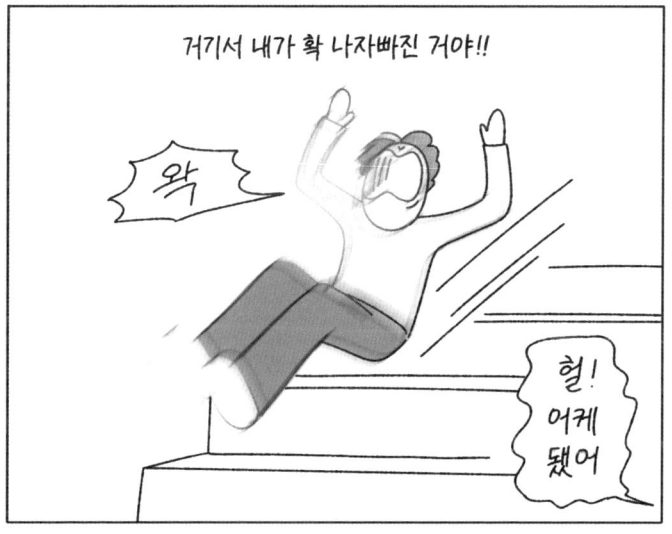

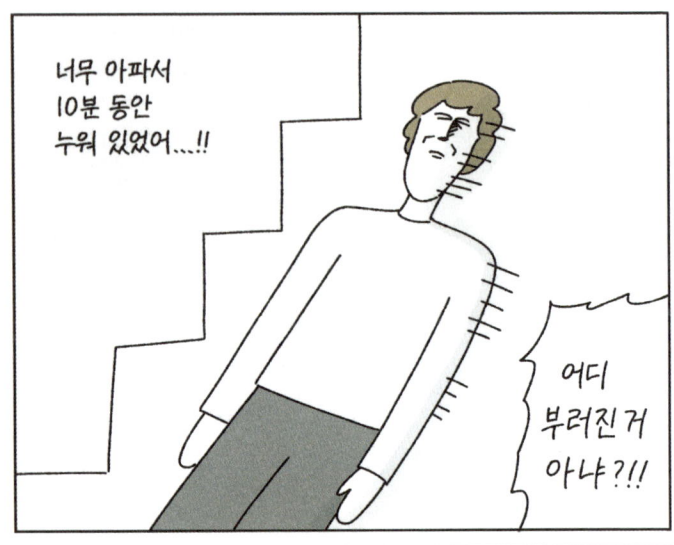

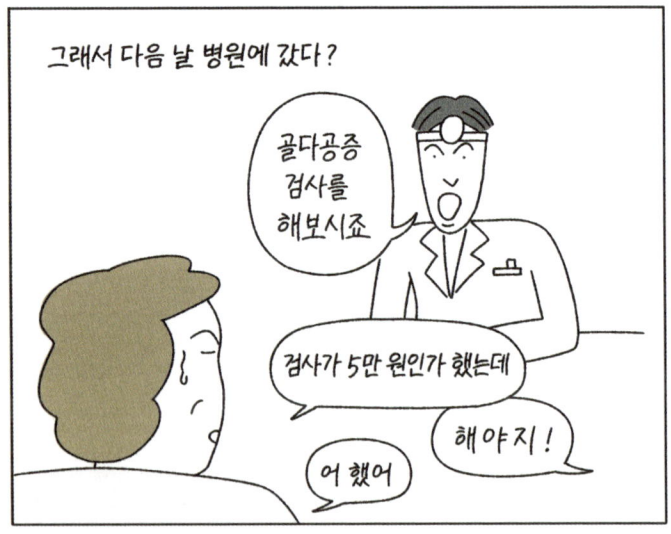

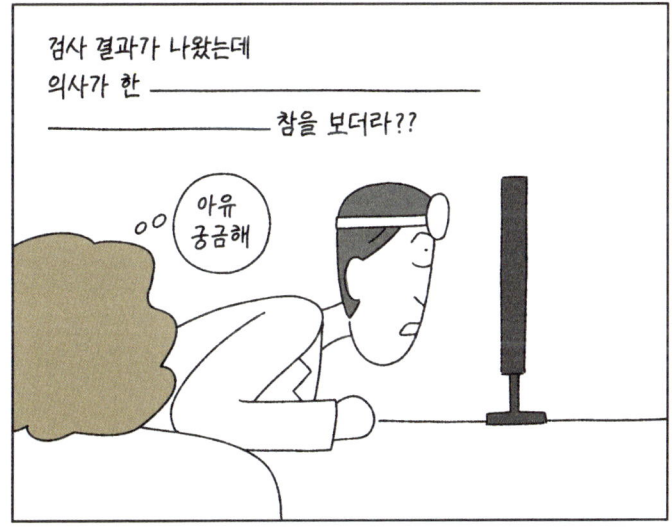

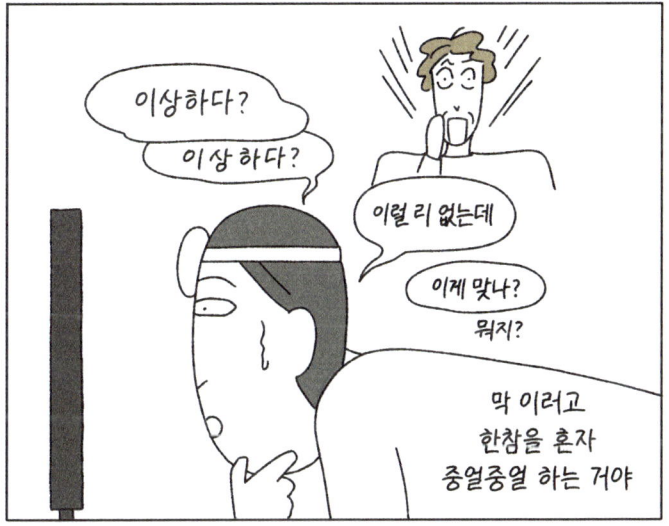

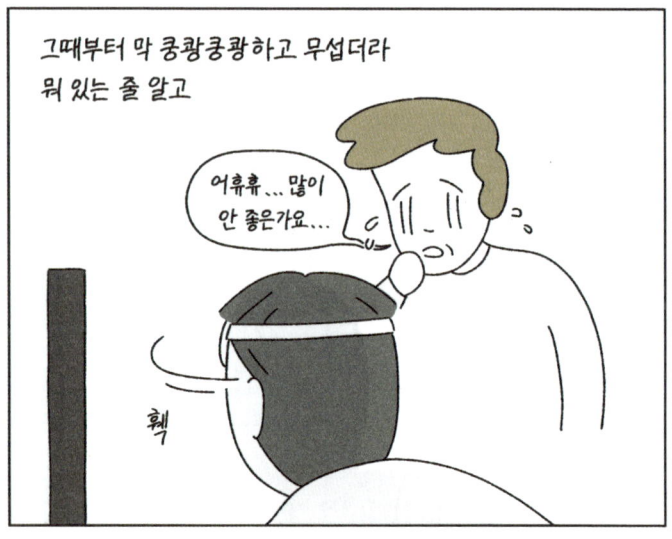

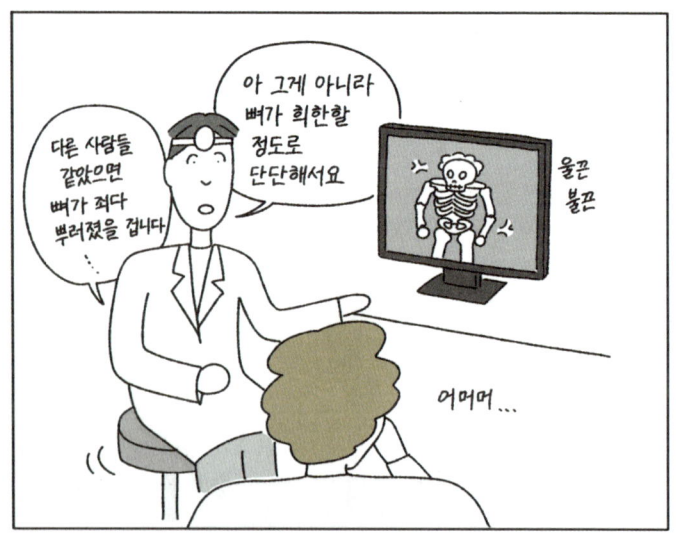

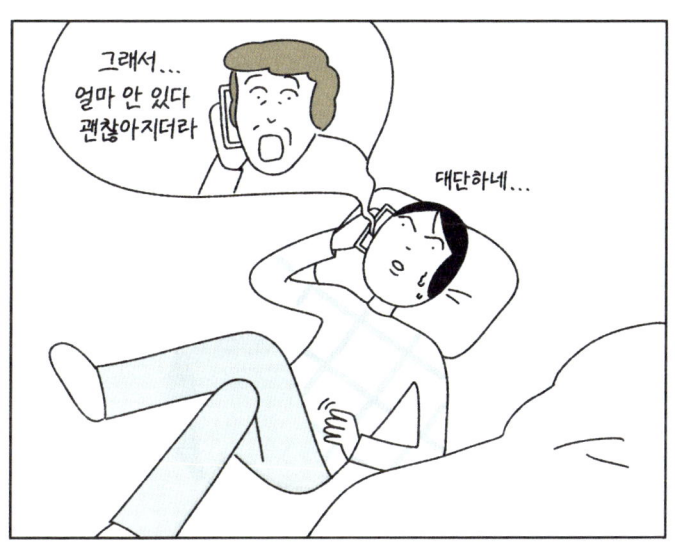

낮잠을 왜 때려?

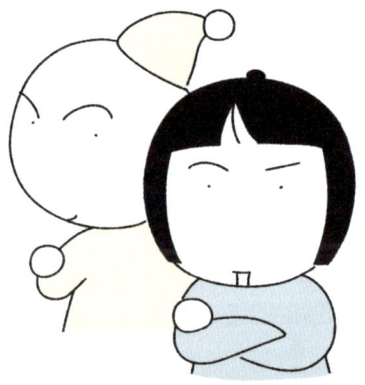

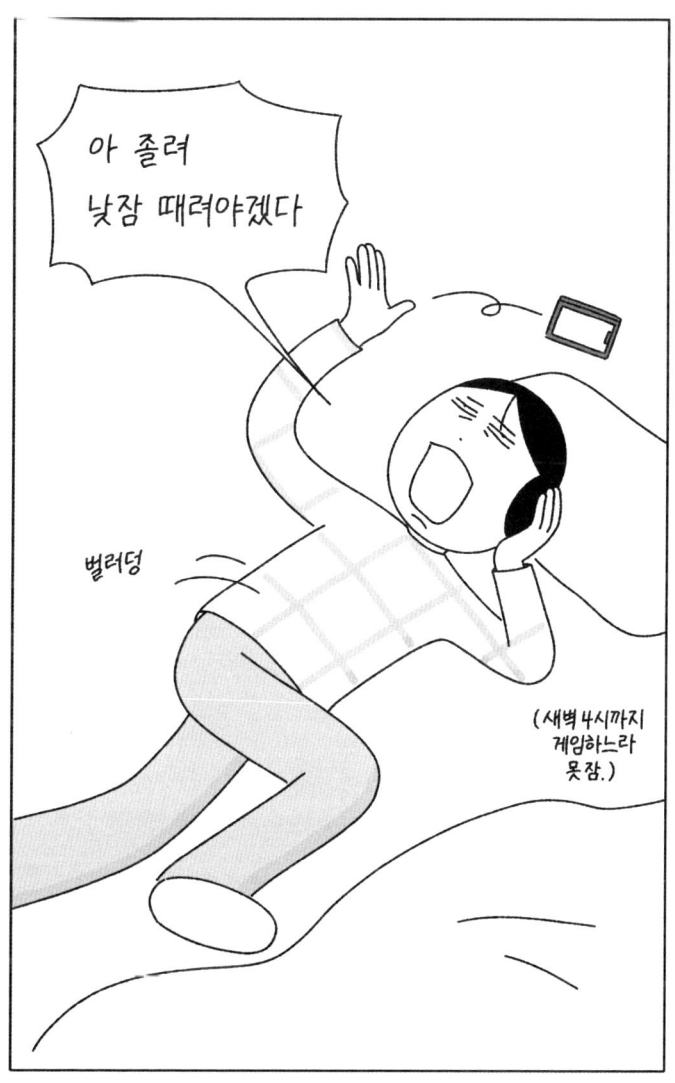

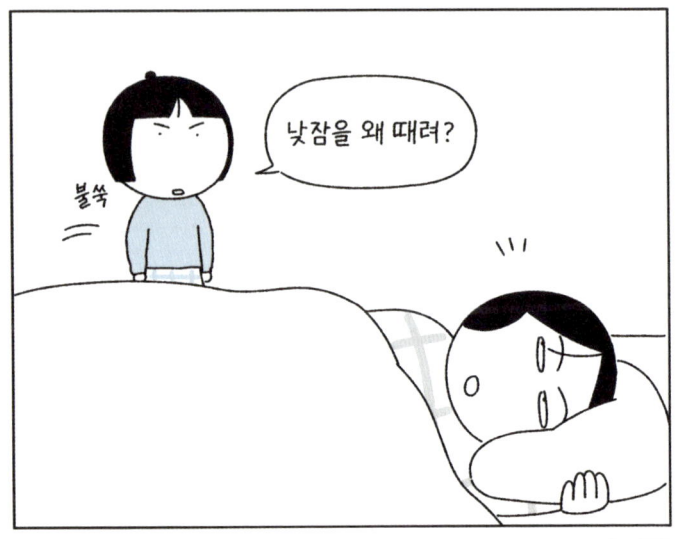

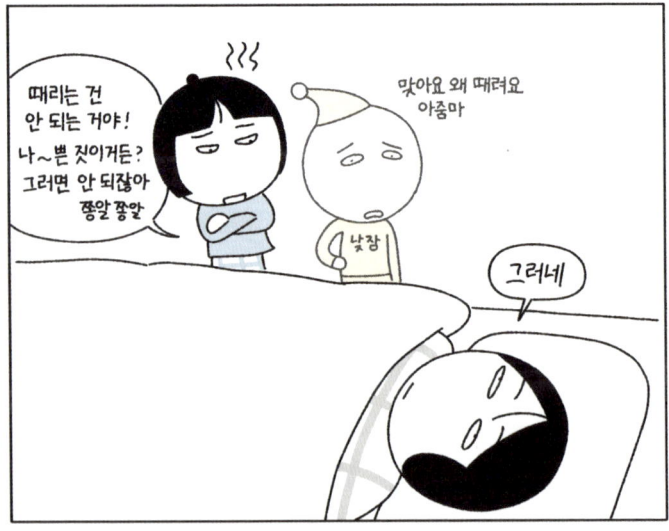

큐새의 일일

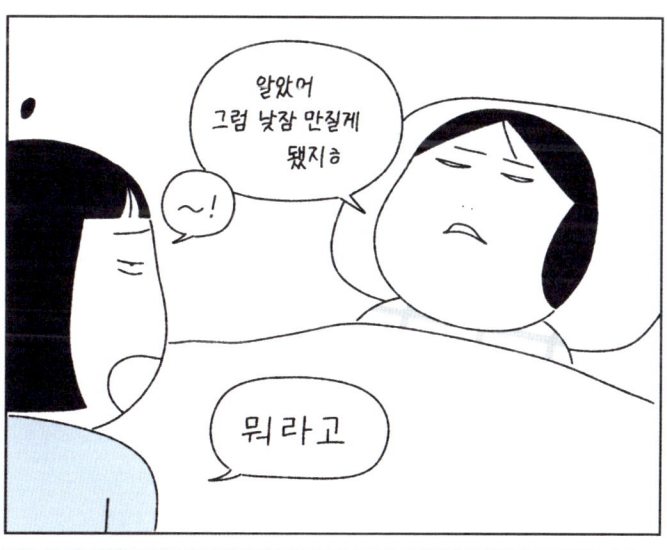

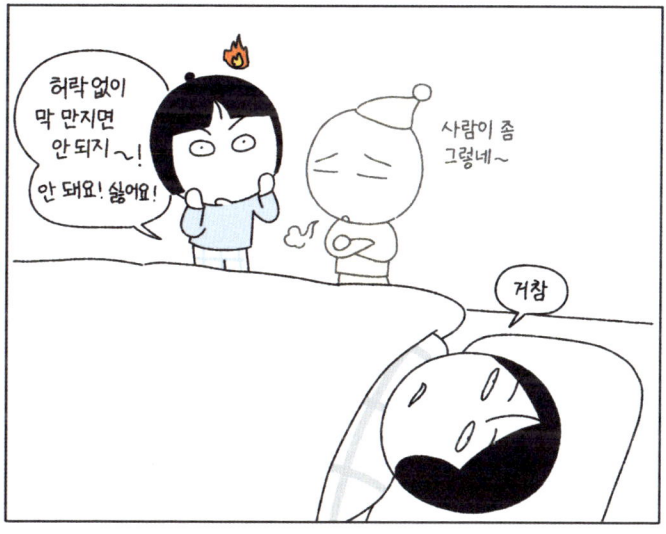

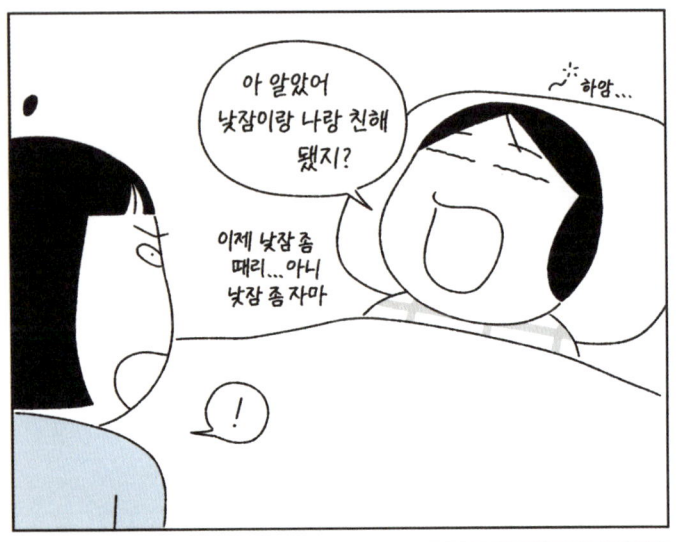

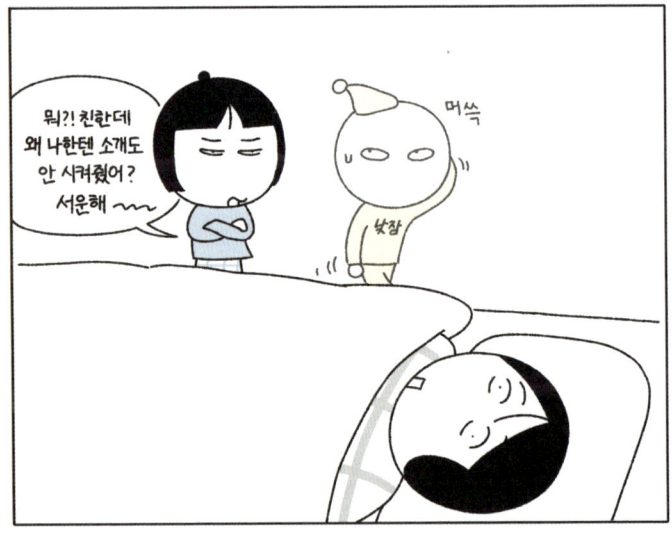

큐새의 일일

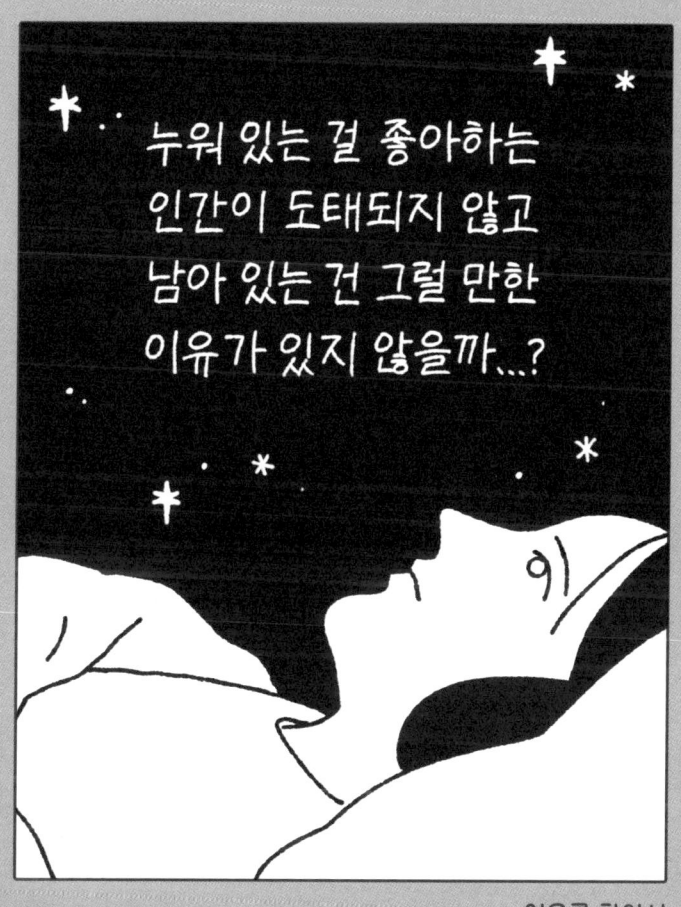

이유를 찾아서

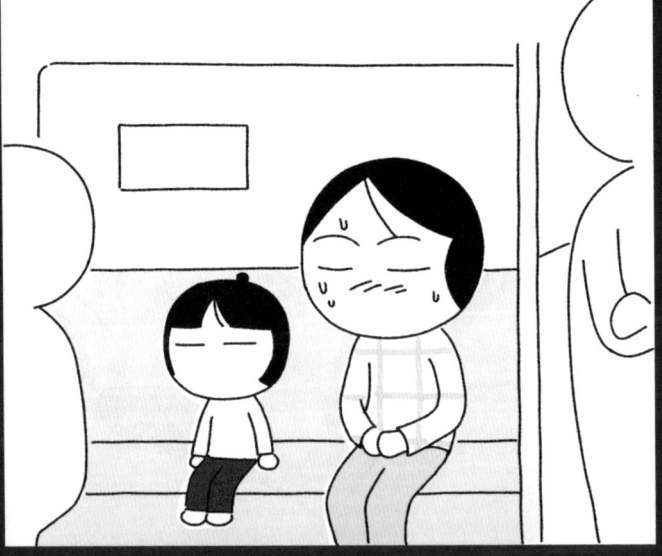

주말 저녁, 수림과 어린이 대공원에서 즐거운 시간을 보내고
집으로 돌아가는 길이었다.

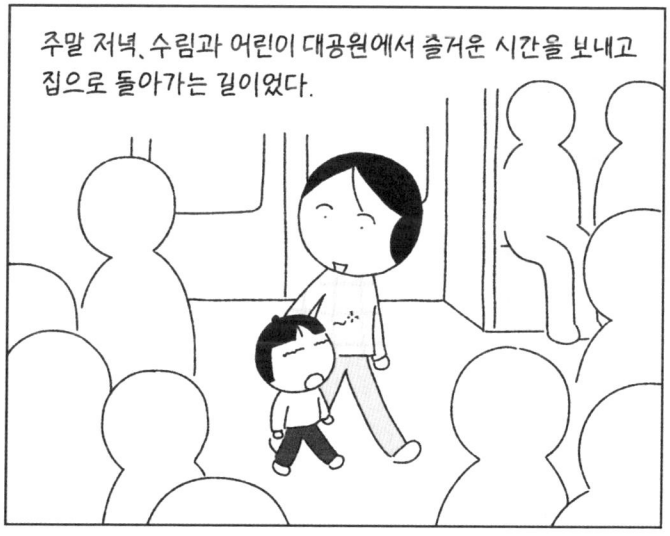

사람이 많이 몰리는 시간대의 지하철은
어린이에게 조금 위험할 수도 있어서

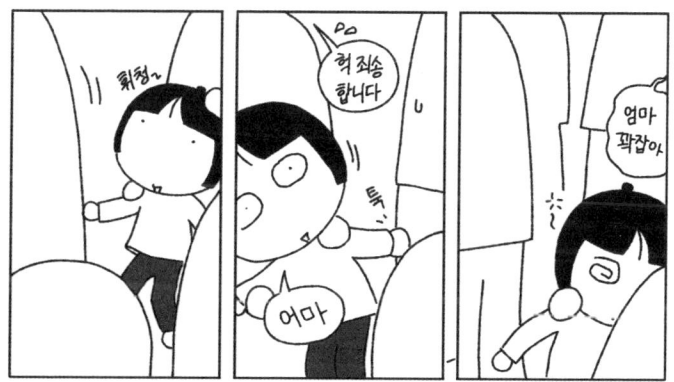

교통약자석에 여유가 있는 경우
수림을 앉히기도 한다.

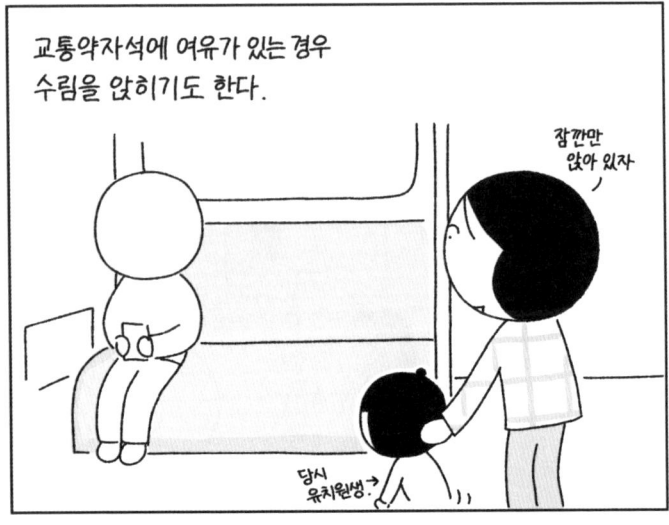

난 당연히 두 다리 멀쩡한 사람으로서
옆에 서 있었는데

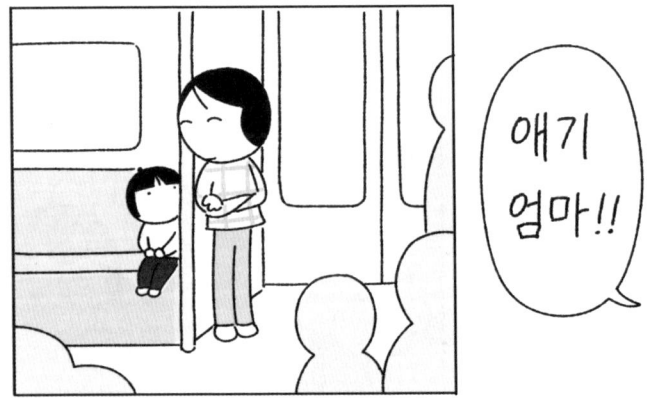

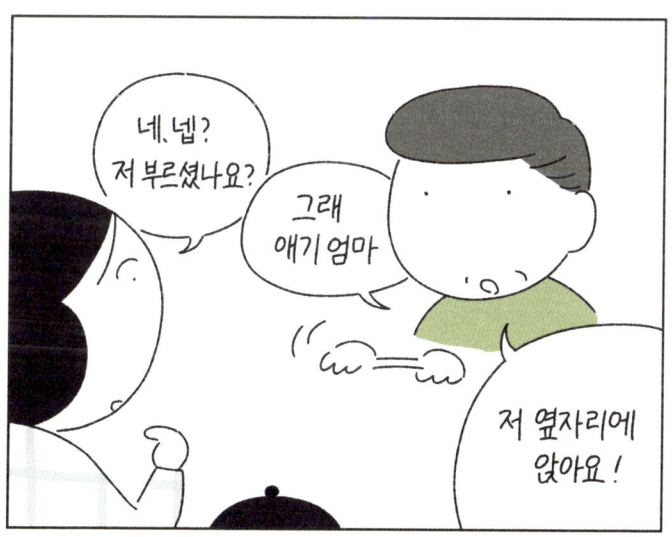

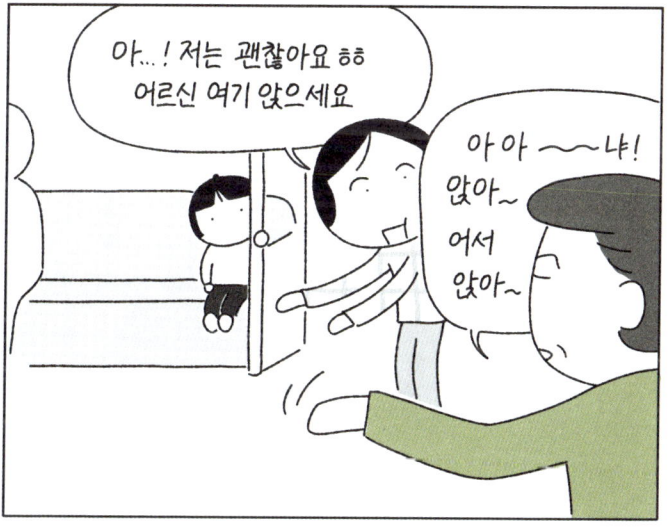

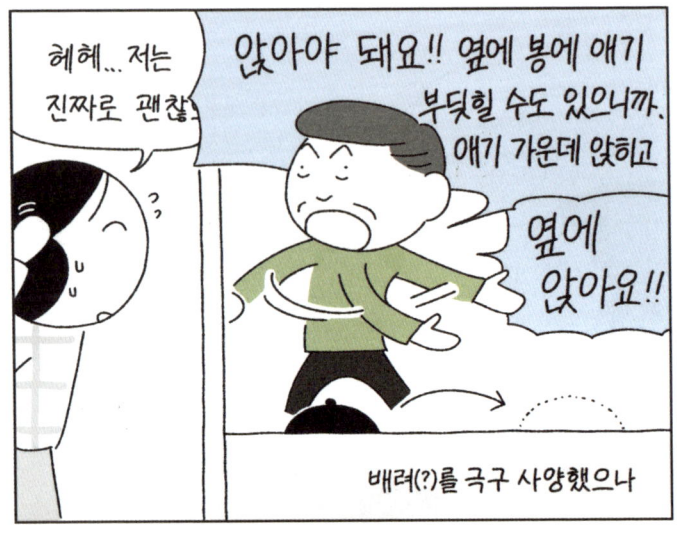

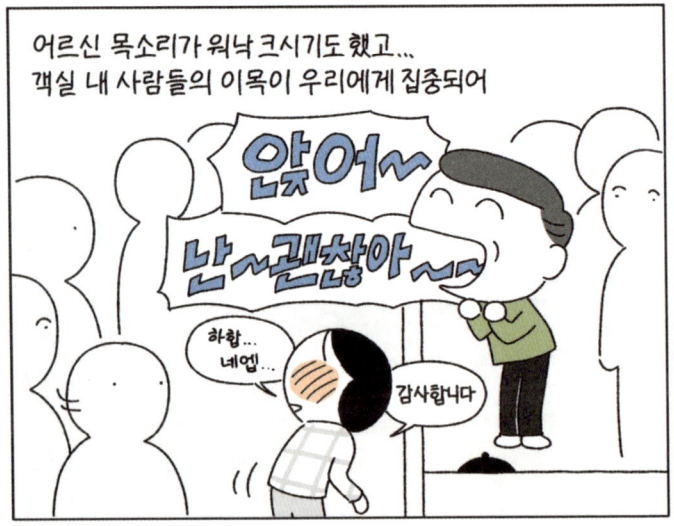

어색하게 자리에 앉은 순간.

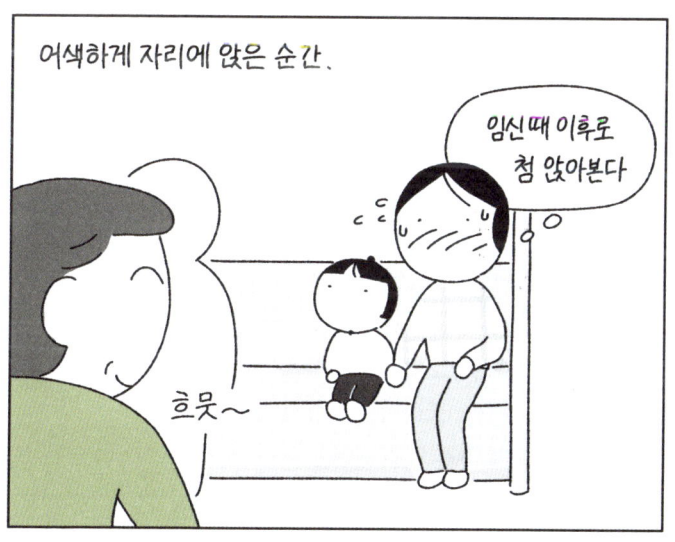

백발의 어르신 한 분이 타셨다.

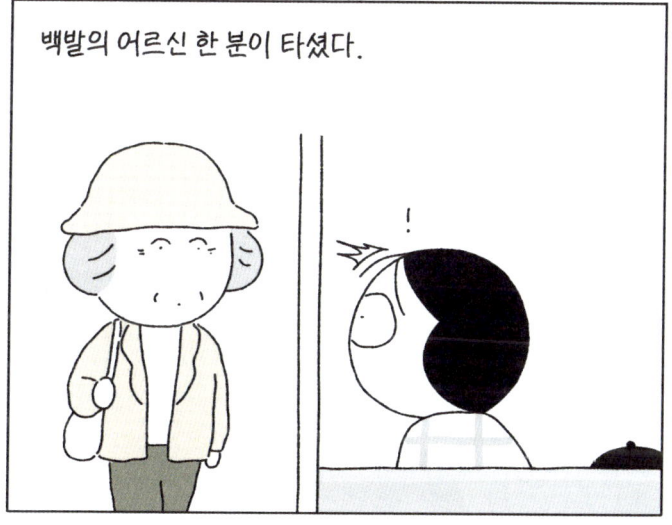

그렇지 않아도 교통약자석에 앉아 있던 게
여간 민망하지 않았던 터라

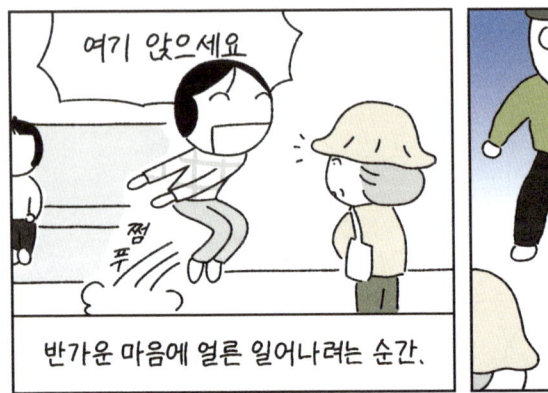

여기 앉으세요

쩜푸

반가운 마음에 얼른 일어나려는 순간.

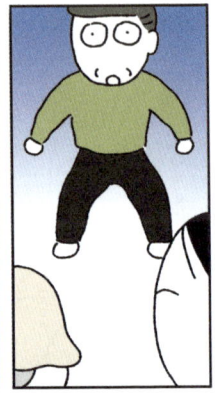

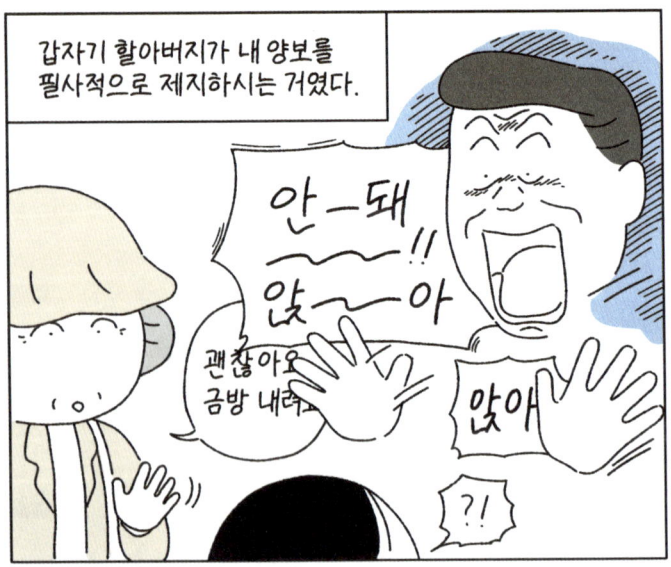

갑자기 할아버지가 내 양보를
필사적으로 제지하시는 거였다.

안—돼
~~~!!
앉—~아

괜찮아요
금방 내려요

앉아

?!

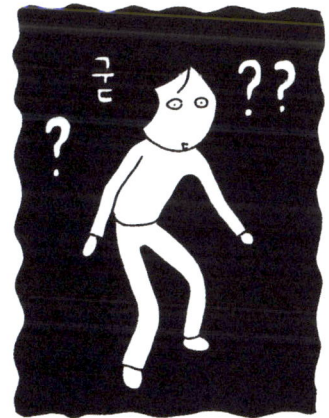

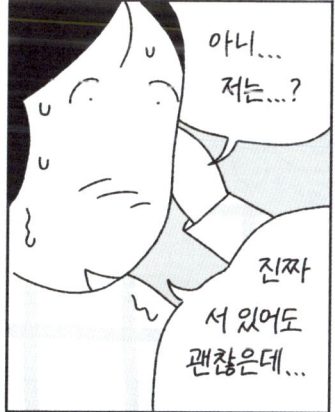

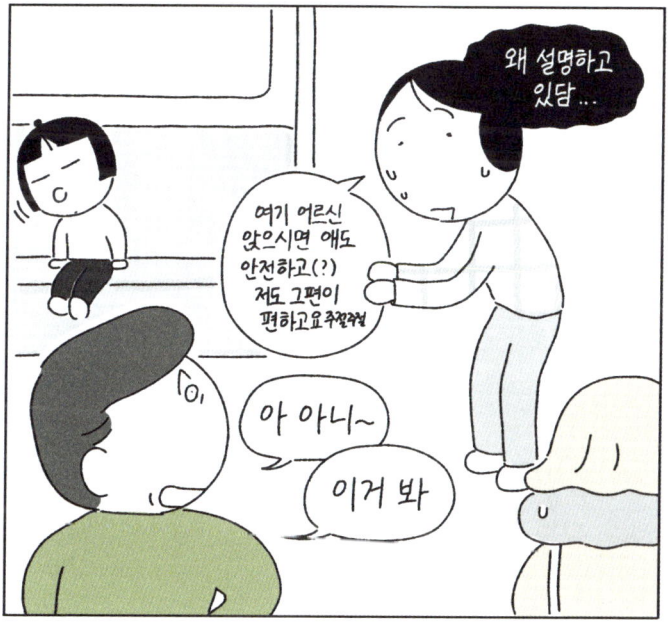

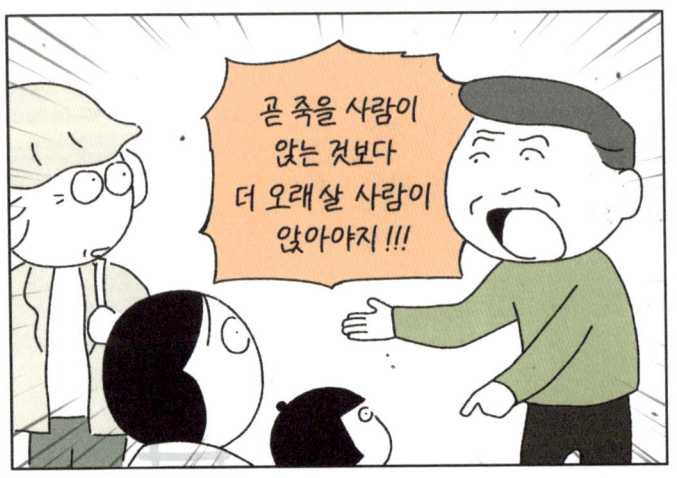

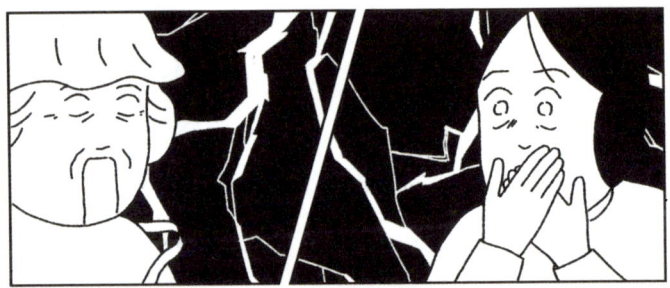

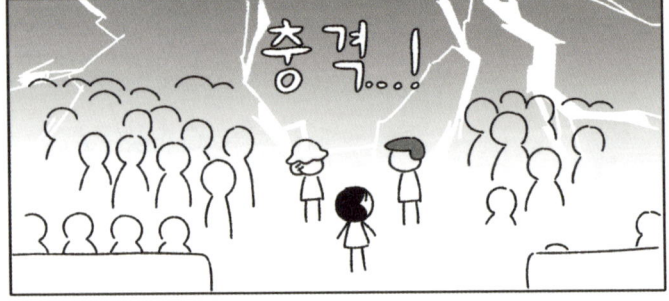

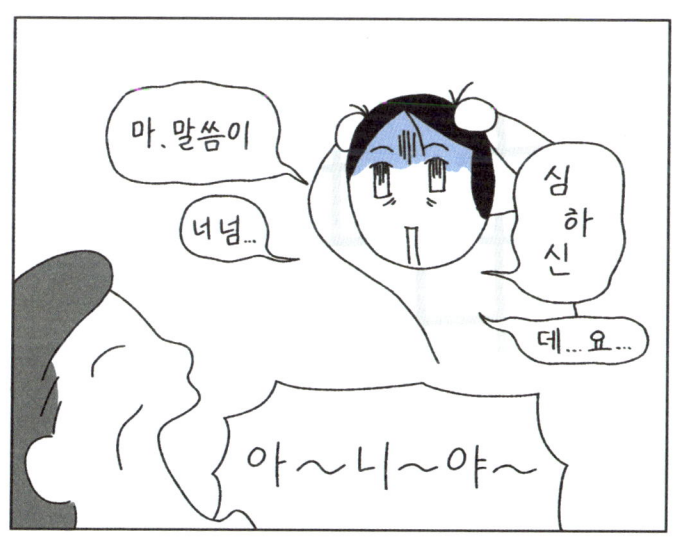

그걸 또 할머니에게 동의를 구하시고

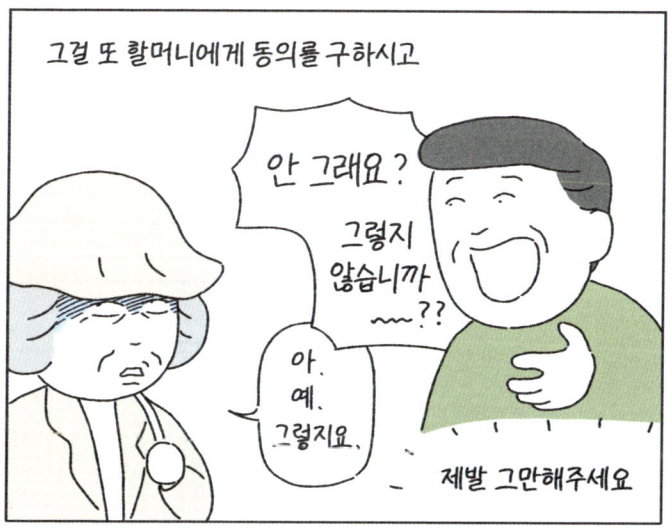

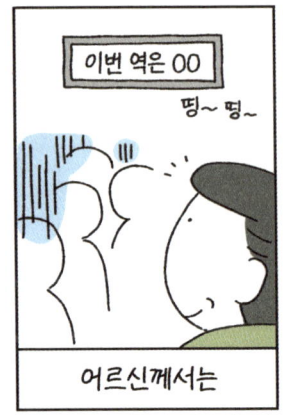

이번 역은 OO

띵~ 띵~

어르신께서는

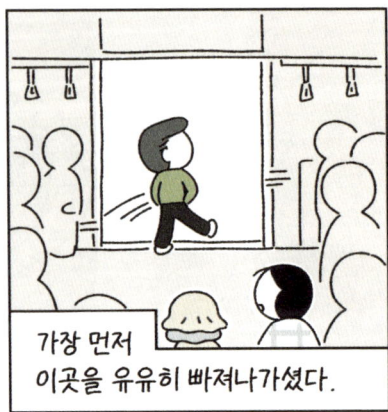

가장 먼저
이곳을 유유히 빠져나가셨다.

충격에서 미처 헤어나오지 못한 우리들을 남겨 놓은 채...

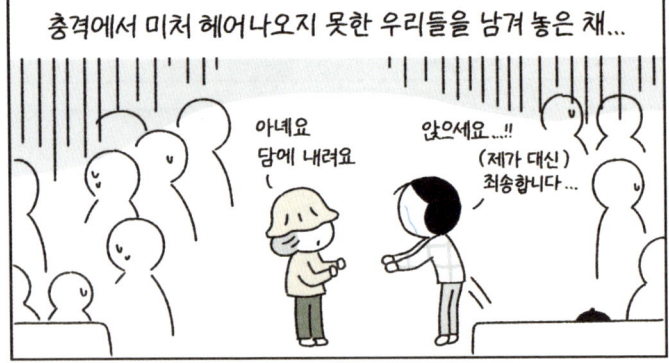

아녜요
담에 내려요

앉으세요...!!
(제가 대신)
최송합니다...

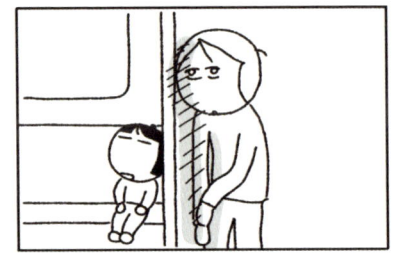

큐새의 일일

어린이의 눈물

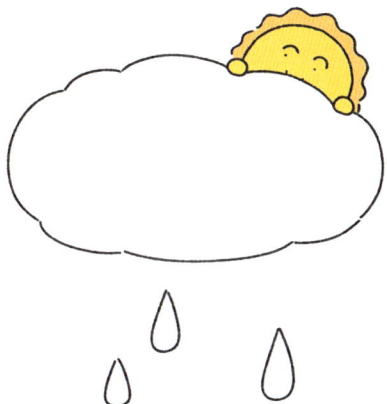

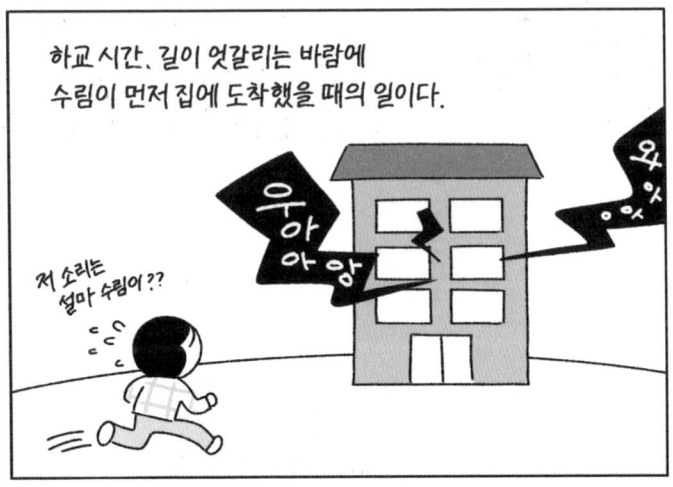

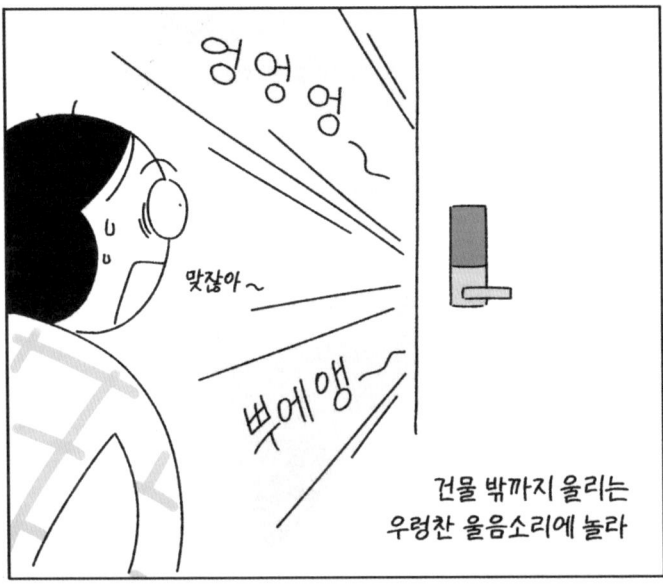

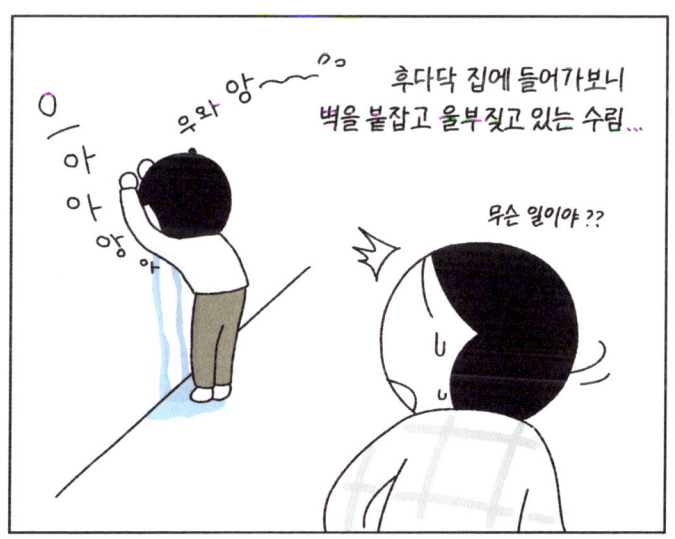

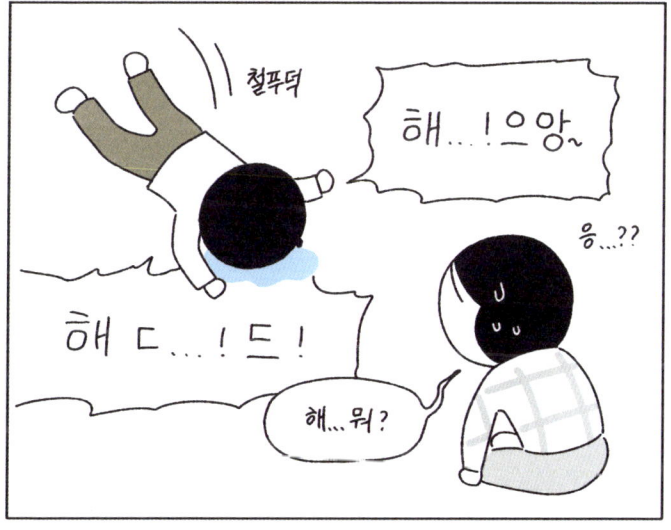

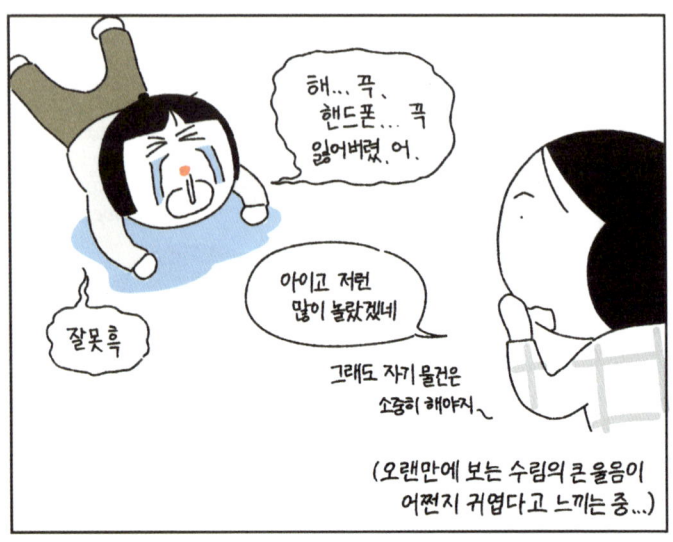

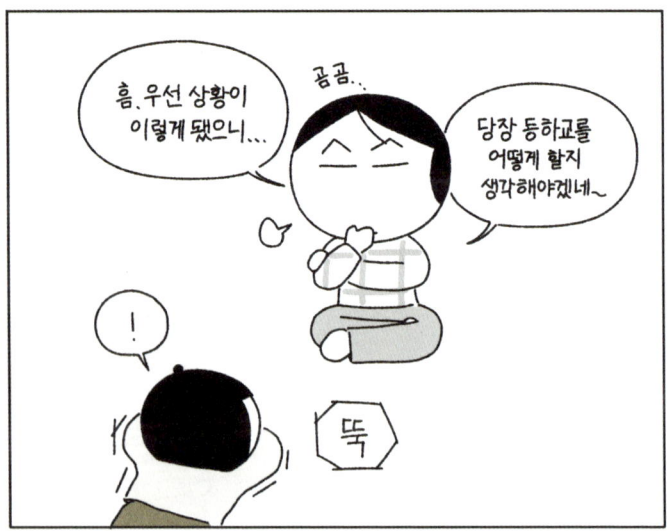

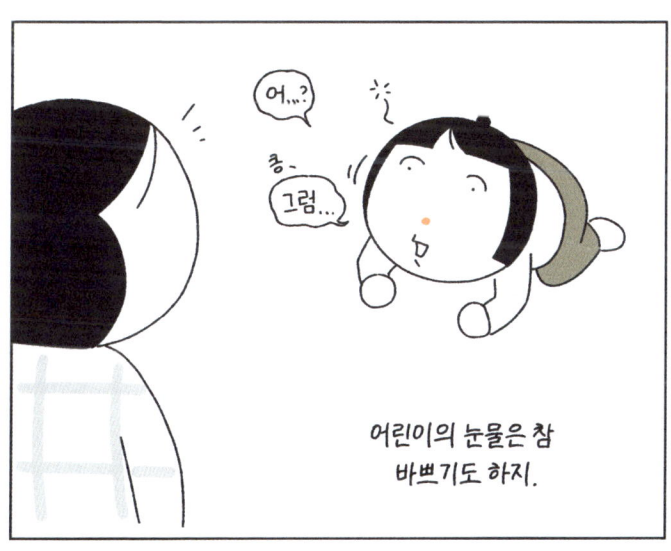

어린이의 눈물은 참
바쁘기도 하지.

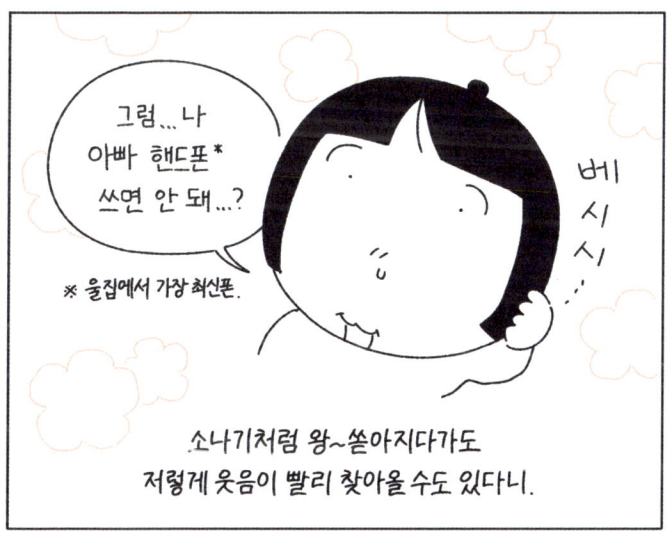

소나기처럼 왕~쏟아지다가도
저렇게 웃음이 빨리 찾아올 수도 있다니.

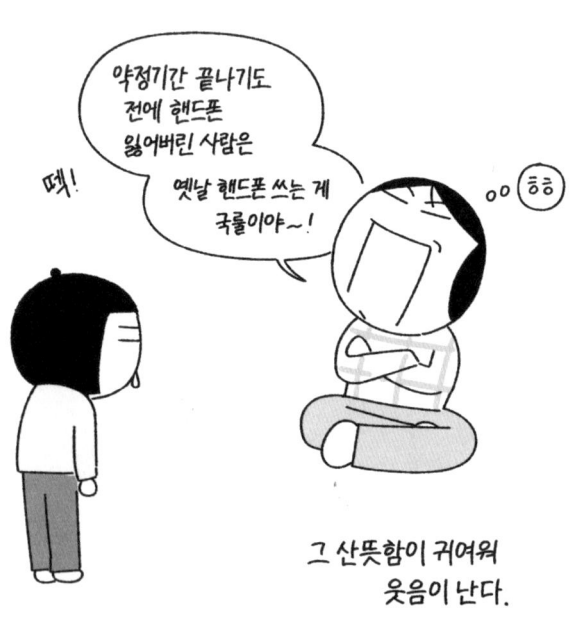

그 산뜻함이 귀여워
웃음이 난다.

※ 핸드폰은 교실에 놓고 온 거였다는 후문~

행복은 가~끔씩

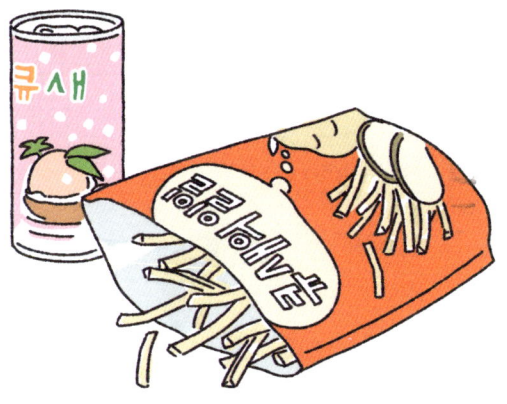

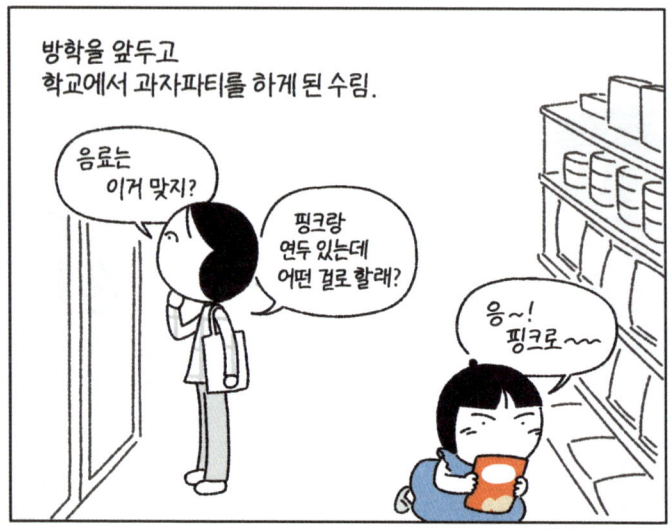

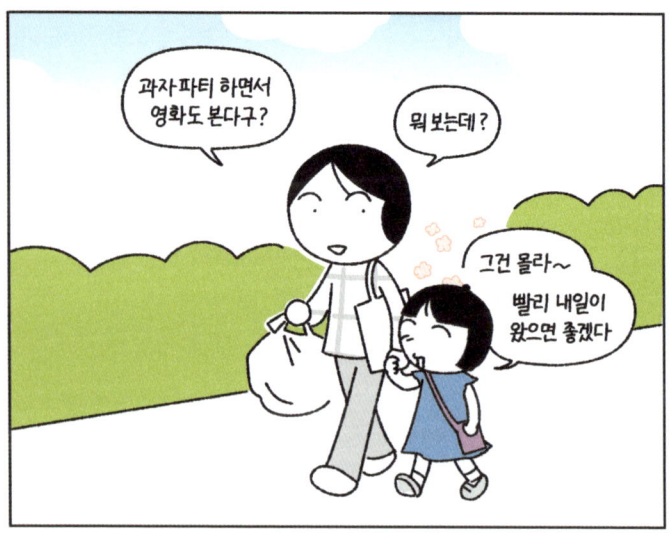

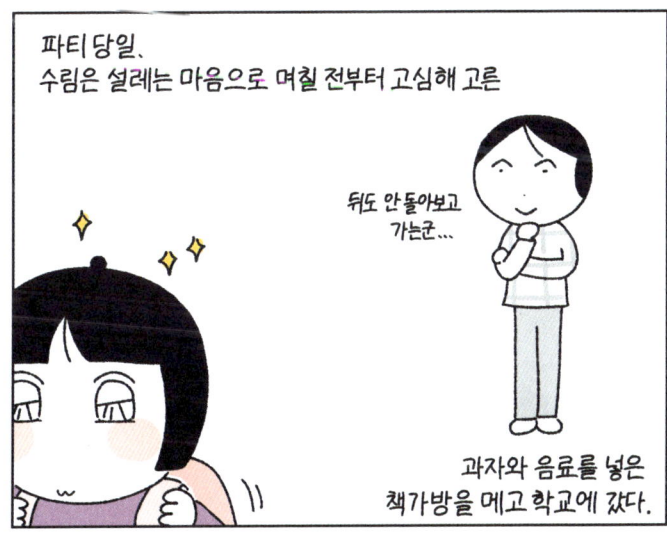

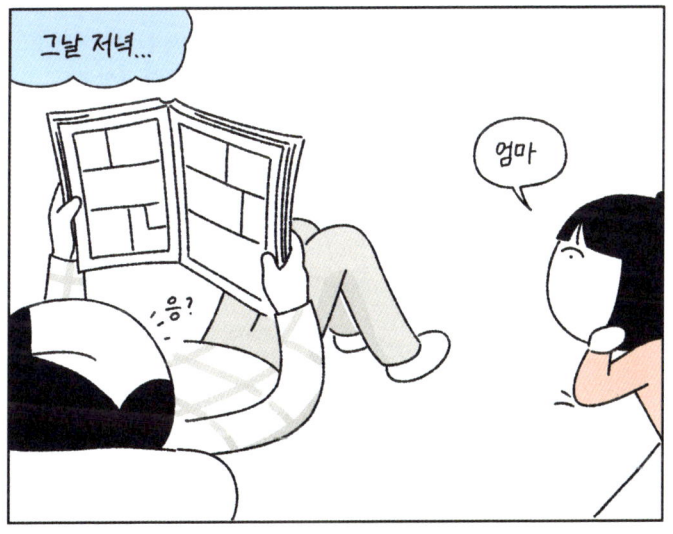

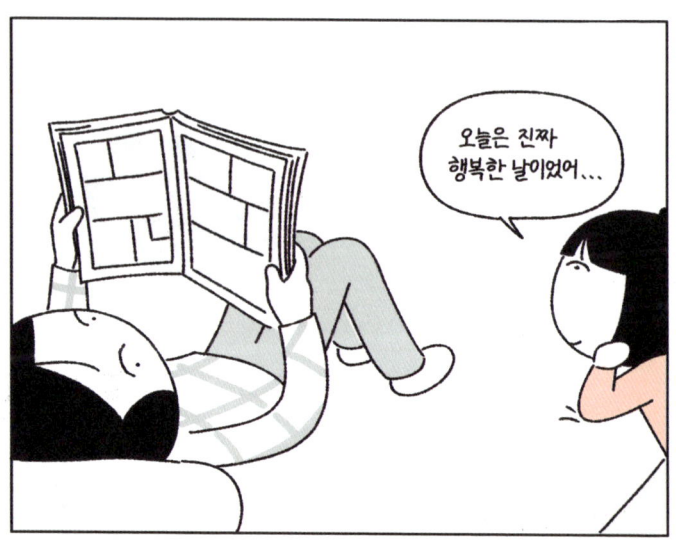

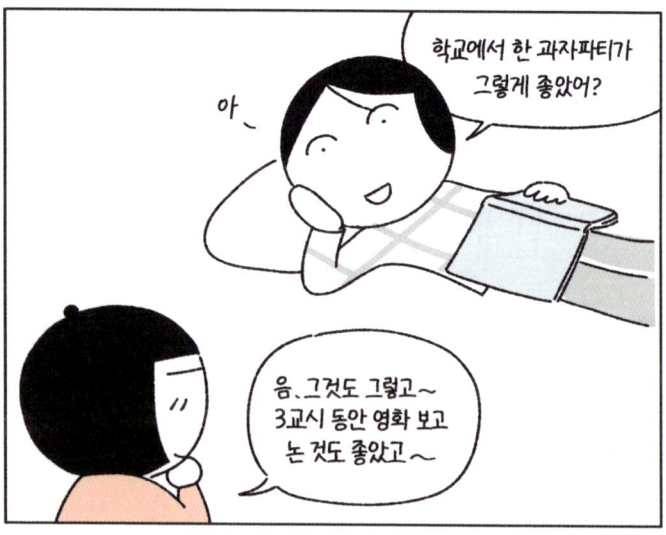

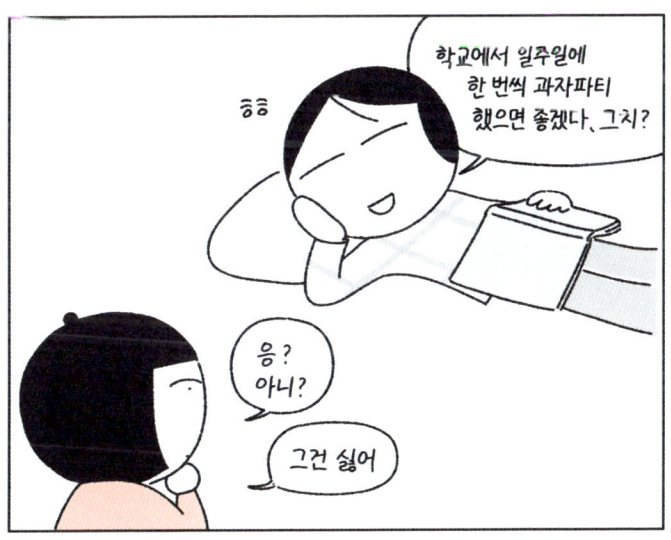

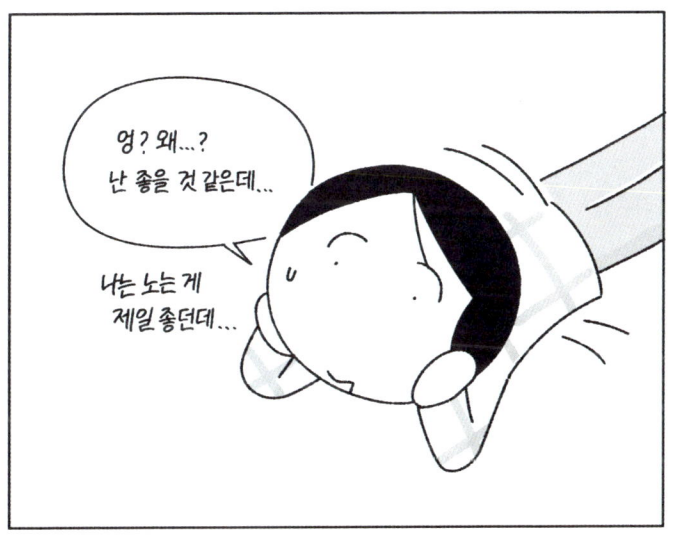

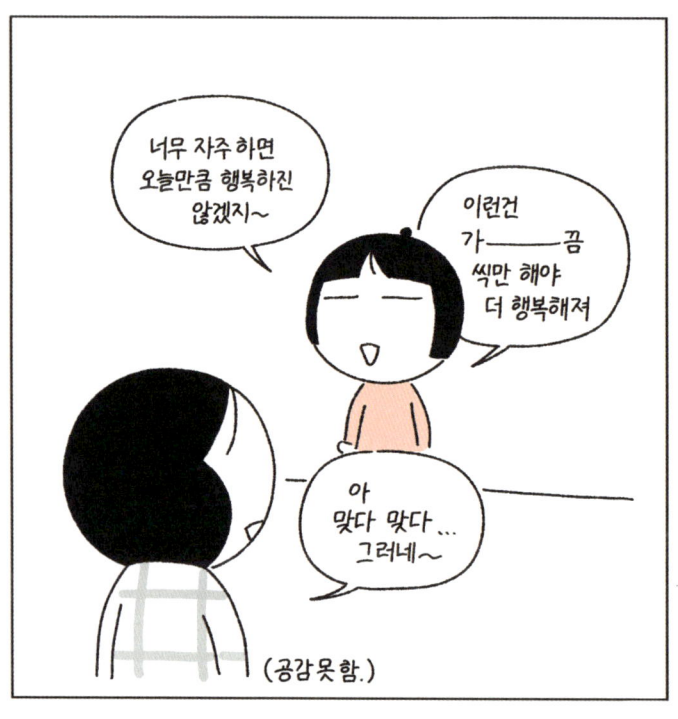

감사 쥐어짜내기

이 망할 게으름이 나를 구원할 거야

큐새의 일일

2025년 5월 21일 초판 1쇄 발행

지은이 큐새
펴낸이 이원주

책임편집 이채은 **디자인** 진미나
기획개발실 강소라, 김유경, 강동욱, 박인애, 류지혜, 고정용, 최연서
마케팅실 양근모, 권금숙, 양봉호 **온라인홍보팀** 신하은, 현나래, 최혜빈
디자인실 윤민지, 정은예 **디지털콘텐츠팀** 최은정 **해외기획팀** 우정민, 배혜림, 정혜인
경영지원실 강신우, 김현우, 이윤재 **제작실** 이진영
펴낸곳 비에이블 **출판신고** 2006년 9월 25일 제406-2006-000210호
주소 서울시 마포구 월드컵북로 396 누리꿈스퀘어 비즈니스타워 18층
전화 02-6712-9800 **팩스** 02-6712-9810 **이메일** info@smpk.kr

ⓒ 큐새(저작권자와 맺은 특약에 따라 검인을 생략합니다)
ISBN 979-11-94755-16-6 (03810)

쌤앤파커스(Sam&Parkers)는 독자 여러분의 책에 관한 아이디어와 원고 투고를 설레는 마음으로 기
다리고 있습니다. 책으로 엮기를 원하는 아이디어가 있으신 분은 이메일 book@smpk.kr로 간단한
개요와 취지, 연락처 등을 보내주세요. 머뭇거리지 말고 문을 두드리세요. 길이 열립니다.